责任编辑:韩　敏　崔龙健
装帧设计:丁奕奕

图书在版编目(CIP)数据

"中国近现代史纲要"课实践教程/汪一江编著.—芜湖:安徽师范大学出版社,2016.12
ISBN 978-7-5676-1740-7
Ⅰ.①中… Ⅱ.①汪… Ⅲ.①中国历史—近代史—高等学校—教材②中国历史—现代史—高等学校—教材 Ⅳ.①K25

中国版本图书馆CIP数据核字(2014)第293599号

"中国近现代史纲要"课实践教程
汪一江　编著

出版发行:安徽师范大学出版社
芜湖市九华南路189号安徽师范大学花津校区　　邮政编码:241002
网　　址:http://www.ahnupress.com/
发 行 部:0553-3883578　5910327　5910310(传真)　　E-mail:asdcbsfxb@126.com
印　　刷:虎彩印艺股份有限公司
版　　次:2016年12月第1版
印　　次:2016年12月第1次印刷
规　　格:880 mm × 1230 mm　1/16
印　　张:23
字　　数:425千
书　　号:ISBN 978-7-5676-1740-7
定　　价:50.00元

序

“思政课”的实效性不强是目前“思政课”需要改革呼声不断的直接原因。自2006年实施“05方案”以来，我们对本校一、二两个年级四个专业近千名学生做了跟踪调查，在对“思政课”是否有兴趣栏目中，93.2%的学生选择“不甚感兴趣”。这种情形的存在预示着“思政课”改革的必要性和紧迫性。

培养德、智、体美全面发展的社会主义事业的建设者和接班人，即“有理想、有道德、有文化、有纪律”的新人，被视为是“思政课”的使命所在。从全国范围看，为了实现这一目标，“思政课”教学方法改革一直未中断过，诸如问题式教学、体悟式教学、案例式教学、实践教学等，虽花样翻新，经验成果出了不少，但最终的问题依然还没有被解决。将付出的经费和精力与得到的成绩和效果相比较，情形有点令人沮丧。

说实在话，从技术和方法上讲，“思政课”改革的预留空间已经不大，有些方式已经陷入“无解”的境地。再做，也只能是叠床架屋、“花拳绣腿”，阵式和架式倒是好看，但顶不上用场。那么，“思政课”改革的方向和路径究竟应该怎样呢？我们认为改革的核心是要适应时代的变化。

我们国家正在从传统社会向现代社会转型，这就需要我们国人自身从心理、思想、态度和行为方式上经历一个向现代化转变的过程，也就是说要具备有真实生命力的广泛的现代心理基础。若要让人的思想、素质和理念现代化，首要的是公民意识的培养。党的十八大报告提出“加强公民意识教育”、“树立社会主义民主法治、自由平等、公平正义理念”。可见，公民意识对于我国的现代化转型、实现中国梦的重要性。于是，“思政课”改革也就有了确定的方向和目标。具体地说，就是要做到五个“转型”。

一、实现从理论灌输到公民意识培养的理念转型。“思政课”不能再以几十年不变的理论为重点，自顾自地讲解和传授一些陈旧的定义及原理，而应坚持以公民意识的培养为核心和重点，积极引导大学生树立主体意识、爱国意识、参与意识和监督意识。使学生在学习中积极表达自己的独立见解，以培养他们独立的人格。

二、实现从义务本位到权利本位的转型。在“思政课”教学中，要讲清公民意识是与臣民意识相对的。作为政治概念，公民是指参与并影响国家政治生活从而实现自我权利的人。大学生应该享有法律规定的基本权利，即由“义务本位”转向“权利本位”。让大学生主动亲近“思政课”，体会到上“思政课”可以懂得维护权利的道理，能够找到表达和争取自己权益的渠道等。

三、从重视结果到重视过程的转型。“思政课”要充分发挥思辩的功能，通过课堂讨论和课后实践，开展思想碰撞和观点对决。“思政课”不搞一言堂，不搞结论先行。引入不同观点让大学生自己去思考，学生通过多方的比较，自己去归纳、综合、整理，得出结论。这个结论很可能是不一致的，结论的多元化，对于大学生正确思维方式的建立是大有裨益的。

四、实现从注重说教到注重实践的路径转型。真理必须被信仰，否则将形同虚设。一次得当的社会实践本身就是最好的思想政治教育，其效果远远强过在课堂上不厌其烦的空洞说教。就大学生接受公民意识而言，践行公民职责比听讲更为重要。公民意识不是单独存在的，它的存在和发展需要以合适的土壤为依托。因此，培育公民意识的过程必须和大学生的日常生活同步进行。在日常生活当中，把责任落到实地，亲身去实践它，大学生才会真正领悟道理，并将其内化为自己的意识和精神。因此，适当减少“思政课”的课堂教学，加强社会实践，让教师与学生组成“公民意识实践共同体”，是完全必要的。

五、实现从单调乏味到生动多彩的方式转型。随着时代的变化和大学生素质的提高，“思政课”过去很多陈腐的、教条式的、纯理论性的宣讲已不符合需要。所以，要注意选择大学生公民意识培养的正确的路径和方法，多种方式融合运用，不能搞千篇一律的培育方式，更要避免在培育过程中出现“消解”、“抵消”现象。当今“思政课”要适应现代信息社会的普及性、立体化、网络化和高密度化的传播体制，并要适应现代社会思想观念的发展变化，充分利用互联网、手机、微博、微信等新平台，开展形式多样、生动活泼、大学生喜闻乐见的活动，在“润物细无声”中增强大学生的公民意识。

亚里士多德曾说：“人是天生的政治动物”，已经成年的大学生，具有较多的参与社会公共事务的热情，如果有意识地让大学生自己管理自己，增强自我治理意识，那么大学生在学校就可以试着做一个公民，他们从事公共事务中遇到的问题能在“思政课”上得到解答和点拨，“思政课”就会变成“要学生学”。这样，“思政课”的实效性不就迎刃而解了吗？

编　者

目　录

上编　从鸦片战争到五四运动前夜
（1840—1919）

综述　风云变幻的八十年

知识梳理

◆知识框架◆

- 风云变幻的八十年
  - 鸦片战争前的中国与世界
    - 中国灿烂的古代文明
    - 中国封建社会由昌盛到衰落
    - 世界资本主义的发展与殖民扩张
  - 外国资本主义入侵与近代中国社会的半殖民地半封建性质
    - 鸦片战争：中国近代史的起点
    - 中国社会的半殖民地半封建性质
    - 社会阶级关系的变动
  - 近代中国的主要矛盾和历史任务
    - 两对主要矛盾及其关系
    - 两大历史任务及其关系

◆重点剖析◆

1. 怎样理解鸦片战争是中国近代史的起点？

鸦片战争后，《南京条约》等一系列不平等条约的签订，为外国资本主义打开了侵入中国的大门，对近代中国社会产生了深刻的影响。

鸦片战争前，中国是一个领土完整、主权独立的封建国家；鸦片战争后，中国的领土、领海、关税、司法等主权的完整遭到破坏，受外国侵略者的干涉和控制逐步加深，清王朝从一个独立的封建国家逐渐沦为半殖民地半封建社会。

鸦片战争前，中国是一个经济上自给自足的封建国家。鸦片战争后，中国封建自然经济逐渐解体，逐渐成为资本主义世界的商品市场和原料供给地。另一方面，外国资本主义的入侵在客观上促进了中国商品经济的发展，刺激了中国民族资本主义的产生，促进了中国资本主义萌芽的发展。

随着社会性质的变化，中国社会的主要矛盾也发生了变化。鸦片战争前，中国社会的主要矛盾是封建主义与人民大众的矛盾，战后帝国主义和中华民族的矛盾成为中国社会的另一个主要矛盾。争取民族独立、人民解放和实现国家富强、人民富裕成为落在中国人民肩上的双重历史任务。因此，中国革命进入了一个新的时期，即反帝反封建的民主革命时期。这样，鸦片战争成为中国历史的转折点，标志着中国近代史的开端。

2. 怎样认识近代中国的主要矛盾、社会性质及其基本特征？

帝国主义与中华民族的矛盾，封建主义与人民大众的矛盾，是近代中国社会的基本矛盾。其中，帝国主义与中华民族的矛盾，是各种矛盾中最主要的矛盾。还必须认识到，两大主要矛盾的发展是不平衡的。当列强发动大规模侵华战争时，帝国主义和中华民族的矛盾是最主要的矛盾，其他矛盾则处于次要和服从的地位；而当列强改变侵华的手段与方式，使用经济、政治而非军事的手段和以间接的“以华治华”而非直接的殖民统治的方式时，封建主义和人民大众的矛盾最突出；当国内的革命战争对帝国主义及其走狗的存在形成根本威胁时，两个主要矛盾则重合为一，帝国主义与封建主义为一方，人民大众为一方，成为当时中国社会的主要矛盾。中国近代社会的发展和演变，是这两对基本矛盾互相交织和交替作用的结果。

鸦片战争前的中国是一个独立的封建大国，鸦片战争后，由于帝国主义列强的侵略，中国社会性质开始发生重大变化，逐渐变为半殖民地半封建社会。半殖民地，是指由于外国资本主义的侵入，使本来领土完整、主权独立的中国，沦为表面上独立、实际上受帝国主义列强共同支配的半殖民地国家；半封建是指外国资本主义的侵入对中国原有的延续了几千年的封建经济结构起了很大的解体作用，使资本主义经济成分在中国有了初步的发展，但同时封建地租剥削与买办资本、高利贷资本的剥削相结合，仍然在社会经济中占据着显著的优势。中国由一个完全的封建社会变成有了一定程度的资本主义成分的半殖民地半封建社会。

近代中国的半殖民地半封建社会形态，是一个特殊的过渡性的社会形态。它的主要特征，教材已作了概括，其中第一条、第二条指明帝国主义对中国的统治及其与中国封建势力结合并把其作为自己的统治基础，是半殖民地半封建社会的政治特征；第三、第四条指明封建经济已经解体但仍占统治地位、民族资本主义已经形成但发展缓慢，是半殖民地半封建社会的经济特征；第五条、第六条说明中国社会发展不平衡、广大人民极端贫困和毫无政治权力，是半殖民地半封建社会的社会特征。

3. 如何理解近代中国的两大历史任务及其相互关系？

近代中国的时代特点以及帝国主义和中华民族的矛盾、封建主义和人民大众的矛盾，决定了近代中国人民始终面临着两大历史任务：一是求得民族独立和人民解放；二是实现国家的繁荣富强和人民的共同富裕。

在两大历史任务中，首先必须完成的历史任务是求得民族独立和人民解放，反对外国列强的侵略，摆脱封建专制的统治。这个历史任务决定了近代中国革命既是反帝的民族革命，又是反封建的民主革命。要改变民族受压迫和人民受剥削的状况，必须首先进行民族和民主革命，结束半殖民地半封建社会，解决上层建筑和生产关系问题，才能为进行大规模的经济建设创造前提与基础，为进一步解放生产力、发展生产力开辟道路，才能使国家繁荣富强和人民富裕成为可能。

历史表明，近代中国社会的两大历史任务不是孤立的，而是互相联系的。前一个任务为后一个任务扫清障碍，创造必要的前提；后一个任务是前一个任务的最终目的与必然要求。

◆训练强化◆

一、判断题

1. 鸦片战争是中国近代史的起点。(　　)

2. 中国封建社会的社会结构特点是族权与政权相结合的封建宗法等级制度。(　　)

3. 认识中国近代社会的性质是认识中国近代一切社会问题和革命问题的最基本依据。(　　)

4. 中国革命的主力军是工人阶级。(　　)

5. 近代中国人民的斗争主要是以挽救中华民族的危亡为出发点的。(　　)

二、单项选择题

1. 鸦片战争前夕，影响近代中国的政治因素最主要的是（　　）

A. 清朝晚期政治腐败　　　　B. 封建制度已经衰落

C. 军备废弛防御力差　　D. 战和方针举棋不定

2. 鸦片战争前，西方资本主义的发展突出表现在（　　）

A. 资产阶级革命的爆发　　B. 工业革命的发生

C. 机器大生产的实现　　D. 蒸汽机的发明和推广

3. 鸦片战争后，中国经济被卷入世界资本主义市场，其对中国的影响不包括（　　）

A. 自给自足的自然经济逐步解体

B. 西方的先进生产技术逐步传入中国

C. 英国对华输出商品激增

D. 封建地主土地所有制瓦解

4. 中国近代史的开端是（　　）

A. 第一次鸦片战争　　B. 第二次鸦片战争

C. 中日甲午战争　　D. 八国联军侵华战争

5. 中国最早的一批产业工人产生在（　　）

A. 洋务企业中　　B. 外国资本经营的近代工商企业中

C. 民族资本主义企业中　　D. 私人小作坊中

6. 近代中国社会中最革命的阶级是（　　）

A. 工人阶级　　B. 农民阶级　　C. 小资产阶级　　D. 民族资产阶级

7. 在半殖民地半封建的中国，最主要的矛盾是（　　）

A. 无产阶级和资产阶级的矛盾　　B. 封建主义和人民大众的矛盾

C. 帝国主义和中华民族的矛盾　　D. 生产力和生产关系的矛盾

8. 小农经济是中国封建社会的基本生产结构，其主要特征是（　　）

A. 以个体家庭为单位并与家庭手工业结合的自给自足的自然经济

B. 以家族为单位的集体经济

C. 以机器为生产工具的工场经济

D. 以个体家庭为单位并与家庭手工业相结合的商业资本主义经济

三、多项选择题

1. 中国封建社会的基本特点是（　　）

A. 在经济上，封建土地所有制占主导地位

B. 在文化上，以儒家思想为核心

C. 在政治上，实行高度中央集权的封建君主专制制度

D. 在社会结构上，是族权和政权相结合的封建宗法等级制度

2. 中国的资产阶级包括（　　）

A. 封建资产阶级　B. 小资产阶级　　C. 官僚资产阶级　D. 民族资产阶级

3. 中国无产阶级的特点是（　　）

A. 革命性最强　　　　　　　　B. 相对集中

C. 同农民有着天然的联系　　　D. 同先进的生产力相联系

4. 近代中国社会的主要矛盾是（　　）

A. 帝国主义与中华民族的矛盾　　B. 无产阶级同资产阶级的矛盾

C. 封建主义同人民大众的矛盾　　D. 帝国主义列强之间的矛盾

5. 近代以来中华民族始终面临的两大历史任务是（　　）

A. 发展生产力

B. 求得民族独立和人民解放

C. 改进生产关系

D. 实现国家的繁荣富强和人民富裕

6. 下列表述中符合鸦片战争前夕形势的是（　　）

A. 欧美资本主义国家迅速崛起

B. 自然经济在中国仍然占统治地位

C. 英国向中国走私鸦片在激增

D. 在中英正当贸易中中国处于入超的地位

7. 鸦片战争之所以是中国近代史的起点是因为鸦片战争后中国发生了以下变化（　　）

A. 中国社会性质发生了质的变化

B. 中国逐步成为半殖民地半封建国家

C. 中国社会的主要矛盾发生变化

D. 中国开始了反帝反封建的资产阶级民主革命

8. 鸦片战争后中国社会发生的根本性变化是（　　）

A. 独立的中国逐步变成半殖民地的中国

B. 独立的中国逐步变成殖民地的中国

C. 封建的中国逐步变成半封建的中国

D. 封建的中国逐步变成资本主义的中国

四、思考题

1. 为什么说鸦片战争是中国近代史的起点？
2. 怎样认识近代中国的主要矛盾、社会性质及其基本特点？
3. 如何理解近代中国的两大历史任务及其相互关系？

五、材料分析题

【材料1】自从英国人在中国采取军事行动的第一个消息传来以后，英国政府报纸和一部分美国报刊就不断污蔑中国人——不分青红皂白地非难中国人违背条约的义务、污蔑英国国旗、羞辱旅居中国的外国人……广州城的无辜居民和安居乐业的商人惨遭屠杀……这一切都是在“中国人的挑衅行为危及英国人的生命和财产”这种荒唐的借口下发生的！

——摘自马克思：《英人在华的残暴行动》，见《马克思恩格斯全集》（第12卷），人民出版社1995年版，第175—178页。

【材料2】英国的大炮破坏了皇帝的权威，迫使天朝帝国与地上的世界接触。与外界隔绝曾是保存旧中国的首要条件，而当这种隔绝状态通过英国而为暴力所打破的时候，接踵而来的必然是解体的过程，正如小心保存在密闭棺木里的木乃伊一接触新鲜空气便必然解体一样。

——摘自马克思：《中国革命和欧洲革命》，见《马克思恩格斯全集》（第1卷），人民出版社1995年版，第692页。

【材料3】帝国主义列强侵略中国，在一方面促使中国封建社会解体，促使中国发生了资本主义因素，把一个封建社会变成了一个半封建的社会，但是在另一方面，它们又残酷地统治了中国，把一个独立的中国变成了一个半殖民地和殖民地的中国。

——摘自毛泽东：《中国革命和中国共产党》，见《毛泽东选集》（第2卷），人民出版社1991年版，第630页。

请回答：

（1）根据材料1和所学知识，分析马克思的种种说法说明了什么问题？

（2）根据材料2和材料3及所学知识，说明帝国主义的入侵对中国的影响。

参考答案

一、判断题

1. √　2. √　3. √　4. ×　5. √

二、单项选择题

1. B　2. C　3. D　4. A　5. B　6. A　7. C　8. A

三、多项选择题

1. ABCD　2. BCD　3. ABCD　4. AC　5. BD　6. ABC　7. ABC　8. AC

◆案例点评◆

案例一：灿烂的中华文明与近代中国的衰落

中华文明是世界四大古老文明之一。与其他古老文明，即古埃及文明、巴比伦文明、古印度文明相比，中华文明是唯一的从未中断过的文明。中华文明是在一个很大的范围内展开的，其在经济、政治、哲学、科技、文学、艺术等许多领域内都形成了完整的相互关联的文化体。地域的广大和整体规模的巨大，形成一种难以征服的力量。中华文明中“自强不息”和“厚德载物”的精神，使这个文明既有刚性又有韧性，能够适应内外条件的变化，兼容各种不同的文明，不断丰富自己，顽强地生存、发展。中华文明中强烈的爱国精神、高尚的民族气节，使中华儿女在国家和民族的危难关头，能够迸发出巨大的力量，维护了国家、民族的生存，并延续了自己的文明。

但是，当历史发展到18—19世纪，中国却落后了。

近代中国落后的原因，首先在于封建社会的经济、政治、文化、社会结构，在巩固和维系中国封建社会的稳定和延续的同时，也使其前进缓慢甚至迟滞。封闭的自然经济和封建统治者所推行的重农抑商政策，阻碍了商品经济的发展；高度集权的君主专制和宗法等级制度，以及封建统治者所推行的文化专制主义，也在很大程度上成为社会发展和进步的抑制力量。尤其到清代中后期，在经历了康乾盛世后，封建王朝的种种病症如官僚腐败、军队废弛、社会矛盾尖锐，都已日益显露，清王朝开始走下坡路。

与此同时，西方国家却正在发生着巨大的历史变化，资本主义生产方式开始发生和发展。尤其是，18世纪中叶至19世纪上半叶的工业革命，使大机器生产取代了工场手工业，资本主义制度终于在欧美确立起来。伴随着资本主义的发展，西方殖民者为掠夺财富、原料、市场和廉价劳动力，开始了对外侵略和扩张的历程。

尽管中国资本主义发展缓慢，但是，自明代开始，中国社会内部也已开始产生资本主义萌芽，并在缓慢地发展着。然而，明代中期以后，为了防范东来的西方"陌生人"，封建统治者却执行了一条自我封闭的经济政策，实行海禁，限制对外贸易。其结果是隔绝了与世界的联系，失去了海外贸易与发展的机会，也阻碍了资本主义萌芽的生长，拉大了与世界的差距。

资料来源：袁行霈等：《中华文明史》，北京大学出版社2006年版；赵德馨等：《近代中西关系与中国社会》，湖北人民出版社1993年版。

【点评】

中国有着灿烂的古代文明，她是中华民族生生不息的源泉，是民族自信心和自尊心的支柱。但是，中国在近代却落后了。落后的原因，既有内在的，也有外部的。联系近代世界与中国的历史，我们要充分肯定灿烂的古代中华文明，认清帝国主义的侵略是中国近代落后的主要原因之一。

案例二：如何认识帝国主义殖民侵略的本质

研究中国近代史，首先遇到的一个问题就是如何看待帝国主义对中国的殖民侵略？按照传统观点，我们对帝国主义的殖民侵略是采取否定态度的。对此，一些同志提出了不同意见。他们认为，殖民侵略虽然给中国等落后国家和地区带来了苦难，但更重要的是带来了新的生产力和生产关系，打破了这些国家长期停滞落后的状况，把它们拉进了资本主义世界体系，对这些国家和地区的历史发展起了巨大的推动作用……这些同志的观点是否正确呢？

我们从不否认先进的资本主义国家对落后国家起过积极的影响和推动作用。资本主义在各国的发展从来是有先有后，很不平衡的。法国资本主义的发展曾远远落后于英国，德国、俄国走上资本主义道路又比法国晚得多。这些曾经处于落后地位的国家在走上资本主义道路的过程中，无疑曾受到先进资本主义国家的巨大影响和推动。这种影响和推动是通过多种形式进行的，其中虽然也包括和平的交往，但更多的是通过激烈的经济竞争以至残酷的军事较量。先进国家对落后国家的军事打击往往是迫使落后国家奋起直追的重要动力。但是，这种打击在一定限度内才能推动落后国家走上资本主义道路。这个限度就是：落后国家必须基本上保持自己的独立主权。世界历史证明，凡是陷入了殖民主义的魔掌，沦为殖民地、半殖民地的国家和地区，在它们摆脱殖民统治以前，都被剥夺了赶上先进资本主义国家的可能性，长期处于极端贫困和落后的悲惨境地。

殖民统治者虽然也把资本主义的生产力和生产关系“带到了”殖民地和半殖民地，但这种“新的生产力和生产关系”的主要作用乃是更有效地榨取殖民地半殖民地人民的血汗以加速殖民帝国的经济发展，而给殖民地半殖民地留下的则是遍地白骨。当然，殖民侵略客观上必然会在一定程度上破坏落后国家的前资本主义生产关系，并促使这些国家产生资本主义生产关系。但是，殖民主义者所允许和需要的只是依附于帝国主义并为帝国主义服务的买办性的资本主义（如中国以四大家族为代表的官僚买办资本主义），而对于落后国家的民族资本主义则极力扼杀。它们绝不允许殖民地半殖民地摆脱落后的附庸地位，走上独立发展资本主义的道路……相反它们为了对殖民地半殖民地人民进行统治，必须与这些国家的反动统治阶级结成同盟，因此，它们总是致力于保护这些国家原有的落后的生产关系和反动的阶级，压制进步力量，绞杀人民革命斗争。在近代中国，正是由于帝国主义和中国封建势力、买办势力相互勾结，使压在中国人民头上的大山由一座增加为三座，给中国人民的革命斗争增加了新的严重困难，在中国社会前进的道路上设置了新的障碍。

资料来源：林华国：《评中国近代史研究中的一些重大分歧》，《高校理论战线》2006年第3期。

【点评】

此案例就如何认识西方殖民主义对落后国家的侵略问题进行了深刻的阐述，揭示了西方殖民主义的侵略虽然在客观上会刺激落后国家资本主义的发展，但本质上却是落后国家走上独立发展资本主义的阻碍力量。近代中国的历史对此有充分的论证。

案例三：如何认识弱国反抗强国军事侵略的民族战争？

有一种意见说，近代以来的一系列反侵略斗争都是在敌强我弱的大背景下进行的，既然反抗以后仍要失败，而且失败以后还要付出更惨重的代价，那还不如放弃抵抗，先搞现代化，并把日本作为这一方面成功的典型。

这样提出问题，涉及弱小的被侵略国家能否战胜外表强大的侵略者的问题，涉及近代中国人民要不要抵抗外国侵略的问题。这当然是一个极为严肃的问题。

在古今中外的历史上，不论是国与国之间的战争，还是国内战争，弱小的一方战胜强敌的事，可以说是屡见不鲜。为什么弱能胜强呢？这是因为，战争的胜负，是由多种因素所决定的，军事力量、经济力量固然重要，但战争性质、人心向背、政治动员、战争谋略等等，也起着不可忽视的作用。用马克思主义观点考察整个世界历史，我们任何时候都不能剥夺被侵略者反抗侵略的正当权利，否则，我们将无法解释近代中国人民无数次反抗帝国主义侵略的悲壮史实，包括十四年抗战那样全民族抵抗外敌入侵的壮举；无法解释百年来全世界殖民地半殖民地、被压迫的落后国家掀起的反抗新老殖民主义、帝国主义入侵，争取独立、自由、主权的伟大民族解放运动；无法解释世界历史的发展。

就以近代的日本而言，日本在被迫签订不平等条约以后，通过明治维新走上了富强之路，但这并非是不抵抗政策的胜利。明治维新的发动者并非是奉行不抵抗政策的幕府，而是主张“攘夷”即抵抗侵略的倒幕势力。其中的骨干力量长州藩、萨摩藩都曾在1862年对侵略者进行过武装反抗。他们的改革主张与反侵略的宗旨是紧密结合、不可分割的。把改革图强与反抗侵略对立起来而把它与不抵抗硬拉扯在一起，是对历史的曲解或误解。从外部而言，西方列强未对日本发动新的侵略战争，是因为列强的对日政策和对华政策有很大的不同。西方列强跨越重洋到远东采取大规模军事行动的能力一直很有限。它们在远东的战略意图只能集中于两点：一是侵略中国，二是应对沙俄。中国是西方列强掠夺压榨的主要对象。日本地狭民贫，资源匮乏，非西方列强掠夺的重点，而且它邻近沙俄，又有武士道传统，倒可供西方用作侵略中国和牵制沙俄的助力。西方列强在迫使日本签订不平等条约后，便不再劳师远征对日用兵，于是，日本得以在和平环境下变革图强。而中国却不可能有这样的“幸运”。西方列强为了在中国夺取更多的利益，必然还要对中国用兵，更不可能帮助中国富强起来，给自己树立一个强大的对手。认为中国不抵抗侵略就可实现变革自强，是不切实际的。

资料来源：林华国：《近代历史纵横谈》，北京大学出版社2005年版。

【点评】

此案例从理论上反驳了“弱国能否战胜强国侵略者”和“近代中国人民要不要抵抗外国侵略”的问题。学习中国和世界的近代历史，能进一步了解近代中国人民反抗外来侵略斗争的伟大意义。

案例四：正确认识近代中国半殖民地半封建社会性质的意义

中国近代是半殖民地半封建社会，这是经过认真探索而得出的科学结论。孙中山在谈到近代中国社会时，曾提出过“中国是一个次殖民地的社会”的说法。一直关注中国革命的列宁也从“半殖民地”的角度阐述过近代中国的社会特征。中国共产党成立后，为了弄清近代中国的国情，明确革命的性质和任务，也不断地对近代中国社会进行研究和探索。早在1926年，中国共产党早期领导人之一的蔡和森在《中国共产党史的发展》一文中就明确使用“半殖民地半封建社会”这个概念来形容当时的中国社会，并阐述了它的基本内涵。1929年2月，中国共产党在正式文件《中央通告第二十八号——农民运动的策略》中也完整地使用了这个概念。20世纪20年代末至30年代，理论界就中国社会性质问题展开了一场大讨论，参加的有马克思主义者，也有非马克思主义的学者。通过争论，中国社会性质是半殖民地半封建社会的观点得到多数人的认同。1938年和1939年，毛泽东在《战争和战略问题》以及《中国革命与中国共产党》等著作中对半殖民地半封建社会的特征、中国社会的主要矛盾、革命的对象和任务等一系列问题作了系统的阐述，使“半殖民地半封建”成为中国共产党分析中国社会和革命任务的基本出发点。正如毛泽东同志所说，“半殖民地半封建社会”这几个字，“是经过中外许多社会科学家研究了几十年所得出的结论”。（毛泽东：《坚持国共长期合作（一九三九年七月九日）》，载《党的文献》1995年第4期）

正确认识近代中国半殖民地半封建社会性质有什么意义呢？

首先，正确认识社会性质是认识近代中国国情的出发点和依据。

毛泽东曾说：“什么是中国国情呢？中国的国情就是半殖民地半封建社

会。”这是因为，“中国近代是半殖民地半封建社会”这一认识是包括中国共产党在内的许多革命者、理论工作者长期探索的结果，它反映了近代中国社会的最本质的特征。近代以来，在救亡图存的旗帜下，一批又一批的志士仁人努力奋斗，提出了一个又一个救国方案，进行了一次又一次的探索和斗争，但都失败了。其中的一个重要原因，就是因为缺乏对国情的深刻认识，无法对社会性质作出科学的判断。中国共产党就是在长期的努力和实践中，准确把握了中国近代是半殖民地半封建社会这一判断，制定了新民主主义革命的纲领、路线和政策，引导革命取得了胜利。

其次，只有正确认识中国近代社会性质问题，才能更好地学习中国近代史。在近代中国，由于帝国主义的侵略并残酷地统治了中国，把一个独立的中国变成了半殖民地的中国；同时，列强的侵略又促使中国封建社会解体，促使中国发生了资本主义因素，把一个封建社会变成了一个半封建的社会。在中国沦为半殖民地半封建社会的过程中，帝国主义与封建势力相勾结，残酷地压榨中国人民，阻碍中国资本主义的发展，中国人民为维护国家主权、挽救国家危亡、争取社会进步，与帝国主义和封建势力进行了不屈不挠的斗争。所以，帝国主义和封建主义相结合，把中国变为半殖民地和殖民地的过程，也就是中国人民反抗帝国主义及其走狗的过程。这是我们把握和认识中国近代史的基本线索和一把钥匙。

资料来源：沙健孙、龚书铎：《走什么路——关于中国近现代历史上的若干重大是非问题》，山东人民出版社1997年版。

【点评】

中国近代到底是一个怎样的社会？近代中国的国情是什么？只有正确认识了这个问题，才能正确认识中国新民主主义革命的必然性，认识中国为什么会走社会主义道路的问题。这个案例告诉我们，正确认识中国社会半殖民地半封建社会的性质是认识近代中国国情的基本出发点，我们认识近代中国国情和学习中国近代史首要的一条就是认清近代中国半殖民地半封建社会性质。

案例五：如何认识革命与现代化的关系

研究中国近代史，不能离开当时中国的国情，要历史地看问题。近代中国是半殖民地半封建社会，民族不独立，人民遭受帝国主义和封建主义的压迫剥削，社会贫困落后，中国面临的主要问题是进行反帝反封建斗争。反帝反封建斗争就是为了实现民族独立、人民解放，为国家繁荣富强扫清障碍，创造必要的前提条件。这是中国走向工业化、现代化的必由之路。不解决民族独立、人民解放的问题，现代化是“化”不起来的。

近代中国虽然产生了资本主义，并有一定程度的发展，但它始终没有得到正常的充分的发展。西方列强借助不平等条约取得的特权，不仅在中国倾销商品，而且经营了许多企业，不断扩大外资在华的势力，控制了中国的经济命脉。据统计，外国在华资本总额的比重，1894年为60.7%，1913年为80.3%，1920年为70.4%，1936年为78.4%。（见吴承明：《中国资本主义发展述略》，载《中华学术论文集》，中华书局1981年版，第303—346页）在外国资本的压迫摧残下，中国民族资本主义无力与之抗衡，许多民族工业逃避不了破产或被兼并的命运。

提倡“实业救国”的张謇，创办了大生企业集团，曾经有所发展，但在帝国主义侵略加深的情况下，最终失败了。被认为是中国自己经营最成功的开平煤矿，1900年就在中外合办的名义下，被英国资本吞并。此后，英资又挟其优势，吞并了另一家民族资本经营的滦州煤矿。轻工业中的棉纺织业是发展较迅速的，但在1918年到1927年间，因欠帝国主义债务无力偿还而被拍卖、吞并的中国纱厂就有7家。1931年，日本在天津尚无一家纱厂，到1936年已收购了华商纱厂中的4家，控制了天津纱厂纱锭的71.72%，布机的76.34%……帝国主义还和中国封建主义结合起来，支持其作为它们统治中国的工具。正是由于帝国主义的维护，封建土地关系、商业高利贷资本和一切前资本主义的剥削制度及上层建筑得以存在下来。帝国主义国家使中国沦为半殖民地，又使中国停留在半封建状态。帝国主义国家入侵中国，既没有使中国进入资本主义社会，也没有使中国实现现代化。所以不进行反帝反封建斗争，不革命，不改变中国半殖民地半封建的社会性质，要实现中国的现代化是不可能的。

现代化既不能作为中国近代史的主线来代替革命，也不能将它和革命对立起来。革命或反帝反封建斗争，要实现的是独立、民主、富强，也就是现代化，两者是统一的，不是对立的。

资料来源：龚书铎：《近代中国的革命和改良》，《思想理论教育导刊》2006年第10期。

【点评】

案例结合帝国主义侵略中国，以及如何依据不平等条约扩大在华势力、控制中国经济命脉的史实，深刻阐述了革命与现代化的关系，说明了民族独立是现代化的前提与条件。

◆实践拓展◆

实践项目一：你能通过实例说明中国古代文明的灿烂辉煌吗？

【实践题目】

你能通过实例说明中国古代文明的灿烂辉煌吗？

【实践类型】

交流

【实践目标】

通过提供中国古代文明的实证性材料，让学生对中国文明的灿烂有直观的印象，从而更加认识到祖国的伟大

【实践方案】

分组：每10人为一组，设组长一名，组织实践并负责记录

时间：40分钟，30分钟为实证材料显示说明时间，10分钟为点评时间

地点：教室

流程：

步骤一：确定显示内容，可以是实物、影像资料、图书文字等某一形式

步骤二：每个学生显示例证，每人2分钟

步骤三：其他学生对例证进行评说，每人1分钟

步骤四：提供例证的学生与其他人进行讨论，说出自己的例证的特征及蕴含的意义

步骤五：学生互相交流

步骤六：组长进行总结，以学生个人为单位提交例证

【实践成果】

以个人为单位的例证实物

【实践评价】

教师以例证实物为依据进行评分

得分表

项　目	标　准	满　分	得　分
实证展示	特点分明，有代表性	70	
实物介绍	叙述清晰，说服力强	30	
总　计	以上项目分数相加	100	

【参考资料】

中国古代文明与青铜器的发展

中国古代青铜器源远流长、绚丽璀璨，有永恒的历史价值与艺术价值，在世界上有很高的声誉。

青铜器内容丰富而深刻，对于这份珍贵的文化遗产，自古以来，尤其宋代以后，不断有人进行研究，近现代更有许多国内外学者献身于这一事业并取得了很大成绩。在逐步深化认识的基础上，将青铜器的研究推向了更高层次。传世和近年发现的大量青铜器表明，青铜器自身有着一个完整的发展演变过程。一般来说，青铜器在原始社会后期开始萌芽，夏朝初步发展，商周达到鼎盛，春秋战国繁荣，秦汉经历变革，两晋南北朝至隋唐走向衰落，宋元明清则多仿古和作伪。而人类社会进入文明时代的标志除有城市的建立、文字的发明外，另外一个重要的标志就是金属冶炼的发明。

一、原始社会后期青铜器的萌芽

近年来，随着我国文物考古事业的蓬勃发展，越来越多的地下文物陆续被发现，为研究中国古代历史与文化不断地提供新的信息、资料。这些发现对探索我国文明的起源、青铜冶铸业的发生发展等诸方面问题，都有着重要意义。

众所周知，原始社会的生产力极为低下，原始人生产、生活的主要工具是石、木、蚌、骨器。随着生产力的发展，原始社会后期出现了金属器物，这种金属器最先是铜制品。冶铜术的发明、铜器的制造是与它先前的一定的生产活动、生产能力和物质安全技术基础紧密联系在一起的。原始社会后期的历史条件为冶铜术的发明提供了以下物质基础：

纹、直形和人形弦纹、鱼纹、蛇纹、虎纹、龟纹等。除有单雕外还有浮雕，为商代后期青铜器物装饰的继续创新奠定了基础。商代后期青铜器以安阳殷墟出土的为代表，后期晚些时候，有铭文铜器增多。这一时期，食器主要有鼎、簋、盂，酒器有方彝、尊、簋、壶、击、斝、觥、爵等，水器有盘，乐器有铙。殷商后期的青铜盛酒器鸟兽尊是新的创造，形象逼真，栩栩如生。这时的纹饰丰富多彩、繁细富丽，不但有主纹，还有衬托花纹，甚至有在主纹上再填以花纹，形成三层花。有的已采用平雕与浮雕相结合的技法，如四羊方尊，肩部铸浮雕龙头，四角铸大卷角羊头。

青铜器上铸或刻的字，现在一般称“青铜器铭文”或称“金文”“钟鼎文”，是研究汉字发展演变和书法艺术的重要资料。铭文在器物上的部位，由于器种的不同而不尽相同，记载的内容最常见的是单一的族徽，大多反映祭祀与战争。有的反映上级对下级的赏赐，还有关于征战、宴享猎、职官名称等内容。

西周时，奴隶制继续发展。这时不但建立起比商朝更完备的政治制度和森严的宗法制度，而且更加完善了礼乐制度。为礼乐制度服务的青铜器称为青铜礼乐器。这一时期出土的铜器比较多，并发现了制造遗址，特别值得一提的是当时冶炼已采用鼓风器，《墨户·备页》即有“具炉橐，橐以牛皮”的记载，由此我们知道，古人称鼓风器为橐。

西周铜器的分期，根据西周历史和青铜器本身的发展演变的实际情况可以分为两大阶段。前段从武王至穆王，可称西周前期；后段从共王至幽王，称西周后期。两阶段没有主要区别，庄严厚重是这一时期的主要风格。食器种类有鼎、鬲、豆等；觥、爵等酒器品种比商代大大减少了，这与周吸取商灭亡的教训有关；青铜礼器的组合有爵、鼎的配合。在制造上，三足器足与蹄足并存。青铜器铭文这时有达到上百字的，如成王时代的何尊122字，康王时代的大盂鼎291字，小盂鼎近400字。铭文书体沿袭商代后期，内容有祭祀、赏赐、策命、征伐等。

西周铜器在共王之后开始体现了更多的本时代的特点，酒器有爵、角等，而壶、尊基本消失了，鸟兽仍继续保留。现藏于台北故宫的毛公鼎可作为这时期的典型代表。体现这一时代艺术风格的纹饰有环带纹、窃曲纹、鳞纹、重环纹、瓦纹。铭文较长，书体排列均匀整齐，字体严谨，书法娴熟，竖笔呈上下等粗的柱状，称“玉柱体”。内容有祭祀、策命与赏赐、对外战争与征伐、土地制度的变革、职官名、礼仪制度、计时法等，丰富而广泛，是研究西周政治、经济、文化以及社会生活诸多方面的珍贵资料，也是研究汉字字体发展演变和书法艺术史的重要资料。

四、春秋战国时期青铜器的繁荣

东周可分春秋和战国两大时期，是我国封建社会初步确立的时期。社会的变革促进了经济的发展，青铜冶铸业也随着社会的变革而发展，反映了这一时期的政治、经济、文化变革的一个侧面。东周时代的铸铜地址较多，其中山西侯马最为典型。这一时期的铸造工艺主要有陶范法，还发明了失蜡法和模印法，是青铜铸造业的一个重大变革。这一时期的镶嵌工艺相当发达，所镶嵌的物质主要有绿松石、宝石、红铜、金银等，使用了冷加工技术和鎏金技术。不难看出春秋战国青铜器在社会变革和新的生产力的影响下，按照社会生产生活和战争的需要，其加工工艺在先前的基础上不断有所发展和创新，成为这一时期青铜铸造业的重要特点之一。

随着历史的变革，春秋战国时期青铜礼乐器走向衰落，日用器则逐渐发展起来。总的来看，春秋时期在器类上与西周没有太大的区别，食器和乐器种类较多，而且战争的逐渐增多，促进了青铜武器的飞跃发展，主要有戈、矛、戟、剑等。日常用品中的铜镜在商周的基础上得到发展，另外还有最早的货币和玺印的萌芽。由于铭文的出现，春秋青铜器的纹饰较为单调，平实无华。浮雕式的新内容被用为器物新的装饰。战国时期，日常用品急剧增多。据近年一些大型墓出土的材料看，钟鼎之器占的数量很大，钟必成编、鼎必成列，反映了贵族宴食的奢侈。常见的青铜器除鼎外，还有鬲、敦、豆、壶、尊、盂、盘、多种鸟兽尊等；更多青铜器组合出现了小件的附件，如匕、勺等；灯、炉等铜饰也有所发展；服饰中的带钩与铜镜是最惹人注目的；玺印、符节、货币也是这时发展起来的；青铜武器有戈、剑、矛、镞、弩机等。器形早期沿袭春秋以来的特征，中晚期变化较大，铜鼎的三蹄还向低矮发展，但也有多足者，如楚式鼎，直壁，器加深，足也相对的加高。壶的样式丰富多彩，有盖，有的有系链。战国铜器上的装饰制作技法多样化，有平雕、浮雕和圆雕。铭文内容较之商周和春秋时代更加简略，铜镜不铸铭文，多为圆形，但纹饰极其丰富，除素面外还有单层或双层花纹，主要有龙纹镜、四山纹镜、蟠螭纹镜和兽纹镜等。当时的青铜铸造业在时代的变革中有了发展和升华，在青铜铸造史上放射出异彩。

资料来源：古诗词网。

实践项目二：什么原因造成了近代中国的衰落？

【实践题目】

什么原因造成了近代中国的衰落？

【实践类型】

报告会

【实践目标】

通过聆听专家的报告，让学生更加深刻认识到近代中国的衰落，一方面是因为世界资本主义的兴起和发展；一方面是因中国封建社会的迟滞，缺乏制度创新、科技创新，从而更加清醒地认识到改革开放的重要性、必要性

【实践方案】

时间：40分钟

地点：教室或报告厅

准备：邀请专家、设主持人，负责报告会流程

流程：

（1）主持人介绍专家、为报告会预热

（2）专家报告，主持人维护会场纪律、掌握会场节奏

（3）自由提问，专家作答

（4）学生写一份心得体会，提交

【实践成果】

关于报告会的心得体会

【实践评价】

教师根据学生的心得体会，进行评分

得分表

项　目	标　准	满　分	得　分
内容	观点正确，论证充分	50	
写作	文笔流畅，表述清晰	30	
延伸	有新观点、新视角、新材料	20	
总　计	以上项目分数相加	100	

【参考资料】

落日辉煌——十七、十八世纪全球变局中的“康乾盛世”

在清朝统治的268年间，自康熙（1662—1722）经雍正（1723—1735）至乾隆（1736—1795）的130多年，形成了中华民族历史上又一个辉煌盛世，史称“康乾盛世”。这一时期，中国社会的各个方面在原有的体系框架下达到极致。乾隆末年，中国经济总量占世界第一位，人口占世界1/3，对外贸易长期出超，以致英国迟迟不能扭转对华贸易的逆差。

然而，正是在同一个时间，在地球的另一端，尤其是在英国，一种新的文明——挑战全球的工业文明正在萌发；一场伟大的革命——最终改造了整个旧世界的资产阶级革命正在进行；一个新的运动——冲击中世纪封建神学桎梏束缚的思想启蒙运动正在蓬勃发展。由此以降仅100多年的历史，就彻底地改变了中国在世界格局中的地位，中国由一个洋洋自得的天朝大国急剧地坠入落后挨打的境地而一蹶不振。

“康乾盛世”前后100多年魔术般的变化，令全世界的思想家、政治家以及有识之士们大为震惊。马克思称之为“奇异的悲歌”：“一个人口几乎占人类1／3的大帝国，不顾时势，安于现状，人为地隔绝于世并因此竭力以天朝尽善尽美的幻想自欺。这样一个帝国注定最后要在一场殊死的决斗中被打垮：在这场决斗中，陈腐世界的代表是基于道义，而最现代的社会的代表却是为了获得贱买贵卖的特权——这真是一种任何诗人想也不敢想的一种奇异的对联式悲歌。”

邓小平指出：“如果从明朝中叶算起，到鸦片战争，有三百多年的闭关自守，如果从康熙算起，也有近二百年。长期闭关自守，把中国搞得贫穷落后，愚昧无知。”

这段历史太值得后人警醒——康雍乾三代君主，英明有为，但是面对世界范围的历史性大变动、大转折，却茫然无知，毫无准备，甚至采取错误的对策，把门关上，最终导致中国的长期落后。今天，当我们处在一个新的世纪、面对一个更加激烈的综合国力竞争国际环境的时候，把“康乾盛世”放入一个世界性的范围来看，尤为发人深省。

中华民族经过秦汉以来两千多年的发展，至康乾盛世，其经济取得了有史以来的最高成就。它的农业、手工业、贸易、城市发展等，都曾达到世界先进水平。

从农业来看，不论是当时的人口数量，还是耕地面积，都远远超过了以往的历史时期。据统计，康熙二十四年（1685）全国共有耕地6亿亩，至嘉庆三年（1798），全国耕地约为10.5亿亩，粮食产量则迅速增至2040亿斤。当时随马戛尔尼使团来中国的巴罗估计，中国的粮食收获率高于英国。“麦子的收获率为15∶1，而在欧洲居首位的英国为10∶1。”（见张芝联、成崇德主编：《中英通使二百周年学术讨论会论文集》，中国社会科学出版社1996年版，第188页）中国农作物的总产量占世界第一位。人口从1700年前后的约1.5亿增加到1794年的约3.13亿，占全世界9亿人口的1/3。

从手工业来看，也有了相当程度的提高。生产规模扩大，手工作坊、手工工场逐渐增多，如广东的冶炼业、京西的采煤业、江南的纺织业、云南的铜矿业等。手工劳动的分工进一步精细，如江苏松江棉布染色业作坊，按照产品种类，分成为蓝坊、红坊、漂色坊、杂色坊。市场也有了一定的发展。粮食、布匹、棉花、丝、绸缎、茶、盐成为主要商品，其流通值为3.5亿两白银。（见许涤新、吴承明主编：《中国资本主义发展史》，人民出版社2005年版，第284页）如果加上烟、酒、糖、油、煤、铁、瓷器、木材，不少于4.5亿两，以当时人口3亿计，人均商品流通值为白银1.5两。

对外贸易急剧增长。主要出口商品有茶、丝、土布，尤以茶叶占第一位。18世纪末，英国东印度公司每年平均从中国购买茶叶值银400万两。而英国商人运到中国来销售的主要商品（毛织品、金属、棉花）的总值，尚不足以抵销从中国运出的茶叶一项。为了平衡贸易收支，英国商人必须运送大量白银到中国。康熙年间，清朝征收的关税正额有银43000两，实际上关税收入大大超过“正额”。乾隆末，每年“盈余”（即超额部分）已达85万两，超过康熙年间所定关税正额的20多倍。

科技事业，也有一定程度的发展。如18世纪初，在康熙帝主持下，清廷从事两项巨大的科学工程。一项是《律历渊源》（1713—1722），介绍了中国和西方音乐各种理论、乐器制造、天文历法以及西方的数学与中国的算学；另一项是用近代科学方法绘制了第一幅详细的中国地图（1708—1719）。

中国的城市也有很大的发展。到19世纪初，全世界十个拥有50万以上居民的城市，中国就有六个，即北京、辽宁、扬州、苏州、杭州、广州。城市以下的墟市集镇的数量也大大增加，如南京是著名的丝织品产地，有丝织工人数万人。“城里几十条大街，几百条小巷，都是人烟凑集，金粉楼台。”（见吴敬梓：《儒林外史》）山东济宁为“百货聚集之地，客商货物，必投行

家”。（见《济宁直隶州志》卷二《风俗》）

几乎是同一个时间。当康乾君主谨慎地牵引中国这艘古老的大船，沿着原有的航线进行再一轮冲刺的时候，西方则爆发了一系列改天换地的伟大革命，迅速地脱离了传统的发展路线并突然加速前进，跃上了世界文明进程的制高点。

1640年，英国开始了资产阶级革命；美国于1775年进行了独立战争；法国在1789年爆发了大革命。这些革命，不论胜利与否，彻底与否，其结果都加速了封建专制统治的灭亡，推动了民主政体的建立，为资本主义发展扫清了道路。

18世纪以后，科学革命席卷了欧洲。欧洲科学革命的先驱哥白尼于1543年发表了《天体运行论》，阐述了以太阳为中心的天文学说。伽利略研究了自由落体和钟摆运动，发明了望远镜等科学仪器，大大改进了科学观测手段。特别是在17、18世纪之交，牛顿发现了运动三大定律和万有引力，阐述了经典力学理论。继牛顿之后，大批科学家、技术家、实验家涌现，大批科学成果诞生，大批科学研究机构成立，研究自然科学在欧洲蔚然成风。一个科学、技术、实验三者鼎立、互相牵引、彼此促进的互动新机制形成，为生产力的发展注入了强盛的动力。

从18世纪60年代起，英国率先开始了工业革命。

在棉纺织业，1733年凯伊发明飞梭，大大提高了织布的效率。1764年织工哈格里夫斯发明了手摇纺织机，即著名的“珍妮机”。机器的使用，使编织效率提高了40倍以上。

在动力机器方面，1769年瓦特发明了单动式蒸汽机，1782年又制成了复式蒸汽机。1785年英国的棉纺工厂开始用蒸汽作动力。1769年法国人柯格诺特制成了第一辆蒸汽推动的三轮汽车。

在冶金方面，18世纪30年代发明了用焦煤炼铁的新技术，改变了传统的以木材为燃料进行冶铁的落后工艺。18世纪60年代，出现了巨大的熔铁炉，此后又研究出了精炼法。炼铁技术的革新，不仅推动了冶金工业的进步，同时也有力地促进了煤炭工业的发展。

工业革命使英国经济出现了腾飞。据统计，1776年至1800年棉纺织品出口从670万英镑增加到4143万英镑，24年间增长了5.18倍。毛织品在1788年生产7.5万匹，1817年则达到49万匹，增长了5.53倍。煤的年产量，1700年为500万吨，1795年增至1000万吨，增长了1倍。生铁产量，1740年仅为

17350吨，1806年则猛增至258000吨，增长了13.87倍。工业的发展导致曼彻斯特、伯明翰等一批新兴工业城市的出现，人口大量流向城市，18世纪70年代时，城市人口已占全国总人口的1/2。

在经济发展全面加速的18世纪，交易的一切工具都合乎逻辑地使用起来了。在工业发展、商业繁荣的基础上，欧洲国家的市场进入了更高层次，证券交易、信贷已很活跃，证券交易所拓展了他们的活动，"伦敦模仿阿姆斯特丹并试图取而代之，阿姆斯特丹此时趋向专业化发展，欲成国际贷款之要地，日内瓦和热那亚参与这些危险的游戏，巴黎摩拳擦掌，开始亦步亦趋，这样一来，钱款与信贷便起来自如地从一处流到另一处"。（见布罗代尔：《资本主义的动力》，三联书店1997年版，第18页）形形色色的信贷证券，大大便利了商品批发和国际支付业务，整个市场被活跃的信贷和贴现所推动。

这时，西方国家向全世界扩张的步伐也骤然加快。他们纷纷走出国门，建造大舰巨舶，组织商船队和贸易公司，进行航海探险，致力海外贸易，到世界各地寻找商业机会，掠夺金钱、土地和人口，进行原始积累。贪婪的西方商人，确信自己的好运在远方，行走于全世界并把商品带到世界各地，追逐丰厚的利润；炮舰和军队用刀和剑在各个殖民地上建立起统治；外交使节和传教士到处奔忙，把政令和圣经传播到各个角落，并热衷于搜集情报，了解各地的情况。美国独立条约的墨迹未干，当其还处于英国的威胁之下时，海商就已游弋七大洲，去寻求贸易。到达中国的第三只船"实验号"只有84吨，乃至被认为是近海帆船，充分展现了愿意为可能获得的利润冒最大危险的精神。据估算，英国在1757—1857年的100年中，仅从印度运回本国的货物和货币总值达120亿金卢布。

纺织工序的逐步机械化、焦炭炼钢、蒸汽机的应用、工厂制的出现，农业的发展、农村购买力的增加，市场的兴旺、商人的活跃，航海的进展、殖民地的开拓、交通运输的改革，等等，许多举措、事件的相互联系，相互促进，推动英国率先完成了工业化，跨进了"近代社会"。一个生产力如地下泉水喷涌迸射的人类新时代全面展开。

然而在变化了的世界面前，康雍乾三代英明君主却表现出惊人的麻木和极度的愚昧：妄自尊大、拒绝开放，囿于传统、反对变革，满足现状、固步自封，特别是限制工商业、蔑视科学技术、闭关锁国、加强集权、禁锢思想的做法，愈加严重地制约着社会的进步。

与西欧国家不遗余力地保护工商业发展的做法相反，清王朝对工商业控制、压抑、打击，把工商视为“末业”，认为兴商既不合祖宗成法，也对国家无利。雍正说：“农为天下之本务，而工贾皆其末也。今若于器用服玩之物，争尚华巧，必将多用工匠以为之。市肆之中多一工作之人，即田亩之中少一耕稼之人，此逐末之所以见轻于古人也。且愚民见工匠之利，多于力田，必群趋而为工，群趋为工则物之制造者必多，物多则售卖不易，必至壅滞而价贱。是逐末之人多，不但有害于农，而并有害于工也。小民舍轻利而趋重利，故逐末易而务本难。苟为官者遽然绳之以法，必非其情之所愿，而势有所难行。惟在平日留心时刻为之劝导，使小民知本业之为贵，又复训饬闾阎崇尚朴实工作之间，不为华巧。如此日积月累，遂成风俗。虽不必使为工者尽归于农，然可免为农者相率而趋于工矣。”（见《清世宗实录》，卷五七）有些官吏主张在广东招商开矿，雍正表示坚决反对：“今若举开采之事，聚集多人，其中良顽不一，难以稽察约束，恐为闾阎之扰累。况本地有司，现在劝民开垦，彼谋生务本之良民，正可用力于南亩，何必为此侥幸贪得之计，以长喧嚣争竞之风。”（见《东华录》雍正朝，卷二六，雍正十三年四月）在这种思想指导下，朝廷对民间手工业在经济上实行高额征税，低价收购，无偿摊派；在政治上或限制其开设，或控制其流通，或严格约束工人，或指定特许的商人，对工商业的发展千方百计地压抑阻挠。封建官僚滥施淫威，而工商业者没有公开进行对抗的力量，只能匍匐在政权的脚下，任其蹂躏。因之，虽然当时中国六个大城市的人口都超过世界最先进的伦敦，但是西方城市以工商业为本位，商人和手工业主在政治上起着重大作用，参与城市管理、审查预算的情况，在中国从来没有出现。中国的城市首先是政治和军事中心，大多数城市的繁荣依靠官吏、地主、军队及其附属者的消费，而非依靠工业制造与远程贸易。

在儒家思想的统治下，终清一朝，弥漫着轻视和蔑视科技之风，把科技知识视为“形而下”，把发明创造称为“奇技淫巧”。清初的戴梓发明火器“连珠铳”，一次可填发28发子弹，又造出蟠肠枪和威远将军炮，然而清统治者抱着“骑射乃满洲根本”，不仅不采用，反而听信馋言，将戴梓充军关外。1792年，英特使马戛尔尼送给乾隆80寿辰的礼物中，有天球仪、地球仪、西瓜大炮、铜炮、各种自来火炮、西洋船模型、望远镜等29种，清廷只是将之作为“贡品”“玩好”收藏，予以玩赏或鄙薄，根本未想到这里的科技含义及其中的军事价值。马戛尔尼曾邀请清军将领福康安检阅英国使团卫队演习新式武器操练，福康安竟拒绝说：“看亦可，不看亦可。这火器操作，谅来没有什么稀奇。”康熙帝对自然科学怀有浓厚的兴趣，宫廷中罗致了许多懂科学的耶稣会传教士，聘请了一批数学家研究天文数学。但是西方科学未跨出宫廷一步，只供皇帝个人欣赏。雍正、乾隆两位皇帝对自然科学均无爱好，加以康熙末年由于“礼仪之争”，罗马教廷与清朝的关系破裂，采取闭关锁国的政策彻底阻滞了西方科学技术知识的传入和交流。

闭关锁国、拒绝交流是清廷对外关系的基本政策。康乾时期，是人类历史从分散走向整体的时代，是经济国际化趋势日渐明显的时代。中国在对外关系上却采取了逆时代大潮的封闭国策。对外政策的着眼点是怀柔远人、外夷归附、宣扬恩德以保持国内秩序的稳定。至于航海探险、远洋贸易、对外扩张，这一切既缺少实行的手段、能力，也没有试探的兴趣。它不重视对外贸易的经济利益，只把通商当作怀柔的手段。当英国商人给清朝的文书中要求扩大通商，声称中英通商“与天朝有益”时，乾隆皇帝谕令两广总督苏昌：“国家四海之大，何所不有，所以准通洋船者，特系怀柔远人之道。乃该夷来文内，有与天朝有益之语。该督等不但当行文笼统驳饬，并宜明切晓谕，使知来广贸易实为夷众有益起见，天朝并不藉些微远物也。”（见《清高宗实录》，卷六四九）他在给英王乔治三世的一封信中讲：“天朝物产丰盈，无所不有，原不藉外夷货物以通有无。”（见《粤海关志》，卷二三）清王朝的对外政策就是建立在这种“天朝上邦”意识和传统的自然经济观念以及诸如“不宝远物，则远人格”之类的儒家经典之上的。因而，贸易变成了“怀柔遐方、加惠四夷”的政治行为，而并非将其视为经济发展的需要。

对外关系的着眼点决定了对外交往的排斥态度。当西方竭力寻找新航线，拓展海外殖民地，大力发展海外贸易之际，清统治者正在为海岸线的不宁而焦躁不安。对于远道涉洋而来的西方国家，莫不以“夷狄”视之，把构筑一道坚实而绵密的藩篱，将最危险的西洋人隔绝于国门之外视为基本国策。康熙初年一度开放海禁，允许沿海居民出海贸易，但是，又决定不准外国人来华贸易。按传统做法，只有在外国人对华“朝贡期”内允许贸易，期限一过，即停其贸易，贡使便打道回国。外国人在贡期外从事贸易，康熙初年只有两次。康熙五年时宣布：下不为例，永行停止。康熙的这项政策，影响了清朝100多年，后世子孙顽固地坚持不准外国人来华贸易，贻误了中国的发展。清朝对对外交流进行严厉限制，首先对出口商品有严格限制。军器、火药、硝磺、铜铁可以制造武器，均在严禁之列，米麦、杂粮、马匹因内地缺少，亦禁出口。书籍则可能泄露中国状况，也不许运往国外。中国本来能制造巨大的帆船，出航远洋。至康乾时期，各国的航海业突飞猛进，船只越造越大，而清廷却规定："如有打造双桅五百石以上违式船只出海者，不论官兵民人，俱发边卫充军。"（见《大清会典事例》，卷七七六，康熙二十三年）对于出洋的水手、客商，防范极严，"各给腰牌，刻明姓名、年貌、籍贯，庶巡哨官兵易于稽查"。（见《清朝文献通考》，卷三三）中国人到外国贸易，立定年限回国，如逾期不归，永远不许返回。即使三世居于外国的华侨，也要设法招回治罪并株连其家属。这种以天朝大国自居，采取不与西方通商的闭关锁国政策，完全堵塞了可能给中国近代科学技术和经济发展提供外部刺激的渠道。

当欧美国家纷纷走上实行民主政体的道路，消除专制制度的时候，康乾盛世的三位帝王却在一步步收紧权力之网上的纲绳，把封建皇权推上空前集权的巅峰。这种体制避免了历代王朝经常发生的宰相、外戚、宦官擅权和武将跋扈、文官植党以及士人非政的现象，但更加缺少约束和监督机制。官吏以权谋私，权钱交易。贪污腐化，贿赂行私层出不穷，最终不仅导致中国传统社会的发展陷于停滞，而且严重阻滞了中国由传统向现代的变革之路。加以国际大势剧变，中华民族已濒于西方列强宰割的绝境。

同政治体制相适应，在文化上把儒学提高到无以复加的地步，尤其用力提倡程朱理学。清廷一方面引导知识分子只钻研儒家经典，科举、考试，要以朱子的注释作为准则，"言不合朱子，率鸣鼓而攻之"；另一方面采取高压政策，文字狱盛行。知识分子只好潜心古籍、埋头注疏和考据。禁锢思想实际上是禁锢人的创造性。当人类由传统走向现代，最需要睁开眼睛看世界的时候，主导中国未来的传统意识形态和价值观念体系，却如一潭死水般的沉寂。在这种"沉寂"中，中国不可能不成为时代的落伍者。

清廷自恃"天朝物产丰富，无所不有"而拒绝开放、拒斥变革，其结果犹如烈火烹油，夕阳西下，100多年的盛世之后中国社会骤然下跌。极端的闭关，把中国与西方之间的距离大大拉开了。

以中国最为自豪的农业为例。至1840年，千年前的耕作方式基本没有变化，全国人均粮食仅200千克左右。而在英国，每个农场都有一部蒸汽机；在美国，人均粮食已接近1000千克。

在工业方面，中国工业人口已相当庞大，如景德镇有工匠10万人，荆州到重庆间有纤夫10多万人，苏杭织工达三四万人，佛山织工近5万人；在云南矿区和一些老林中谋生的人不下百万之多，广州靠在洋船上谋生的也有几十万人之众。但这个数字与全国人口之比仍微乎其微。而且，这些工人，要么是手工业者，要么是纯粹的苦力，近代式的机器工人几难一见。而在欧美，蒸汽动力已普遍应用，如英国，1800年仅321台共5210马力，到1815年就达到15000台共375000马力，到1840年为止，英国工业革命就基本完成了。在这段时间，中国年产铁约2万吨，不及法国的1／10，不及英国的1／40。中国的第一座炼钢平炉建于1890年，比西方晚了近30年；第一艘汽船造于1865年，比西方晚了60年。在中国，纺纱女日产五六两，高的达到十两，也有连日带夜纺出十二两的。在美国，1825年每个工人看管200个锭子，日产1000绞棉纱。铁路更显示出西方发展之快，1825年英国建造了世界上第一条铁路，到1840年，全世界的铁路总里程达9000公里，而中国这时还不知铁路为何物。中国的机器工业出现在19世纪末期，比英、法、美等国的工业革命完成的时间还要晚几十年。

军事上，明末清初已引进并使用西方大炮。但后来，为了使八旗骑兵弓马的“技术特长”不致失传，废用大炮等热兵器，恢复大刀、长矛、弓箭等冷兵器，水兵仍是帆船，以致西方的长枪大炮到这时被看成了妖术，军舰则被目为怪物，广州守将对付英国人的是“驱邪”的马桶、秽物等。

科学方面的差距尤为明显。明朝之前，中国是当时世界上经济、科学最发达的国家，当时世界上重要的发明创造和重大科学成就大约300项，其中中国约175项，占57%以上。总体上说，到明中晚期，中西方之间仍是互有短长。经过清朝200多年，中国的科学技术已全面落后于西方。在数学、物理学、化学、天文学、生物学等方面，中国比西方晚了几乎两个世纪，直到19世纪下半叶，这些西方的先进科学知识才缓慢地被介绍到中国。

马克思、恩格斯在《共产党宣言》中说：“资本主义在它的不到一百年的阶级统治中所创造的生产力，比过去一切时代创造的全部生产力还要多，还要大。”生产力的巨大发展把西方社会迅速地推进到一个更高的历史发展阶段，相形之下中国则在封建主义的迟暮中步履蹒跚。落日虽然辉煌，接踵而来的却是长夜无歌。在走向现代化的今天，反省我们民族的这段历史，最要紧的，是获得一份警醒、一份自觉：对当前以及未来世界历史大变动、大发展、大转折要有清醒的认识，对我们的国情要有充分的把握，要以更博大的胸怀面对世界、走向世界。

资料来源：《学习时报》编辑部：《落日的辉煌》，《中国财经报》2000年

11月29日（001版）。

【推荐阅读】

1. 冯天瑜、何晓明、周积明：《中华文化史》，上海人民出版社1990年版。

2. 沙健孙、龚书铎主编：《走什么路——关于中国近现代历史上的若干重大是非问题》，山东人民出版社1997年版。

3. 龚书铎、金冲及、宋小庆：《历史的回答——中国近代史研究中的几个原则争论》，北京师范大学出版社2001年版。

4. 林华国：《近代历史纵横谈》，北京大学出版社2005年版。

5. 袁行霈等主编：《中华文明史》，北京大学出版社2006年版。

第一章　反对外国侵略的斗争

知识梳理

◆知识框架◆

- 反对外国侵略的斗争
  - 资本–帝国主义对中国的侵略
    - 军事侵略
    - 政治控制
    - 经济掠夺
    - 文化渗透
  - 抵御外国武装侵略　争取民族独立的斗争
    - 反抗外来侵略的斗争历程
    - 粉碎瓜分中国的图谋
  - 反侵略战争的失败与民族意识的觉醒
    - 反侵略战争的失败及其原因
    - 民族意识的觉醒

◆重点剖析◆

1. 资本–帝国主义侵略给中国带来了什么？

近代资本–帝国主义列强对中国发动了一系列侵略战争，目的是迫使中国政府签订不平等条约，勒索大量战争赔款，割占中国大片领土。19世纪末，列强更进一步强占租借地，划分势力范围。列强侵略严重地破坏了中国的领土完整。

列强通过公使驻京直接向中国政府发号施令；通过领事裁判权破坏中国司法主权；通过控制中国海关直接干预中国内政外交；它们还扶植和收买代理人，共同镇压中国人民的反帝反封建斗争，从而把中国当权者变成自己的代理人和驯服工具。

列强通过不平等条约的特权，迫使中国开放通商口岸；通过协定关税，使中国在对外贸易中处于被宰割的地位；通过大规模的商品倾销和资本输出，使中国逐步沦为外国侵略者的商品销售市场和原料掠夺地，并操纵了中国的主要经济命脉。列强侵略是造成近代中国社会经济长期不能有效发展的根源。

列强还对中国进行文化渗透，一些传教士披着宗教外衣进行侵略活动；他们还宣扬“种族优劣论”“黄祸论”，目的是为帝国主义侵略制造舆论。

所以，资本–帝国主义对中国的侵略和本国封建势力对人民的压迫，是近代中国落后、贫困的根本原因。

虽然，列强在侵华的时候也充当了历史的不自觉的工具，把西方资本主义的机器技术带入中国，刺激了中国资本主义的发展。但是，其主观上并不希望中国成为独立、自主、富强的近代化国家，因此总是千方百计地压制中国民族资本主义的发展，阻挠和破坏中国社会的进步。历史证明，只有推翻帝国主义和封建主义在中国的统治，中国才有可能走上独立、富强的道路。

2. 近代中国进行的反侵略战争具有什么意义?

中国近代史就是一部资本主义列强侵略中国与中国人民反侵略、争取民族解放的斗争史。

第一，近代中国人民的反侵略战争，沉重打击了帝国主义的侵华野心，粉碎了他们瓜分中国和把中国变成完全殖民地的图谋。

帝国主义列强一次次对中国发动侵略战争，绝不仅仅是为了通商，而是为了掠夺和扩大殖民地，为了他们自身的殖民扩张利益。每一次战争，都伴随着更大的贪婪目的和更多的利益要求。但每一次侵略都遇到了中国人民的反抗，使他们的狂妄野心无法得逞。中国人民的英勇斗争，不仅表现了中国人民不屈不挠的爱国主义斗争精神，同时也给外国侵略者以沉重打击和深刻教训，使他们越来越清楚地认识到，中国是一个很难征服的国家。他们虽然可以强迫清政府签订一个又一个不平等条约，却始终无法把中国变成他们的完全的殖民地。尤其是甲午战争以后，在瓜分危机的严重关头，中国各阶层人民救亡图存的努力探索和奋起抗争，使侵略者看到了中国人民中所隐含的不甘屈服的伟大力量，不得不放弃了瓜分中国的图谋。

第二，近代中国人民的反侵略战争，教育了中国人民，激励中国人民奋起直追，大大提高了中国人民的民族觉醒意识。

帝国主义的侵略给中华民族带来了巨大灾难，但没有哪一次巨大的历史灾难不是以历史的进步作为补偿的。列强发动的侵华战争以及中国人民反侵略战争的失败，从反面教育了中国人民，极大地促进了中国人民思考、探索救国道路。

鸦片战争以后，先进的中国人开始痛定思痛，注意了解国际形势，研究外国史地，总结失败教训，寻找救国的道路和御敌的方法，于是有“师夷之长技以制夷”思想的提出。19世纪70年代以后，王韬、薛福成、马建忠、郑观应等人不仅主张学习西方的科学技术，还提出要学习西方的政治、经济制度，强烈反对外国侵略，希望中国能早日独立富强。

甲午战争以后，中华民族面临生死存亡之际，帝国主义的瓜分狂潮和民族危机的刺激，全民族开始有了普遍的民族意识的觉醒，救亡图存的思潮日益高涨。梁启超指出：“吾国四千余年大梦之唤醒，实自甲午战败割台湾二百兆以后始也。”严复在其《救亡决论》中喊出了“救亡”口号，在其《天演论》中用“物竞天择、适者生存”的社会进化论思想指出，中国如果不自强就有可能亡国灭种、失去民族生存权利。这对中国人来说是一副药力猛烈的清醒剂，也是一个振聋发聩的警世钟。正是这种亡国灭种的危机感，增强了中华民族整体民族利益休戚与共的民族认同感和凝聚力，成为中华民族自立自强的根本所在。

3. 中国近代历次反侵略战争失败的根本原因和教训是什么？

中国在历次反侵略战争中失败的原因，虽然有客观和主观两方面的因素，但主要原因应当从中国内部因素来分析。毛泽东同志把鸦片战争及其以后一百年间中国对外战争的失败归结为两个原因：一是社会制度的腐败，二是经济技术的落后。

第一，近代中国社会政治制度的腐败和清政府的腐朽无能，是反侵略战争失败的一个重要原因。

在1840年以后中国逐渐沦为半殖民地半封建社会的过程中，清王朝统治者从皇帝到权贵，大都昏庸愚昧，不了解世界大势，不懂得御敌之策。由于政治腐败、经济落后和文化保守，一方面使清朝统治阶级封闭自守，妄自尊大，骄奢淫逸，盲目进攻；另一方面又使统治者和清军指挥人员在战争面前完全没有应变的能力和心态，不适应于近代战争，不少将帅贪生怕死，临阵脱逃，有的甚至出卖国家和民族利益。清政府尤其害怕人民群众，担心人民群众动员起来会危及自身统治，所以不敢发动和依靠人民群众的力量。

清朝统治集团在对外战争中妥协、退让、求和的一系列做法，已经使它失去在中国存在的理由，人民认识到不推翻它是不可能取得反侵略战争胜利的。八国联军侵华后短短10年，清王朝走完了它最后的路程，这是历史的必然。

第二，经济和科学技术的落后，国家综合实力低，是近代中国反侵略战争失败的另一重要原因。

当时的英国已经历过工业革命，资本主义生产力获得突飞猛进的发展，而中国仍停留在封建的自然经济的水平上。经济技术的落后直接造成军事装备的落后，军队指挥员不了解近代军事战术，从而造成军队素质和战斗力的低下。

经济技术落后是反侵略战争失败的重要原因，但并不表明经济技术落后就一定在反侵略战争中失败。正是因为当时的中国政府不能很好地组织反侵略战争，不能有效地发动和利用人民群众的力量，甚至压制人民群众，其失败才是不可避免的。

近代中国反侵略战争的失败留给我们深刻的教训：第一，在中国近代，要争取国家独立和民族富强，必须改变帝国主义、封建主义联合统治的半殖民地半封建的社会制度。帝国主义侵略是造成中国人民巨大灾难的根源，与此同时，腐败的清政府也已失去了领导中国人民进行反侵略战争胜利的能力和资格。而清政府之所以丧失了这种能力，从根本上说，是封建专制制度造成的。因此，反对帝国主义侵略，同时又要推翻腐朽的封建专制制度，是历史赋予中国人民的两大历史任务。

第三，落后就要挨打，要取得反侵略战争的胜利，需要在科学技术方面奋起直追，需要进行现代化建设。但现代化建设的前提是民族独立和人民解放，不推翻帝国主义对中国的反动统治，就没有进行现代化的前提和条件，难以使国家真正强大起来。

◆训练强化◆

一、判断题

1. 近代中国社会的历史主题是解决中国社会中的两个主要矛盾。(　　)

2. 三元里人民抗英斗争是近代中国人民第一次大规模的反侵略武装斗争。(　　)

3. 资本–帝国主义对中国的侵略，首先和主要的是进行经济侵略。(　　)

4. 外国帝国主义和中国封建主义的联合统治，导致了近代中国经济的落后和人民的贫困。(　　)

5. 帝国主义列强对中国的争夺和瓜分图谋，在1894年中日甲午战争爆发后达到了高潮。(　　)

6. 近代中国人民反侵略战争失败最根本的原因是由于中国经济技术的落后。(　　)

7. 中日甲午战争之后，中国人民的民族意识开始普遍地觉醒。(　　)

8. 林则徐是近代中国开眼看世界的第一人。(　　)

9. 资本–帝国主义来华的主要目的是开辟市场。(　　)

10.19世纪70年代以前，西方资本主义国家对中国经济侵略的方式是资本输出。(　　)

二、单项选择题

1. 清政府将台湾全岛及其所有附属岛屿割让给日本的条约是（　　）

A.《北京条约》　B.《天津条约》　C.《瑷珲条约》　D.《马关条约》

2. 1894年11月，日军在中国制造了（　　）

A. 旅顺大屠杀惨案　　B. 江东六十四屯惨案

C. 济南惨案　　D. 南京惨案

3. 圆明园被烧毁于（　　）

A. 第一次鸦片战争　　B. 第二次鸦片战争

C. 中法战争　　D. 八国联军侵华战争

4. 以下条约中，中国赔款最多的是（　　）

A.《南京条约》　B.《北京条约》　C.《马关条约》　D.《辛丑条约》

5. 第一个规定列强在华享有领事裁判权的条约是（　　）

A.《虎门条约》　　B.《五口通商章程》

C.《望厦条约》　　D.《黄埔条约》

6. 1842年，中英《南京条约》开放的通商口岸（　　）

A. 广州、厦门、福州、南京、上海　B. 广州、汉口、福州、南京、上海

C. 广州、厦门、福州、宁波、上海　D. 广州、汉口、福州、宁波、上海

7. 资本主义列强对华经济侵略由商品输出为主转为资本输出为主是在（　　）

A.《南京条约》签订后　　B.《北京条约》签订后

C.《马关条约》签订后　　D.《辛丑条约》签订后

8. 资本–帝国主义列强侵略中国的主要目的是（　　）

A. 掠夺资源　　B. 开辟市场

C. 开拓疆域　　D. 强迫中国成为其附属国

9. 19世纪末，列强瓜分中国的图谋破产，其根本原因是（　　）

A. 中国民族意识的逐步觉醒

B. 工人阶级队伍的壮大

C. 中国人民进行了不屈不挠的斗争

D. 帝国主义列强之间的矛盾和相互制约

10. 近代中国历次反侵略斗争失败的最根本原因是（　　）

A. 社会制度的腐朽　　B. 经济技术的落后

C. 思想的落后　　D. 中外力量悬殊

11. 最早提出“师夷长技以制夷”的著作是（　　）

A.《地理大全》　B.《四洲志》　C.《海国图志》　D.《天演论》

12. 甲午战争中英勇牺牲的致远舰管带是（　　）

A. 邓世昌　B. 林永升　C. 刘步蟾　D. 左宝贵

13. 允许外国公使常驻北京的条约是（　　）

A.《北京条约》　B.《南京条约》　C.《辛丑条约》　D.《天津条约》

14. 资本–帝国主义侵略中国，首先和主要进行的是（　　）

A. 经济侵略　B. 文化侵略　C. 军事侵略　D. 宗教渗透

15. 近代中国开眼看世界的第一人是（　　）

A. 林则徐　　B. 严复

C. 洪秀全　　D. 康有为

16. 规定中国割让九龙半岛南端和昂船洲，“归英属香港界内”的不平等条约是（　　）

A.《辛丑条约》　　B.《马关条约》

C.《北京条约》　　D.《南京条约》

17. 中法战争中，率领清军和民众取得“镇南关大捷”的老将是（　　）

A. 刘铭传　B. 丁汝昌　C. 冯子材　D. 关天培

18. 1894年11月，喊出“振兴中华”这个时代最强音的是（　　）

A. 洪秀全　　B. 严复

请回答：

（1）“师夷长技以制夷”主张产生的社会背景和主要内容。

（2）“师夷长技以制夷”主张在当时的进步性和思想认识上的局限性。

2.【材料1】凡大英商民在粤贸易，向例全归额设行商，亦称公行者承办，今大皇帝准以嗣后不必仍照向例，乃凡有英商等赴各该口（五个通商口岸）贸易者，勿论与何商交易，均听其便。

——摘自中英《南京条约》，见翦伯赞、郑天挺主编：《中国通史参考资料：近代部分　上册》（修订本），中华书局1965年版，第68页。

【材料2】嗣后陆路前定通商处所，商人数目及所带货物并本银多寡，不必示以限制。

——摘自中俄《天津条约》，见中国社会科学院近代史研究所编：《沙俄侵华史》（第2卷），人民出版社1978年版，第161页。

【材料3】日本臣民得在中国通商口岸城邑任便从事各项工艺制造，又得将各项机器，任便装运进口，只交所定进口税。

——摘自中日《马关条约》，见翦伯赞、郑天挺主编：《中国通史参考资料：近代部分　上册》（修订本），中华书局1965年版，第437页。

请回答：

（1）根据材料1，分析英国对清政府提出的要求。

（2）根据材料2，分析沙俄的侵略要求与英国相比有何发展。

（3）根据材料3，分析日本取得的权益，与前两者相比，它更具危害性的原因。

（4）综合上述材料，分析外国资本主义对中国经济侵略的手段所经历的发展趋势。

参考答案

一、判断题

1. ×　2. √　3. ×　4. √　5. √　6. ×　7. √　8. √　9. ×　10. ×

二、单项选择题

1. D　2. A　3. B　4. D　5. B　6. C　7. C　8. D　9. C　10. A　11. C　12. A　13. D　14. C　15. A　16. C　17. C　18. C　19. D　20. B

三、多项选择题

1. ACD　2. ABD　3. BCD　4. ABCD　5. ABCD　6. ABD　7. BCD　8. ABD　9. BC　10. AB

自测题

一、单项选择（本大题共10小题，每小题1分，共10分）

1. 中国近代史上第一个不平等条约是（　　）

A. 中英《北京条约》　　B. 中英《南京条约》

C.《马关条约》　　D.《辛丑条约》

2. 资本-帝国主义对中国的侵略，首先和主要的是（　　）

A. 经济侵略　　B. 军事侵略

C. 文化侵略　　D. 政治侵略

3. 中国近代史上割去台湾全岛的不平等条约是（　　）

A.《马关条约》　B.《天津条约》　C. 《南京条约》　D.《辛丑条约》

4. 外国在中国开设的第一家银行是（　　）

A. 英国丽如银行　　B. 英国汇丰银行

C. 德国德华银行　　D. 美国花旗银行

5. 中国近代史上第一次大规模的反侵略战争是（　　）

A. 三元里人民的抗英斗争　　B. 太平天国农民运动

C. 义和团运动　　D. 辛亥革命

6. 近代中国睁眼看世界的第一人是（　　）

A. 林则徐　　B. 孙中山　　C. 魏源　　D. 马建忠

7. 魏源提出“师夷长技以制夷”思想的著作是（　　）

A. 《海国图志》　B. 《盛世危言》　C 《筹海篇》D. 《夷情备采》

8. 1895年，严复就写了《救亡决论》一文，响亮地喊出了（　　）

A. “救亡”的口号　　B. 实行君主共和

C. 振兴中华　　D. 天下兴亡，匹夫有责

9. 标志着中国近代完全沦为半殖民地半封建社会的条约是（　　）

A.《北京条约》　　B.《南京条约》

C.《马关条约》　　D.《辛丑条约》

10. 资本–帝国主义列强对中国进行经济侵略的方式，主要是（　　）

A. 商品倾销与资本输出　　B. 军事侵略与资本输出

C. 政治控制与资本输出　　D. 商品倾销与政治控制

二、多项选择（本大题共10小题，每小题2分，共20分）

11. 帝国主义列强通过侵略战争和进行武力威胁等，达到了（　　）

A. 割占中国大片领土　　B. 强占中国租界

C. 强租中国港湾　　D. 在中国划分势力范围

E. “西方文明传播者”

12. 为了统治中国，帝国主义列强在政治上采取的主要方式是（　　）

A. 控制中国政府

B. 操纵中国的内政

C. 把中国当权者变成自己的代理人和驯服工具

D. 操纵中国的外交

E. 操纵中国的军事

13. 外国资产阶级在中国的通商口岸开设洋行，带垄断性地经营进出口贸易。到19世纪90年代，这一类洋行已达500多家。其中规模较大的有（　　）

A. 英国的怡和洋行　　B. 英国的太古洋行

C. 英中的沙逊洋行　　D. 美国的旗昌洋行

E. 德国的礼和洋行

14. 1895年至1913年间，新设立的外资大型厂矿就有130多家。其中英国最多，其次是（　　）

A. 日本　　B. 德国

C. 俄国　　D. 美国

E. 泰国

15. 帝国主义列强在对中国实行军事侵略、政治控制、经济掠夺的同时，还对中国进行文化渗透。其目的是（　　）

A. 宣扬殖民主义奴化思想　　B. 麻醉中国人民的精神

C. 传播先进文化　　D. 传播西方文明

E. 摧毁中国人的民族自尊心和自信心

16. 1842年《南京条约》规定，开放为通商口岸港口城市有（　　）

A. 广州　　B. 厦门

C. 福州　　D. 宁波

E. 上海

17. 从1840年至1919年的80年间，中国人民对外来侵略进行了英勇顽强的反抗，但都是以中国失败而告终。其根本原因是（　　）

A. 社会制度的腐败　　B. 经济技术的落后

C. 文化教育落后　　D. 反抗决心不强

E. 武器装配落后

18. 19世纪70年代以后，主张学习西方的科学技术，同时也要求吸纳西方的政治、经济学说的代表人物有（　　）

A. 王韬　　B. 薛福成

C. 马建忠　　D. 郑观应

E. 林则徐

19. 郑观应在所著《盛世危言》中提出的主张有（　　）

A. 大力发展民族工商业　　B. 同西方国家进行“商战”

C. 设立议院　　D. 实行“君民共主”制度

E. “师夷长技以制夷”

20. 在《海国图志》中，魏源提出的思想有（　　）

A. “师夷长技以制夷”的思想

B. 主张学习外国先进的军事和科学技术

C. 大力发展民族工商业

D. 同西方国家进行“商战”

E. 科教兴国

三、辨析题（本大题共3小题，每小题10分，共30分）

21. 在半殖民地半封建社会的条件下，中国不可能在独立的基础上与外国发生经济往来。帝国主义列强同中国发生经济关系，推动了中国经济的发展。

22. 资本-帝国主义侵略、压迫中国人民的过程，同时也是中国人民反抗它们的侵略、压迫的过程。

23. 帝国主义列强之间的矛盾和妥协，并非是瓜分中国的阴谋破产的根本原因。

◆案例点评◆

案例一：火烧圆明园

圆明园位于北京西郊，建于清朝。康熙四十八年（1709年），康熙帝把该园赐给四子胤禛（后来的雍正帝），并赐名圆明园。经雍正、乾隆、嘉庆、道光、咸丰五位皇帝150多年的经营，集中了大批物力，役使了无数能工巧匠，倾注了千百万劳动人民的血汗，把它精心营造成一座规模宏伟、景色秀丽的离宫。清朝皇帝每到盛夏就来到这里避暑、议政、处理军政事务，因此也称"夏宫"。

1856年，英国借口"亚罗号事件"，法国借口"马神甫事件"，联合出兵侵略中国，在侵占广州后，继续进犯北京，咸丰皇帝吓破了胆，派恭亲王奕䜣为钦差大臣，留守北京，主持议和，自己带着后妃、皇子、亲王和一批大臣，慌忙逃到热河行宫（今河北承德避暑山庄）。1860年10月5日，英法联军兵临北京城下。根据俄国外交官伊格纳提耶夫提供的情报：清朝守军集中在东城，北城是最薄弱的地方，应先攻取，并听说中国皇帝正在西北郊的圆明园。于是，英法联军绕过安定门、德胜门，进犯圆明园。10月6日，英法联军闯进圆明园，立即疯狂地进行抢劫。

首先闯入圆明园的是法国侵略军，他们见物就抢，每个士兵口袋里装进的珍品价值三四万法郎。在法国军营里，堆积着珍奇的钟表、五光十色的绫罗绸缎，以及珍贵的艺术品，价值达3000万法郎。英国侵略军虽然来迟一步，但金银财宝也装满口袋；更可恶的是，对那些搬不走的大瓷器和珐琅瓶，他们打得粉碎。

英、法军队洗劫二天后，向城内开进。10月11日，英军派出1200余名骑兵和一个步兵团，再次洗劫圆明园。英国全权代表詹姆士·布鲁斯以清政府曾将巴夏礼等囚于圆明园为借口，将焚毁圆明园列入议和条件。10月18日，3500名英军冲入圆明园，纵火焚烧圆明园，大火三日不灭，圆明园及附近的清漪园、静明园、静宜园、畅春园及海淀镇等均被烧成一片废墟，安佑宫中，近300名太监、宫女和工匠葬身火海，遂造成了世界文明史上罕见的暴行。

英、法联军火烧圆明园时，本意是将其夷为平地，但是由于圆明园的面积太大，景点分散，而且水域辽阔，一些偏僻之处和水中景点幸免于难。据同治十二年（1873年）冬查勘，园内尚存有建筑13处，如圆明园的蓬岛瑶岛、藏舟坞、绮春园的大宫门、正觉寺等。第二次火烧圆明园是清光绪二十六年（1900年），八国联军入侵北京，再次放火烧圆明园，使这里残存的13处皇家宫殿建筑又遭掠夺焚毁。

这场浩劫，正如法国著名作家雨果所描绘的那样：有一天，两个强盗闯进了夏宫，一个进行抢劫，另一个放火焚烧。他们高高兴兴地回到了欧洲，这两个强盗，一个叫法兰西，一个叫英吉利。他们共同“分享”了圆明园这座东方宝库，还认为自己取得了一场伟大的胜利。

资料来源：中国圆明园学会主编：《圆明园》，中国建筑工业出版社1984年版。

【点评】

英法联军火烧圆明园充分显示了资本-帝国主义国家侵略的本质，有一种意见：“资本主义终于打开封建主义禁锢着的神圣王国”是好事，应当大恨其晚，如果来得早一点，“我们中国就远不是如此的面貌了”。而“火烧圆明园”充分证明资本-帝国主义不是为传播资本主义文明而侵略中国，而是为了野蛮而又血腥的掠夺。

历史的矛盾运动是异常复杂的。资本主义的兴起、发展，一方面形成了把世界上的所有的国家连接成统一的经济整体的进步趋势；另一方面又造成了全世界广大地域内的殖民地半殖民地国家，这些国家成为资本-帝国主义掠夺杀戮的对象，它们的存在只是作了资本主义文化和文明的肥料。

不过，有资料说明，对圆明园的掠夺与焚烧，不只是英、法的军队，还有少数国人参与其中，有带路的、有提供火种的、有直接盗窃的，这是值得我们今天深刻反省的。

案例二：英军强行占领香港岛

香港地处我国南部海疆，位于珠江口东侧，域内群山相连，冈峦起伏，茂林满布，三面环海，是一天然良港。自汉代起，香港即是中国对外贸易的通道，是重要的水陆交通枢纽。

英国侵略者对香港觊觎已久。1741年，英国兵舰第一次到中国沿海，就曾在香港南面停泊修理。1793年和1816年，英国政府先后派马戛尔尼使团和阿美士德使团两度访华，提出割让海岛的无理要求，均被清政府断然回绝。

从19世纪初起，英国侵略者就开始有计划地对中国香港地区的海域和香港岛进行全面勘察和测绘，英国东印度公司测量员霍斯伯格还向英国外交部报告说，汲水门西部是香港岛与南丫岛之间东博寮海峡的良好避风处与抛锚地，香港岛南部的大谭港也是一个良好的避风港。同时，英国海军频繁出没于中国东南沿海一带，侵犯中国领海，并利用香港水域进行大规模的鸦片走私活动。

由于鸦片走私日益猖獗，英国在珠江口外占据一个岛屿的欲望愈发强烈。1820年4月，清政府禁烟令后，英国烟船一时不敢再驶入黄埔，大量汇集到香港附近的海域。1837年，英国船只未经许可私自在香港建立了“居留地”。

清政府钦差大臣林则徐在广东的禁烟行动引起了英国朝野的恐慌。1840年2月，英国政府决定向中国派出由乔治·懿律率领的东方远征军。6月，英军船舰40余艘及士兵4000余人云集香港岛北部海面（今维多利亚港），随即北上侵犯厦门、攻陷定海，7月抵达白河口，向清政府提出赔偿烟款、割让海岛的无理要求。

1840年9月，道光皇帝下谕将林则徐和两广总督邓廷桢革职，派直隶总督琦善为钦差大臣作为清廷代表，与英方进行谈判。12月，查理·义律成为英方全权公使，琦善接任两广总督，琦善和义律开始通过照会往来进行谈判。

1840年12月11日，义律凭借武力，首次提出割让香港的无理要求。12月12日，义律一方面指挥英军舰队向珠江口内的穿鼻诸炮台靠近；另一方面则照会琦善，提出若要以开放广州、厦门、定海3处口岸去换取英军撤出定海，那么英国士兵将在香港暂屯，等各事商定后再撤回本国。琦善表示拒绝割让香港岛的要求，义律就以派重兵攻打相要挟。12月15日，琦善照会义律，再次表示割地是“天朝从来未有之事，断不能行”，但可代奏朝廷，给予码头一处。12月17日，义律照会琦善，同意清廷赔款的数额为600万银元，但要附加开放广州、厦门、福州、宁波、上海等5处口岸的条件，并于12月26日声称，若不答应所有条款，就用武力来解决。12月29日，义律提出在香港“竖旗自治”。对此，琦善于1841年1月2日照会义律，表示拒绝其请求。于是，义律与海军总司令伯麦分别通知琦善，限三日内答复，并以武力解决双方分歧相威胁。

1841年1月7日，义律率舰队突袭珠江要塞，攻陷虎门外围的沙角、大角炮台。三江协副将陈连升父子，以及沙角炮台总兵张清龄等数百名清军将士阵亡。虎门被占，省城屏障顿失，广州岌岌可危，琦善方寸大乱，自此对义律的照会，即到即复，完全陷于被动。1月8日，义律照会琦善，提出：将已经被英军占据的沙角一地留给英人据守，作为贸易寄寓之所；在广州开港贸易，所有贸易事务即在沙角办理等。1月10日，义律又在照会中威胁琦善。琦善见英方真要动武，唯恐省城难保，赶紧于1月11日致函义律，答应考虑英方的要求并代奏清廷，给予其“寄居地”。

1月14日，义律照会琦善，将要求升格，即要清廷“将尖沙咀、香港等处，让英国主治，为寄居贸易之所”。1月15日，琦善答复道：尖沙咀与香港之间只能择其一处“寄寓泊船”。义律于同日回复琦善：割让香港岛为英国寄居贸易之所，才归还定海和沙角、大角等地。1月20日，义律又照会琦善，表示愿意立即归还沙角、大角等地，但要将英方撤走的兵船与军队集中至九龙附近的香港岛驻扎。

义律已经迫不及待，就在1月20日照会琦善的当天，单方面发布公告，指出双方已共同订立了一项草约，其条款有：中国割让香港岛屿和港口给英国君主；向英国政府赔款600万银元。

此项公告就是所谓的《穿鼻草约》。其实，琦善并未在草约上签字，事后清政府也始终没有批准盖章，所以这个草约根本不具备法律效力，但草约仍被英国殖民者用作侵占香港的原始依据。1月24日，伯麦下令占领香港岛，并指派英舰“硫磺”号执行此项任务。据该舰舰长爱德华·贝尔彻回忆，“硫磺”号接到命令后，当天从大屿山西南部的港湾驶往香港，着手对该岛进行勘察。

1841年1月25日，一个普通的日子，但这是一个让华夏儿女铭心难忘的日子。当天上午，英舰“硫磺”号船员在舰长贝尔彻的率领下在香港西北首先登陆且探测地形。贝尔彻舰长描述当时情况：“我们在1841年1月25日（星期一）上午8时15分登上陆地。作为真正的首批占领者，我们在占领峰上为女王陛下的健康三次干杯。舰队于26日到达，海军陆战队登陆，在我们的驻地升起英国国旗。司令官伯麦爵士在舰队的其他军官陪同下，在陆战队施放的礼炮和各军舰的隆隆礼炮声中，正式占领该岛。”贝尔彻提到的“占领峰”，又名“占领角”，是英国侵略者为纪念武装占领香港而命名的。为了给武力侵占香港岛的行径找借口，英国侵略者极力声称此事曾得到琦善的同意。

英军占领香港岛的当天，伯麦照会清军将领大鹏协副将赖恩爵，议将香港等处全岛地方让给英国主掌，清政府速将该岛所有官兵撤回。义律和伯麦于2月2日联名发布《安民告示》，要求香港居民“归顺英国，服从英国法令”等。义律又于2月2日发布公告，重申清政府将香港岛割让给英国，宣布设立统治机构，规定所有香港海陆地方一切民众、财产统归英国统理。

香港岛被占的消息传到白金汉宫后，英国商人们兴奋异常，弹冠相庆，仿佛整个远东市场已经成为他们的囊中之物。义律因此被盛赞为香港的“开埠英雄”。

资料来源：张晓辉主编：《百年香港大事快览》，天地出版社2007年版。

【点评】

香港的割让，是国家主权的丧失，资本–帝国主义立足香港，更是加紧了对中国的侵略与掠夺的表现。

近代中国的通商口岸与当代改革开放以来开放口岸是根本不同的事件。第一，自主权。今天我国开放的通商口岸是自觉自愿的，目的是发展中国经济，自主权在我们手里。而近代史上开放的通商口岸是外国通过大炮和不平等条约强迫中国开放的，中国丧失了自主权。第二，管辖权。在今天的开放地区，中国拥有完整主权，外国人在这些地区的一切活动都要接受中国政府和法律的管辖。而近代通商口岸则是外国冒险家的乐园，侵略者们可以为所欲为，却基本不受中国法律的约束。

1997年香港回归祖国，是“一国两制”伟大构想的成功实践，有利于推进祖国和平统一大业，有利于促进我国社会主义现代化建设。不过，当前香港在国际竞争力上面临诸多挑战，内部长期以来也积累了一些深层次矛盾，一些人对香港的前途感到不安，这就需要以宪法和香港基本法精神凝聚力量，增强信心，我们相信，在中央政府和祖国内地大力支持下，在“一国两制”方针和法律精神的指引下，香港会克服各种困难，迎来更加美好的明天。

案例三：《辛丑条约》原文节选

第一款　一、大德国钦差男爵克大臣被戕害一事，前于西历本年六月初九日即中历四月二十三日，奉谕旨亲派醇亲王载沣为头等专使大臣，赴大德国大皇帝前，代表大清国大皇帝暨国家惋惜之意。醇亲王已遵旨于西历本年七月十二日即中历五月二十七日，自北京起程。二、大清国国家业已声明，在遇害该处所竖立铭志之碑，与克大臣品位相配，列叙大清国大皇帝惋惜凶事之旨，书以拉丁、德、汉各文。前于西历本年七月二十二日即中历六月初七日，经大清国钦差全权大臣文致大德国钦差全权大臣。现于遇害处所建立牌坊一座，足满街衢，已于西历本年六月二十五日即中历五月初十日兴工。

第二款　一、惩办伤害诸国国家及人民之首祸诸臣。将西历本年二月十三、二十一等日即中历上年十二月二十五日本年正月初三等日，先后降旨，所定罪名，开列于后。端郡王载漪、辅国公载澜，均定斩监候罪名，又约定如皇上以为应加恩贷其一死，即发往新疆永远监禁，永不减免；庄亲王载勋、都察院左都御史英年、刑部尚书赵舒翘，均定为赐令自尽；山西巡抚毓贤、礼部尚书启秀、刑部左侍郎徐承煜，均定为即行正法，协办大学士吏部尚书刚毅、大学士徐桐、前四川总督李秉衡，均已身死，追夺原官，即行革职。又兵部尚书徐用仪、户部尚书立山、吏部左侍郎许景澄、内阁学士兼礼部侍郎衔联元、太常寺卿袁昶，因上年力驳殊悖诸国义法极恶之罪被害，于西历本年二月十三日即中历上年十二月二十五日奉上谕开复原官，以示昭雪。庄亲王载勋已于西历本年二月二十一日即中历正月初三日，英年、赵舒翘已于二十四日即六日均自尽。毓贤已于廿二日即初四日，启秀、徐承煜已于廿六日即初八日均正法。又西历本年二月十三日即中历上年十二月念五日上谕将甘肃提督董福祥革职，俟应得罪名，定谳惩办……将上年夏间凶惨案内所有承认获咎之各外省官员，分别惩办。二、西历本年八月十九日，即中历二十七年七月初六日，上谕将诸国人民遇害被虐之城镇停止文武各等考试五年。

第三款　因大日本国使馆书记生杉山彬被害，大清国大皇帝从优荣之典，已于西历本年六月十八日即中历五月初三日降旨简派户部侍郎那桐为专使大臣，赴大日本国大皇帝前，代表大清国大皇帝及国家惋惜之意。

第四款　大清国国家允定在于诸国被污渎及挖掘各坟墓，建立涤垢雪侮之碑，已与诸国全权大臣合同商定，其碑由各该国使馆督建，并由中国国家付给估算各费银两，京师一带每处一万两，外省每处五千两。此项银两，业已付清。兹将建碑之坟墓，开列清单附后。

第五款　大清国国家允定不准将军火暨专为制造军火各种器料运入中国境内，已于西历一千九百零一年八月十七日即中历本年七月初四日降旨禁止进口二年。嗣后如诸国以为有仍应续禁之处，亦可降旨将二年之限续展。

第六款　按照西历本年五月二十九日即中历四月十二日，上谕大清国大皇帝允定，付诸国偿款海关银四百五十兆两，此款系西历一千九百年十二月二十二日即中历光绪二十六年十一月初一日条款内第二款所载之各国各会各人及中国人民之赔偿总数。（甲）此四百五十兆系海关银两，照市价易为金款，此市价按诸国各金钱之价易金如左：海关银一两，即德国三马克零五五，即奥国三克勒尼五九五，即美国元零七四二，即法国三佛郎克七五，即英国三先令，即日本一元四零七，即荷兰国一弗乐林七九六，即俄国一卢布四一二。俄国卢布按金平算，即十七多理亚四二四。此四百五十兆，按年息四厘，正本由中国分三十九年按后附之表各章清还。本息用金付给，或按应还日期之市价易金付给。还本于一千九百零二年正月初一日起至一千九百四十年终止。还本各款，应按每届一年付还，初次定于一千九百零三年正月初一日。付还利息，由一千九百零一年七月初一日起算。惟中国国家亦可将所欠首六个月至一千九百零一年十二月三十一日之息，展在自一千九百零二年正月初一日起，于三年内付还。但所展息款之利，亦应按年四厘付清。又利息每届六个月付给，初次定于一千九百零二年七月初一日付给。（乙）此欠款一切事宜均在上海办理。如后诸国各派银行董事一名会同将所有由该管之中国官员付给之本利总数收存，分给有干涉者，该银行出付回执。（丙）中国国家将全数保票一纸交驻京诸国钦差领衔手内。此保票以后分作零票，每票上各由中国特派之官员画押。此节以及发票一切事宜，应由以上所述之银行董事各遵本国饬令而行。（丁）付还保票财源各进款，应每月给银行董事收存。（戊）所定承担保票之财源，开列于后：一、新关各进款，俟前已作为担保之借款各本利付给之后，余剩者又进口货税增至切实值百抽五，将所增之数加之。所有向例进口免税各货，除外国运来之米及各杂色粮面并金银以及金银各钱外，均应列入切实值百抽五货内。二、所有常关各进款，在各通商口岸之常关，均归新关管理。三、所有盐政各进项，除归还前泰西借款一宗外，余剩一并归入，至进口货税增至切实值百抽五。诸国现允可行，惟须二端：一、将现在照估价抽收进口各税，凡能改者皆当急速改为按件抽税几何。定办改税一层如后，以为估算货价之基、应以一千八百九十七、八、九三年卸货时各货牵算价值，乃开除进口税及杂费总数之市价。其未改以前，各该税仍照估价征收。二、北河、黄浦两水路，均应改善，中国国家及应拨款相助。至增税一层，俟此条款画押两个月后，即行开办，除在此画押日期后至迟十日已在途间之货外，概不得免抽。

第七款　大清国国家允定各使馆境界以为专与任用之处。并独由使馆管理。中国民人，概不准在界内居住。亦可由行防守，使馆界线于附件之图上标明如后：东面之线，系崇文门大街，图上十、十一、十二等字；北面图上系五、六、七、八、九、十等字之线，西面图上系一、二、三、四、五等字之线；南面图上系十二、一等字之线，此线循城墙南址随城垛而画。按照西历一千九百零一年正月十六日即中历上年十一月二十六日文内后附之条，中国国家应允诸国分应自主，常留兵队分保使馆。

第八款　大清国国家应允将大沽炮台及有碍京师至海通道之各炮台一律削平，现已设法照办。

第九款　按照西历一千九百零一年正月十六日即中历上年十一月二十六日文内后附之条款，中国国家应允由诸国分应主办，会同酌定数处留兵驻守，以保京师至海通道无断绝之虞。今诸国驻防之处，系黄村、廊坊、杨村、天津军粮城、塘沽、芦台、唐山、滦州、昌黎、秦皇岛、山海关。

第十款　大清国国家允定两年之久，在各府厅州县将以后所述之上谕颁行布告：一、西历本年二月初一日即中历上年十二月十三日上谕以永禁或设、或入与诸国仇敌之会，违者皆斩。二、西历……日上谕一道，犯罪之人如何惩办之处，均一一裁明。三、西历本年……日上谕，以诸国人民遇害被虐各城镇，停止文武各等考试。四、西历本年二月初一日即中历上年十二月十三日上谕，以各省抚督文武大吏暨有司各官，于所属境内均有保平安之责，如复滋伤害诸国人民之事，或再有违约之行，必须立时弹压惩办，否则该管之员，即行革职，永不叙用，亦不得开脱别给奖叙。以上谕旨，现于中国全境渐次张贴。

第十一款　大清国国家允定将通商行船各条约内，诸国视为应行商改之处，及有关通商各他事宜，均行议商，以期妥善简易。按照第六款赔偿事宜，约定中国国家应允襄办改善北河、黄浦两水路，其襄办各节如下：一、北河改善河道，在一千八百九十八年会同中国国家所兴各工，尽由诸国派员兴修。一俟治理天津事务交还之后，即可由中国国家派员与诸国所派之员会办，中国国家应付海关银每年六万以养其工。二、现设立黄浦河道局，经管整理改善水道各工所，派该局各员，均代中国及诸国保守在沪所有通商之利益。预估后二十年，该局各工及经管各费应每年支用海关银四十六万两，此数平分，半由中国国家付给，半由外国各干涉者出资。该局员差并权责进款之详细各节，皆于后附文件内列明。

第十二款　西历本年七月二十四日即中历六月初九日降旨，将总理各国事务衙门按照诸国酌定改为外务部，班列六部之前。此上谕内已简派外务部各王大臣矣。且变通诸国钦差大臣觐见礼节，均已商定，由中国全权大臣屡次照会在案。此照会在后附之节略内述明。

兹特为议明以上所述各语，及后附诸国全权大臣所复之文牍，均系以法文为凭。大清国国家既如此，按以上所述，西历一千九百年十二月二十二日，即中历光绪二十六年十一月初一日，文内各款，足适诸国之意妥办，则中国愿将一千九百年夏间变乱所生之局势完结，诸国亦照允随行。是以诸国全权大臣奉各该国政府之命代为声明，除第七款所述之防守使馆兵队外，诸国兵队即于西历一千九百零一年九月十七日，即中历光绪二十七年八月初五日，全由京城撤退，并除第九款所述各处外，亦于西历一千九百零一年九月二十二日，即中历光绪二十七年八月初十日，由直隶省撤退。

今将以上条款缮定同文十二份，均由诸国全权大臣画押，诸国全权大臣各存一份，中国全权大臣收存一份。

资料来源：百度百科。《辛丑条约》原件现馆藏于中国台北故宫博物院。

【点评】

《辛丑条约》是中国近代史上赔款数目最庞大、主权丧失最严重的不平等条约。该条约标志着清政府完全成为帝国主义统治中国的工具，中国彻底沦为半殖民半封建社会。

在中国近代史上，列强强迫中国签订了一系列不平等条约，基本上都有割让土地的内容。可是，《辛丑条约》却一反常规，居然没有割让土地的内容，其原因除中国人民的反抗斗争给列强以深重的打击外，列强之间意见不一，矛盾重重，也是一个重要因素。

同时，民族危机激发了中华民族的觉醒，增强了中华民族的凝聚力，使列强不得已改变侵略方式。中国自古以来“天下兴亡，匹夫有责”的优良传统得到发扬升华，救亡图存成了时代的主旋律。正如孙中山1894年11月在创立革命团体兴中会时指出：“方今强邻环列，虎视鹰瞵，久垂涎于中华五金之富，物产之饶。蚕食鲸吞，已效尤于接踵；瓜分豆剖，实堪虑于目前。有心人不禁大声疾呼，亟拯斯民于水火，切扶大厦之将倾。”从而喊出了“振兴中华”的时代最强音。近代中国的志士仁人正是怀着强烈的危机感和民族意识，历尽千辛万苦，不怕流血牺牲，去探索挽救中华民族危亡的思想和道路。甲午以后的戊戌维新、辛亥革命、五四运动都是在救亡图存、振兴中华这面爱国主义大旗下发生的。正是这些斗争和探索使中华民族看到了新的出路，燃烧起新的希望，标志着中华民族的进一步觉醒。这一切为理解以后中国人的“三个选择”，提供了历史背景。

◆实践拓展◆

【实践题目】

观看视频《复兴之路》第一集《千年局变》

【实践类型】

观影

【实践目标】

通过观看视频《复兴之路》，使学生了解资本-帝国主义入侵中国及其与中国封建势力相结合给中华民族和中国人民带来的深重苦难，进一步认识造成近代中国社会落后的根本原因；懂得只有首先争取民族独立，才能为实现国家富强创造前提

【实践方案】

时间：40分钟

地点：多媒体教室

流程：

第一：观影准备。明确观影目标，做简短的背景资料介绍，为观景预热。

第二：思考问题。观影时思考如下问题：

（1）资本-帝国主义的入侵给中国带来了什么？

（2）近代中国进行反侵略战争具有什么意义？

（3）中国近代历次反侵略战争失败的根本原因和教训是什么？

第三：观影

第四：观影总结。回答下列问题：

（1）用一句话总结观影的感受。

（2）你对哪个事件印象深刻，为什么？

（3）你对哪个镜头印象深刻，为什么？

【实践成果】

观后感：写一篇观后感，从历史角度、视频效果、个人感受着手，800—2000字

【实践评价】

根据观后感的质量，评定学生实践分数。

项　目	标　　准	满　分	得　分
内容（历史角度）	尊重历史，看懂视频，延伸扩展	30	
内容（视频效果）	感知真切，评价中肯，有理有据	20	
内容（个人感受）	感情真挚，表达充分，刻画入微	30	
写作水平	文笔流畅、感情饱满，修辞得体	20	
总　分	以上各项相加	100	

【参考资料】

日本通过借款攫取汉冶萍公司

汉冶萍公司是以湖北汉阳铁厂、大冶铁矿和江西萍乡煤矿为主干组成的中国近代最早的钢铁煤炭联合企业。其规模大、铁质佳，一度获得了令世界瞩目的成就。汉冶萍公司生产的生铁质量被欧美行家称为极品，远销海外；其所生产的钢轨、桥料等，不仅有广阔的国内市场，美国、日本、香港等地也纷纷来求购。但是资本不足的难题长期困扰着汉冶萍。清政府既要支付巨额庚子赔款，又背负着外债还本付息的沉重包袱，不能对汉冶萍追加投资。1908年汉冶萍改为商办以后，尽管20世纪初汉冶萍公司成效卓著，但是社会上对公司的投资并不像公司主持人盛宣怀所期望的那样“踊跃”。盛宣怀等转而依赖外资。据统计，清末1903—1911年汉冶萍借日债15笔，共有3200万日元和400多万两白银。日本因为其国内钢铁工业的发展缺乏铁矿等原料，就利用汉冶萍借外债的机会，把它们的势力逐步渗透进来。

1904年由日本兴业银行经手，向汉冶萍公司提供了300万日元的“预售矿石借款”，《借款合同》从若干方面制约了大冶铁矿与汉阳铁厂的活动。1910年日本又与汉冶萍草签了“预借生铁价值借款”合同，次年3月签订了正式合同。合同规定由日本横滨正金银行向汉冶萍公司贷放600万日元借款，年息六厘，以15年为期；规定了在这15年里每年汉冶萍作为还债向日本提供的生铁数量、质量和价格，及每年增加供应的矿石数量。通过这次借款，日本势力进一步加强了对汉冶萍公司的控制。

1913年，又由日本内阁会议决定由横滨正金银行贷给汉冶萍公司1500万日元，规定还贷期限为40年，还本付息主要以铁矿石及生铁购价充当，并以汉冶萍公司的全部财产为担保，由日本政府推荐日本人为汉冶萍公司采矿技术顾问和会计顾问，从而使汉冶萍公司从生产到经营的一切重要活动都必须听从日本势力。

汉冶萍公司原以生产钢轨、钢料为主，后来逐步变为以采矿石及炼生铁为主。汉冶萍公司向日本提供原料的价格与市场价格相差很远。以生铁为例，1918年日本东京生铁市场价格达到每吨480日元，而汉冶萍公司输往日本的生铁受借款合同所定价格的约束，每吨只有36日元。后经公司多次交涉，才略有增加，但也只有市价的四分之一。仅1914—1918年五年内，公司输日价格与市价的差额估计约1亿日元。1915年孙宝琦任汉冶萍公司董事长时，鉴于日债使公司吃亏太大，曾打算募集内债提前偿还日债。日方马上作出反应，不许汉冶萍公司提前还债。日本八幡制铁所利润率1913年时为11.4%，到1918年已递增为112.6%，增幅如此之大，其中很大一部分是来自汉冶萍公司低价提供的矿石和生铁的转化。在日本借款压力下，公司经营实际由日人操纵，汉冶萍公司沦为专为日本开采铁矿石的殖民地性质的企业。

资料来源：刘克祥、陈争平：《中国近代经济史简编》，浙江人民出版社1999年版，第249—251页，略有删减。

注：甲午战争以后，资本-帝国主义纷纷向清政府贷款，但每一笔贷款都包含着政治与经济目的。这段日本通过贷款控制汉冶萍公司的资料就充分说明了这个问题。

德皇威廉二世谕外交大臣布洛夫电

在我动身赴彼得霍甫前我们曾作过关于胶州湾的谈话。在谈话结束时你曾强调我们已到了更积极地改变我们动摇的、冷淡的东亚政策的时候。这一谈话已有了迅速的结果——比我们所想象的还快。我昨日接到了关于山东兖州府德国教会突被袭击，教士突被杀掠的官方报告。这样，华人终究给我们提供了您的前任者——马沙尔——好久所期待的理由与事件。我决定立刻动手。因为根据从东亚旅行回国的人所作的书面或口头的报告，毫无疑问，我们现正站在一个增强我们整个威信势力及商业发展的转折点。华人及那边欧洲人士的视线都集中于我们身上。每一个人正问我们是否将再容忍下去呢或是不容忍。

拍给海军提督的训令是立刻开往胶州，占据该地，并威胁报复，积极行动……上千的德国教民将扬眉吐气，当他们知道德皇的战舰在他们跟前；几百个德国商人将欢欣鼓舞，当他们知道德意志帝国最后已在东亚取得了一个坚强的据点；成千上万的华人将发抖，当他们感觉德帝国的铁拳沉重地压在他们的颈上，而全德国人民将欢迎他们的政府已作了一个英雄的勾当。

资料来源：翦伯赞、郑天挺主编：《中国通史参考资料：近代部分》（下册），中华书局1965年版，第21—23页。

注：此电于1897年11月7日发出。德国在甲午战争前就垂涎我国胶州湾。1897年8月，德皇威廉二世访问俄国，就侵占中国胶州湾问题同俄国沙皇尼古拉二世达成默契。11月14日，德国借口两个德籍传教士在山东巨野县被杀，派军舰占领了胶州湾，夺取了青岛炮台。

瓦德西关于八国联军在中国大肆抢劫的报告

联军占领北京之后，曾特许军队公开抢劫三日。其后更继以私人抢劫。北京居民所受之物质损失甚大，但其详细数目，亦复不易调查……现在各国互以抢劫之事相推诿，但当时各国无不曾经彻底共同抢劫之事实，却始终存在。

在英国方面，关于此类行军特长，却曾被以一种特别方式，即所抢之物均须缴出，一齐堆在使馆大屋之内，加以正式拍卖，如是者累日。由此所得之款，按照官级高低，加以分派，其性质略如战时掠获金。因此之故，无一英人对于抢劫之事，视为非法行动……

在日本方面，则对于此种掠夺之物照例归于国家，由此所得之款，其数至为不少。据日本某将军之报告，只天津一处抢劫所得者，即有二百万两之多。

至于美国方面，对于抢劫之事本来禁止，但美国军队颇具精明巧识，能破此种禁令，为其所欲。

俄国军队抢劫之方法，似乎颇称粗野，而且同时尽将各物毫无计划的打成粉碎。

此外法国军队，对于各国军队之抢劫行为，亦复绝对不曾落居人后……

所有中国此次所受毁损及抢劫之损失，其详数将永远不能查出，但为数必极重大无疑。所最可惜者，即真正对于此次战事有罪之人，反受损失极小。又因抢劫时所发生之强奸妇女、残忍行为、随意杀人、无故放火等事，为数极属不少，亦为增加居民痛苦之原因。

资料来源：北京师范大学历史系编：《中国近代史资料选编》(下册)，中华书局1977年版，第115—117页。

注：本篇是瓦德西在1900年10月22日自北京发给德皇的报告，反映了八国联军在北京大肆烧杀抢掠的情况。题目为著者所加。

◆实践拓展◆

实践项目一：举出古今中外历史上经济技术落后的弱国打败侵略者的例子

【实践题目】

举出古今中外历史上经济技术落后的弱国打败侵略者的例子

【实践类型】

交流

【实践目标】

通过举例，让学生认识到中国近代历史反侵略战争中的失败，根本原因并不在于经济技术的落后，而在于统治集团的反动腐朽

【实践方案】

分组：每10人为一组，设组长一名，组织实践并负责记录

时间：40分钟，30分钟举例，10分钟为归纳时间

地点：教室

流程：

步骤一：确定举例需要说明的问题

步骤二：举出实例，可以是一个，也可以是多个，每人2分钟

步骤三：其他同学对实例进行评说，1分钟

步骤四：举例学生与其他人进行讨论，鼓励提出反证

步骤五：学生自由讨论

步骤六：组长进行总结，以学生个人为单位提交实例

【实践成果】

以个人为单位提交的实例

【实践评价】

教师以实例和说明为依据进行评分得分表

项　目	标　　准	满分	得分
实例	史实充分，有代表性	60	
实例说明	表述恰当，有说服力	40	
总　分	以上项目分数相加	100	

【参考资料】

京津地区义和团反帝爱国斗争

【北京】连日由各处所来团民不下数万，多似乡愚务农之民，既无为首之人调遣，又无锋利器械；且是自备资斧，所食不过小米饭玉米面而已。既不图名，又不为利，奋不顾身，置性命于战场，不约而同，万众一心；况只仇杀洋人……并不伤害良民。

（五月）二十五日（6月21日）辰刻，义和团拳民（攻打使馆）冲锋冒镝，当子弹如雨之中，蜂拥齐入，赶至法国府门首……二十六、七等日，甘军昼夜施放枪炮，互有伤亡。目前洋楼洋房焚毁业已殆尽，洋枪洋炮日夕不闻响声，此乃最好机会，如鱼游釜中，燕巢幕上，穷蹙已极。

予等（使馆）之损失，今细细察明，亦殊可惊。法人在五十水手、十六志愿兵之中，已死伤四十二人。日本人在六十水手及其余志愿兵之中，已死伤四十五人。德国人在五十四人中，已死伤三十人。全体之死伤数目，则为一百十七人。

【天津】光绪二十六年五月十九日（1900年6月15日）夜，京津铁路被焚，电线杆亦被拆毁，马家口教堂同时被焚。时有洋兵数十人，放枪追赶拳匪，拳匪四百余人，合力相攻，洋枪之声，彻夜不绝，人人喊杀，声如鼎沸……

二十一日（17日）……午后三点钟，有洋兵四百余人，乘火车欲图北上，行至陈家沟地方，有该处拳匪，并守护铁路之练军、武卫军遮阻，不令前行。洋兵开枪击之，击伤拳匪数人，练军、武卫军亦开枪还击，洋兵退走，官军与拳匪合力前攻，洋兵且战且退。练军开炮，遥向紫竹林租界洋楼轰击；水师营开炮，遥向老龙头火车站轰击，洋楼车站皆被击焚，洋人亦开炮还击，民房误毁者不少。时黄风大起，天日俱暗，两军互相攻击，枪炮之声，不绝于耳，洋兵败。

是役也，洋兵死伤不少，官军拳匪亦各有死伤者，各处人民与官军拳匪送得胜饼与绿豆汤者，络绎于道。……各铺户居民，皆用红纸书“义和神团，大得全胜”八字，贴门旁。

西兵与华人接战，于6月18号（五月二十二日）在铁路车站处一仗最厉，俄兵二千名内，竟死伤有五百名之多……华人此次甚勇敢，为从来所未见，向尚不信其有此耐战之心，目下观之，彼等之勇猛及耐心之处，较被围西人之心更胜矣。

资料来源：北京师范大学历史系编：《中国近代史资料选编》（下册），中华书局1977年版，第98—102页。

注：1900年义和团运动在中国北方迅速发展，帝国主义为扑灭中国人民的反帝斗争，于1900年夏组成八国联军进攻中国。义和团在廊坊、大沽、天津、北京等地英勇抗击八国联军，使侵略者付出了重大代价。

魏源《海国图志》(节选)

是书何以作？曰：为以夷攻夷而作，为以夷款夷而作，为师夷长技以制夷而作。

……问曰：既款之后，如之何？曰：武备之当振，不系乎夷之款与不款。既款以后，夷瞰我虚实，藐我废弛，其所以严武备、绝狡启者，尤当倍急于未款之时。所以惩具文、饰善后者，尤当倍甚于承平之日。未款之前，则宜以夷攻夷；既款之后，则宜师夷长技以制夷。夷之长技有三：一战舰，二火器，三养兵练兵之法。

资料来源：《海国图志》序、卷二。

注：《海国图志》是魏源受林则徐委托，在《四洲志》的基础上，于1842年编成，初为50卷，1847年增为60卷，1852年扩为100卷。书中叙述了各国的地理和历史政情，探求了富国强兵、抵御外侮之道。

严复译《天演论》

故知不变一言，决非天运。而悠久成物之理，转在变动不居之中。是当前之所见，经二十年、三十年而革焉可也，更二万年、三万年而革亦可也。特据前事推将来，为变方长，未知所极而已。虽然，天运变矣，而有不变者行乎其中。不变惟何？是名天演。以天演为体，而其用有二：曰物竞，曰天择。此万物莫不然，而于有生之类为尤著。物竞者，物争自存也。以一物以与物物争，或存或亡，而其效则归于天择。天择者，物争焉而独存。则其存也，必有其所以存，必其所得于天之分，自致一已之能，与其所遭值之时与地，及凡周身以外之物力，有其相谋相剂者焉。夫而后独免于亡，而足以自立者也。而自其效观之，若是物特为天之所厚而择焉以存也者，夫是之谓天择。天择者，择于自然，虽择而莫之择，犹物竞之无所争，而实天下之至争也。斯宾塞尔曰：“天择者，存其最宜者也。”夫物既争存矣，而天又从其争之后而择之，一争一择，而变化之事出矣。

资料来源：王栻主编：《严复集》（第五册），中华书局1986年版，第1324页。

注：《天演论》就是《进化论》，原著者是英国著名生物学家赫胥黎。严复翻译此书，是借《进化论》中人工淘汰的观点，发挥了自己要求变法自强的观点。在译文之后，他还以按语方式，用自己的文字加以补充说明。该书于1895年形成初稿，1898年正式出版。（见王栻主编：《严复集》前言，中华书局1986年版）

孙中山《檀香山兴中会章程》

（一八九四年十一月二十四日）中国积弱，非一日矣！上则因循苟且，粉饰虚张；下则蒙昧无知，鲜能远虑。近之辱国丧师，剪藩压境，堂堂华夏不齿于列邦，文物冠裳被轻于异族。有志之士，能无抚膺！夫以四百兆苍生之众，数万里土地之饶，固可发奋为雄，无敌于天下。乃以庸奴误国，涂【荼】毒苍生，一蹶不兴，如斯之极。方今强邻环列，虎视鹰瞵，久垂涎于中华五金之富、物产之饶。蚕食鲸吞，已效尤于接踵；瓜分豆剖，实堪虑于目前。有心人不禁大声疾呼，亟拯斯民于水火，切扶大厦之将倾。用特集会众以兴中，协贤豪而共济，抒此时艰，奠我中夏。仰诸同志，盍自勉旃！谨订规条，胪列如左：

一、是会之设，专为振兴中华、维持国体起见。盖我中华受外国欺凌，已非一日。皆由内外隔绝，上下之情罔通，国体抑损而不知，子民受制而无告。苦厄日深，为害何极！兹特联络中外华人，创兴是会，以申民志而扶国宗。

二、凡入会之人，每名捐会底银五元。另有义捐以助经费，随人惟力是视，务宜踊跃赴义。

三、本会公举正副主席各一位，正副文案各一位，管库一位，值理八位，差委二位，以专司理会中事务。

四、凡会中所收会底各银，必要由管库存贮妥当，或贮银行以备有事调用。惟管库须有殷商二名担保，以昭郑重。

五、凡会中捐助各银，皆为帮助国家之用，在此不得动支，以省浮费。如或会中偶遇别事要用小费者，可由会友集议妥允，然后支给。

六、凡新入会者，须要会友一位引荐担保，方得准他入会。

七、凡会内所议各事，当照舍少从多之例而行，以昭公允。

八、凡以上所订规条，各友须要恪守。倘有善法，亦可随时当众议订加增，以臻完美。

资料来源：《孙中山全集》第1卷，中华书局1981年版，第19—20页。

【推荐阅读】

1. 丁名楠、余绳武等：《帝国主义侵华史》，人民出版社1961年版。

2. 陈旭麓：《近代中国社会的新陈代谢》，上海人民出版社1992年版。

3. 郭卫东：《片面最惠国待遇在近代中国的确立》，《近代史研究》1996年第1期。

4. 王建朗：《中国废除不平等条约的历史考察》，《历史研究》1997年第5期。

5. 高放：《近现代中国不平等条约的来龙去脉》，《南京社会科学》1999年第2期。

6. 萧致治：《鸦片战争与近代中国》，湖北教育出版社1999年版。

7. 林华国：《近代历史纵横谈》，北京大学出版社2005年版。

第二章　对国家出路的早期探索

知识梳理

◆知识框架◆

- 对国家出路的早期探索
  - 农民群众斗争风暴的起落
    - 太平天国农民战争
    - 农民斗争的意义和局限
  - 洋务运动的兴衰
    - 洋务事业的兴办
    - 洋务运动的历史作用及其失败
  - 维新运动的兴起和夭折
    - 戊戌维新运动
    - 戊戌维新运动的意义和教训

◆重点剖析◆

1. 如何认识太平天国农民战争的意义和失败的原因、教训？

意义：（1）太平天国起义沉重打击了封建统治阶级，动摇了清王朝封建统治的基础，加速了清王朝的衰败过程；（2）太平天国起义还有力地打击了外国侵略势力，给侵略者应有的教训；（3）太平天国是中国旧式农民战争的最高峰，具有不同于以往农民战争的新的历史特点；（4）太平天国起义冲击了孔子和儒家经典的正统权威，在一定程度上削弱了封建统治的精神支柱；（5）在19世纪中叶的亚洲民族解放运动中，太平天国起义和其他亚洲国家的民族解放运动汇合在一起，冲击了西方殖民主义者在亚洲的统治。

失败原因：从主观方面看，一是农民阶级的局限性。他们无法从根本上提出完整的、正确的政治纲领和社会改革方案，未能制止和克服领导集团自身腐败现象的滋长，也未能长期保持领导集团的团结，从而大大削弱了太平天国的向心力和战斗力。二是战略上的失误。太平军偏师北伐，孤军深入，分散了兵力。三是在太平天国后期，拜上帝教的思想理论给太平天国起义带来了危害。从客观方面看，中外反动势力勾结起来，联合镇压太平天国。

教训：太平天国起义及其失败表明，在半殖民地半封建的中国，由于受阶级和时代的局限，农民阶级不能担负起领导反帝反封建斗争取得胜利的重任。单纯的农民战争也不可能完成民族独立和人民解放的历史任务。

2. 如何认识洋务运动的性质和失败的原因、教训？

性质：洋务运动是清朝封建统治阶级中的洋务派为了维护清朝的封建统治而实行的一场自救改革运动，既有其进步性，也具有落后保守性。

失败原因：(1) 洋务运动具有封建性。洋务运动的指导思想是“中学为体，西学为用”，洋务派企图在不改变中国固有的制度与道德的前提下，以吸取西方近代生产技术为手段，来达到维护和巩固中国封建统治的目的，这就严重限制了洋务运动的发展。(2) 洋务运动对西方列强具有依赖性。西方列强依据种种特权，从政治、经济等各方面加紧对中国的侵略和控制，它们并不希望中国真正富强起来，而洋务派却处处仰赖外国，企图以此来达到自强求富的目的，无异于与虎谋皮。(3) 洋务企业管理具有腐朽性。洋务企业虽然具有一定的资本主义性质，但其管理却是封建式的，企业内部充斥着营私舞弊、贪污中饱、挥霍浪费等腐败现象。

教训：洋务运动是中国走向近代化的第一步。洋务运动的失败说明，在不触动封建专制统治、没有摆脱外国资本-帝国主义的侵略与控制的前提下，试图通过局部的枝节改革发展本国资本主义，达到自强求富的目的，是不可能的。

3. 如何认识戊戌维新运动的意义和失败的原因、教训？

意义：(1) 戊戌维新运动是一次爱国救亡运动。维新派在民族危亡的关键时刻，高举救亡图存的旗帜，要求通过变法，发展资本主义，使中国走上富强之路。维新派的政治实践和思想理论，不仅贯穿着强烈的爱国主义精神，而且推动了中华民族的觉醒。(2) 戊戌维新运动是一场资产阶级性质的政治改革运动。维新派鼓吹民权，主张实行君主立宪，并在政治、经济、文化教育等领域提出了一系列改革措施，这些措施虽然未能生效，但在一定程度上冲击了封建制度。(3) 戊戌维新运动也是一场思想启蒙运动。在维新运动期间，维新派通过组织学会、创办报刊、翻译西书、开办学堂，大力传播西方资产阶级的社会政治学说和自然科学知识，宣传自由平等、社会进化观念，批判封建君权和封建纲常伦理，开扩了人们的视野，解放了人们的思想。在维新派的推动下，文化界还形成了广泛的文化革新运动，而且维新派在改革社会风习方面也做了许多工作。

失败原因：（1）客观上，维新派的势力非常弱小，将希望寄托在一个没有实权的皇帝身上，而以慈禧太后为首的反对变法的守旧势力却相当强大，新旧力量对比的差距预示着这场运动如履薄冰，难以取胜。（2）主观上，维新派自身的局限性也是这场运动失败的重要原因，具体表现在以下三个方面：第一，不敢否定封建主义。他们在政治上不敢根本否定封建君主制度，在经济上，虽然要求发展民族资本主义，却未触及封建主义的经济基础——封建土地所有制。第二，对帝国主义抱有幻想。他们虽然大声疾呼救亡图存，却又幻想西方列强能帮助自己变法维新，结果却是处处碰壁。第三，惧怕人民群众。维新派的活动基本上局限于官僚士大夫和知识分子的小圈子。他们不但脱离人民群众，而且惧怕甚至仇视人民群众，因此，运动未能得到人民群众的支持。

教训：戊戌维新运动的失败，不但暴露了中国民族资产阶级的软弱性，同时也说明在半殖民地半封建的旧中国，企图通过统治者走自上而下的改良道路，是根本行不通的。要想争取国家的独立、民主、富强，就必须用革命的手段，推翻帝国主义与封建主义联合统治的半殖民地半封建的社会制度。而“戊戌六君子”的鲜血也促使一部分人放弃改良主张，开始走上革命的道路。

◆训练强化◆

一、判断题

1.《天朝田亩制度》是起义农民提出的一个以解决土地问题为中心的比较完整的社会改革方案。(　　)

2.《资政新篇》是太平天国后期颁布的具有资本主义色彩的社会发展方案。(　　)

3. 在洋务运动的主要活动中，创办近代民用企业是最能体现洋务派初衷的。(　　)

4. 洋务派创办的官督商办的民用企业的性质是资本主义性质的近代企

业。(　　)

5. 中国近代教育的开启者是维新派。(　　)

6. 戊戌变法的阶级基础是爱国知识分子和民族资产阶级。(　　)

7. 戊戌维新是中国民族资产阶级登上政治舞台的第一次表演。(　　)

8. 维新变法与洋务运动相比，其质的飞跃表现在主张向西方学习。(　　)

二、单项选择题

1. 太平天国军事上达到鼎盛时期是在（　　）

A. 1853年　　B. 1855年　　C. 1856年　　D. 1864年

2. 最能体现太平天国社会理想和这场农民战争特点的是（　　）

A.《十款天条》　　B.《天朝田亩制度》

C.《资政新篇》　　D.《原道觉世训》

3.《天朝田亩制度》要解决的中心问题是（　　）

A. 农民政权问题　　B. 农民土地问题

C. 发展资本主义问题　　D. 均贫富、等贵贱

4.《资政新篇》的致命弱点是（　　）

A. 没有超出农民小生产者的狭隘界限

B. 所追求的社会理想是不切实际的空想

C. 资本主义色彩太浓

D. 通篇未涉及农民问题和土地问题

5. 太平天国由盛转衰的转折点是（　　）

A. 金田起义　　B. 永安建制

C.《天朝田亩制度》的颁布　　D. 天京事变

6. 太平天国失败的根本原因是（　　）

A. 缺乏先进阶级的领导

B. 没有科学理论的指导

C. 脱离广大人民群众

D. 对外国资本主义列强侵华野心的警惕性不高

7. 洋务派自19世纪60年代开始举办洋务，其着手点是（　　）

A. 近代军用工业　　B. 近代民用企业

C. 新式海陆军　　D. 文化教育事业

8. 洋务派举办近代军事工业的首要目的是（　　）

A. 加强海防、边防，抵御外国侵略者

B. 镇压太平天国起义

C. 维护清朝统治

D. 为民用工业的创办打下基础

9. 洋务派创办的第一个规模较大的可称之为近代军事工业的兵工厂是（　　）

A. 金陵机器局　B. 福建马尾船厂　C. 江南制造总局　D. 天津机器局

10. 清政府的海军主力是（　　）

A. 福建水师　B. 广东水师　C. 南洋水师　D. 北洋水师

11. 洋务运动的指导思想是（　　）

A. “中学为体，西学为用”　B. “西学为体，中学为用”

C. 中西结合　D. 全盘西化

12. 洋务运动失败的标志是（　　）

A. 北洋海军全军覆灭　B. 民用企业大批亏损

C. 南洋海军全军覆灭　D. 维新运动的兴起

13. 戊戌维新运动失败的主要原因是（　　）

A. 中国民族资本主义经济力量十分弱小

B. 维新派把希望寄托在一个没有实权的皇帝身上

C. 没有发动群众的支持

D. 维新派自身的局限性和以慈禧太后为首的强大的守旧势力的反对

14. 支持百日维新的清朝皇帝是（　　）

A. 乾隆　B. 咸丰　C. 道光　D. 光绪

15. 康有为撰写的宣传维新思想的著作是（　　）

A. 《变法通议》　B. 《仁学》

C. 《新学伪经考》　D. 《天演论》

16. 1895年，康有为联合在京参加会试的举人共同向皇帝上书，史称（　　）

A. 戊戌政变　B. 百日维新

C. 戊戌变法　D. 公车上书

17. 资产阶级思想与封建主义思想在中国的第一次正面交锋是（　　）

A. 洋务派与守旧派的争论　B. 维新派与守旧派的争论

C. 革命派与维新派的论战　　D.“问题与主义”之争

18. 梁启超在《变法通议》中指出：“变法之本，在育人才；人才之兴，在开学校；学校之立，在变科举。而一切要其大成，在变官制。”这表明梁启超认为变法之本在于学习近代西方的（　　）

A. 科学知识　　B. 选官制度

C. 军事技术　　D. 教育与政治制度

19. 百日维新开始的标志是（　　）

A.《中外纪闻》的创办　　B. 强学会的成立

C.“明定国是”谕旨的颁布　　D. 保国会的成立

20. 对洋务派兴办洋务事业的指导思想最先做出比较完整表述的是（　　）

A. 奕䜣　　B. 张之洞

C. 刘坤一　　D. 冯桂芬

三、多项选择题

1.《天朝田亩》制度是（　　）

A. 以解决土地问题为中心的比较完整的社会改革方案

B. 一个带有资本主义色彩的改革与建设方案

C. 最能体现太平天国社会理想和这次农民战争特点的纲领性文件

D. 洪仁玕向洪秀全提出的统筹全局的建议

2. 以下属于《资政新篇》的内容的是（　　）

A. 在政治方面，主张加强中央集权

B. 在经济方面，主张发展近代工矿、交通、金融事业

C. 在思想方面，提出设新闻官、设“暗柜”、革除缠足等社会陋习

D. 在外交方面，主张同世界各国交往、通商，强调外国人不得干涉内政

3. 太平天国农民起义以失败告终，失败的原因是（　　）

A. 缺乏先进阶级的领导

B. 太平天国领导人对外国资本主义列强缺乏理性的认识

C. 清朝统治集团中的顽固势力多方阻挠

D. 没有科学的理论指导

4. 太平天国具有不同于以往的农民战争的历史特点是（　　）

A. 建立自己的政权

B. 提出了《天朝田亩制度》

C. 提出了中国近代史上第一个具有资本主义色彩的方案

D. 沉重地打击了封建统治阶级

5. 以下属于洋务派举办的官督商办民用企业的是（　　）

A. 轮船招商局　　B. 开平矿务局

C. 天津电报局　　D. 上海机器织布局

6. 到19世纪90年代，洋务派建成的新式海军有（　　）

A. 福建水师　　B. 广东水师　　C. 南洋水师　　D. 北洋水师

7. 以下属于洋务运动期间创办的学堂是（　　）

A. 北京同文馆　　B. 福州船政学堂　C. 天津武备学堂　D. 京师大学堂

8. 洋务运动自身的缺陷限制了洋务运动的发展，最终以失败而告结束，其缺陷是（　　）

A. 洋务运动具有封建性

B. 洋务运动对西方列强具有依赖性

C. 因为企业的管理具有腐朽性

D. 清朝统治集团中顽固势力多方阻挠

9. 维新派和守旧派之间的论战所围绕的主要问题是（　　）

A. 要不要变法

B. 要不要推翻帝制，实行共和

C. 要不要兴民权、设议院，实行君主立宪

D. 要不要废除八股、改科举和兴学堂

10. 戊戌维新运动在中国近代史上的重大意义在于（　　）

A. 是一次爱国救亡运动　　B. 推动了中华民族的觉醒

C. 是一场思想解放运动　　D. 一定程度上冲击了封建制度

四、思考题

1. 如何认识太平天国农民战争的意义和失败的原因、教训？

2. 如何认识洋务运动的性质和失败的原因、教训？

3. 如何认识戊戌维新运动的意义和失败的原因、教训？

五、材料分析题

1. 【材料1】（李鸿章指责清朝的一些官僚说）中国士大夫沉浸于章句小

楷之积习，武夫悍卒又多粗蠢而不加细心，以致用非所学，学非所用。无事则嗤外国之利器为奇技淫巧，以为不必学；有事则惊外国之利器为变怪神奇，以为不能学。

——《筹办夷务始末·同治朝》

【材料2】清湖南巡抚王文韶说："夫四民（士、农、工、商）之中，农居大半，各职其业，治安之本，不外乎此……机器渐行，则失业者渐众……"

——《洋务运动》

【材料3】（清朝大学士倭仁说）"天下之大，不患无才。如以天文、算学必须讲习，博采旁求，必有精其术者，何必夷人？何必师事夷人？……正气为之不伸，邪氛因而弥炽。数年之后，不尽趋中国之众咸归于夷不止。"

——《筹办夷务始末·同治朝》

请回答：

（1）根据有关材料概述洋务运动对外国近代技术的态度。你如何评价这种态度？

（2）根据有关材料指出顽固派反对洋务活动的理由？并进一步分析其社会历史根源。

2.【材料1】近泰西政论，皆言三权；有议政之官，有行政之官，有司法之官，三权立，然后政体备。以我朝论之，皇上则为元首，百体所从，军机号为政府，出纳王命。

……

——摘自康有为：《应诏统筹全局折》，见翦伯赞等编：《戊戌变法》（第2册），神州国光社1953年版，第199—200页。

【材料2】自台事后（即1895年台湾人民反割台斗争），天下皆知朝廷之不可恃，人无固志，奸宄生心，陈涉辍耕于陇上……伏莽遍于山泽，教民遍于腹省……揭竿斩木，已可忧危。

——摘自康有为：《上清帝第五书》，见翦伯赞等编：《戊戌变法》（第2册），神州国光社1953年版，第192页。

【材料3】大借洋款，以举庶政。

——摘自康有为：《上清帝第五书》，见翦伯赞等编：《戊戌变法》（第2册），神州国光社1953年版，第194页。

请回答：

（1）材料1所反映的康有为的政治主张及其理论依据。它源于哪部著作？

（2）材料2所反映的维新派对待农民起义的态度。

（3）材料3所反映的维新派对待帝国主义的态度。

（4）材料1、2、3所反映的维新变法运动的根本缺陷。

参考答案

一、判断题

1. √　2. √　3. ×　4. √　5. ×　6. √　7. √　8. ×

二、单项选择题

1. C　2. B　3. B　4. D　5. D　6. A　7. A　8. B　9. C　10. D　11. A　12. A　13. D　14. D　15. C　16. D　17. B　18. D　19. C　20. D

三、多项选择题

1. AC　2. ABCD　3. ABD　4. ABCD　5. ABCD　6. ACD　7. AB　8. ABC　9. ACD　10. ABCD

自测题

一、单项选择（本大题共10小题，每小题1分，共10分）

1. 太平军所进行的战争，是一次（　　）

A. 反对清政府腐朽统治和地主阶级压迫、剥削的正义战争

B. 反对清政府腐朽统治和资产阶级压迫、剥削的正义战争

C. 反对帝国主义统治和地主阶级压迫、剥削的正义战争

D. 反对英帝国主义统治和地主阶级压迫、剥削的正义战争

2. 太平天国定都天京后，进行了一系列制度建设，在政治、军事、经济、文化等方面采取了许多巩固政权的措施。其中最重要的是

A. 《天朝田亩制度》的颁布　　B. 《资政新篇》的颁布

C. 西征　　D. 《万大洪告示》的颁布

3. 中国封建社会农民战争的最高峰是（　　）

A. 太平天国运动　　B. 三元里人民的抗英斗争

C. 辛亥革命　　D. 义和团运动

4.《资政新篇》是一个（　　）

A. 具有鲜明资本主义色彩的方案

B. 具有鲜明封建主义色彩的方案

C. 具有鲜明小资产阶级色彩的方案

D. 具有鲜明社会主义色彩的方案

5. 洋务运动兴起于（　　）

A. 19世纪60年代初　　B. 19世纪70年代初

C. 19世纪30年代初　　D. 19世纪80年代初

6. 对洋务派兴办洋务事业的指导思想最先作出比较完整表述的是（　　）

A. 冯桂芬　　B. 曾国藩　　C. 李鸿章　　D. 左宗棠

7. 洋务运动的指导思想是（　　）

A. “中学为体，西学为用”　　B. “西学为体，中学为用”

C. “师夷长技以制夷”　　D. “物竞天择”“适者生存”

8. 最能体现太平天国社会理想和这次农民起义特色的纲领性文件是（　　）

A.《天朝田亩制度》　　B.《资政新篇》

C.《原道觉世训》　　D.《原道醒世训》

9. 洋务派创办的当时国内最大的兵工厂是（　　）

A. 江南制造总局　　B. 金陵机器局

C. 福州船政局　　D. 湖北枪炮厂

10. 中国民族资产阶级登上政治舞台的第一次表演是（　　）

A. 戊戌维新　　B. 太平天国

C. 辛亥革命　　D. 义和团运动

二、多项选择（本大题共10小题，每小题2分，共20分）

11. 从19世纪60年代到90年代，洋务派举办的洋务事业归纳起来有（　　）

A. 兴办近代企业　　B. 建立新式海陆军

C. 创办新式学堂，派遣留学生　　D. 修建铁路

E. 编练新式陆军

12. 从19世纪70年代到90年代，洋务派分别建成（　　）

A. 福建水师　　B. 南洋水师

C. 北洋水师　　D. 广东水师

E. 东洋水师

13. 洋务运动失败的原因主要是（　　）

A. 洋务运动具有封建性　　B. 洋务运动对西方列强具有依赖性

C. 洋务运动具有腐朽性　　D. 洋务运动具有军事性

E. 洋务运动具有买办性

14. 资产阶级维新派主要代表人物有（　　）

A. 康有为　　B. 梁启超

C. 谭嗣同　　D. 严复

E. 曾国藩

15. 资产阶级维新派创办报纸宣传变法。其中影响最大的有（　　）

A. 上海《时务报》　　B. 天津《国闻报》

C. 湖南《湘报》　　D. 上海《申报》

E. 广东《粤报》

16. 维新派与守旧派之间论战主要围绕以下三个问题展开（　　）

A. 要不要变法

B. 要不要兴民权、设议院，实行君主立宪

C. 要不要废八股、改科举和兴西学

D. 要不要改革开放

E. 要不要科技创新

17. 资产阶级维新派主要理论著作有（　　）

A. 《新学伪经考》　　B. 《孔子改制考》

C. 《变法通议》　　D. 《仁学》

E. 《天演论》

18. 资产阶级维新派办学会。著名的有（　　）

A. 强学会　　B. 南学会

C. 保国会　　D. 同盟会

E. 兴中会

19. 太平天国起义及其失败表明（　　）

A. 在半殖民地半封建的中国，农民具有伟大的革命潜力

B. 它自身不能担负起领导反帝反封建斗争取得胜利的重任

C. 单纯的农民战争不可能完成争取民族独立的任务

D. 单纯的农民战争不可能完成人民解放的历史任务

E. 单纯的农民战争不可能完成统一祖国的任务

20. 维新派本身的弱点突出地表现在（　　）

A. 不敢否定封建主义　　B. 对帝国主义抱有幻想

C. 害怕人民群众　　D. 革命不彻底性

E. 文化水平低

三、辨析题（本大题共2小题，每小题10分，共20分）

21. 太平军所进行的战争，是一次反对清政府腐朽统治和地主阶级压迫、剥削的正义战争。

22. 戊戌维新运动是一场资产阶级性质的经济体制改革运动。

◆案例点评◆

案例一：中国近代化的第一步

鸦片战争的隆隆炮声第一次震撼了中华帝国，列强的炮舰冲开了清政府闭关自守的大门。到第二次鸦片战争时，中国遭到了更为沉重的打击和失败，严峻的形势使更多的中国人觉醒了。不同出身、不同地位的人物，在学习西方先进科学技术和思想文化的共识下聚集起来，形成了一股强大的政治势力——洋务派。他们在中央以奕䜣、桂良、文祥等权贵为代表，在地方有曾国藩、左宗棠、李鸿章等封疆大吏，还拥有一大批为革新著书立说、大造舆论的知识分子以及一批渴望采用先进生产技术的民间工商人士。

1862年春，李鸿章带着刚从合肥老家招募来的7000名淮勇，分乘8艘英国轮船由安徽安庆驶抵上海。此次长江航行，使李鸿章眼界大开，他应邀参观了英国、法国的军舰之后，深感外国军舰之坚固、大炮之精良、弹药之细巧、器械之先明，开始下决心学习西洋的长处。随后，他采购西式枪炮装备自己的淮军，果然作战能力大增。次年，李鸿章安排专人在上海筹办洋炮局。

1864年6月2日，由恭亲王奕䜣领衔的总理各国事务衙门，向皇帝提交了一份奏折，强烈要求学习西方先进军事技术以图自强。这份奏折提出："查治国之道，在乎自强。而审时度势，则自强以练兵为要，练兵又以制器为先。自洋人构衅以来，至今数十年矣。迨咸丰年间，内患外侮一时并至，岂尽武臣之不善治兵哉？抑有制胜之兵，而无制胜之器，故不能所向无敌耳……今既知其取胜之资，即当穷其取胜之术，岂可偷安苟且，坐失机宜!"

在总理衙门的这份奏折之后，还附呈有李鸿章写给总理衙门的一封信，其中数语，为当时高级官员们不敢想更不敢言："鸿章窃以为天下事穷而变，变则通。中国士大夫沉浸于章句小楷之积习，武夫悍卒又多粗蠢而不加细心，以致用非所学，学非所用。无事则嗤外国之利器为奇技淫巧，以为不必学；有事则惊外国之利器为变怪神奇，以为不能学……鸿章以为中国欲自强，则莫如学习外国利器；欲学习外国利器，则莫如觅制器之器……欲觅制器之器与制器之人，则或专设一科取士。士终身悬以为富贵功名之鹄，则业可成、业可精，而才亦然可集。"

这分明就是一份请愿书。于是，从19世纪60年代初期开始萌发的这一场颇具声势的学习西方的运动——而人们习惯称为"洋务运动"——在封建顽固守旧势力的重重环伺之下，紧锣密鼓地拉开了大幕。

1861年1月，奕䜣等首先提出培养翻译人才，清政府很快批准了这个建议，于1862年6月开办了"同文馆"，设英、法、俄文三个专业，随后又增加了算学、天文、物理、化学、外国历史、地理、万国公法等课程。

1862年，曾国藩主持创设的安庆内军械所仿造的"黄鹄"号轮船下水。这艘轮船性能并不十分先进，但其从设计到建造，"全用汉人，未雇洋匠"，诚为可贵。

在发展中国近代造船工业中功绩卓著的当属福州船政局，这是中国近代海军海防事业的第一个造舰育才大基地。至1894年中日甲午战争爆发前，福州船政局共建造出34艘舰船。

福州船政学堂作为中国近代史上第一所采用西方科学技术与方式培养海军军官的海军学校，为近代中国海军海防事业输送了第一批极为宝贵的人才，其中不少毕业学生还被选送到西方先进国家的海军院校留学深造。他们后来成为近代中国海军的杰出将领和专业栋梁，著名的代表人物有后来北洋海军的总兵刘步蟾和林泰曾，天津水师学堂的总教官、社会启蒙思想家严复。

为解决经费之难和财源之缺，李鸿章于1872年倡办轮船招商局，他说："今倡办华轮，实为国体、商情、财政、兵力展拓之基局。"

从洋务运动到甲午战争的30多年间，洋务派举办的洋务事业相当可观，其中尤以军工企业、军民两用企业和三洋海军的创建成效最为显著。在近30个军工企业中，以江南机器制造总局、天津机器局、福州船政局、金陵制造局和湖北枪炮厂等军工企业的规模最大，供应全国各地枪炮、弹药及其他军需用品。福州船政局不但自造轮船、巡洋舰，还自行设计和制造铁甲船、舰船供沿海数省使用。此外，山东、湖南、四川、广东、吉林、山西、浙江、台湾、云南等省相继建立了军工厂。虽然这些大大小小的军工厂存在技术落后、产品质量不高、经费不足和衙门式管理等弊端，但它们毕竟走上了近代化的道路，为近代国防建设和近代工业的发展初步奠定了基础。军民两用和民用企业的建立经过30多年的发展，成效尤为显著。其中，以轮船招商局、开平矿务局、电报总局、汉阳铁厂和湖北织布局等近代化企业的规模最为宏大，成绩尤佳，不仅收益显著，还同洋商进行了激烈的竞争，在一定程度上促进了近代民族资本工业的产生和发展。

而“三洋海军”的创立，则是中国军事和国防近代化的里程碑。所谓三洋海军，是指南洋、北洋和粤洋三支海军，它们于1875年开始创办，1884年初具规模。其中的粤洋海军又称“福建海军”。三支海军拥有舰艇43艘。虽然福建海军建立不久即遭法军偷袭而全军覆没，但是北洋海军仍加速建设。1888年建成的北洋海军舰队，当时被人视为“亚洲第一大舰队”。

洋务派还大力制造轮船，修筑铁路等新式交通，创办电报与新式邮政也成为洋务运动的重要内容。此外，洋务派还创办了各类新式学堂，派遣学生分赴欧美留学，为国造就了新学和各类技术人才。

可惜的是，洋务的发展挽救不了制度上的缺陷，其本身也在挣扎中慢慢溺毙。洋务运动从表面上看做得有声有色，但实质与表象有太大的差距。洋务派多年的努力不过是在花费巨资后搭了一台有名无实的空架子，并在随后的中法、中日战争中灰飞烟灭。

资料来源：李树喜主编：《天朝末日：清朝最后五十年》，中央编译出版社2007年版，第49—60页。

【点评】

要想“制夷”，必先“师夷”，个中道理，林则徐的好友魏源在《海国图志》中早就说过，问题是“师夷”之论曲高和寡，没多少人愿意听，做起来更难。这是因为，如果“师夷”，至少会遇到思维与感情两大障碍。论思维，历史的辉煌早已昭示，只有别人向我们学习的，哪有“用夷变夏”的道理？论感情，中国人不仅很讲面子，还很讲气节，怎能拜强盗为师？尽管如此，李鸿章还是强调“师其所能，夺其所恃”，他既明说，也真干，虽然经常碰壁，他和老师曾国藩等还是发起了以“师夷”为主的洋务运动。由于英、法联军把清军打得比第一次鸦片战争时还惨，北京首次遭劫，连咸丰皇帝都在惊恐中丢了性命，大权在握的慈禧太后也同意“师夷”。曾国藩、李鸿章等力排众议，从创办军事企业开始，率先把机器引进国内，机器工业开始实现零的突破，我们不要小看它的重要性，以及它将带来的许多连锁反应。正如马克思所说：“蒸汽、电力和自动纺机甚至是比巴尔贝斯、拉斯拜尔和布朗基诸位公民更危险万分的革命家。”

洋务运动是19世纪60—90年代进行的一场引进西方军事装备、机器生产和科学技术以维护封建统治的“自强”“求富”运动。这场运动虽然以失败告终，但为中国近代化的起步开辟了道路，是中国近代化的开端。那为什么洋务运动被看成中国近代化的开端？

第一，洋务运动为中国近代化的发展提供了物质条件及管理经验。洋务运动在30多年的时间里，从西方引进了先进技术和生产方式，取得了一些成果。他们兴办的企业尽管机械化的程度很低，各企业内部仍大量使用手工劳动，但它们毕竟引进了西方先进的机器和工艺，在生产技术方面发生了空前的大变革，使中国破天荒地出现了现代工业文明的曙光。

第二，洋务运动促进了中国民族资本主义的产生。鸦片战争前，中国封建社会内部已孕育着微弱的资本主义萌芽，随着西方列强的入侵，中国封建社会内部的资本主义萌芽遭到破坏。而洋务运动的兴起，使我国因列强入侵而中断的资本主义萌芽伴随着民族资本主义的产生又重新发展起来，反过来也促进了民族资本主义经济的发展壮大。

案例二：救亡唤起启蒙

戊戌维新运动是中国近代思想发展里程中的一座丰碑。它有两个鲜明的特征：既是伟大的爱国救亡运动，又是伟大的民主启蒙运动。

1. 救亡已成为中华民族行进的主旋律

从戊戌变法上溯到鸦片战争，相距58年，中国在半殖民地半封建社会的道路上已经蹒跚地行进了半个多世纪。但是人们对周围已经发生的变化并不清楚。少数有远见的先进分子如郑观应，痛感需要向沉睡的人们发出“危言”，但是不得不先表明一下他们所处的仍是“盛世”，以免招来更多的攻击。

中日甲午战争把这一切突然结束了。甲午战争战败带给中国人心灵上的创痛，是以往历次战争失败所不能比拟的。甲午战争战败后的两年，以德国强占胶州湾为起点，西方列强纷纷在中国划分势力范围。帝国主义国家联合起来，共同进攻一个半殖民地国家，这在世界历史上还没有过先例。

亡国灭种的现实威胁，像一个令人战栗的阴影，笼罩在每个爱国者的心头，“盛世”的幻梦最终化为泡影，麻木不仁的状态再也无法保持下去了。梁启超写道：“吾国四千余年大梦之唤醒，实自甲午战败割台湾偿二百兆以后始也，我皇上赫然发愤，排群议，冒群难，以实行变法自强之策，实自失胶州、旅顺、大连湾、威海卫以后始也。”

中国面对的已经不再是强或弱的问题，而是更加严峻的存或亡的问题了。1895年，严复发表了轰动一时的《救亡决论》。

“救亡”，这个深藏在千千万万人心中的口号，就这样被响亮地喊了出来。从这时起，直到半个世纪后的抗日战争胜利结束，这个口号贯穿始终，认识不断深化，成为中华民族行进时的主旋律。

2. 中国近代民主启蒙运动的真正起点

甲午战争以前，尽管中国社会正在发生深刻的变化，士大夫的心态却同半个多世纪前没有多大区别。君君、臣臣、父父、子子的那一套封建纲常，一直被看做神圣不可侵犯的最高原则。

在甲午战争后的严酷现实面前，人们不得不沉思：为什么中国人会受外国人的欺凌，会沦落到今天这等地步。正是这种强烈的危机感，给民主启蒙运动以巨大的推动力。

在维新运动中进行民主启蒙宣传最有力的思想家是严复。甲午战败那年，他受到强烈的触动，在天津《直报》上发表了一系列文章，在社会上产生了巨大的反响。他在文章中写道：“时局到了今天，我宁可背负起发狂的罪名，决不能吞吞吐吐，甚至无耻作伪。”他尖锐地指出中学和西学之间的根本对立：“中国最重三纲，而西人首明平等；中国亲亲，而西人尚贤；中国以孝治天下，而西人以公治天下；中国尊王，而西人隆民；中国贵一道而同风，而西人喜党居而州处；中国多忌讳，而西人重讥评。其于财用也，中国重节流，而西人重开源；中国追淳朴，而西人求欢虞。其按物也，中国重谦屈，而西人多发舒；中国尚节文，而西人乐简易。其于为学也，中国多夸识，而西人尊新知。其于祸灾也，中国委天数，而西人恃人力”（《论世变之亟》）。像这样把中学和西学多角度地进行强烈对比，肯定后者，否定前者，这在中国思想界还不曾有过，而严复可说是第一人。

为了救亡，维新派思想家十分重视发挥国民自身的力量，并把它看做治国的根本。

用严复的说法，就是要做到“鼓民力”“开民智”“新民德”（《原强》）。谭嗣同在《仁学》中更发出了“冲决君主之网罗”“冲决伦常之网罗”的呼喊。这些自然都有民主的启蒙意义。

维新派思想家告诉大家：世界万物都在不停息地变动和进化。生活在这个大时代的人，必须下定决心实行变革。严复翻译的《天演论》、梁启超的《变法通议》，在这方面产生的影响是十分重大的。

维新派思想家在进行启蒙教育时特别强调群体的意义。严复更强调“群治”的重要性。他在《天演论》按语中写道：“天演之事，将使能群者存，不群者灭；善群者存，不善群者灭。”对中国来说，长期占支配地位的封建主义生产方式一向以分散的个体小生产为基础，这种社会条件带来的“一盘散沙”似的涣散状态，也是造成中国在世界列强面前脆弱和缺乏竞争力的重要祸根。维新派的思想家们提倡国民间“合群”的重要性，可以说有它的合理性，也在一定程度上反映了近代中国的实际国情。

当然，维新运动的思想家们的议论和主张远不是那样完美，其存在着软弱性、空想性和不成熟性等种种弱点，这在一种新思潮兴起的最初阶段是常见的现象。而在中国当时的历史条件下，这种新思潮所能依靠的新的社会基础实在太薄弱，遭受暂时挫败是难以避免的。但是经过奔走呼号，维新派思想家终于把原本根深蒂固的封建正统观念的“网络”撕开了一个巨大的裂口。经历了维新运动潮流的冲刷，中国思想界已从原来一池死水似的状态中摆脱出来。

维新派思想家们大都刚刚从旧式封建士大夫转化而来，身上留着浓重的旧时印记。维新运动没有西欧那种近代的自由城市，也没有一个在社会生活中居于举足轻重地位的中产阶级作为它的后盾，这是它的先天性的弱点。

维新时期的志士们为了国家和民族的利益，把个人的利害安危置之度外，奔走呼号，大声呐喊，加速了历史前进的步伐。他们的精神是值得后人景仰的。这次运动起到了它在当时历史条件下所能起的作用，在近代中国人民觉醒的曲折历程中构成了一个重要的阶梯。戊戌维新运动的长处和短处、成功的地方和不成功的地方，都不是偶然的，这可以从中国当时的客观历史环境中得到合理的解释。

资料来源：金冲及：《救亡唤起启蒙：对戊戌维新运动的几点思考》，《人

民日报》，1988年12月5日。

【点评】

毛泽东同志指出："认清中国的国情，乃是认清一切革命问题的基本根据。"对于近代以来的中国如何走上独立富强的道路，不是凭着任何人主观想象或者照搬外国制度的模式，就可以实现的，"拿来主义"固然有它的道理，但应当本着实事求是的原则，认清国情，分析形势，才可能使改革少走弯路，增加成功的几率。中国作为后发型国家若能模仿先发型现代国家走上制度创新之路是最好不过了，但在模仿过程中必须处理好"师夷"与创新的关系，改革者应该立足中国的国情，结合传统文化中的合理成分，又能嵌入到世界政治发展的潮流之中。作为制度创新的主体也必须本着与时俱进的精神，以先进理论和科学的意识形态作为指导，建立具有强大内聚力与整合力的创新团队来完成制度创新的路径替代，这是一项伟大的历史使命，只有具备求实、求变、创新、坚定精神的人才能担此大任。以康有为为代表的维新集团面对社会混乱、主权失落、领土残缺不全的局面，虽然举起了制度创新的大旗，但其松散的组织，混乱的意识形态，创新资源的匮乏等，注定了在这个积淀了厚重的专制主义传统的国家构建民主宪政政体失败的命运。但戊戌变法作为开启了中国近代制度变革先声的资产阶级改良运动，给我们留下了重要的启示：要不断完善政治制度系统，使其具有开放的品质；要为制度创造必要的行动资源。

◆实践拓展◆

实践项目一：你所认识的洋务运动

【实践题目】

你所认识的洋务运动

【实践类型】

调查研究

【实践目的】

通过调查研究，了解大学生对中国近代洋务运动的认知度，从而设法树立大学生正确的历史观

【实践方案】

时间：一周

地点：本校和周边学校

对象：高校低年级学生

方式：问卷调查

流程：

步骤一：分组，以班级小组为单位，组长全面负责策划工作

步骤二：问卷设计与印制，教师参予指导

步骤三：调查。发放问卷，注意确定发放范围，并对被访者说明调查的意义，争取配合

步骤四：回收问卷，统计结果

步骤五：归纳分析，得出结论，撰写调研报告

步骤六：提交报告，各组交流，教师点评

【实践结果】

调查问卷，调研报告

【实践评价】

教师根据调查问卷、调研报告进行评价，小组得分，即是每个成员的得分

得分表（每5分为一个档次）

项　目	标　准	满　分	得　分
问卷质量	目标明确，设问合理，重点突出	40	
报告质量	思路清晰，有理有据，结论得当	60	
总　计	以上分数相加	100	

【参考资料】

李鸿章与近代西医

李鸿章对西医有较早的接触。他在镇压太平军时与外国人组建的常胜军有所联系，而该军中就有英人马格里等担任军医。不过在此前后，李鸿章并没有对西医产生太大的兴趣。一个明显的表征就是马格里后来不是被李氏聘来从事医疗工作，却是被聘去制造枪炮，以后他又被聘从事外交活动。此外，李鸿章于1862年也曾任命黄宽为医疗顾问。黄宽是近代中国赴英学习医学的第一人，但由于黄宽厌恶政治，6个月后就辞职了。因此说李鸿章早在十

九世纪六十年代就接触了近代西医，但由于在接触西学之初他关注较多的是坚船利炮，对西学的一个重要方面——西医却不大关注。但是一个人的观念变迁往往与其社会经历有着很大的关联。十九世纪六七十年代，李鸿章有许多接触西医的机会。其对近代西医的态度不断地发生变化，然而直到1879年他才真正地信奉起西医。在此过程中，李鸿章经历的几件事对其医药观念的变化有着不可忽视的影响。

第一件事发生在1872年。该年天津发生霍乱，地方当局束手无策，许多人丧命，有传教士"修合药料，施济活人，其方殊验，来乞药者日众"，但因缺乏资金，于是上书李鸿章，请拨银两以助善举，李鸿章见书后却笑说："教中人有心有力欲救济我民，则自为之耳，我复何能相助为理哉。"在这件事上，李鸿章固然没有对传教士赈灾给以支持，但是西医的灵验，不能不对他产生一定的影响。第二件事发生在1875年。该年李鸿章到烟台去谈判解决马嘉理事件。到烟台后，许多随员患病，当时正在烟台传教的李提摩太"听说他们害病，把止泄药、哥罗颠和金鸡纳霜赠送中堂，分给病人，中堂收下，并来信称谢"。以上两事可以说在一定程度上会影响李鸿章对待西医的态度。

然而，李鸿章真对西医发生态度上的重大转变则是在1879年。该年李鸿章的夫人患病，几乎死去。李氏遍请天津城内外的中医国手诊治，但"大率漫无把握，非以方探病，即以病试方"，结果总共延请了17名中医，其夫人的病不仅未能治好，反而加重了。在这种情况下，他认为所请之人都是庸医，于是"幡然变计"，请美国驻天津副领事毕子明代请西医。结果请到英国伦敦会医学传教士马根济，同时还请有驻天津西医安温、驻京美以美会女医生郝维德等人。在马氏等西医的治疗下，李鸿章夫人的病迅速好转并得以痊愈。在这次行医时，李鸿章衙署中的一些人也乘机请马根济治疗疾病，马氏先后为他们做了兔唇、割瘤、眼科等手术，结果都很成功。李鸿章对马氏非常感谢。这次切身经历使李鸿章感受到了近代西医的灵验，也看到了中医的无助，彼此的强烈反差对李鸿章的观念转变产生了很大影响。从此，李鸿章对医学传教士另眼相看，并与马根济建立起密切关系；他对西医的态度也大为改变，从此开始"信任西医"，并且丝毫不曾改变。1892年，他的幼子因病早逝，翁同龢在日记中说："闻合肥之幼子于初八日病卒……相国笃信洋医，此亦为其所误。"但李鸿章并未因此而改变对西医的态度。同年李鸿章70寿辰，张佩纶说李鸿章得了"道家的纯阳之术"，李氏听了"大笑之"，张佩纶因此说李鸿章"笃信洋医"。由此可见1879年后，李鸿章对西医笃信程度之深。不惟如此，李鸿章还有专门的私人西医，如苏州博习医院医药班的第二班毕业生赵荣贵就曾做他的随从医生多年，1889年还聘美国人潘金为其牙医。在接触西医、信奉西医的情况下，李鸿章对中医和西医都有了新的体会，并形成了他对中、西医的独特看法，这突出表现在1890年他为医学传教士洪士提反的《万国药方》所作的序中。在该序中，他对洪士提反的著作作了恰如其分的评价，认为该书“方药规制悉从英国本草，而于流质之用量、定质之用秤与凡猛剂之用林士，极小之数深合刀圭、铢两之义，其所分药精、金石、酸盐各类改病、改血、解酸、补卢等数十剂，绘列药器各图，俾阅者心目洞然，无索涂摘填之患。甚矣，其言之可征也”。该序也表明了李氏的中西医观。

首先，他指出了中医、中药的不足之处，他认为“《汉书·艺文志》列方技为四种，凡经方十一家，谓本草石之寒温、量疾病之浅深、辨五苦五辛、致水火之齐，以通闭解结，反之于平。然言气感之宜，未及物理之变，故撰用本草三百六十五品，制为一百十三方。迹其撰录，非不粲然雄观，然以意进退，病机凭虚构象，非实测而得其真也”。其次，他认为西医在医学教育、医药、解剖学上有其所长，是超出中医之处，并说“予久伟其用心之精，而立法之善矣”。他指出：“泰西医学有专官有学堂，又多世业孤学，藏真府俞悉由考验，汤液酒醴更极精翔。且俞跗治疾、割皮解肌、湔浣肠胃，此法久佚，而彼方于肿疡、折疡、溃疡之祝药劀杀尤得其传，且于草木金石之原质化质，一一格致微眇，务尽实用，非仅以炮制为尽，物性则尤中土医工所未逮者。”再次，在比较中、西医的同时，他对中、西医在中国的发展态势作了评判。一方面他认为“中国医藏一目综，今存者几与释道二氏埒”，另一方面他也看到“近时日本书禁大开，所藏医书往往流入吾土，仍是旧观。舶交海中，异籍踵至，西医之说甚盛益兴”。最后，该序还表明了李鸿章的中、西医汇通观。他认为中、西医有其相通之处，他说自己“深喜罗雅谷之《人身图说》最与吾书相印证，如以脑髓筋为激发，即《素问·五藏别论》。予闻方士或以脑髓为藏，《灵枢·海论》脑为髓海之意，而俞理初反非之。他若罗络之血与《内经》合，心肝之系居右与郑注《周礼》合，皆足以广异闻，至其谓脉络血络经络之异，肝叶肺叶心窍之殊，更可补吾铜人图所未备。奇光斓然，发于舜迹禹踵未届之域，乌得以其说之畸侅而斥之哉。是书专明用药方剂，亦如葛洪《肘后》、思邈《千金》之体，以便循省”。因此他认为“倘学者合中西之说而汇其通，以造于至精极微之境，于医学岂曰小补?则君嚆矢之功，其寿世寿人，讵可量欤?”

从以上几个方面，我们不难看出李鸿章对中、西医学有较深的了解。他不仅指出了中医、中药的不足，而且对西方医药、解剖学、医学教育等都有较高的评价。他认为西医是建立在科学的基础上，而中医却越来越沦于迷信。他虽指出西医中一些方面同中国古医书有相合之处，但他未陷入到西学中源的窠臼中去，相反他却认为西医在一定程度上可补中医之不足，并且主张中、西医会通，这表明李鸿章对于中、西医学的认识是比较公正客观的。

众所周知，李鸿章在晚清社会有着举足轻重的地位和影响。因此，他信奉西医，对于西医的推广乃至西医在晚清社会所起的作用也产生了很大的影响。

首先，表现在他对教会医疗事业的影响上。1879年，马根济给李鸿章夫人看病，取得了李氏的好感，于是捐银让马根济创办医院，并允许他在医院中传教。这不仅对在天津的传教起了很大的作用，而且对于医学传教以及当时的整个传教界都产生了很大影响。当时许多传教士特别是医学传教士都想通过行医结交官员，以便于行医与传教，如苏州的医学传教士柏乐文就对马根济的成效十分羡慕。不过值得注意的是，当时参与给李鸿章夫人治病的郝维德起初未得到李氏的支持，但是李鸿章夫人为表其报答之意，于是要李陪同她参观医院。1881年10月18日，夫妇二人参观了郝医生在天津的医院，“李鸿章大受感动”，于是将此院的一些情况奏明皇上，“御下旨颁奖，并赐下匾额一方”，此后，李鸿章还给该院捐助款项。除支持天津的教会医院外，李鸿章对其他地方的教会医院也经常给予捐助。1896年，他游历美国时曾对美国教会人士在华设立医院表示赞赏，他说：“贵会多设医院于我华，以施医给药诸功德，济行医卖药之穷。”而且他还曾经说过“儒学对中国人的精神是足够的，但是传教士们对他们的身体有更多的了解”，希望西方教会向中国“派遣更多的医学传教士”。此外，李鸿章对于医学传教士在华创办医学校也给予支持，如香港教会1887年创办的香港西医书院，李鸿章不仅是该书院的名誉赞助人，而且他还“于1889年复函西医书院掌院以示支持”。

其次，表现在他信奉西医对时人的影响上。他在1879年聘请西医给夫人看病，就引起了当时报界的注意，《申报》《万国公报》都对此作了报导。李鸿章信奉西医，并为别人请西医治病，所以对于一些与其关系密切的人也产生了很大的影响，如他曾请西医给醇亲王治过病。此外，吴汝纶因受李鸿章的影响，就很信西医，对此徐一士评道：“汝纶师事鸿章，其笃信西医之由来，殆受教于鸿章。”对于二人笃信西医，李鸿章曾戏言道：“吾与执事笃信西医，可谓上智不移者；余人皆下愚不移者也！”值得注意的是，李鸿章还利用西医进行戒烟活动，在天津他曾请马根济在医院收治过吸食鸦片者。

再次，他对近代中国的医院以及官办医学教育作出了贡献。1879年，李鸿章聘请马氏在天津开办医院。该院设有候诊室、药房、病房等，而且病房的病床都是中国北方的炕。在医院正式开办之际，李鸿章以及在天津的英、德、俄、美等国领事等都亲临。李鸿章还发言对外国医术给天津人民带来的好处表示赞赏。医院门上的匾额横署“阁爵督部堂施医处”，并且派有兵丁守护。该院的经费全由李鸿章支付。因此，总督医院在一定程度上可以说是中国近代第一所官办医院。正因为如此，1888年马根济去世后，天津地方官认为该院为官方所有。结果经过交涉，该院由伦敦会买回。但无论如何，它的设立给天津人看病带来了很多方便。此后，李鸿章在天津地方绅士的资助下，建立了一所新的官方医院，北洋医学校就附属于该院。1888年以后，在创办北洋海军的过程中，李鸿章建立了一系列的海军医院。天津总医院就是其中之一，它是“北洋旅顺、威海各口水陆军营医药之总汇，各口医院、海军战舰正副医官皆由总医院选派”，该院“平日则诊军民疾病，有事则随行队”。可见天津总医院在军事、民用两方面都有相当作用。此外，还在威海卫、旅顺设立了养病院等。这些海军医院是近代中国军队中最早的一批军用医院。

在创办医院的同时，李鸿章还开办了近代中国第一所官办医学校。1881年，中国赴美留学的幼童因保守势力的反对而返国。马根济向李鸿章提出开办医学校教授这些归国学生。在李鸿章的同意下，1881年12月15日，马根济开始在医院里向从美国归来的留学生传授医学知识，学生分甲、乙两种，甲种四年毕业，乙种三年毕业。其目的是为军队培养医官。

1888年，马根济死后，北洋医学校则由李鸿章派人继续举办，并在以前的基础上设立北洋医学堂。1893年，李鸿章在天津总医院附设医学堂。1894年，他在奏折中称：“查西洋各国行军，以医官为最要，而救治伤科，直起沉痼，西医尤独擅专长。其学以考求经络，辨别药性为始基，以察脏腑之运行，练临症之理法为进步，其究以洞内科之精微，平诸家之同异为极功，非专门名家，历经考试，该国家未能给凭诊治。北洋创办海军之初，雇募洋医分派各舰，为费不赀，是兴建西医学堂造就人材，实为当务之急。”从中我们不难看出，李鸿章将西医与军事的关系看得相当紧密。

甲午战争后，北洋医学堂继续举办。作为中国近代最早的医学堂，它一直持续至1933年。它培养了不少陆、海军军医。他们对中国早期军事现代化、官办医学教育乃至医药卫生的发展作出了贡献。

现代化是一个综合的系统工程，然而在中国的现代化进程中，国人却过多地关注政治、经济等领域，对于医学和医疗卫生关注甚少；即使有人提倡，实行者也少。李鸿章在中西文化的冲突交融之下信奉了西医，进而对中国近代西医和医学校的发展起了不可忽视的作用，可以说是开风气之先。

不过我们还应注意的是，李鸿章所举办的医院、医学校与军事有着密切的联系，这也决定了李氏不能较多地从社会卫生来考虑举办近代医疗事业的重要性。李鸿章在这方面的举措与实际需要相比，毕竟相差甚远，中日甲午战争的爆发即证明了这一点。战争中中国失败的一个重要原因就是伤兵得不到充分的治疗。对此，丁韪良指出，“李鸿章相信西医，两年以前，设了一所陆军军医学堂——但是已经太迟了，在中日之战中显不出什么大的功效来”。这不仅是李鸿章个人的失误，而且也是中国早期现代化误区之所在。

资料来源：李传斌：《李鸿章与近代西医》，《安徽史学》2001年第3期。

实践项目二：中国的戊戌变法与日本的明治维新

【实践项目】

中国的戊戌变法与日本的明治维新

【实践类型】

讨论

【实践目标】

通过讨论，认清中国的戊戌变法与日本的明治维新的异同，进一步认识戊戌维新失败的原因和教训，从而认清中国资产阶级的软弱性和清朝统治集团的腐朽性和顽固性

时间：40分钟

地点：教室

流程：

步骤一：分组分工：10人左右一组，设组长一名，记录员一名

步骤二：组长明确讨论主题，规定讨论注意事项

步骤三：讨论开始，依次发言，时间三分钟，组长掌握时间与讨论节奏

步骤四：发言完毕，组长总结，形成结论

步骤五：各组之间交流

步骤六：教师点评

【实践成果】

讨论结论与发言记录

【实践评价】

教师根据讨论结果和讨论记录给分，其中讨论结果分数为全组公共分，也就是每个人的得分，加上讨论记录的个人分，即个人的最后得分

得分表

项　目	标　准	满　分	得　分
讨论结果	思路清晰，表述完整，价值较高	40	
讨论记录	观点明确，论述准确，有理有据	60	
总　分	以上各项相加	100	

【参考资料】

笔杆子的大对决——康有为和福泽谕吉的启蒙家之路

日本的明治维新和中国的戊戌变法，这两次维新有着惊人的相似之处：它们的历史背景相近、时间相隔不远，先后发生在19世纪下半叶受到西方列强侵略的时期，它们的目标类似，措施雷同，都是向西方学习，通过政府命令自上而下推行改革，目的是建立一个君主立宪制资产阶级国家。而且，戊戌维新实际上就是以明治维新为榜样、亦步亦趋进行的。然而，两者的成效、结局和命运却非常不同。明治维新取得了成功，实现了一系列改革，日本从此走上资本主义近代化的道路。它不仅维护了民族独立，而且使日本成为亚洲唯一的帝国主义强国。而中国的戊戌维新却是昙花一现，迅速失败，光绪被幽禁，维新人士遭屠杀，改革新政全成泡影。中国不但没有阻挡住帝国主义的瓜分狂潮，而且在半殖民地深渊里越陷越深。戊戌变法与明治维新何以走入了迥异的发展路径？

针对中日这两场变革结局为何天壤之别的著作可谓汗牛充栋，但我们只需追根溯源，简单地对比分析指导这两场变法的精神“教主”——康有为和福泽谕吉，看看他们在个人背景、思维方式、价值观念方面存在的巨大差异，也许就能对中日迥异的近代化道路一目了然。

福泽谕吉是日本近代资产阶级启蒙运动的创始人，他的启蒙教育思想大大影响了日本明治维新时期波澜壮阔的教育改革运动。

作为领导中、日变法维新的启蒙领袖，是东西文明强烈碰撞、中日两国处于尴尬被动的境地中，被推向历史前台的。作为时代最前沿的思想精英，他们曾经面临的挑战与机遇非常相似，而个人性格、思维方式、价值观念等方面的巨大差异不但决定了他们迥然有别的人生际遇，也深刻影响了中日两国的近代化道路。

1. 人格修为泾渭之别

在近代中国的历史长廊中，也许很少有像康有为这样誉满天下、谤亦满天下的人物了。他是沧海茫茫中破空而来的一只稀世之鸟，那凄绝怪异的一声声惊鸣长啸，在滚滚尘世中掀起的万钧雷霆，至今余音不绝，毁誉难分。

“仰首攀南斗，翻身倚北辰；举头天外望，无我这般人。”这是电视剧《走向共和》中屡试不举的康有为，他欲与孔子比高的狂态，他乐观、自信的心胸令人跃浮脑际，经久难忘。强烈的自信心，几近于自夸，是康有为最显著、也最为世人诟病的性格特征。

自信之余，他简直目空一切，狂傲如李白者，也只是期许“天生我才必有用”，而他却说出：“天生我聪明才力过于常人，岂天之私我哉？令我为斯民计耳。”

平心而论，康有为一生的雄辩激情、满腹经纶，常人确实难以匹敌。他博闻强记，识见深广，无异于一个百科全书式的人物。诚如梁启超所说：“先生脑筋最敏，读一书，过目成诵；论一事，片言而决。凡事物之达于其前者，立剖析之。”（见《南海康先生传》）再复杂的事情，他也可以抓住要害，几句话就打发了。

梁启超17岁那年已是一个举人了，而大他15岁的康有为却仍是一个秀才。但当梁启超第一次听康有为讲课时，那种咄咄逼人、高谈阔论的劲头顿时令他如“冷水浇背，当头一棒”，深愧自己才疏学浅。从那以后，梁启超就绝了仕途科考的念头，专心师从康有为。“秀才先生，举人弟子”的情形世所罕见。

康有为的绝佳口才在戊戌变法之前的一场辩论中表露无遗。1898年正月初三，奉光绪帝旨意，总理大臣们破格召见康有为，“询问天下大计，变法之宜”。这是一场变法与反变法的正面交锋和尖锐论战。顽固阻挠变法的荣禄根本就没有把这小小的七品主事放在眼里，一上场就有意刁难，冷冷地使出杀手锏：“祖宗之法不可变！”他试图用“祖制”的大帽子压住康有为。谁知康有为不紧不慢地从容反驳说：“祖宗之法，以治祖宗之地也。今祖宗之地不能守，何有于祖宗之法乎？……因时制宜，诚非得已。”三言两语就驳得荣禄哑口无言，而康有为仍继续口若悬河般滔滔不绝，气得荣禄脸色铁青，拂袖而去。

康有为越来越相信自己的智德能力，他认为自己生来就与负有天命的孔子完全一样，他坦承：“吾少尝欲自立为教主矣，欲立乎孔子之外矣，日读孔氏之遗书，而吹毛求疵，力欲攻之。”在一首诗里，他甚至还提到自己出生时，像很多帝王降生时的异兆之象：“大火赤流屋，子夜吾生始。”

康有为这种唯我独尊的王者之气，好奇、猛进的“教主”派头，连支持变法的一派大臣疆吏也看不下去了。最后，戊戌变法既未得到留学生的直接参与，也未得到实力派李鸿章、张之洞的协调与合作。导致康、梁一党非议四起，孤军奋战。本来对变法颇为支持的张之洞对康有为的批评也日见严厉，甚至将其民权、议院等说斥之为“谬论”。很多人更是指责其武断自夸、高傲争权，辜鸿铭称康有为和他的信徒们为“极端派”，“自私自利而具野心，但又缺乏经验、判断力和方向”。

梁启超认为只要康有为认准的事，不管学术、治事绝不迁就，所以时人才责怪他武断、执拗和专制。康有为从不理会别人的感受和社会成规，也从不愿听取旁人的意见，他对明代改革大师张居正的名言佩服得五体投地：“不但一时之毁誉有所不顾，虽万世之是非，有所不计也。”他结婚时为了“原则”，拒绝闹新房的风俗，根本不理会亲友们不高兴；他中举那年，不遵守相沿已久的习惯，拒绝称选拔他的考官为“师”；即使涉及他的变法宏图，在光绪召见他后，让他在总理衙门供职，他认为位卑职小，有辱于他，乃拒绝赴任。

自信心固然为领袖人物不可缺少的，但若过于自信，则不免固执教条，损害信用。

而福泽谕吉一方面致力于新思想、新文明的传播，另一方面从来没有将自己的工作和自我角色神圣化。在内忧外患的逆境中，福泽立志与封建专制做斗争，并以谋求民权独立、国家富强为己任。

他早年学习兰（荷兰）学，后又自修英文。他曾三次游历欧美，谙熟西方文化制度，一生致力于传播西方近代文明，共有六十余种著译，培养了数以万计的学生，为日本近代化作出了巨大的贡献。

与康有为的言行不一迥然不同，福泽坚信自己必须在日常生活的细节中实践自己的道德理想，言行之间不容许有丝毫分离。福泽对于儒教那些欺世盗名的言行做派，反感至极。比如儒教所谓的“孝”，他就很不以为然。福泽反对孟子“不孝有三，无后为大”的说法，认为“对于提倡违反天理，倒行逆施的人，即使是孟子、孔子，也不必有所顾虑，仍当视为罪人”。

福泽一生都积极但不狂热，满足但不自欺，从不怀恨抱怨，也不急于获得表扬，从而连续、稳定地完成了日本民族的思想启蒙工作。这与康有为从早期的亢奋不已到后来的消极颓废，从早期的狂热激烈到后期的进退失据对比深刻。

2. 学术政治各执一途

康有为的一生，始终未能摆脱传统文人与封建皇权和官场难舍难分的关系。辛亥革命后，他宣扬尊孔复辟，还与军阀张勋拥清废帝溥仪登基。他曾力主“通世界之识，养有用人才”，但他本人得遇圣主、感恩保皇的思想却根深蒂固。个人际遇的宠辱悲欢，士为知己者死的传统观念，扰乱了他作为一个学人平和的心境，使他过早地与政治牵扯不清。

“朝为田舍郎，暮登天子堂”，这样的尊荣与诱惑，对于谁都无法拒绝。托身明主、展才济世，从来都是中国知识分子的最高理想。只不过只有极少数幸运儿能够实现自己的梦想。康有为从光绪忧国忧民、开明求变的表现中，似乎拨云见日，寻觅到了士大夫们祖祖辈辈渴盼至极的明君贤王。

康有为11岁丧父，与母亲和幼弟相依为命，穷得“不能出游，不能购书，乃至无笔墨”，他前半生执意科场，却六次应考失败，这样的打击对于一个人心理的刺激是不可低估的。但他做梦也没有想到，有一天他居然能步入深宫红墙之内，直接得到皇帝的九重恩宠。他本来就是那种自视极高、行动性极强的人，天生就有一种不同于普通思想家的“霸气”。“学得文武艺，卖与帝国家”，如今终于找到了一个“识货”的买家，他怎能不激动万分？

康有为迫不及待地操刀上阵了。他自然希望朝廷将所有的聚光灯都打到维新派身上。在呈送光绪的变法指导《日本变政考》里，他除了强调君权变法以外，还着重描绘了明治天皇对“草茅微士”的破格提拔，和对他们的信任“任贤勿二”。他一再暗示光绪要破格提拔他那一帮位卑的维新弟子。为了让弟子们早登高位，他不惜四处运动权要，频繁上书，甚至也不忘暗中毛遂自荐，恨不能一飞冲天。为此，他还安排早已无心于八股的弟子们继续科考，经求进入仕途，壮大维新阵容。

坐镇中枢指挥变法，成就伊藤博文那样的盖世奇勋，是康有为的最高向往。而在以科举为正途的国度里，要想翻云覆雨、有所作为，康门弟子舍科场一路，又有什么更好的办法呢？康有为坦承自己是“即业八股，以窃科举者”。从某种意义上讲，“康党”是中国社会急于事功（挽救危亡）普遍心理造就出来的一批以急功近利为特征的思想家和政治家，急于雪耻图强的中国社会烘托出一批同样急不可耐的自强“狂人”。

环境迥异，见解不同。与康有为相反，学问独立于政治是福泽一生的追求。为了一扫几千年来政治权威的绝对价值，改变学问隶属于政治的弊病，他身体力行，终身不仕，以感召世人。其实比康有为早出生24年的福泽谕吉有很多做官的机会，但他在政治上保持中立，终其一生拒绝担任任何官方职务，既不尊崇德川幕府，又不特别亲近新的维新政权，一直以报人和教育家的社会身份出现。

对于不做官的原因，他简单地解释为“不喜欢官员的傲慢”，即对虚伪的官场文化厌恶。但他深知，作为政治的旁观者，他可以保持清醒的观察，不必把自己卷入到纷争之中，从而集中精力从事更根本性的思想启蒙工作。

在日本封建社会中，学问是统治阶级的御用工具和附属品，完全听从于统治者的摆布与调遣。由于政治的权力取代了学问的价值，学者们把学问看作是步入政界的手段，读书只是为了做官。学者们对统治阶级阿谀奉承，以当官为目的，不仅损害了学术的发展，同时也助长了统治阶级已有的专制因素。福泽坚持认为一个学者应该独立地从事研究而不是效命于政府。

福泽并非简单地厚此薄彼。对于政治与学问的地位问题，福泽谕吉有他自己的观点。“学者们只谈要重视学问，说政事如同儿戏、不足挂齿。政治家也蔑视学问，认为学问是缺乏实用的迂腐的空论。”福泽谕吉认为这种看法是不正确的。其实，这只是双方的偏见，公平地来讲，无论是学问还是政事，都是至关重要的。他在《学问的独立》一文中指出，学问和政治的目的虽然相同，都是为了“增进一国的幸福”，但由于两者的特点不同，他们所要完成的使命也是不同的。他说，如果把一个国家比喻成一个人的话，学者和政治家都是起保护人的作用，但他们的职责是不同的。如果说学者是讲授平生的养生法，防病于未然的话，那么，政治家则是临病时加以治疗的人。既然职责不同，就应该各行其业。学问的事情应该由学术界定下来，只有学者才有发言权。他以自己的行动证明了这一点。有一次开学术会，邀请他参加，但他的名字被写在伊藤博文的后面，由此他拒绝参加。其理由是这是学术会，作为学者的他应该排在作为政治家的伊藤博文的前面才对。

在福泽谕吉那里，政治是动态的，是活泼的；而学问是静态的，是沉潜的。一旦学问从属于政治或服务于政治，学问就会失去其方向；而一旦政治凌驾于学问，也必然贻害无穷。他不像康有为那样对很多具体的社会、政治问题频频发表意见。他本人也没有过康有为晚年对自己的学说感到忏悔的心情。

在实际的教育中，福泽并不鼓动学生关心和参与现实政治，不直接针对学生进行煽动。他以自己的亲身感受说："西洋诸国也曾经有执政的人指示文学的事情，成为世间的祸害；也有有名的硕学（学者）步入政坛被人取笑的例子。并且，在我国封建诸藩里，把老儒先生录用到重要职位上，非但没有取得任何效果，反而成为藩士的障碍，那位先生终于失败的例子也不少见。"

福泽的这段话，想不到后来居然成为康有为从政的不幸谶语。

康有为并不甘心长期驻守在并不显赫的思想启蒙家位置上，他更热衷于中国传统的"学而优则仕"，到政治舞台上大展身手，为帝王之师，为治世能臣。他并非高明的政治家，不擅长的事热心去做，而擅长的事却又来不及去做。最终，他顾此失彼，一错再错，致使光绪帝被禁瀛台，弟子喋血京华，自己也落了个亡命天涯的悲惨结局。

其实，福泽健康、豁达的心态，和甘于寂寞的坚守，正是动辄"以天下为己任"的中国文人所欠缺的。福泽一生都秉持着一个知识分子纯粹、非功利的理想。他认为，如果因为理想而变得贫困，那就在贫穷中生活；如果因为理想而变得更富有，那就把钱随心所欲地花掉。其余则笑骂由人，自己不喜不悲。这种心态，在相互间唇枪舌剑，"一个都不宽恕"（鲁迅语）的中国学术思想界并不多见。

3. 儒家教义知行不一

在维新变革的思想启蒙和理论准备上，康有为和福泽谕吉的差距可谓天壤之别。他们的差距首先表现在如何批判地继承儒家文明的态度上。

日本的现代化改革一开始就对已然落后的儒教进行了全面清算，最终落脚于对西方价值观的全面认同，而中国的改革却始于对传统的誓死捍卫。

康有为自幼受到的是严格的封建教育，早年受理学教育，后来尊崇今文经学，而再后来接受了当时比较先进的西学。在接受西学的过程中他开始批判中国的传统文化，反对封建的伦理道德规范。

废除八股是康有为政治维新的重要成果之一。1898 年光绪帝召见他时，他当面提出废除八股、普及国民教育的要求。他说：“今天中国落后，在于民智不开，而民智不开都是因为以八股取士的结果。学八股的人，不读秦汉以后的书，更不研究世界的形势，然而可以通过科举累致大官，所以今天朝廷上虽然群臣济济，但都不会办事，这都是八股取士害的呀！”对此，光绪皇帝深表赞同，认为西方人注重学习有用的学问，而中国偏偏对那些无用的学问孜孜以求。在康有为的不懈努力下，1898年6月23日，光绪帝终于颁诏宣布自下科开始，乡、会试及生童岁科试一律停止八股，改试策论。

然而，康有为的文化思想是中西文化融贯的首次尝试，是不成熟的，经不起逻辑的推敲，也没能够经起历史的历练。他的传统包袱实在是太沉重了。他的立场始终是矛盾和摇摆的。当作为一名乌托邦哲学家时，他是超越儒家的；但作为一个实际的改革家，他仍然在儒家画地为牢的圈子之内。

因为康有为始终无法摆脱传统加之于他的烙印，所以他也不可能真正意识到封建制度的弊端。他的目的仅仅局限在解决中国之内忧外患，即便这样还是“不得已而为之”，至于真正要把千百年来的帝制废除，在康有为的承受范围里是不可想象的。他要向西方学习，又不能摆脱封建的束缚；要改革中国的封建制度，却又借助儒学的旧形式；着眼于民权，同时又要保皇帝。

当梁启超试图与孙中山的革命党合作时，康有为怒发冲冠，指责梁启超辜负圣恩，断然与之分道扬镳。当袁世凯提出祭孔的时候，康有为致电黎元洪、段祺瑞，提出祭孔要行跪拜礼，叫嚣“中国人不拜天，又不拜孔，留此膝何为?”他身体里始终流淌着旧时代君臣一体的血液，注定他只能用儒家的孔教传统嫁接西方的立宪主义，采用传统的变法理念搞一场划时代的改革。他是一个富于想象的理想主义者，在思想上敢于无所顾忌；他又是一个不可救药的改良主义者，在行动上拒绝突破。

对于康有为的彷徨无据，福泽一针见血地指出：“中国人应当知道究竟是政府为人民存在，还是人民为政府存在。”他认为，文明虽然是人类的唯一目标，但其路径可以是多元化的，具体到政治制度的选择上，“假如有利于国家的文明，政府的形式可以是君主的，也可以是共和的”，“美国的民主政府比中国的君主制更好，但墨西哥的共和制却比不上英国的君主制”。他于1899年出版的《自传》中富有远见地认为，中国要走向文明，必须推翻清政府，否则，再来100个李鸿章也无济于事，这事实上预言了孙中山领导的共和革命在中国环境下的合理性。

但康有为并未认识到，他这种“跪着造反”成功的可能性是微乎其微的。马克思在《黑格尔法哲学批判》中深刻地指出："当旧制度本身还相信而且也应当相信自己的合理性的时候，它的历史是悲剧性的。"康有为主张的变法，仍然是一种统治阶级内部纠纷的解决机制，是一种自我"革政"，并未上升到革命的层面，犹如在传统长袍马褂上套了一件西装，失败的命运在所难免。

权力从来就是自私自利的，从本质上讲，王权与民主永远是不相容的。民主宪政是争取得来的，而不能靠施舍赠予。康、梁集团寄希望于皇帝登高一呼，万事俱备，发布几道诏书，就能大功告成。但当他们雄心勃勃地说服皇帝推行变法时似乎忘记了，他们事实上是在让皇帝推行一场最终导致自己剥夺自己权力的变革。于是不可思议的荒唐现象出现了：他们举起一只手要打倒皇权专制，而另一只手却攀着皇权的马车，指望它将自己载到民主的彼岸。这与空想社会主义企图在世界各地悬挂"慈善箱"，让天下富人捐出多余财产，就能实现天下大同一样渺茫。更何况他们寄予厚望的皇帝本身已是一位自身难保的泥菩萨。

而福泽谕吉一开始就向统治日本的腐朽儒家文化猛烈开火，断然与之彻底决裂。在对待儒家文明的态度上，我们可以找出康有为与福泽谕吉在中国文化心态与日本文化心态上的根本分野，甚至是中国实现现代化的真正障碍。

福泽谕吉年少时所受的是儒学或汉学的教育。但在接触洋学之后他就对儒学产生了厌恶。儒学出身的他转过身来对儒学进行了全面清算和彻底批判。他承认，在漫长的幕府时代，儒家文化对日本摆脱蒙昧和迷信，提升日本的文明水准起了重要作用，但站在西方文明的背景下，儒家文化显然落伍于时代了。他把批判的矛头主要指向儒学的等级名分制度和伦理道德观念上。也就是说，他的批判不是针对儒学作为一种学问的逻辑性，而是针对儒学的腐朽不堪的伦理方面的内容。

在中国人的观念中，让他们推翻甚至杀掉某个具体的皇帝并非难事，但要去掉他们意识深处的皇权理念则难如撼山。康有为终生感念君恩，念念不忘"君臣之义"。

其实，康有为也确实有不得已的苦衷。在中国，由于儒学长期处于正统地位，影响根深蒂固，这种历史文化的特点使得任何改革都离不开传统的土壤。谙熟中国封建传统文化的康有为知道若丝毫不加修饰地把自己的改革思想昭示于众，势必遭到顽固不化、力量强大的传统势力的严酷抵制，甚至落得粉身碎骨的下场。于是，康有为"斟酌古今，考求中外"，把中国儒学的老祖宗孔子抬出来替自己摇旗助威。这柄锋利的双刃剑固然有用，但也伤了他自己。在中西文化交融中他以儒学为主体，在变法中以孔子为王牌，以政治混同学术，甚至为了政治目的不惜歪曲事实，使许多同情和支持变法的人离去。

康有为既是热情爱国的改革家，又是沉湎于遥远的乌托邦建造者。他虽然也深知"民智愈开者，则其国势愈强"的道理，但没有循序渐进地进行启蒙，而是意气风发地认为"三年而规模成，十年而本末举，二十年而为政于地球，卅年而道化成矣"。这种一厢情愿的"思想大跃进"显然持论过高，操之过急。维新派激进的宣传，不但没有唤醒民众，相反还令他们心存疑惧，增加了社会阻力。连慈禧发动政变时，也不指责康、梁变法，而以"乱法"罪治之。

当康有为还陷在儒家的泥潭里左冲右突、难以自拔时，福泽早超越了对日本文化本体的顽固坚持，将深邃的目光投向了文明世界的未来。

福泽谕吉是日本"和魂洋材"的批判者。他把文明分为"外在的文明"和"内在的文明"，认为外在的或有形的东西易求，而内在的文明或无形的精神难得，所以他认为"内在的文明"比较重要，所以在引进西方文明时也要有一个次序，要先难后易，即先取文明的精神再取文明的外形。在对文明的强调中，福泽谕吉一直把实现文明和人类进步看作至关重要，他说："唯一的标准就是推进文明是有益的，而阻碍文明是有害的。文明是一个大舞台，制度、法律、商业等等都是演员。"他把文明比作一个仓库、一个大洋，包含了人类精神文化和物质文明，文明的实现最终意味着人类知识和道德的双重完善。

显然康有为和福泽谕吉对儒学的态度是不同的，康有为采取了利用和改造的态度，而福泽谕吉则采取了猛烈批判的态度。"以儒变法"是康有为的理论支柱，他相信儒学比世界上任何其他学说都优越，保全儒学与保全帝国一样重要，中国的法律、行政和经济制度都必须按西方的模式改变，如果彻底放弃儒学，则无异于"文化自杀"。他一直在用儒家的"经线"和西方的"纬线"来编织、修补他的哲学织品，在他心目中，儒学仍是根本，西方思想只能作为扩充和修正。

二人思想的基础与依据不同，决定了他们对儒学采取的不同态度。康有为从第一次上书不达之后，一直苦苦寻找变法的理论武器，并积极收容西学，但最终未能超出传统儒学的框架。而对福泽谕吉的近代启蒙思想产生巨大影响的是英国巴克尔的《英国文明史》和法国基佐的《欧洲文明史》。

康有为只能依靠儒学，而福泽谕吉对西学情有独钟。如果说福泽谕吉持有西方式近代化的思想，那么康有为就可以说是同时持有儒教式近代化和西方式近代化的思想。福泽谕吉认为儒教思想是对文明进步有害的，并且果断地扫除它来推进日本的近代化，而康有为是在中国传统儒家思想的基础上引进西洋文明，以中西糅合的方式推进近代化。二人的这种思想分歧也正反映了以后中日近代化的分歧，即日本迅速走向了近代化，而中国却屡次遭到失败。

4. 取法西洋南辕北辙

1879年，康有为游览香港，第一次接触到西洋文明，使他眼界大开，激动不已。西人宫室之瑰丽，道路之整洁，巡捕之严密，令他叹为观止。“乃始知西人治国有法度，不得以古旧之夷狄观视之”。回国后，康有为迫不及待地重新捧读《海国图志》《瀛寰志略》等书籍，广收西学之书，如饥似渴地从头学习西学。在官方还沉迷于借鉴西洋的物质文明时，康有为已开始着手研究西方的政治制度了，可谓领时代风气之先。

然而，大清王朝以天朝大国自居，形成了华夏文化的优越感，几乎没有向别人学习的习惯。即使在整个洋务运动期间，清政府也没有一位实授尚书和督抚以上的官员跨出国门一步。少数号称开通的大员，对近代政治原理也几乎是一无所知。“执政大官，腹中经济，只有数千年之书，据为治国要点”。

在这样的时代背景下，康有为对西学的了解和认识显得肤浅而狭窄，支离而无系统，其创造的思想体系也是中西杂烩，不中不西，亦中亦西。而且由于他不懂外语，在戊戌变法前又没有游历海外的经验，所以他对西学的了解都是间接的，这难免与现实的西方社会有差距。

在接受和传授西学的道路上，康有为一路走得跌跌撞撞，艰难之至。他只能采取盲人摸象的方式，以传统知识来吸收、阐释近代西方文化。他用“仁”来解释西方的博爱思想，用儒家孟子的“不忍人之心”“不忍人之政”等来解释西方的“自由”“民主”。在介绍自然科学时，康有为更是别出心裁地从古书中借取了“气”“神”“仁”等中国古典哲学范畴来阐释西方的“电”“热”“磁”“光”“力”等知识。

今天看来，开启民智、再造文明是一件长期、艰巨的工作，在那个时候还远远不到火候。而当时时局日艰，国难当头，只接触到西学皮毛的康、梁无暇考虑其思想体系的完整性，就仓促上阵了。最终的结果是，福泽谕吉在日本引燃了熊熊燃烧的文明之火，康有为则只在茫茫中国点亮了长夜之光。福泽谕吉的西学功底，远非康有为可以望其项背。

1860年，福泽谕吉以一名随员的身份登上了赴美的“咸临”号；1861年至1862年，福泽谕吉作为幕府派遣到欧洲的使节团成员搭乘英国军舰“奥辛”号，经新加坡、埃及、法国、英国、荷兰、普鲁士、俄国等，详细参观和考察了欧洲各国的政情、风俗。1867年，因幕府购买军舰“吾妻舰”（后改称“东舰”），他作为购买团的一员再度赴美。

明治维新以前，福泽的3次游历西洋都跟军舰有密切的关系，这使得他经由西洋的“船坚炮利”认识到西洋“文明开化”的精髓所在，这也和他日后强烈地主张扩张军备论有密切的关系。三次游历考察，使他在当时的日本成为最了解“西洋事情”的人。而他的著作《西洋事情》出版后立刻成为最畅销书，有力地启发指导了明治维新政府的当局者们。

康有为和福泽的思想都是在西学东渐的大背景下产生、发展和演变的，因此二人的思想具有同质性；但又因为他们生长的国内环境和文化氛围不同，因此二人的思想在具有同质性的基础上又具有异质性。由于它们不是产生于腐朽的封建母体之内，而是在西学的冲击下被迫生产出来的自我更新，所以，中、日两国的启蒙运动一开始就面临着如何认识、对待西方文化，如何调整与传统文化的关系等问题。作为启蒙思想家的康有为和福泽谕吉也同样面临这样的课题。

对中国知识分子来说，西学东渐首先是一场“中学”与“西学”的对抗，是一种地理和种族意义上的对抗，而前者事实上站在一个更优越的地位上。康有为虽然主张在政治上实行君主立宪，进行西方式的社会改革，但在思想武器上仍然需要回到儒学去寻找答案。康有为的学说与张之洞主张“中体西用”并无很大不同，张之洞要保存传统中的儒学，而借自西学的不过是技器；康有为则予儒学以非传统的解释，且除西方的科技外更建议变法。因而康氏虽较张之洞更为激进，两人却都一样坚信尊孔保教与富强维新必须齐头并进。这也正是为什么康有为没能吸引更多信徒的原因。

思想基础的不同，还导致他们对西洋文明的认识利用程度也不尽相同。尽管康有为和福泽谕吉都对当时的国际形势有深刻的认识，对西方文明都采取了比较积极包容的态度。同时他们都不同程度地突破了“中体西用”与“和魂洋材”的传统模式。但康有为突破传统东西文化论的方式，是提倡引进先进的政治制度，而福泽谕吉则比康有为更进一步主张学习西方先进的思想，欲改造国民精神。

客观上，这是由于两国所面临的现实历史环境所决定的。戊戌变法之前，中国还是落后的半殖民地半封建国家，洋务派的改革也未能改变中国的封建制度，清朝仍然是一个专制国家。戊戌变法时期，康有为所面临的课题是政治体制的改革，是改造旧政权，树立新政权。而日本在明治维新后已基本确立了近代资本主义的明治维新政府，但是人们的思维依然落后，与日本当时的制度是格格不入的。因此福泽谕吉所面临的是为维护国家的独立所急需的人民“风气”的改造。两国的历史环境使康有为扮演推进政治制度改革的角色，使福泽谕吉扮演促进有关精神、思想变革的角色。

“不识庐山真面目，只缘身在此山中。”对于中国思想启蒙的失败，福泽谕吉进行了认真总结，他的分析可谓鞭辟入里。他指出，中国在秦始皇统一之前思维活跃，充满自由精神和多元表达。但是，大一统之后中国的专制制度使得政权与意识形态的阐释权集中于一体，形成了一种事实上单一的神权统治。而在日本，政治权力和神权并没有结合在一起，掌握政权的幕府将军并不像中国皇帝一样代表道德的最高典范，不需要人们在精神上顶礼膜拜。在分离的军政权力和神学权力的相互制衡中，日本人自然生发出第三种力量，即独立的理性和自由精神，日本人在政治思想领域原本比中国人来的丰富活泼，因而也比中国人更易于接受西方文明。

康有为当年对国家前途的忧虑，后来多“不幸而言中”，他的变法思想仍不失为解救中国的另一种途径。他的努力虽然未达到预期的效果，但他“忠实地设法免除人们的痛苦”，仍对近代中国产生了重大的影响。而福泽谕吉早期的文明论思想使日本能够迅速赶上西方发达国家，但后期的国权主义思想却导致了日本以文明为幌子侵略亚洲诸国的畸形的近代化。他本人也逐渐陷入了军国主义的迷狂状态。当日本战胜大清，依《马关条约》获得两亿白银这笔庞大的赔款时，福泽激动得掉下泪来：“日清战争是官民一致获得的胜利。啊……多么愉快，多么感谢，我简直不知说什么才好。我活命到今天，才能见闻到如此光荣的事。以前死去的同志们真是不幸。啊！我好想让他们看看今天的光景，每天掉泪哭泣。”

不经过艰苦工作，不经过巨创阵痛，不经过几代人默默无闻的努力，中国人就不可能从巫术迷信、落后愚昧中走出来。所幸在变法失败以后，梁启超幡然醒悟，激愤之下，要“挑战四万万群盲”，终于开始了艰难漫长的群众启蒙。此后的鲁迅、胡适、陈独秀……一支支如椽巨笔摧枯拉朽，涤污荡浊，振聋发聩，利用小说、报纸登高呐喊，把一点一滴的国家、民族及科学常识灌输给民众，中国的地平线出现了崭新的曙光。

资料来源：王龙：《笔杆子的大对决——康有为和福泽谕吉的启蒙家之路》，《神剑》2013年第1期。

【推荐阅读】

1. 茅家琦：《太平天国通史》，南京大学出版社1991年版。
2. 许纪霖：《中国现代化史》，上海三联书店1995年版。
3. 夏东元：《洋务运动史》，华东师范大学出版社1996年版。
4. 汤志钧：《戊戌变法史》（修订本），上海社会科学院出版社2003年版。
5. 罗荣渠：《现代化新论——世界与中国的现代化进程》（增订本），商务印书馆2004年版。
6. 林华国：《近代历史纵横谈》，北京大学出版社2005年版。
7. 夏春涛：《天国的陨落——太平天国宗教再研究》，中国人民大学出版社2006年版。

第三章　辛亥革命与君主专制制度的结束

知识梳理

◆知识框架◆

- 辛亥革命与君主专制制度的终结
  - 举起近代民族民主革命的旗帜
    - 辛亥革命爆发的历史条件
    - 资产阶级革命派的活动
    - 三民主义学说和资产阶级共和国方案
    - 关于革命与改良的辩论
  - 辛亥革命与建立民国
    - 封建帝制的覆灭
    - 中华民国的建立
  - 辛亥革命的失败
    - 封建军阀专制统治的形成
    - 旧民主主义革命的失败

◆重点剖析◆

1. 革命派在与改良派论战中是如何论述革命的必要性、正义性、进步性的？

同盟会成立后，保皇派极度恐慌，大肆诋毁革命。1905—1907年革命派与保皇派之间进行了一场激烈的论战。革命派在论战中论述了革命的必要性、正义性、进步性。首先，清政府已是帝国主义的“鹰犬”，因此爱国必须革命。只有通过革命，才能“免瓜分之祸”，获得民族独立和社会进步；其次，进行革命，固然会有牺牲，但只有革命，才能摆脱清政府所带给人民的痛苦，革命是“救世救人”疗治社会的良药；再次，革命的目的是为众生谋幸福，革命本身正是为了建设，所以革命虽有牺牲，但必将带来历史的进步。

2. 为什么说孙中山领导的辛亥革命引起了近代中国的历史性巨变?

辛亥革命前，统治中国的是腐朽的清王朝，是持续了两千多年的封建君主专制政体。辛亥革命后，以孙中山为首的资产阶级革命派建立了中华民国，确立了资产阶级的共和政体。尽管这种政体后来名存实亡，但这毕竟引起了近代中国的历史性的巨大变化：（1）推翻了封建势力的政治代表、帝国主义在中国的代理人——清王朝的统治，沉重打击了中外反动势力，使中国反动统治者在政治上乱了阵脚；（2）结束了统治中国两千多年的封建君主专制制度，建立了中国历史上第一个资产阶级共和政府，使民主共和的观念开始深入人心，并在中国形成了“敢有帝制自为者，天下共击之”的民主主义观念；（3）给人们带来一次思想上的解放；（4）促使社会经济、思想习惯和社会风俗等方面发生了新的积极变化。

3. 辛亥革命为什么会失败？它的失败说明了什么？

辛亥革命的失败有主观和客观两方面的原因。主观原因是资产阶级的软弱性和妥协性，客观原因是中外反动势力的联合绞杀。其中，主观方面的原因是最主要的，体现在：（1）领导辛亥革命的民族资产阶级是一个在经济上和政治上都十分软弱的阶级。所以，尽管其因受帝国主义和封建主义的压迫，具有反帝反封建的革命要求，但在革命斗争中，却时常表现出明显的软弱性和妥协性。他们没有也不可能提出一个彻底的反帝反封建的革命纲领。（2）敢不敢放手发动广大工农群众，特别是发动占全国人口绝大多数的农民，是中国革命成败的关键之一。武昌起义前，资产阶级革命派发动和组织群众的工作，只限于会党和新军这个狭小的范围，而没有深入到广大农民、手工业者中去。武昌起义后，革命形势日益高涨，面对农民的反帝反封建斗争，资产阶级革命派此时却站到了农民的对立面，他们解散农民武装，制止农民斗争。因此，他们在反对国内外反动势力的斗争中，得不到农民群众的支持，使自己陷于孤立无援的境地，革命失败也就是必然的了。（3）辛亥革命缺乏一个组织严密、坚强有力的资产阶级革命政党。作为辛亥革命的领导者，同盟会未能胜任其历史使命。辛亥革命的失败表明，资产阶级共和国的方案没有能够救中国，先进的中国人需要进行新的探索，为中国谋求新的出路。

◆训练强化◆

一、判断题

1. 中国资产阶级民主革命是以孙中山为代表的资产阶级革命派首先发动的。(　　)

2. 同盟会的政治纲领是“驱除鞑虏，恢复中华，创立合众政府”。(　　)

3. 一批资产阶级、小资产阶级知识分子成为辛亥革命的中坚力量。(　　)

4. 资产阶级革命派与以康有为为代表的改良派论战的焦点是要不要推翻帝制，实行共和。(　　)

5. 孙中山的三民主义学说是一个比较完整而明确的资产阶级民主革命纲领。(　　)

6. 中华民国临时政府的成立标志着中国封建帝制的覆灭。(　　)

7. 孙中山领导的辛亥革命实现了20世纪中国第一次历史性巨变。(　　)

8. 《中华民国临时约法》的性质和地位是中国历史上第一部具有共和国宪法性质的成文法。(　　)

9. 袁世凯建立的北洋军阀政权代表的是大资产阶级的利益。(　　)

10. 护国运动标志着旧民主主义革命的终结。(　　)

二、单项选择题

1. 清末新政开始的时间是（　　）

A. 1901年　　B. 1894年　　C. 1883年　　D. 1911年

2. 中国资产阶级革命派的骨干力量是（　　）

A. 广大的农民　　B. 先进的工人阶级

C. 资产阶级和小资产阶级　　D. 有觉悟的地主

3. 邹容的《革命军》(　　)

A. 歌颂革命是“启迪民智，除旧布新”的良药

B. 号召人们推翻清王朝统治，建立“中华共和国”

C. 抨击了外国列强瓜分中国的罪恶图谋

D. 揭露了清政府的卖国行径

4. 中国同盟会的机关报是（　　）

A.《新青年》 B.《民报》

C.《湘江评论》 D.《新民丛报》

5. 下列关于“民族主义”的说法不正确的是（　　）

A. 包括“驱除鞑虏，恢复中华”两项内容

B. 以革命手段推翻清王朝，改变它一贯推行的民族歧视和压迫政策

C. 变“次”殖民地的中国为独立的中国

D. 民族主义就是要排斥所有的满洲人

6. “民权主义”的内容是（　　）

A. 要给民众民主自由的权利

B. “创立民国”，即推翻封建君主专制制度，建立资产阶级的民主共和国

C. 明确了广大劳动人民在国家中的地位

D. 能真正保障人们的权利

7. “民生主义”的内容是（　　）

A. 平均地权 B. 改善民生

C. 改变封建土地所有制 D. 满足农民的土地要求

8. 关于孙中山的三民主义学说，以下说法不正确的是（　　）

A. 提出了一套在中国历史上不曾有过的资产阶级共和国的建国方案

B. 是一个比较完备的新民主主义革命纲领

C. 在社会上产生了很大积极影响

D. 推动了革命思想的传播和革命运动的发展

9. 中华民国临时政府的性质是（　　）

A. 资产阶级共和国性质的革命政权 B. 大地主大资产阶级专制政府

C. 无产阶级占主导地位的政府 D. 各阶级联合执政的政府

10. 下列不属于《中华民国临时约法》规定的是（　　）

A. “中华民国之主权属于国民全体”

B. 设国务院总理，作为政府首脑

C. 设法院，行使司法权

D. 设立考试院，行使对官员的考核录用

11. 辛亥革命的性质是（　　）

A. 无产阶级社会主义革命 B. 旧式的资产阶级民主革命

C. 新式的资产阶级民主主义革命 D. 资产阶级维新运动

12. 在第一次护法运动中，西南军阀与孙中山“合作”的真实意图是

(　　)

A. 对孙中山很信任

B. 借助孙中山的名望争权夺势

C. 意识到自己的做法是符合历史进步趋势的

D. 看不惯段祺瑞倒行逆施的做法

13. 标志着中国旧民主主义革命失败的历史事件是（　　）

A. 辛亥革命失败　　B. 二次革命失败

C. 第一次护法运动失败　　D. 第二次护法运动失败

14. 标志着中国两千多年封建帝制覆灭的历史事件是（　　）

A. 武昌起义的爆发　　B. 中华民国南京临时政府

C. 清帝退位　　D. 皇族内阁解散

15. 中国资产阶级革命派的阶级基础是（　　）

A. 农民阶级　　B. 地主阶级

C. 民族资产阶级　　D. 官僚资产阶级

16. 1911年5月，清政府成立责任内阁，这个内阁被讥为（　　）

A. 皇族内阁　　B. 影子内阁

C. 贵族内阁　　D. 立宪内阁

17. 1904年，孙中山发表的指出只有推翻清政府，建立“中华民国”，才能真正解决中国问题的文章是（　　）

A. 《革命军》　　B. 《警世钟》

C. 《驳康有为论革命书》　　D. 《中国问题的真解决》

18. 袁世凯为了得到日本对他复辟帝制的支持，接受日本提出的严重损害中国权益的（　　）

A. “善后大借款”　　B. “二十一条”

C. “西原借款”　　D. 《北京条约》

19. 标志着中国资产阶级民主革命进入了一个新的历史阶段的是（　　）

A. 兴中会的成立　　B. 广州起义

C. 中国同盟会的成立　　D. “三民主义”的提出

20. 同盟会成立后，以孙中山为首的资产阶级革命派，把开展武装起义放在首位，组织了多次武装起义，其中影响最大的是（　　）

A. 1895年的广州起义　　B. 1900年的惠州起义

C. 1908年的河口起义　　D. 1911年的广州起义

三、多项选择题

1. 20世纪初，中国民族危机加深体现在（　　）

A. 列强加强了对清政府的控制

B. 列强竭力扩展在华经济势力

C. 外国在华投资规模急速扩张

D. 铁路、矿山的权利成为列强掠夺的重要目标

2. 中国同盟会的纲领是（　　）

A. 驱除鞑虏　　B. 恢复中华

C. 创立民国　　D. 平均地权

3. 以孙中山为代表的革命派和以康有为为代表的改良派的论战围绕的主要问题是（　　）

A. 要不要以革命手段推翻清政府　　B. 要不要推翻帝制，实行共和

C. 要不要进行社会革命　　D. 要不要向西方学习

4. 南京临时政府是一个资产阶级共和国性质的革命政权，主要体现在（　　）

A. 在人员构成上，资产阶级革命派控制着政权

B. 在实行的各项政策措施上，集中体现了这个民族资产阶级的愿望和利益

C. 同盟会会员虽不在临时参议院中占多数，但占据各个重要职位

D. 在实行的各项政策措施中，集中体现了最广大人民的愿望和利益

5. 中华民国临时参议院颁布的《中华民国临时约法》是（　　）

A. 中国历史上第一个具有资产阶级共和国性质的法典

B. 以根本大法的形式废除了两千多年的封建君主专制制度

C. 确认了资产阶级共和国的政治制度

D. 规定中华民国国民一律平等

6. 辛亥革命的局限性主要表现在（　　）

A. 没有提出彻底的反对帝国主义和反对封建主义的革命纲领

B. 没有充分发动和依靠民众，不敢依靠反封建的主力军农民群众

C. 没有建立坚强的革命政党，发挥团结一切革命力量的强有力的核心作用

D. 没有充分地传播资产阶级革命思想

7. 辛亥革命的失败表明（　　）

A. 资产阶级没有进步性

B. 资产阶级共和国的方案没有能够救中国

C. 自身软弱性的资产阶级不能领导中国革命取得胜利

D. 先进中国人需要进行新的探索，为中国谋求新的出路

8. 面对北洋军阀的黑暗统治，以孙中山为首的资产阶级革命派（　　）

A. 发动了“二次革命”　　B. 建立中华革命党

C. 发动护国战争　　D. 发动第一次和第二次“护法运动”

9. 以孙中山为代表的中国民主革命的先驱者为挽救共和所做的努力的积极意义是（　　）

A. 他们不屈不挠的斗争精神铭刻人心

B. 使得民主共和的观念深入人心

C. 基本达到了反帝反封建的目标

D. 预示着中国人民反帝反封建的革命斗争将要进入新的发展阶段

10. 袁世凯就任临时大总统后破坏资产阶级民主制度的活动有（　　）

A. 强迫国会选举他为正式大总统

B. 解散国会，遣散议员

C. 炮制《中华民国约法》，用总统制取代责任内阁制

D. 修改《总统选举法》以达到无限期连任，并推荐继承人

四、思考题

1. 革命派在与改良派论战中是如何论述革命的必要性、正义性、进步性的?

2. 为什么说孙中山领导的辛亥革命引起了近代中国的历史性巨大变化?

3. 辛亥革命为什么会失败? 它的失败说明了什么?

五、材料分析题

1.【材料1】若夫革命主义，为吾侪所倡言，万国所同喻，前次虽屡起屡踬，外人无不鉴其用心。八月以来，义旗飙发，诸友邦之抱平和之望，持中立之态，而报纸及舆论，尤每表其同情。邻谊之笃，良足深谢。

——1912年《中华民国临时大总统宣言书》

【材料2】凡革命以前所有满清政府与各国缔结之条约，民国均认为有效。

——1912年《宣告友邦书》

【材料3】一切不平等条约，如外人租界地、领事裁判权……皆当取消，重订双方平等互尊主权之条约。

——1923年《中国国民党宣言》

【材料4】不过要以后真是和平统一，还是要军阀绝种；要军阀绝种，便要打破串通军阀来作恶的帝国主义；要打破帝国主义，必须废除中外一切不平等的条约。

——1924年孙中山《在神户欢迎会上的演说》

请回答

（1）材料1中孙中山对“诸友邦”的评价是否符合事实？据材料分析这种评价的思想根源。

（2）材料1、材料2的共同点是什么？说明什么问题？

（3）材料3与材料1、材料2相比，孙中山的态度有何变化？为什么会有这种变化？

（4）材料4反映孙中山的认识又有怎样的提高？这些变化说明了什么？

2.【材料1】“一个世纪以来，中国人民在前进的道路上经历了三次历史性的巨大变化……第一次是辛亥革命，推翻了统治中国几千年的君主专制制度。这是孙中山领导的。他首先喊出‘振兴中华’的口号，开创了完全意义上的近代民族民主革命。辛亥革命未能改变旧中国的社会性质和人民的悲惨境遇，但为中国的进步打开了闸门，使反动统治秩序再也无法稳定下来。”

——摘自江泽民：《高举邓小平理论伟大旗帜，把建设中国特色社会主义事业全面推向二十一世纪》，见《江泽民文选》（第2卷），人民出版社2006年版，第2—3页。

【材料2】在救亡图存运动中，一些先进的中国人曾经把目光转向西方寻求救国救民的道路，在中国发动资产阶级民主革命。1911年中国民主革命的先行者孙中山先生领导的辛亥革命，终结了统治中国两千多年的君主专制制度。但是，辛亥革命后试图模仿西方民主制度模式建立的资产阶级共和国，包括议会制、多党制等，并没有实现中国人民要求独立、民主的迫切愿望，很快就在各种反动势力的冲击下归于失败。时人悲愤地感叹道：“无量头颅无量血，可怜购得假共和。”中国人民仍然处于被压迫、被奴役、被剥削的悲惨境地。中国的出路在哪里？中国人民在黑暗中思考着、摸索着、奋斗着。

——摘自中华人民共和国国务院新闻办公室：《〈中国的民主政治建设〉

白皮书》（2005年10月19日），新华网北京10月19日电。

请回答：

（1）根据材料1分析辛亥革命引起了近代中国的历史性巨大变化。

（2）根据材料2分析“辛亥革命没有实现中国人民要求独立、民主的迫切愿望”的原因。

参考答案

一、判断题

1. √　2. ×　3. √　4. ×　5. √　6. ×　7. √　8. √　9. ×　10. ×

二、单项选择题

1. A　2. C　3. B　4. B　5. D　6. B　7. A　8. B　9. A　10. D　11. B　12. B　13. D　14. C　15. C　16. A　17. D　18. B　19. C　20. D

三、多项选择题

1. ABCD　2. ABCD　3. ABC　4. AB　5. ABCD　6. ABC　7. BCD　8. ABCD　9. ABD　10. ABCD

自测题

一、单项选择（本大题共10小题，每小题1分，共10分）

1. 孙中山为首的资产阶级革命派在踏上革命道路之时，就高举起（　　）

A. 民主革命的旗帜　　B. 社会革命的旗帜

C. 经济革命的旗帜　　D. 军事革命的旗帜

2. 近代中国第一个领导资产阶级革命的政党是（　　）

A. 中国同盟会　　B. 兴中会

C. 光复会　　D. 科学补习所

3. 孙中山的三民主义学说，初步描绘出中国还不曾有过的资产阶级共和国方案，是一个比较完整而明确的（　　）

A. 资产阶级民主革命纲领　　B. 无产阶级民主革命纲领

C. 地主阶级民主革命纲领　　D. 农民阶级民主革命纲领

4. 吹响了辛亥革命的号角的武装起义是（　　）

A. 武昌起义　　B. 黄花岗起义

C. 南昌起义　　D. 广州起义

5.《中华民国临时约法》是中国历史上第一部具有（　　）

A. 资产阶级共和国宪法性质的法典

B. 资产阶级共和国民法性质的法典

C. 无产阶级共和国宪法性质的法典

D. 资产阶级共和国经济法性质的法典

6. 孙中山提出的三民主义之民族主义的内容包括（　　）

A. 驱除鞑虏，恢复中华　　B. 平均地权

C. 创立民国　　D. 实现共和

7. 孙中山所说的社会革命是指（　　）

A. 驱除鞑虏，恢复中华　　B. 平均地权

C. 创立民国　　D. 实现共和

8. 标志着整个中国民族资产阶级领导的旧民主主义革命的终结的斗争是（　　）

A. 护法运动　　B. 二次革命　　C. 护国运动　　D. 武昌起义

9. 资产阶级革命派的骨干是（　　）

A. 一批资产阶级、小资产阶级知识分子

B. 大资产阶级知识分子

C. 地主阶级知识分子

D. 海外留学生

10. 孙中山所说的政治革命是指（　　）

A. 驱除鞑虏，恢复中华

B. 平均地权

C. 创立民国

D. 实现共和

二、多项选择（本大题共10小题，每小题2分，共20分）

11. 在资产阶级革命思想的传播过程中，资产阶级革命团体也在各地次第成立。从1904年开始，出现了10多个革命团体，其中重要的有（　　）

A. 华兴会　　B. 科学补习所

C. 光复会　　D. 岳王会

E. 拜上帝会

12. 同盟会的政治纲领是（　　）

A. 驱除鞑虏　　B. 恢复中华

C. 创立民国　　D. 平均地权

E. 社会革命

13. 孙中山的三民主义学说（　　）

A. 初步描绘出中国还不曾有过的资产阶级共和国方案

B. 是一个比较完整而明确的资产阶级民主革命纲领

C. 对推动革命的发展产生了重大而积极的影响

D. 是一个比较完整而明确的无产阶级民主革命纲领

14. 革命派和改良派论战的主要内容是（　　）

A. 要不要以革命手段推翻清王朝　　B. 要不要推翻帝制，实行共和

C. 要不要社会革命　　D. 要不要民族革命

E. 要不要打倒帝国主义

15. 革命派和改良派论战具有重大的意义。通过这场论战（　　）

A. 划清了革命与改良的界限　　B. 传播了民主革命思想

C. 促进了革命形势的发展　　D. 促进了阶级斗争形势的发展

E. 推动了社会主义革命

16. 历史进入20世纪，随着一批新兴知识分子的产生，各种宣传革命的书籍报刊纷纷涌现，民主革命思想得到广泛传播。其代表著作有（　　）

A. 《驳康有为论革命书》　　B. 《革命军》

C. 《警世钟》　　D. 《猛回头》

E. 《民报》

17. 湖北新军中的决定联合行动举行武装起义的两个革命团体是（　　）

A. 共进会　　B. 文学社

C. 同盟会　　D. 兴中会

E. 光复会

18. 《中华民国临时约法》的主要内容有（　　）

A. 中华民国之主权，属于国民全体　　B. 增设国务总理，作为政府首脑

C. 中华民国国民一律平等　　D. 增设法院，行使司法权

E. 中国历史上第一部具有资产阶级共和国宪法性质的法典

19.《中华民国临时约法》是（　　）

A. 中国历史上第一部具有资产阶级共和国宪法性质的法典

B. 以根本大法的形式废除了两千年来的封建君主专制制度

C. 确认了资产阶级共和国的政治制度

D. 确认了资产阶级共和国的经济制度

E. 确认了无产阶级共和国的政治制度

20. 辛亥革命（　　）

A. 是一次比较完全意义上的资产阶级民主革命

B. 是中国人民为救亡图存、振兴中华而奋起革命的一个里程碑

C. 是20世纪中国第一次历史性巨变

D. 具有伟大的历史意义

E. 是一次比较完全意义上的无产阶级民主革命

三、辨析题（本大题共2小题，每小题10分，共20分）

21. 民权主义虽然强调了要建立民主共和国，却忽略了广大劳动群众在国家中的地位，因而难以使人民的民主权利得到真正的保证。

22. 中国反帝反封建的资产阶级民主革命，正规地说起来，是从孙中山先生开始的。

◆案例点评◆

案例一：铁血十八星旗

十八星旗是武昌起义胜利的标志。武昌义旗一举，各省云起响应，一场全国规模的革命运动迅速兴起，最后导致清王朝的终结。

十八星旗的全称是"铁血十八星旗"，象征着宁死不屈的铁血精神，而旗面上的18颗星代表全国18个省。

1905年同盟会成立后，推翻清王朝的斗争日益高涨。武汉三镇扼九省通衢，工业集中，文化发达，那里的革命党人早就在孙中山的影响和指导下开展革命活动，许多同盟会成员和知识分子投身营伍，两个革命组织——文学社和共进会在新军中做了细致扎实的工作，积聚了雄厚的革命力量。

1911年10月10日晚7时左右，在起义计划已经泄漏的危急情况下，驻武昌紫阳桥附近的工程第八营，在革命党代表熊秉坤的组织领导下打响了起义

的第一枪，随即抢占楚望台军械所。不久，新军29标、30标、测绘学堂、南湖炮队、塘角辎重队等也相继起义，经过一夜苦战，终于攻破湖广总督衙门，占领武昌全城。第21混成协统领黎元洪被从床铺底下搜出来，看着荷枪实弹的革命军，他沮丧地说："各位兄弟，我自问不曾亏待过大家，何以却不放过我？"不想却听大家答道："统领说哪里话来，我等哪有什么恶意。我们是奉命请统领出来，主持革命大计的。"因为武昌起义成功后，共进会和文学社的矛盾导致双方都无法接受对方的人出来坐革命成功的头把交椅，所以黎元洪就这样被起义士兵押着，成为了武昌起义最大的受益者。

11日，中华民国湖北军政府宣告成立。黎元洪成为军政府的都督。军政府设在前湖北咨议局，门前两面十八星旗，随风飘舞。"铁血十八星旗"下站立着威风凛凛的卫兵，这一切代表着革命军政府的建立。

武昌起义后，全国各地响应。十八星旗在多省悬挂，清王朝大势已去。但当时主要的革命者远在海外，起义时各地多数资产阶级立宪派和旧式官僚选择了从权应变、附和革命的态度。有一个江苏巡抚叫程德全的，居然爬上巡抚衙门的房顶，用竹竿挑下几片瓦，然后跑到房间赶快脱掉清朝的官服，再把巡抚衙门换上军政府的招牌，宣布自己也"革命"了，就这样摇身一变成了革命党！旧式人物混在革命营垒里，使革命潜藏着失败的危机。

到1912年1月南京临时政府成立，十八星旗被旗面为红、黄、蓝、白、黑五色，代表汉、满、蒙古、回、藏五族共和的五色旗取代。

资料来源：史冷金：《民国那些事儿》，陕西师范大学出版社2007年版。

【点评】

1902年，梁启超在《论中国学术思想变迁之大势》中率先使用了"中华民族"的概念。杨度也是"中华民族"一词的早期使用者。1907年，他在《金铁主义说》中多次使用"中华民族"一词，并较为清楚地说明了"中华"作为民族名称的由来、特点以及个人的理解。

可以说，"中华民族"观念的萌发是与当时中国的具体国情紧密联系的，它是一个时代的产物。但在辛亥革命以前，国内各派别对其内涵的认识相去甚远，也就是说'中华民族'这个符号，与中国境内各民族平等融合的一体化民族共同体的现代意义，当时还并未完全统一起来。这两者间合一过程的完成，是在辛亥革命爆发后逐渐实现的。

辛亥革命以后建立的中华民国应该也必须完整继承清朝的遗产，面对帝国主义的侵略和国家、民族分裂的危险，迅速抛弃了驱除鞑虏的思想，国家也从过去的汉民族的单一民族国家被重新规定为多民族统一的国家。“五族共和”思想虽未明确指出其是否从民族上意味着“中华”是由五个民族构成，但毫无疑问，“中华”从仅仅指称汉族转向指称包括汉族和各民族在内的复合体。袁世凯和蒙古王公均多次使用了中华民族的概念，即汉族代表不了中华民族，其他少数民族也代表不了中华民族。对外，中华民族要成为世界民族之林中的平等一员；对内，各民族一律平等，团结了包括满族在内的各族人民，使国内民族关系出现了新的变化，对强化中华民族认同意识、维护国家统一起到了积极作用。“中华民族”基于中国统一多民族国家历史发展的自身逻辑，面对帝国主义势力的挑战，在解决国家发展道路中得以构建。

辛亥革命对中国民族关系所产生的深远而重要的影响，没有也无法改变阶级压迫、民族压迫的社会实质。只有在中国共产党的领导下，中华人民共和国成立之后，中国各民族才形成了平等、团结、互助、和谐的新型民族关系，并开启了实现中华民族伟大复兴的新纪元。

案例二：新时代新气象

1911年，黄花岗之役、保路运动、武昌起义浪翻波连，汇成辛亥风云。革命派以勇往直前之气推翻了清王朝，革了数千年帝政之命，建立了中华民国。它触动了传统社会的各条神经，是政治制度和社会思想的一大跃进，在新旧交替的历史进程中留下了不可磨灭的印迹。

1. 从“国歌”说起

1912年2月，南京临时政府正式公布由沈恩孚作词、沈彭年谱曲的中华民国国歌：亚东开发中华早，揖美追欧，旧邦新造。飘扬五色旗，民国荣光，锦绣河山普照。我同胞，鼓舞文明，世界和平永保。

“揖美追欧，旧邦新造”，十分集中地概括了以孙中山、黄兴、宋教仁等为代表的革命党人力追不舍的社会政治目标和为之奋斗不息的方向，即要在政治体制上效法欧美，在中国建立一个真正的以“三权分立”为核心的近代民主国家。

1912年3月11日正式公布的《中华民国临时约法》规定“中华民国之主权，属于国民全体”，不再是“普天之下，莫非王土”，不再是任何人所得而私了，这便是它的意义和价值所在。南京临时政府的成立以及《中华民国临时约法》的颁布，是“揖美追欧”的结果，也是五四运动以前80年先进的中国人经过几代人的奋斗而取得的最富深远意义的结果。

2. “皇帝倒了，辫子割了”

“皇帝倒了，辫子割了”这八个字是目睹了辛亥革命的少年瞿秋白对当时社会变化的体验之词，它形象地说明了辛亥革命的两大历史功绩：一是革了皇帝的命，二是革了辫子的命。

从秦始皇到宣统的两千多年的时间里，中国的历史是同皇帝连在一起的。辛亥革命以暴力推翻了帝制，代之以民国，为两千多年的历史画了一个用铁和血铸成的句号。它是一条分界线。在此之后，帝王由人主、天子、君父变成了人民的公敌。“敢有帝制自为者，天下共击之”成为一种时代意识。随着帝制的取消，寄生于帝制的种种弊政也被次第扫除，如世袭制度、太监制度、包衣制度等。

与“皇帝倒了”紧密相连的是纪年的改革。民国纪年法取代清帝的年号，表达了民主观念对帝王观念的否定。纪年的改革是“皇帝倒了”的结果，但对中华大地上远离革命风暴中心的人们来说，正是纪年的改革才使人们真正地相信皇帝已经倒了。

在当时人们的心目中，与“皇帝倒了”相提并论的是“辫子割了”。辫子本是女真人的一种风俗习惯。剪辫子在近代中国带有观念变革的意义。中国人曾在辫子面前表演过各种各样的本相。孙中山割辫子于1895年广州起义失败之后，显示了一个革命先行者同封建王朝的决裂。袁世凯割辫于就任中华民国大总统之前夕，显示了一个“名义上是共和主义者，但内心却是专制君主”的人舍鱼而取熊掌的权衡。梁启超曾说有个厨子在买菜途中被人割了辫子，因此大哭了几天，这是一种生活积习，是既说不清又剪不断的恋旧之情。而吃过很多洋面包的辜鸿铭在辛亥革命很久以后还拖着辫子，傲然走上北京大学的讲台，这又是一种自觉的遗老意识。形象虽然如此众多，但社会观念的变化毕竟已成为时代潮流。谁敢以帝制自为，谁就成了众人讨伐的对象；谁还拖着辫子，抱着老皇历自居于潮流之外，谁就成了封建余孽。“封建余孽”四个字出现于辛亥革命之后，鲜明地反映了这场革命矛头的威力。

3. 社会习尚的改革

社会习尚的改革，当时称做“旧染污俗，悉行蠲除”。

南京临时政府成立后，颁布了一系列革除“旧染污俗”的政令，推进了社会风习的改良。

革除缠足恶习，在民国初年逐渐成为一种时尚。女子裹脚从此解放了，已裹的放掉，已经裹小的也放大，社会上很自然地一致认定，民国纪元以后生下的女子一概不裹脚。

称谓既是社会关系的产物，又是社会关系的表现。辛亥革命后，以官职、先生、君来代替老爷、大人之称，显示的是资产阶级自由、平等、博爱精神和对封建主义不平等的否定。

以鞠躬之礼代替此前的跪拜、相揖、请安、拱手等旧式礼节，是民国初年礼仪改革的一个重要方面，它反映了礼节上的尊卑等级观念已逐渐被平等观念取代。废除跪拜之意义不仅在于解放了两膝，而且在于跨过了野蛮与文明之间的历史差距。

20世纪初期，民主思潮在中国勃兴，妇女有了从"香闺绣榻"中走出来的机会。

中国从来只有"天下兴亡，匹夫有责"之说，但1912年1月11日，却传出了发自女界的另一种声音："天下兴亡，匹妇有责"，一字之差却使人顿生换了人间之慨。

帝制取消之后，服饰也发生了根本性的变革。那些曾经象征着等级尊卑的服饰被弃若敝屣，而西式服装则随机大畅，蔚然成为一种风气。孙中山不仅改革了传统的社会制度，而且改革了传统的服装。因此，他所创制的服装至今仍被称作中山装。

4. 实业的推进

民国创立后，临时约法规定"中华民国人民一律平等，无种族、阶级、宗教之区别"，资产阶级不再像以前那样居于"四民之末"。不少实业界人士进入国家政府部门和国会，如南京临时政府实业部总长张謇、交通部总长汤寿潜等，都是近代实业界之大有名者。

辛亥革命后，南京临时政府制定和颁行了一系列振兴实业的法令条例。如财政部拟订的《商业银行条例》，鼓励民间私人资本开办银行。1912年，孙中山还亲自筹设中华实业银行，自任名誉总董。实业部拟定了《商业注册章程》，准许各类商号自由注册。

工商部颁布了《暂行工艺品奖励章程》，把专利权之授予严格限制于工艺品的首先发明及改良者，并规定了具体年限，从而废除了此前的封建性专利垄断。据《农商部统计报告》提供的数字，这一时期所设工厂分别是：1911年为787家，1912年为1502家，1913年为1378家，1914年为1123家。这些数字从一个方面显示了辛亥革命后实业有所发展的趋向。中国近代产业工人的人数，辛亥革命前不过50—60万人，1919年五四运动前夕即达到了200万人。透过产业工人人数的激增，不难窥见民国初年实业推进的步伐。

资料来源：陈旭麓：《近代中国社会的新陈代谢》，上海人民出版社1992年版。

【点评】

辛亥革命民主、共和、宪政的理想绚丽多姿，实践惊心动魄，贡献功在千秋，但遗憾也如影相随。当新共和国和民族救亡纠结在一起，民主宪政和传统社会格格不入，政治革命承载了太多的历史包袱，寄托过重的历史使命，挫折在所难免。辛亥革命中社会秩序和政治实践的混乱，导致民主运行的无序，造成了制度的严重扭曲、变形，如总统制与内阁制并行，行政机关权力重于立法机关，最高法院名存实亡，特别是立法机构权力的丧失，使民主政治彻底丧失了三权分立与制衡的精神实质。启蒙滞后，民主宪政与建立小农经济、宗法社会、血缘观念基础上的蒙昧、等级、专制、封闭、世袭、皇权为特征的传统政治文化形同水火，革命者无法和民众进行有效沟通，动员国民，政党不能合理代表民众利益，很难从人民中汲取力量之源和权威认同。制度设计稚嫩，资产阶级革命派在政治发展的目标和模式上照搬欧美各国，不顾本国的具体国情和实际状况，搞硬性移植，造成水土不服、南橘北枳之结局。

辛亥革命由于不得不面对强大的传统势力的抗拒和自身具有的历史局限性，造成了其后民国有其名无其实的历史遗憾，但丰厚的历史遗产，给我们时时警醒和启迪。

第一，以民主、共和、宪政为目标的政治现代化是一个漫长的历史进程。一个拥有数千年专制传统的国度要过渡到民主阶段，不是一场暴风骤雨式的革命就能到位的，而是需要几十年甚至几百年方能完成，将外国的民主模式强加给中国，而缺乏对政治民主化阶段性的深刻认识，这是政治革命中的普遍弊病。

第二，以民主、共和、宪政为内容的政治现代化是一个复杂的社会工程。一个政治共同体的重建是何其错综复杂，如此毕其功于一役只能适得其反。政治现代化不仅仅表现为一个革命的决策，一种崇高的追求，一项制度的架构，它取决于社会领域的方方面面。

第三，以民主、共和、宪政为蓝图的政治现代化是一个多元的有机系统。古今中外民主实践历史留下的经验教训是，没有共和的民主，革命失去执政的方向，导致多数人的暴政，演变成极权主义民主；没有宪政的民主，政府将失去权力制衡，必然走向腐败、堕落，危害人民权利；没有共和的宪政，容易导致个体私权的"泛滥"和社会公德的流失；没有民主的共和是古典贵族的共和，缺失统治的合法性；而没有民主的宪政会沦为虚假的谎言和一纸空文。民主、共和、宪政在复杂的政治现代化模型中是内在统一的。

百年辛亥革命，百年风风雨雨，百年的政治现代化实践，反复证明，一个背负"博大精深"传统文化的民族，一个直面"欧风美雨"浸融与挑战的社会，一个探索"前无古人"的社会主义事业的国家，政治现代化、政治文明建设还是"路漫漫其修远兮"。回溯历史，反思当下，我们应时刻铭记孙中山先生临终嘱托："革命尚未成功，同志仍须努力！"

◆实践拓展◆

实践项目一：辛亥革命与芜湖

【实践题目】

辛亥革命与芜湖

【实践类型】

调查研究

【实践目的】

通过调查研究，了解辛亥革命时期本学校所在地——芜湖有些什么响应，一方面增进对辛亥革命的认识，一方面学生在调查中得到锻炼，掌握调查研究的方式方法

时间：一周

地点：芜湖市

对象：与辛亥革命有关的人与事

方式：走访、实地考查

流程：

步骤一：分组，以班组为单位，组长全面负责组织工作

步骤二：查阅资料，选择调查对象和列出调查提纲，制定调查方案

步骤三：知情人访谈，实地调查

步骤四：将调查结果与有关资料对照分析

步骤五：撰写调查报告

步骤六：提交报告，多组交流，教师点评

【实践结果】

调查方案，调查报告

【实践评价】

教师根据调查方案、调研报告进行评价，小组得分即是每个成员的得分

得分表（每5分为一个档次）

项　目	标　准	满　分	得　分
方案质量	目标明确，设计合理，重点突出	30	
报告质量	记载真实，情节可靠，图文并茂	70	
总　计	以上分数相加	100	

【参考资料】

辛亥革命与新中国

辛亥革命是中国历史上一场空前的政治和社会变革，结束了统治中国两千多年的君主专制制度，开创了完全意义上的近代民族民主革命，为中国的进步打开了闸门。中国共产党革命斗争的开展和新中国理想的实现，正是在辛亥革命后整个中国社会变革的背景下，继承和超越了辛亥革命的历史使命，改变了中国半殖民地半封建的社会性质和中国人民的命运。

“辛亥革命”与“新中国”似乎是两个相距遥远的历史范畴。1949年9月22日，《人民日报》发表了一篇题为《旧中国灭亡了，新中国诞生了！》的社论，明确宣布，新中国较之于旧中国，不仅体现在国号的不同，更体现在根本性质的差异，中国人民所要建立的新的国家，是以工人阶级为领导的，以工农联盟为基础的，团结各民主阶级和国内各民族的人民民主专政的国家。这个新中国的建立，与辛亥革命在时间上相距近40年，但两者之间，仍有一个内在联系和历史发展的脉络。

近代以来，不少仁人志士为改变中国的命运，在体制内外提出了各种革新中国的设想。到了20世纪初，“新中国”的理想在各种政论、言谈和文学作品中，已经蔚为大观。辛亥革命领导者孙中山的“新中国”理想，对于共和革命的发动乃至整个20世纪中国历史，都产生了不可估量的影响。在他的

“新中国”理想中，共和思想是民权主义的中心，取代旧政权的，必须是“一个新的、开明的、进步的政府”。孙中山对于中国的革新，从一开始就有既“取法乎上”，又结合中国特殊情形的设想。他对于未来中国的政治和社会考量，充分体现了以最文明制度为目标的现代性。孙中山的“新中国”理想和由此而生的三民主义理论，在辛亥革命时期已经初步成型，深刻影响了后来的革命运动和整个20世纪中国历史。

辛亥革命运动中，革命党人的主要活动在海外，因而首先在海外，有了“新中国”理念的雏形。1905年，中国同盟会成立时，将兴中会时期提出的“创立合众政府”口号，改为“建立民国”，正式提出了共和革命目标。在此前后，“民国”“中华国”“新中华国”“共和国”等概念，在革命者的言论中层出不穷。革命派对“新中国”理想进行了广泛地勾勒和宣传。邹容在《革命军》中呼唤：“中华共和国万岁！中华共和国四万万同胞的自由万岁！”对于进步青年和革命党人着重渗透的新军士兵，产生了振聋发聩的效果。革命派强调，要实现“新中国”的前途，必须走革命的路。在这种激进情绪的支配下，许多革命党人都视“革命”为改造旧中国、建设“新中国”的唯一手段。

辛亥革命是“新中国”理想的第一次革命性实践，开启了中国政治和社会变革的新时代，并赋予其以新的历史内容和发展引示。辛亥革命发生时，“革命”或者仅仅是一种可能的选择；而辛亥革命后，“革命”成为中国政治和社会发展的“常态”和“正态”，成为推动中国现代化的首要手段，被现代中国各种政治势力不约而同地加以选择，致使20世纪的中国革命高潮迭起。

中国共产党及其领导的新民主主义革命即在此历史潮流中发生、发展。由辛亥革命而派生的各种“新中国”理想的支脉，也在革命洪流中最终汇合，使近代以来的“新中国”由理想终成现实。

中华民国的建立将基本制度的核心和精神本质巩固地留存了下来，趋新的追求方向和激进的文化心理得到强化。俄国十月革命的胜利，极大地开阔了先进中国人的眼界，促进了新思想的传播和接受。辛亥革命激发的民族意识、民主精神，对革命后的国民，特别是对一代青年学子产生了巨大的启蒙作用，同时也创造了思想解放的条件，“新中国”的理想和实践也因此走入一个新的阶段。曾经参加辛亥革命的革命者，不少成为最早接受马克思主义的先驱和中国共产党最早的一批党员、领导者，其中包括陈独秀、李大钊、吴玉章、林伯渠等人。孙中山革命派中的另一部分人，虽然没有转变为共产党人，但在宣传马克思主义和协助建立中国共产党方面，也作出了极其重要的贡献，胡汉民、廖仲恺、朱执信等就是其中的代表。而辛亥革命后的思想反思和新文化运动，又教育和引导了以毛泽东、周恩来等为代表的一批进步青年，成长为共产主义运动的战士（毛泽东在辛亥革命中也亲身参加了革命军)。可以说，中国第一代马克思主义者的产生和中国共产党的创建，是辛亥革命的间接成果，也是辛亥革命与未来的新中国相联系的重要方面。

辛亥革命是中国历史上一场空前的政治和社会变革。无论革命后新国家、新政治的道路多么坎坷，牺牲多么巨大，但纵观辛亥革命后的中国历史，乃是从“皇朝”进步到了“人民的世纪”。

正因为辛亥革命具有如此重大的历史意义，辛亥革命与新中国之间存在着如此重要的历史关联，新中国领导人对于辛亥革命，给予了极高的评价。从20世纪50年代以来，除了个别特殊的历史背景外，凡是辛亥革命和孙中山诞生、逝世的逢十纪念，党和国家都以最高规格举行纪念大会，并将其作为新中国政治生活中的大事。中国共产党的主要领袖毛泽东、周恩来、董必武、胡耀邦等，都对辛亥革命的意义有过精辟论述。1997年9月，中共中央总书记江泽民在中共十五大报告中指出，一个世纪以来，中国人民在前进道路上经历了三次历史性的巨大变化，产生了三位站在时代前列的伟大人物：孙中山、毛泽东、邓小平。第一次历史巨变就是辛亥革命，它推翻统治中国几千年的君主专制制度。2004年以来，中共中央总书记、国家主席胡锦涛在多次重要讲话中，都充分肯定了孙中山领导的辛亥革命，结束了统治中国两千年的君主专制制度，开创了完全意义上的近代民族民主革命，为中国的进步打开了闸门。中国共产党革命斗争的开展和新中国理想的实现，正是在辛亥革命后整个中国社会变革的背景下，继承和超越了辛亥革命的历史使命，改变了中国半殖民地半封建的社会性质和中国人民的命运。

资料来源：赵立彬：《辛亥革命与新中国》，《南方日报》2011年10月15日，第009版。

实践项目二：观看电影《辛亥革命》

【实践题目】

观看电影《辛亥革命》

【实践类型】

观影

【实践目标】

通过观看电影《辛亥革命》，了解辛亥革命结束了二千多年的封建统治，开创了亚洲第一个共和体制，写下了人类社会民主主义的新篇章。懂得历史潮流浩浩荡荡，不可阻挡，顺其者昌，逆其者亡

【实践方案】

时间：120分钟（约二小时，可酌情删减）

地点：多媒体教室

流程：

第一：观影准备，明确观影目标，做简短的背景资料介绍，为观影预热

第二：观影的时候思考以下问题：

（1）清朝衰败的症结在哪里？

（2）辛亥革命引起近代中国哪些重要变化？

（3）为什么辛亥革命会失败？

第三：观影

第四：观影总结，回答下列问题

（1）用简短的语言总结观影的感受

（2）你对辛亥革命中哪个情节印象深刻，为什么？

（3）你对孙中山什么方面印象深刻，为什么？

【实践成果】

观后感，写一篇观后感，从历史角度、事件影响、个人感受着手，800—2000字

【实践评价】

根据观后感质量，评定学生实践分

得分表

项　目	标　准	满　分	得　分
内容（历史角度）	尊重历史，看懂影片，联系现实	30	
内容（事件影响）	史实正确，评价得当，有根有据	30	
内容（个人感受）	感情真挚，刻画入微，水乳交融	20	
写作水平	文笔流畅，重点突出，观点清晰	20	
总　计	以上分数相加	100	

【推荐阅读】

1. 章开沅、林增平主编：《辛亥革命史》（上、中、下册），人民出版社1980、1981年版。

2. 沙健孙、龚书铎主编：《走什么路——关于中国近现代历史上的若干重大是非问题》，山东人民出版社1997年版。

3. 胡绳：《从鸦片战争到五四运动》，人民出版社2010年版。

4. 朱育和等：《辛亥革命史》，人民出版社2001年版。

5. 章开沅、严昌洪主编：《辛亥革命与中国政治发展》，华中师范大学出版社2005年版。

6. 金冲及、胡绳武：《辛亥革命史稿》（四卷本），上海辞书出版社2011年版。

中编　从五四运动到新中国成立
（1919—1949）

综述　翻天覆地的三十年

知识梳理

◆知识框架◆

- 翻天覆地的三十年
  - 中国所处的时代和国际环境
    - 第一次世界大战和俄国十月革命后的世界
    - 世界反法西斯战争及其胜利
    - 反法西斯战争胜利后国际格局的深刻变化
  - “三座大山”的重压
    - 外国垄断资本在中国的扩张
    - 占优势地位的中国封建经济
    - 官僚资本的急剧膨胀
  - 中国命运的选择
    - 三种政治力量，三种建国方案
    - 中国命运的选择

◆重点剖析◆

1. 中国的新民主主义革命是在什么时代条件下和国际环境中发生和发展的？这对中国革命事业带来哪些影响？

中国的新民主主义革命发生的时代条件和国际环境包括：（1）西方资本主义国家从自由资本主义进入垄断资本主义即帝国主义阶段；（2）帝国主义列强的争夺引发第一次世界大战，结果欧洲大国走向衰落，美国和日本崛起；（3）第一次世界大战中，俄国爆发社会主义革命，给世界人民的解放事业开辟了一条新道路；（4）在苏俄领导下，第三国际成立，积极开展世界各国人民反对帝国主义和争取自身解放的斗争；（5）亚洲、非洲、拉丁美洲人民在帝国主义压迫下和共产国际帮助下日益觉醒。

这些时代条件和国际环境对中国革命的影响：（1）西方资本主义国家从

自由资本主义进入帝国主义阶段，中国所受到的压迫和剥削比之过去更为严重，被瓜分的危险日益加深；（2）第一次世界大战造成美国和日本崛起，美国和日本，尤其是日本侵略势力日益成为中华民族的最大威胁；（3）俄国十月革命为中国送来了马克思主义，在中国旧民主主义革命失败后，指明了新的革命道路；（4）共产国际成立后，立即帮助中国的先进分子创建共产党，并与中国原有革命力量合作发展反帝反封建的革命运动；（5）中国人民与其他被压迫民族和人民一样日益觉醒，反抗帝国主义的斗争日益坚决、频繁。

中国新民主主义革命的发展，则与世界反法西斯战争的爆发和胜利后的形势密切相关：（1）1929—1933年资本主义世界全面性的经济危机激化了帝国主义国家内部的各种矛盾，激化了帝国主义国家与殖民地半殖民地国家之间的矛盾，同时也激化了帝国主义之间的矛盾，结果导致了国际格局的重大变化，德、意、日三个法西斯国家率先发动野蛮的侵略战争。中国人民首先投入到这场反法西斯战争中去，并与反法西斯的苏联以及包括英美在内的西方民主国家联合奋斗，终于取得世界反法西斯战争的胜利。在反对侵略的战争中，大批被压迫民族得到解放，中国人民与世界被压迫地区的人民一样进一步觉醒，越来越成为帝国主义难以左右的一支强大革命力量。（2）反法西斯战争胜利后，苏联为首的社会主义国家与美国为首的资本主义国家矛盾尖锐化，国民党在美国支持下发动镇压人民革命的内战，中国共产党领导人民坚决打败了以美国为靠山的国民党政权，取得除台湾以外的全国革命胜利。

2. 为什么说中国的新民主主义革命必须将帝国主义、封建主义、官僚资本主义作为对象？

帝国主义、封建主义、官僚资本主义是长期压在中国人民头上的“三座大山”。这在北洋政府和国民党政府统治时期不仅没有改变，而且进一步加深。新民主主义革命必须以它们为对象。

（1）新民主主义革命必须以反对帝国主义、打破外国垄断资本的控制作为首要任务。因为帝国主义势力一直以各种形式维护和强化其在中国的特权，破坏中国的主权，损害中国人民的尊严；帝国主义通过在中国寻找代理人，使中国长期陷于军阀混战，社会秩序严重混乱；帝国主义利用各种不平等条约和公然的掠夺，垄断中国的经济命脉，扼杀中国民族经济；世界性经济危机发生后，日本帝国主义甚至野蛮发动侵略中国的战争，日军所到之处烧杀抢掠无恶不作，中国人民遭到空前蹂躏，抗日战争胜利后美国又妄图取代日本的地位继续控制中国。

(2)新民主主义革命必须反对封建主义，进行土地制度的根本改革。因为中国要实现民族独立和人民的解放，必须将占人口绝大多数的农民解救出来，而农民最基本的生产资料是土地。在战国时代以来的整个中国历史中，土地问题始终是中国治乱兴衰的关键因素，也是农村生产力发展的决定性因素。地主占有大量土地，把土地出租给无地和少地的农民，借以剥削农民的封建制度，是两千多年来主导性的经济制度，也是农民生活始终贫困的根源。新民主主义革命时期中国社会经济生活中占优势地位的，仍然是这种封建经济，农民生活在水深火热之中。

(3)新民主主义革命还必须反对官僚资本主义。1927年国民党建立全国政权后，与国家政权结合、并依附于外国垄断资本的官僚买办资本急剧膨胀起来，成为这个政权的经济基础。与发达资本主义国家的垄断资本不同，中国的官僚资本主义不是建立在一般民族资本主义充分发展基础上的，而是作为帝国主义和封建主义联姻的"怪胎"出现的，它不仅残酷掠夺工农劳动群众，也极大地阻碍了社会生产力的发展和中国民族资本主义的成长。中国民族资本主义在外国资本的压迫、官僚资本的排挤、封建生产关系的束缚和军阀官僚政府的压榨下，始终十分弱小，无法成为建立民族国家的基础。

所以，为了中华民族的独立和中国人民的解放，必须坚决打倒帝国主义、封建主义、官僚资本主义"三座大山"。

3. 如何理解近代中国的三种建国方案、两个中国之命运？为什么中国共产党的建国方案最终成为中国人民的共同选择？

(1)近代中国逐步形成官僚资产阶级、民族资产阶级、工人阶级、农民阶级和城市小资产阶级三种政治力量，它们分别提出三种建国方案：代表地主阶级、买办性大资产阶级利益的军事独裁统治的法西斯主义建国方案；代表民族资产阶级利益的西方式的资产阶级共和国方案；代表工人阶级、农民阶级和城市小资产阶级利益的人民共和国方案（各自内容见教材）。

(2)由于中国民族资本主义的软弱，以及其代言人的脱离群众，自由主义的资产阶级共和国方案虽然是进步的，却不具有现实性，中国人民现实的选择只是另外两个，其前途，或者是继续半殖民地半封建的旧中国，或者是创建新民主主义的新中国。

(3)法西斯主义的建国方案违背中国人民的根本利益，遭到中国人民的唾弃，人民用行动否定了主张这种国家前途的国民党政权；而中国共产党所主张的新民主主义路线却逐步获得了工人、农民、城市小资产阶级乃至民族资产阶级及其政治代表的拥护，成为中国最广大人民的共同选择。

◆训练强化◆

一、判断题

1. 1919年五四运动后，工人阶级代替资产阶级成了中国资产阶级民主革命的领导力量。(　　)

2. 中国是世界上首先进行反法西斯战争的国家。(　　)

3. 国家垄断资本是国民党蒋介石政权的经济基础。(　　)

4. 新民主主义革命的一项基本任务是反对帝国主义。(　　)

5. 中国民族资本主义经济在中国整个资本主义经济中占有主体地位。(　　)

二、单项选择题

1. 1927年，大革命失败后，在国民党的统治下，中国的社会性质是(　　)

A. 半殖民地半封建社会　　B. 资本主义社会

C. 前资本主义社会　　D. 新民主主义社会

2. 中国反帝反封建的民主革命成了世界无产阶级社会主义革命的一部分是在(　　)

A. 十月革命后　　B. 五四运动后

C. 新文化运动后　　D. 辛亥革命后

3. 世界反法西斯战争发生根本性的转折的标志是(　　)

A. 诺曼底战役的胜利　　B. 西西里登陆的胜利

C. 斯大林格勒战役的胜利　　D. 非洲战场的结束

4. 中国新民主主义革命必须实现的首要任务是(　　)

A. 反对封建主义　　B. 反对官僚资本主义

C. 反对帝国主义　　D. 反对国民党的统治

5. 国民党蒋介石统治时期，在中国的社会经济生活中占优势地位的仍然是(　　)

A. 官僚资本经济　　B. 封建经济

C. 国家垄断资本　　D. 外国垄断资本

6. 1925年1月，提出了工人阶级应当领导民主革命的正确主张是在（ ）

A. 中共二大 B. 中共四大 C. 中共三大 D. 中共五大

7. 革命的根本问题是（ ）

A. 国家主权问题 B. 革命道路问题

C. 领导阶级问题 D. 无产阶级专政问题

8. 官僚垄断资本建立的金融垄断中心是（ ）

A. 中国银行 B. 中国农民银行

C. “四行二局” D. 中央银行

三、多项选择题

1. 三座大山是指（ ）

A. 帝国主义 B. 封建主义 C. 官僚资本主义 D. 资本主义

2. 中国民族资本主义经济的发展，受到了多方面的阻碍，这些阻碍包括（ ）

A. 外国资本的压迫 B. 官僚资本的排挤

C. 封建生产关系的束缚 D. 军阀官僚政府的压榨

3. 关于第三条道路，认识正确的有（ ）

A. 政治上代表民主党派的利益 B. 反对中共的暴力革命

C. 主张建立资产阶级共和国 D. 反对国民党的“党治”

4. 关于中间路线的主张，表述正确的有（ ）

A. 在政治上，必须实现英美式的民主政治，但不准地主官僚资本家操纵

B. 在经济上，应当实行改良的资本主义，但不容许官僚资本横行

C. 在方法上，主张走和平的改良的道路

D. 其主张实质上是新民主主义的道路

5. 对于中国共产党的政治主张和建国方案，毛泽东在以下著作中做了系统地论述（ ）

A. 《中国革命和中国共产党》 B. 《新民主主义论》

C. 《论联合政府》 D. 《论人民民主专政》

四、思考题

1. 中国的新民主主义革命是在什么时代条件下和国际环境中发生和发展

的？这给中国革命带来哪些影响？

2. 为什么中国的新民主主义革命必须把帝国主义、封建主义、官僚资本主义作为革命的对象？

3. 如何理解近代中国的三种建国方案，两个中国之命运？为什么中国共产党的建国方案最终成为中国人民的共同选择？

五、材料分析题

【材料】其实所谓中间路线（共左国右，自居中间）或第三路线（国一共二，自居第三），只是一个幻想，只是一个欺骗。

……今日国家真正的问题，本在民主封建势难两立。二者之间，也岂有余地，容所谓中间层，任意徘徊于其间？事实上今日所谓不走极端的中间分子、自由主义者，原不过是些现状维持者，初不肯走，又怎能走成路线？自由主义者标榜中间路线，对于真在走路的人，也许会有些乱人心意，碍手碍脚的作用。

请回答

（1）根据材料分析什么是"中间路线"，其主张是什么？

（2）"中间路线"的命运是什么？为什么？

参考答案

一、判断题

1. √　2.√　3.√　4.√　5. ×

二、单项选择题

1.A　2.A　3.C　4.C　5.B　6.B　7.A　8.C

三、多项选择题

1. ABC　2.ABCD　3.ABCD　4.ABC　5.ABCD

◆案例点评◆

案例一：如何认识中国建国方案的选择?

(1) 中国共产党是马克思列宁主义同中国工人运动相结合的产物，是在俄国十月革命和我国五四运动的影响下，在列宁领导的共产国际帮助下诞生的。伟大的革命先行者孙中山先生1911年领导的辛亥革命，推翻了清王朝，结束了两千多年的封建帝制。但是，中国社会的半殖民地半封建性质并没有改变。无论是当时的国民党，还是其他资产阶级和小资产阶级政治派别，都没有也不可能找到国家和民族的出路。只有中国共产党才给人民指出了中国的出路在于彻底推翻帝国主义、封建主义的反动统治，并进而转入社会主义。中国共产党成立时只有五十多个党员。党发动了轰轰烈烈的工人运动和领导广大人民群众开展反帝反封建斗争，很快发展成为中国人民前所未有的领导力量。

(2) ……今天我来到北大，我也愿意回顾一下，中国近百年以来整个的思想的发展，应该也可以说归功于北大。大家都知道胡适先生提倡自由主义，那是代表一种自由、民主、繁荣、进步的创举，也曾经引起了很大的回响。但是我们仔细地来看，自由主义这个思想在中国走的是一段坎坷的路，不是很顺利，也不是很成功。

……我想这样的一个方式在一个正常的时刻、环境之下，也许是一个最好的选择，但是为什么自由主义在中国它的影响大部分还是在知识分子中间，为什么如此？简单地来讲，我们可以回忆一下十九世纪的最后，二十世纪的最初，那个二三十年，你看看这个国家所面对的是什么，是中法战争，是甲午战争，是八国联军，是日俄战争，是第一次世界大战，可以说整个的国家都在帝国主义列强烧杀掳掠下，不平等条约可以说是丧权辱国的东西，老百姓的生活已经到了一个贫苦的极致，烽火连天。在这么一个环境之下，中国的人民实在是没有一个那样的环境来冷静地思考，自由主义所代表的一个深刻理念，当然在校园里面百花齐放、百家齐鸣，但是终究能够吸引、号召青年人的正式的号召，不外乎还是以中国国民党所代表的三民主义的路线和中国共产党所代表的社会主义总路线两条路线……

资料来源：(1)《关于建国以来党的若干历史问题的决议》。(2) 中国国

民党主席连战2005年北京大学讲演选录。

【点评】

1981年中国共产党通过的《关于建国以来党的若干历史问题的决议》指出，辛亥革命后中国社会性质并没有发生根本改变，无论是当时国民党，还是其他资产阶级和小资产阶级政治派别，都没有也不可能找到国家和民族的出路。2005年中国国民党主席连战从台湾访问大陆，在北京大学发表讲演，也用简洁的文词谈到近代中国的历史道路问题，其中关于自由主义方案的选择问题，他的观点是：当时的中国不具备自由主义理想能够实现的条件。的确，在世界历史上，民族民主革命一般是由资产阶级发动和领导的。但是问题的实质是：中国民族资产阶级发展不充分，先天不足，后天畸形，对反动势力同时具有革命性和妥协性，所以不能领导中国的民主革命取得胜利。

◆实践拓展◆

实践项目一：

【实践项目】

参观陵园

【实践类型】

参观

【实践目标】

通过参观帮助学生进一步了解中国革命历史和革命精神，教育学生进一步明确历史赋予的神圣使命，勤奋学习，奉献社会，为祖国建设添砖加瓦

【实践方案】

分组：以教学班原小组为单位，组长负责活动管理

时间：1天

地点：当地烈士陵园

准备：查阅烈士陵园相关资料，携带笔记本及拍照设备

流程：

步骤一：规划参观路线，明确参观目标

步骤二：开始参观，并做记录

步骤三：合影留念

步骤四：参观结束后，开参观讨论会，交流心得

步骤五：每个人撰写一份观后感并提交

【实践成果】

观后感：要求有真情实感，真实记录和评价所见所感，字数在1500字左右，并附图片或视频等影视资料，以便制作完整的实践活动视频

【实践评价】

教师根据观后感，为学生评定分数，抄袭者以零分计

得分表

项　目	标　准	满　分	得　分
写作内容	紧扣要点，内容充实	50	
写作质量	文笔流畅，感情饱满	30	
辅助资料	图片、视频、音乐、资料	20	
总　计	以上各项相加	100	

【参考资料】

井冈山，中国革命的摇篮

井冈山，是中国革命走向胜利的起点，是马克思主义普遍真理与中国革命具体实践相结合的杰出典范。在这里，毛泽东、朱德等老一辈无产阶级革命家，创建了第一块农村革命根据地，点燃了“工农武装割据”的星星之火，开辟了“农村包围城市、武装夺取政权”的革命道路，培育了伟大的井冈山精神。

1927年春天，当北伐战争节节胜利时，蒋介石在上海发动“四·一二”反革命政变；7月，汪精卫在武汉发动“七·一五”反革命政变。无数共产党人、革命群众被逮捕杀害，大革命惨遭失败。据1927年11月的统计，全国共产党员的人数由大革命高潮时期的近6万人锐减到1万多人，工会会员由近300万人减少至3万人，原有会员1000多万人的农协，从组织上来说全部被破坏了。

1927年7月，中共中央开始纠正陈独秀的“右”倾错误，准备独立组织领导武装起义。8月1日，在以周恩来为书记的中国共产党前敌委员会的领导下，南昌起义爆发，打响了武装反抗国民党反动派的第一枪。8月3日，中共中央制定了《中共中央关于湘鄂粤赣四省农民秋收暴动大纲》。8月7日，中共中央在湖北汉口召开紧急会议，确定了土地革命和武装反抗国民党反动派

的总方针，决定发动秋收起义。会议批判了陈独秀右倾机会主义错误，结束了陈独秀在中央的领导地位，选举产生了以瞿秋白为首的中央临时政治局，毛泽东当选为中央临时政治局候补委员。

八七会议后，中央特派员毛泽东和新任湖南省委书记彭公达回到湖南。8月，湖南省委在长沙近郊沈家大屋等地多次召开会议，决定在湘东赣西举行秋收暴动，成立了以毛泽东为书记的前敌委员会和以易礼容为书记的行动委员会，具体负责领导这次武装起义。湖南省委给中共中央的信中，报告了秋收起义的计划。秋收起义首次打出了工农革命军的旗帜，称中国工农革命军第一军第一师。起义总指挥卢德铭，师长余洒度，副师长余贲民，参谋长钟文璋。下辖三个团，共5000余人。起义前夕，还收编了滞留在鄂南一带的黔军残部邱国轩团为第四团。

1927年9月8日，湖南省委颁布了《关于夺取长沙的命令》。9月9日，秋收起义爆发。工农革命军从修水、安源、铜鼓取道浏阳、平江分两路进攻长沙。由于敌强我弱、敌情不明、有的领导人指挥失当及第四团邱国轩部叛变，第一团在长寿街失利，第二营被打散，团长钟文璋失踪；第二团在取得老关、醴陵等战斗的胜利后，在浏阳遭强敌围攻，部队被打散，团长王新亚失踪；第三团在取得白沙战斗胜利占领东门市后，遭到唐生智部三个团的围攻，退出东门。

在军事失利的紧急情况下，毛泽东以前委书记的名义命令各路部队到浏阳文家市集中。9月19日晚，毛泽东在里仁学校召开前委会议。会上，余洒度坚持“取浏阳直攻打长沙”的意见，遭到毛泽东等人的反驳。在总指挥卢德铭、副师长余贲民的支持下，会议决定：暂时放弃攻打长沙的计划，起义军撤离湘东地区，向萍乡退却。9月20日，陈毅安在给未婚妻李志强的信中写到“我昨日到了浏阳县之文市，今天又到萍乡去”，记载了工农革命军的行动方向。

罗霄山脉地处湖南、湖北、广东、江西四省之交，分北、中、南三段。井冈山位于罗霄山脉的中段，包括江西的宁冈、永新、莲花、遂川和湖南的酃县、茶陵六个县。毛泽东之所以选择以宁冈为中心作为根据地，有以下几个因素：（1）离反动势力比较集中的大城市如武汉、长沙、南昌、广州等地较远，是反动势力鞭长莫及的地方；（2）地处湖南、江西两省边界，政治、军事举动可影响到两省；（3）党的群众基础比较好，大革命时期边界各县普遍建立过党、工会、农会等组织；（4）地形有利于红军作战，红军在这里进可攻、退可守，便于开展游击战争；(5) 有自给自足的农业经济，便于筹措给养。湘赣边界特委书记杨克敏在《关于湘赣边界苏区情况的综合报告》中介绍了这一带的政治和经济情形。

在井冈山革命根据地建设中，有井冈山、九陇山两个军事根据地。井冈山军事根据地是红军的军事堡垒。它位于江西的宁冈、遂川、永新和湖南酃县四县之交，东起永新的拿山，西至酃县的水口，两地相距180华里；南起遂川黄坳，北至宁冈茅坪，两地相距90华里。四周从永新拿山起，经龙源口、新城、茅坪、大陇、十都、水口、下村、营盘圩、戴家埔、大汾、堆子前、黄坳、五斗江、车坳再到拿山，全程550华里，人们常说“五百里井冈”即由此而来。

井冈山军事根据地以茨坪为中心，附近有大小五井、草坪、白银湖、罗浮、行洲、下庄、井冈山村、荆竹山等自然村庄，人口不满两千，产谷不足万石。工农革命军到达这里后，建立了自己的根据地，利用山险修建了五大哨口，南面硃砂冲、北面黄洋界、西北面八面山、西南面双马石和东南面的桐木岭哨口。其中，八面山哨口地势最高，海拔1480米，硃砂冲哨口地势虽低，海拔只有600多米，地势却最为险要，有“一夫当关，万夫莫开”之势。

资料来源：中国井冈山干部学院教材编审委员会组织编写：《现场教学点讲解词》，党建读物出版社2007年版。

实践项目二：

【实践题目】

邀请民主党派人士做报告

【实践类型】

报告会

【实践目标】

通过民主党派人士的报告，让学生更加深刻地认识到资产阶级共和国的方案在中国是行不通的，中国走上以中国共产党领导的社会主义道路确实是具有历史的必然性

【实践方案】

时间：40分钟

地点：教室或者报告厅

准备：邀请民主党派人士，并确定报告主题，设主持人1名，负责控制报告会的流程

流程：

（1）主持人介绍民主党派人士，为报告会预热

（2）民主党派人士报告，主持人维持会场秩序、掌控全场节奏

（3）自由提问，民主党派人士作答

（4）每人写一份心得体会，提交

【实践成果】

关于报告会的心得体会

【实践评价】

教师根据报告会的心得体会，进行评分

得分表

项　目	标　准	满　分	得　分
内　容	内容丰富，真情实感	50	
写　作	文笔流畅，有理有据	30	
延　伸	紧扣主题，有效发挥	20	
总　计	以上各项相加	100	

【参考资料】

黄炎培

黄炎培（1878—1965），字任之，号楚南，别号抱一，1878年10月1日生于江苏松江府川沙厅（今属上海浦东）。他出身书香门第，父母早亡，生活艰难，少年时发奋读书，博览群书。曾给人当过账房，做过售货员，教过私塾。1899年考取秀才。1901年秋考入上海南洋公学特别班，与李叔同、汤尔和等同学，选学外交科，深受该校总教习蔡元培的教诲。1902年赴南京应乡试中举人，仍回校学习。不久，因学校发生风潮，南洋公学被迫解散。黄炎培遵蔡元培教导，回到家乡办学，1903年创办川沙小学堂。

他一面办学，一面做民众工作，经常举办公开讲演会，宣传中国被列强瓜分的危险，呼吁救亡图存。受地痞告发诋毁清廷，被南汇知县拘捕，报两江总督和江苏巡抚批示，将"就地正法"，幸得乡绅杨斯盛挽请上海基督教堂牧师营救，被保释出狱，即乘船逃离上海，亡命日本。

1905年亡命归来，经由中国同盟会上海分部主盟员蔡元培介绍，加入中

国同盟会。蔡元培赴德国留学后，黄炎培接任蔡元培的职务。1906年出任上海浦东中学校长。在他的努力下，浦东中学很快成为一所知名的新式中学，黄炎培在教育界崭露头角。1907年，有人举报黄炎培“运动办学，鼓动排满革命”，两江总督端方命令江苏提学使毛庆蕃彻查。提学使爱惜黄炎培的才学，又有乡绅担保，此案遂得以了结。

1909年，清政府宣布“预备立宪”，黄炎培当选为江苏省咨议局常驻议员，后又任上海工巡捐局议董、江苏省地方自治筹备处参议。辛亥革命爆发后，江苏巡抚程德全宣布独立，并出任江苏都督，黄炎培任都督府民政司总务科长兼教育科长，次年升任教育司长、江苏省议会议员。他任江苏省教育司长近三年时间，在江苏全省创办师范学校9所、普通中学11所，还办了许多工校、农校、商校等职业学校。他先后参与创办及改造东南大学、河海工程学校、暨南大学、同济大学等高校。当时的江苏教育事业，名列全国之冠。1914年，张勋任江苏都督，黄炎培“耻与附膻之徒为伍”，辞官离南京返沪任《申报》记者。他潜心研究国内外教育学说，考察教育状况，以《申报》记者的身份，先后考察了安徽、江西、浙江、山东、北平、天津等地。后又随中国游美实业团体赴美国考察了几十个城市和学校，广泛接触各界人士，特别注重考察美国的职业教育。后又到日本、菲律宾、南洋各地考察。他每次考察都详细记录，并结集出版。每次考察总从中国教育的实际出发，寻求改革的办法。他认为，中国的教育纯乎纸面上之教育，所学非所用，所用非所学，改良之道不只需从方法上研究，更需在思想上研究。他提倡采取实用主义，发展职业教育。1915年参与发起成立全国教育会联合会，任江苏教育会会长。

1916年，黄炎培在江苏建立职业教育研究会，次年又在上海成立中国近代第一个研究、试验、推行职业教育的全国性团体——中华职业教育社，他被推为办事部主任，宣布中华职业教育社的目的是推广、改良职业教育，改良普通教育，使“无业者有业，有业者乐业”，力求做到学校无不用之成才，社会无不学之执业，国无不教之民，民无不乐之生。为了宣传和实施职业教育，他创办了《教育与职业》杂志。1918年又在上海南市募款创办了中华职业学校，设木工、铁工、珐琅、纽扣四科，并设附属工厂。后又增设土木、留法勤工俭学、染织、师范、商业等科。学生实行半工半读。

他还为学生订立了“劳工神圣”“双手万能”“手脑并用”的办学方针和“敬业乐群”的校训。他一再说明，职业教育的目的是为个人谋生之预备，为个人服务社会之预备，为世界及国家增进生产能力之预备。他在实施职业教育过程中，不断总结经验，1925年写了《提出大职业教育主义征求同志意见》一文，摆脱了就职业教育论职业教育的局限性，进而探索教育与政治的关系，奠定了尔后参加抗日救亡运动的思想基础。其后，黄炎培往来全国各地宣传、推进职业教育，到1949年全国解放为止，先后创办了上海、重庆、南京、镇江等中华职业学校、中华工商专科学校及女子职业学校等，先后出版过120多种书刊，对中国的职业教育事业作出了重要的贡献。由于他在教育界的声望，1921年12月和1922年6月，北洋政府梁士诒内阁和颜惠庆内阁两次任命他为教育总长，但他以愿意在野从事职业教育为由，坚决不当军阀政府的官，不肯就职。

1924年5月，他与陶行知等发起组织平民教育促进会。1925年任太平洋国民会议中国筹备会副会长。1927年任上海申报馆设计部部长。1928年获上海圣约翰大学名誉博士。1931年九一八事变后，他积极投入抗日救亡运动，组织抗日救国研究会，并出版《救国通讯》，宣传民主抗日。1932年，淞沪抗战期间，黄炎培与上海工商金融界上层人士一起组织了上海地方协会，他担任秘书长兼总务主任，负责支援第十九路军抗战和维持地方秩序的工作。1937年卢沟桥事变爆发，全面抗战开始，他任上海市抗敌后援会主席团主席，被国民政府聘为国防参议会参议，致力于组织运输、支援前线、救护伤员、内迁工厂等工作。他热烈拥护国共合作，团结抗日。

他把主要精力投入抗日救亡运动，曾上书蒋介石，力陈欲求抗战胜利，必须国共切实合作到底。1938年7月，国民参政会在汉口开幕，黄炎培被聘为参政员，在会上被选为驻会委员。他在国民参政会上与其他多名参政员联名反对汪精卫等人的妥协投降言论，提出“官吏谈和平者以汉奸论罪”的提案。次年，汪精卫出逃河内发表“艳电”，黄炎培立即又起草斥汪宣言，与张澜等联名在《新蜀报》发表。1939年9月，中共及其他抗日党派、无党派人士在国民参政会上掀起要求国民党“结束党治”、实行宪政的运动，提出了七个提案，与会代表争论激烈。黄炎培作为内政提案审查组主席，竭力调和周旋，被指派为宪政期成会三个召集人之一。在这期间，黄炎培开始与中国共产党有较多接触，并在思想上起了变化。1939年11月，他与沈钧儒等一起发起成立统一建国同志会，联合国、共两党之外的其他参政员，以推进民主宪政的实现。

1941年3月，黄炎培与张澜、左舜生、罗隆基、章伯钧、沈钧儒、邹韬奋、章乃器等十多人，经过多次商谈，在重庆秘密成立中国民主政团同盟。黄炎培被公推为同盟中央常委会主席。因为当时他还担任川康建设期成会泸州办事处主任及战时公债劝募委员会秘书长等职，同国、共两党有着较密切的联系，不便公开参与中国民主政团同盟之事，故不久他就主动辞去主席职务，由张澜继任。1944年9月，中国民主政团同盟决定取消“政团”二字，改名为中国民主同盟。在抗日战争后期，黄炎培主要致力于民主宪政运动和调和国、共两党关系的活动。他认为，中国需要的民主是“保育式的民主”。1943年9月，蒋介石在国民党五届一中全会上提出“实施宪政，还政于民”的口号，黄炎培被指定为国防最高委员会宪政实施协进会常务委员，与王世杰、孙科同为召集人。他在工作中强调人民与政府合作、各省与中央合作、各党派彼此合作。1944年1月，他创办《宪政月刊》，发表《愿全国上下尽力奉行约法来练习奉行宪法》一文，主张政府先训练一批守法人员。由《宪政月刊》社出面召集一次文化、实业界人士及参政员出席的宪政座谈会。后来，这种座谈会发展成为有上千人参加的讲演会，成了国民党统治区民主运动的讲坛，表达了国统区文化、教育、工商界人士要求民主的呼声。

1944年9月，中国共产党提出结束国民党一党专政，召开各党派会议、成立联合政府的主张，在重庆与各界人士协商，黄炎培积极参与商议，表示拥护，并为之奔走。1945年7月，应中共中央邀请，黄炎培与褚辅成、冷遹、左舜生、傅斯年、章伯钧等6名参政员赴延安考察，并与中共领导人会谈。黄在延安逗留5天，目睹延安街道整洁，物价平稳，群众富有朝气，生活安定，中共各项施政无一不为人民，给他留下极深的印象，在他生平探索中终于找到了救国之道，成为他立场转变的转折点。回到重庆后，他把在延安的活动和所见所闻写成了《延安归来》一书，用事实的描述，揭穿了长期以来国民党对共产党的歪曲宣传。此书由国讯书店出版发行，成为轰动大后方的一部畅销书，并在港、沪等敌占区翻印出版，前后发行10余万册。

抗战胜利后，黄炎培团结工商界和文化界人士的力量，同杨卫玉、胡厥文、章乃器、施复亮等筹划，于1945年12月成立中国民主建国会，黄被推为常务理事。该会对国事力主和平、民主、统一。同年10月，国、共双方签订“双十协定”。不久，国民党违背协定，向解放区进犯。黄炎培致函国共双方，呼吁“老百姓再不能流血了”。他被推为“陪都各界反内战联合会”主席，强烈呼吁制止内战。国民党在昆明制造“一二·一惨案”，残杀西南联大、云南大学学生和教师4人，重伤数十人，黄炎培等进步民主人士在重庆公祭因反内战而被残杀的四烈士，并撰文主张国民党应该开放政权、实行民主。1946年1月，黄炎培和张澜、沈钧儒等人作为中国民主同盟的代表，参加了在重庆召开的政治协商会议。由于黄炎培坚决反对内战，要求民主，不断受到国民党的打击。1946年1月26日，他的寓所遭国民党军警闯入并搜查。政协会议结束后，他到上海和沈钧儒等一起负责民盟在上海的工作。他不顾个人安危，仍积极参加反内战活动，为调停国、共关系而奔波不息。1946年6月，国民党在美帝国主义支持下发动全面内战，并加紧对爱国民主人士的迫害。李公朴、闻一多在昆明被暗杀，张澜在成都遭袭击。

黄炎培不畏强暴，决心为和平民主继续奋斗，置生死于度外。10月11日，蒋介石不顾政协必须在内战停止、政府改组、“训政”结束、宪章修正之后方能召开国民大会的决议，悍然下令单独召开国民大会。黄炎培推动民盟、民建等先后作出决议，拒绝参加国民大会。他拒绝了国民党高官厚禄的诱惑，宁过鬻书卖字度日的清苦生活。

1947年，蒋介石加紧对民主势力的镇压。国民政府以“勾结共匪，参加叛乱”罪名宣布民盟为“非法团体”，明令“严加取缔”。黄炎培同叶笃义代表民盟临时中央常委与张群等交涉，并草拟了民盟总部解散的善后办法。11月6日，公布《中国民主同盟解散公告》，宣布自即日起，盟员一律停止活动，总部同人总辞职，总部解散。11月15日，黄炎培在《国讯》发表《我与民盟》一文，怀着沉痛的心情表示：“民盟已矣，自我发之，自我收之，知我罪我，其惟春秋。”民盟总部被迫解散后，以沈钧儒为首的一批民盟中央委员在香港召开一届三中全会，宣布恢复活动，开展新的反蒋斗争。同时，黄炎培也在上海继续领导民主建国会转入地下斗争。黄炎培主持的《国讯》，发表了许多反对内战、要求民主，揭露国民党政府贪污腐败的文章，被国民党当局勒令停刊后，黄炎培决定改办《展望》杂志。他用笔名“水甫”撰文《我对民主并不灰心》，表示继续斗争的决心。1948年5月，中国共产党发出召开新的政治协商会议、成立联合政府的号召，黄炎培主持民建理监事会决定响应，并推派代表与中共保持联系。

黄炎培反对专制独裁，追求政治民主的言行为国民党蒋介石所不容，被列入国民党黑名单上，随时有遭受迫害的危险。1949年2月，经中共地下组织的帮助和安排，黄炎培避开了国民党特务的监视和跟踪，偕夫人秘密离开上海，搭乘轮船抵达香港，又于3月14日离香港北上，经天津到达北平。随后，他代表民主建国会参加中国人民政治协商会议筹备会，并被推举为负责起草中央人民政府组织法小组副组长。8月，组织民建成员批判美国公布的美中关系白皮书。9月，出席中国人民政治协商会议首届全体会议。

中华人民共和国成立后，黄炎培当选为中华人民共和国中央人民政府委员、政协全国委员会常务委员。1949年10月，被中央人民政府任命为政务院副总理兼轻工业部部长、政务院财政经济委员会委员。在1954年9月全国人民代表大会一届一次会议上当选为全国人民代表大会常务委员会副委员长。1959年和1964年第二届、第三届继续担任此职。1954年至1965年连任全国政协第二、三、四届副主席。从1949年至1962年，先后任民盟中央常务委员、委员。他还是中国民主建国会中央第一、二届主任委员，中华职业教育社理事长。

黄炎培多年来在宣传和贯彻国家对民族工商业的政策、方针，动员广大工商业者接受社会主义教育、努力发展生产和参加新中国的社会主义建设方面做了许多工作，作出了卓越贡献。他毕生勤政廉洁，努力工作。他与毛泽东、周恩来等党和国家领导人坦诚相见，时有往来，对国家大政方针和重大举措经常商讨，曾提出不少积极的建议。例如：1950年关于土地改革的实施问题，他同李济琛、陈叔通、沈钧儒联名提议“请就各大行政区若干县或乡实行试点”的方案；1954年，全国人民代表大会第一次会议讨论宪法草案时，他主张国家元首仍称主席不称总统，以中央人民政府为最高执行机关，中央以下各级政府一律称人民政府的建议；1958年，在人大常委会座谈会上提出国歌《义勇军进行曲》歌词不要改动的意见，等等。1965年12月2日，黄炎培因病逝世于北京，终年88岁。

资料来源：人民网—文史频道。

【推荐阅读】

胡绳：《帝国主义与中国政治》，人民出版社1996年版。

第四章　开天辟地的大事变

知识梳理

◆知识框架◆

- 开天辟地的大事变
  - 新文化运动和五四运动
    - 新文化运动与思想解放的潮流
    - 十月革命与马克思主义在中国的传播
    - 五四运动：新民主主义革命的开端
  - 中国共产党的创建背景及意义
    - 中国早期马克思主义思想运动
    - 马克思主义与中国工人运动的结合
    - 中国共产党的创建及其意义
  - 中国共产党成立初期的举措
    - 制定革命纲领，发动工农运动
    - 实行国共合作，掀起大革命高潮

◆重点剖析◆

1. 中国先进分子为什么和怎样选择了马克思主义的思想旗帜？

中国先进分子选择马克思主义的思想旗帜，走上马克思主义指引的道路，是他们经过长期的、艰苦的探索之后的必然结果。

第一，新文化运动正处在第一次世界大战期间，资本主义制度的内在矛盾已经比较充分地暴露出来，先进分子中的一些人在宣传西方资产阶级民主时，就已经开始对它有所怀疑和保留。

第二，先进分子在民主科学思想传播中经常遭遇挫折，联想到过去中国人学习西方的各种努力屡遭失败的事实，他们对资产阶级共和国方案在中国的可行性产生了极大的疑问。

第三，十月革命的推动。十月革命是一个具有划时代意义的世界性的历史事件，改变了人类历史的发展进程，使先进分子从中看到了民族解放的新希望：经济文化落后的国家也可以用社会主义思想指引自己走向解放之路；苏俄号召反对帝国主义，并以新的平等的态度对待中国，赢得了先进分子的好感，有力地推动了社会主义思想在中国的传播；十月革命中，俄国工人、农民和士兵群众的广泛发动并由此赢得胜利的事实，给予中国先进分子新的革命方法的启示，推动他们去研究这个革命所遵循的主义。

第四，五四运动中，中国工人阶级登上历史舞台，显示了比资产阶级知识分子更加强大的力量，使中国先进知识分子对马克思主义运用于中国革命的前景产生了极大的希望。

这样，后来的新文化运动就分成了两股潮流，一部分人沿着资产阶级的道路继续走下去，一部分人则接受马克思主义，并在马克思主义基础上对新文化运动的科学和民主精神加以改造。率先举起马克思主义大旗的是李大钊，他在五四运动前就已经成为一个马克思主义者。五四运动后，陈独秀、毛泽东、董必武等更多的先进知识分子加入到马克思主义的队伍中。

2. 为什么说中国共产党的成立是“开天辟地的大事变”?

中国共产党是在特定的社会历史条件下成立的，它的成立是一个“开天辟地的大事变”。

第一，中国共产党的成立使中国革命有了坚强的领导核心，灾难深重的中国人民有了可以依赖的组织者和领导者，中国革命从此不断向前发展，由民主革命向社会主义革命推进。

第二，中国共产党的成立，使中国革命有了科学的指导思想。中国共产党以马克思主义为指导思想，把马克思主义和中国革命的具体实践相结合，制定了正确的革命纲领和斗争策略，为中国人民指明了斗争的目标和走向胜利的道路。

第三，中国共产党的成立使中国革命有了新的革命方法，并沟通了中国革命和世界无产阶级革命之间的联系，为中国革命获得广泛的国际援助和避免走资本主义道路提供了客观可能性。

3. 中国共产党成立后，中国革命呈现了哪些新面貌?

中国共产党成立后，立即投身于中国革命的洪流中，使中国革命呈现出新面貌：

第一，第一次提出了彻底的反帝反封建的民主革命纲领，为中国人民指出了明确的斗争目标。

第二，发动工农群众开展革命斗争，在中国掀起了第一个工人运动的高潮，同时，中国共产党也开始从事发动农民的工作，农民运动蓬勃发展。

第三，实行国共合作，并在合作中发挥主导作用，掀起大革命高潮，推翻了北洋军阀的统治。

◆训练强化◆

一、判断题

1. 五四运动以前的新文化运动是资产阶级民主主义的新文化反对封建主义的旧文化的斗争。(　　)

2. 中国共产党的建立是新民主主义革命的开端。(　　)

3. 中国共产党第三次全国代表大会决定与国民党实行党内合作，标志着第一次国共合作正式形成(　　)

4. 黄埔军校成为一所新型的军官学校，其含义是指黄埔军校强调在实践中提高军事技术。(　　)

5. 十月革命推动中国的先进知识分子从资产阶级民主主义转向社会主义。(　　)

6. 五四运动的直接导火线，是巴黎和会上中国外交的失败。(　　)

7. 五四之后的新文化运动，马克思主义逐步地在思想文化领域中发挥了指导作用。(　　)

8. 在建党过程中，李大钊起着重要作用。它在上海创建的共产党早期组织，实际上是中国共产党的发起组织，是各地共产主义者进行建党活动的联络中心。(　　)

9. 中国共产党第一次全国代表大会第一次提出了反帝反封建的民主革命的纲领，为中国人民指出了明确的斗争目标。(　　)

10. 孙中山领导的国民党大体上是代表民族资产阶级和城市小资产阶级的政党。(　　)

二、单项选择题

1. 新文化运动兴起的标志是（　　）

A. 蔡元培任北京大学校长　　B. 陈独秀创办《新青年》杂志

C. 《狂人日记》的发表　　D. 《新青年》编辑部迁到北京

2. 五四运动前新文化运动的性质是（　　）

A. 资产阶级民主革命性质的思想启蒙运动

B. 新民主主义性质的思想启蒙运动

C. 社会主义性质的思想启蒙运动

D. 资产阶级改良性质的思想启蒙运动

3. 最先由民主主义者转变为共产主义者的是（　　）

A. 李大钊　　B. 陈独秀　　C. 毛泽东　　D. 董必武

4. 五四运动的导火线是（　　）

A. 德国抢占胶州湾　　B. 巴黎和会的召开

C. 巴黎和会上中国外交的失败　　D. 《九国公约》的签订

5. 共产党早期组织领导的第一个产业工会是（　　）

A. 上海印刷工会　　B. 上海机器工会

C. 上海纺织工会　　D. 北京工人俱乐部

6. 中共二大确定的最高纲领是（　　）

A. 实现社会主义、共产主义

B. 推翻帝国主义压迫达到中华民族完全独立

C. 消除内乱，打倒军阀，建设国内和平

D. 统一中国为真正的民主共和国

7. 中共二大提出新的革命方法是（　　）

A. 武装夺取政权　　B. 走农村包围城市道路

C. 走群众路线　　D. 建立革命统一战线

8. 中共三大的中心议题是（　　）

A. 提出民主革命纲领

B. 讨论国共合作，建立革命统一战线问题

C. 制定开展工农运动的计划

D. 批评陈独秀的右倾错误

9. 国共第一次合作的政治基础是（　　）

A. 《中国国民党宣言》　　B. 中共民主革命纲领

C. 《孙文、越飞宣言》　　D. 新三民主义

10. 国共第一次合作实现，革命统一战线形成的标志是（　　）

A. 联俄、联共、扶助农工三大政策的提出

B. 《中国国民党宣言》的发表

C. 中国三大的召开

D. 国民党一大的召开

11. 黄埔军校与一切旧军校的根本区别在于（　　）

A. 注重军事理论学习　　B. 注重案例教学

C. 注重政治教育　　D. 军事建制不同

12. 最先在中国大地举起马克思主义旗帜的是（　　）

A. 陈独秀　　B. 毛泽东　　C. 李大钊　　D. 鲁迅

13. 成为中国共产党后备力量的组织是（　　）

A. 中华全国总工会　　B. 共产主义青年团

C. 共产主义小组　　D. 职工运动委员会

14. 1922年7月，中国共产党第二次全国代表大会制定了（　　）

A. 同中国国民党建立统一战线的策略

B. 彻底的反帝反封建的民主革命纲领

C. 坚持共产党领导权和巩固工农联盟的总方针

D. 发动武装起义，开展土地革命的策略总方针

15. 1923年中共三大就国共合作问题决定（　　）

A. 共产党员以个人身份加入国民党

B. 帮助国民党改组，使之成为民族资产阶级的政党

C. 同国民党实行党外合作

D. 必须坚持共产党在革命统一战线中的领导权

16. 国共第一次合作取得的最重大成果是（　　）

A. 黄埔军校的建立　　B. 广东革命根据地的巩固

C. 农民运动讲习所的创办　　D. 基本推翻北洋军阀的统治

17. 推动中国革命由旧民主主义革命向新民主主义革命转变的根本原因是（　　）

A. 中国革命领导阶级的变化　　B. 新文化运动的发展

C. 马克思主义的传播　　D. 俄国十月革命的影响

18. 中国共产党成立的最重要的国内条件是（　　）

A. 陈独秀、李大钊成为马克思主义者

B. 新文化运动起了启蒙作用

C. 北洋军阀对内独裁、对外卖国的统治

D. 马克思主义与工人运动相结合

19. 大革命失败使中共得到的最深刻的教训是（　　）

A. 要团结一切革命力量　　B. 要防止野心家、阴谋家叛变革命

C. 要掌握革命的领导权和武装　　D. 要建立巩固的工农联盟

20. 对大革命性质的正确表述是（　　）

A. 资产阶级领导的反帝反封建的资产阶级民主革命

B. 革命统一战线领导的反帝反封建的民主主义革命

C. 无产阶级领导的新民主主义革命

D. 中共领导的无产阶级革命

三、多项选择题

1. 新文化运动的主要阵地有（　　）

A. 北京大学　　B. 《民报》编辑部

C. 南京大学　　D. 《新青年》编辑部

2. 早期接受、宣传马克思主义的主要有（　　）

A. 五四运动前的新文化运动的精神领袖

B. 五四运动中的左翼骨干

C. 部分接受了俄国民主思想的进步知识分子

D. 一部分原同盟会会员、辛亥革命时期的活动家

3. 早期共产党组织同反马克思主义思潮进行的论战有（　　）

A. 同自由主义的论战

B. 同张东荪、梁启超关于社会主义的论战

C. 同无政府主义的论战

D. 同胡适围绕“问题与主义”的论战

4. 中共一大的主要内容有（　　）

A. 通过中国共产党第一个纲领和第一个决议

B. 提出了民主革命的基本奋斗目标

C. 规定党成立后的中心任务是开展工人运动

D. 选举产生党的领导机构和领导人

5. 下列属于新民主主义内容的有（　　）

A. 民权为一般平民所共有

B. 国内各民族一律平等，反对帝国主义的侵略

C. 平均地权，节制资本

D. 实现民主主义的联合战线

6. 下列事件中，发生在北伐战争期间的有（　　）

A. 香港海员工人大罢工　　B. 汉口、九江人民收回英租界

C. 上海工人第三次武装起义　　D. 以湖南为中心的农民运动

7. 中共二大的历史意义是（　　）

A. 揭示出中国社会的半殖民地半封建性质，明确提出中国革命的性质、对象和动力

B. 规定党的中心任务是开展工人运动，以共产主义精神教育工人

C. 规定了中国共产党的最高纲领和最低纲领

D. 提出“到群众中去”的群众路线方法

8. 早期研究传播马克思主义思想运动的特点是（　　）

A. 重视对马克思主义基本理论的学习，明确地同第二国际的社会民主主义划清界限

B. 从一开始就坚持了马克思主义的革命原则和正确方向

C. 注意从中国实际出发，学习运用马克思主义的理论

D. 开始提出知识分子应同劳动群众相结合的思想

9. 中国共产党对于大革命所做的独特的、重大的贡献包括（　　）

A. 提出反对帝国主义、反对封建军阀的政治口号

B. 是群众运动的主要发动者和组织者

C. 是国共合作的倡导者和统一战线的组织者

D. 帮助和推动了国民革命军的建立，并进行了卓有成效的政治工作

10. 大革命失败的原因，从主观上说，主要表现在（　　）

A. 大革命后期，我党主要领导人犯了右倾机会主义错误

B. 当时我们党比较年轻，对中国革命的发展规律没有清醒的认识

C. 不善于把马克思列宁主义同中国实际结合起来

D. 封建军阀与帝国主义相勾结，反动力量过于强大

四、思考题

1. 中国的先进分子为什么和怎样选择了马克思主义？

2. 为什么说中国共产党的成立是“开天辟地的大事变”？

3. 中国共产党成立后，中国革命呈现了哪些新面貌？为什么？

五、材料分析题

1.【材料1】（三）依中国社会的现状，宜有一个势力集中的党为国民革命运动之大本营。中国现有的党，只有国民党比较是一个国民革命的党……（五）工人阶级尚未强大起来，自然不能发生一个强大的共产党——一个大群众的党，以应目前革命之需要。因此，共产国际执行委员会议决中国共产党须与中国国民党合作，共产党员应加入国民党。中国共产党中央执行委员会曾感此必要，遵行此议决……

——摘自《中共三大关于国民运动及国民党问题的议决案》，《中共中央文件选集》（1），中共中央党校出版社1982年版，第146—148页。

【材料2】我们希望社会上革命分子，大家都集中到中国国民党，使国民革命运动得以加速实现；同时希望国民党断然抛弃依赖列强及专力军事两个旧观念……以树立国民革命之真正领袖地位。

——摘自《中国共产党第三次全国代表大会宣言》，《中共中央文件选集》（1），中共中央党校出版社1982年版，第166页。

【材料3】中国共产党之加入本党……在于灼知中国今日军阀与帝国主义勾结之现状，并非国民革命无由打破；而国民革命，惟本党负有历史的使命，非加入本党，无由为国民革命而尽力。且当国民革命时代，一心一德，惟本党之主义是从；其原有之共产主义，固不因之抛弃，而鉴于时势之关系，初不遽求其实现，故与本党主义亦无所冲突。

——摘自国民党中央训令（1924年）。

【材料4】我们参加民族运动，是为了全民族的解放，并且为了无产阶级自己的利益，决不是为了资产阶级的利益……若是忘了无产阶级在民族革命中自己阶级革命之准备，而沉溺在资产阶级的民族德谟克拉西运动中，便遗无产阶级以不容易挽救的大害，并且足以减少民族运动之革命性。

——摘自《中共四大对于民族革命运动之议决案》，《中共中央文件选集》（1），中共中央党校出版社1982年版，第336页。

请回答

（1）根据材料1和材料2，分析中国共产党与国民党合作的原因和目的，并找出中国共产党理论错误的根源。

（2）根据材料3，从中找出不正确的结论，结合材料2和材料4加以说明。

（3）根据材料3和材料4，分析国共合作实现后分歧是否消除？分析产生这种分歧的原因。

（4）综合上述材料，你认为国共合作应该体现怎样的原则？

2.【材料1】辛亥革命，则是在比较更完全的意义上开始了这个革命。这个革命，按其社会性质说来，是资产阶级民主主义的革命，不是无产阶级社会主义的革命。这个革命，现在还未完成，还须付与很大的气力，这是因为这个革命的敌人，直到现在，还是非常强大的缘故。孙中山先生说的"革命尚未成功，同志仍须努力"，就是指的这种资产阶级民主主义的革命。

——摘自毛泽东：《新民主主义论》，《中国文化》创刊号。

【材料2】中国反帝反封建的资产阶级民主革命，正规地说起来，是从孙中山先生开始的……五十年来，有它胜利的地方，也有它失败的地方。你们看，辛亥革命把皇帝赶跑，这不是胜利了吗？说它失败，是说辛亥革命只把一个皇帝赶跑，中国仍旧在帝国主义和封建主义的压迫之下，反帝反封建的革命任务并没有完成。

——摘自毛泽东：《青年运动的方向》，见《毛泽东选集》（第二卷），人民出版社1991年版。

【材料3】现阶段的中国革命究竟是一种什么性质的革命呢？资产阶级民主主义的革命，还是无产阶级社会主义的革命呢？显然地，不是后者，而是前者。……现时中国的资产阶级民主主义的革命，已不是旧式的一般的资产阶级民主主义的革命，这种革命已经过时了，而是新式的特殊的资产阶级民主主义的革命。

——摘自毛泽东：《中国革命和中国共产党》，见《毛泽东选集》（第二卷），人民出版社1991年版。

请回答

（1）结合材料1和材料2说明孙中山领导的辛亥革命的历史意义。

（2）结合材料2和材料3说明旧民主主义革命转变为新民主主义革命的历史必然性。

参考答案

一、判断题

1. √　2. ×　3. ×　4. ×　5. √　6. √　7. √　8. ×　9. ×　10. √

二、单项选择题

1. B　2. A　3. A　4. C　5. B　6. A　7. C　8. B　9. D　10. D　11. C　12. C　13. B　14. B　15. A　16. D　17. A　18. D　19. C　20. B

三、多项选择题

1. AD　2. ABD　3. BCD　4. ACD　5. ABC　6. BCD　7. ACD　8. ABCD　9. ABCD　10. ABC

自测题

一、单项选择（本大题共10小题，每小题1分，共10分）

1. 新文化运动的基本口号是（　　）

A. 民主和科学　B. 民主和自由　C. 自由和科学　D. 和平与发展

2. 在中国大地上率先举起马克思主义思想旗帜的是（　　）

A. 李大钊　B. 陈独秀　C. 李达　D. 毛泽东

3. 五四运动的直接导火线是（　　）

A. 巴黎和会上中国外交的失败　B. 社会危机

C. 民族危机　D. 俄国十月革命对中国的影响

4. 五四运动是一次真正的（　　）

A. 群众运动　B. 学生运动　C. 工人运动　D. 农民运动

5. 五四以前的新文化运动的精神领袖。其代表除李大钊以外，就是（　　）

A. 陈独秀　B. 毛泽东　C. 鲁迅　D. 李达

6. 五四爱国运动的左翼骨干。其代表为（　　）

A. 毛泽东　B. 周恩来　C. 董必武　D. 何叔衡

7. 共产党和共产主义的旗帜在中国大地上树立起来的标志是（　　）

A. 创办《共产党》(月刊)　B. 《新青年》杂志

C. 《马克思资本论入门》　D. 《唯物史观解说》

8. 1920年11月，共产党早期组织领导的第一个工会是（　　）

A. 上海机器工会　B. 长辛店成立工人俱乐部（工会）

C. 武汉工会　D. 长沙工会

9. 中共三大的主要议题有（　　）

A. 关于无产阶级领导权问题

B. 关于建立国、共合作的统一战线问题

C. 关于工农联盟问题

D. 关于武装斗争问题

10. 标志着第一次国、共合作的正式形成的是（　　）

A. 国民党一大的成功召开　　B. 国民党二大的成功召开

C. 国民党三大的成功召开　　D. 中共三大的召开

二、多项选择（本大题共10小题，每小题2分，共20分）

11. 关于新文化运动，下列说法正确的是（　　）

A. 是一场伟大的思想启蒙运动

B. 是一次伟大的思想解放运动

C. 给封建专制主义和封建礼教以前所未有的冲击

D. 为西方的社会科学、自然科学的传入敞开了大门

E. 为马克思列宁主义的引进与传播创造了有利条件

12. 1918年李大钊的哪些文章标志着马克思列宁主义在中国传播的开始（　　）

A.《青春》　　B.《法俄革命之比较观》

C.《庶民的胜利》　　D.《Bolshevism的胜利》

E.《我的马克思主义观》

13. 五四运动发生新的时代条件和社会历史条件是（　　）

A. 新的社会力量的成长、壮大

B. 巴黎和会上中国外交的失败

C. 新文化运动掀起的思想解放的潮流

D. 农民阶级的壮大

E. 俄国十月革命对中国的影响

14. 五四运动是在新的社会历史条件下发生的，它具有以辛亥革命为代表的旧民主主义革命所不具备的一些特点。主要是（　　）

A. 五四运动表现了反帝反封建的彻底性

B. 五四运动是一次真正的群众运动

C. 五四运动是一次真正的学生运动

D. 五四运动是一次真正的工人运动

E. 五四运动促进了马克思主义在中国的传播及其与中国工人运动的结合

15. 中国早期信仰马克思主义的人物，主要有三种类型（　　）

A. 五四以前的新文化运动的精神领袖

B. 五四爱国运动的左翼骨干

C. 五四爱国运动的右翼骨干

D. 一部分原中国同盟会会员、辛亥革命时期的活动家

E. 五四以后的新文化运动的精神领袖

16. 中国共产党早期组织成立以后，着重进行了以下几方面的工作（　　）

A. 研究和宣传马克思主义　　B. 研究无政府主义

C. 到工人中去进行宣传和组织工作　D. 到农村中去进行宣传和组织工作

E. 进行关于建党问题的讨论和实际组织工作

17. 中国共产党第二次全国代表大会提出的最低纲领是（　　）

A. 打倒军阀　　B. 推翻国际帝国主义的压迫

C. 统一中国为真正民主共和国　　D. 走向社会主义

E. 实现社会主义、共产主义

18. 新文化运动中，宣传新思想的著名刊物有（　　）

A. 《新青年》　　B. 《先驱》

C. 《少年中国》　　D. 《每周评论》

E. 《向导》

19. 中共一大选举的党的领导机构成员有（　　）

A. 陈独秀　B. 张国焘　C. 李达　D. 毛泽东　E. 李大钊

20. 关于五四运动，下列说法正确的有（　　）

A. 是辛亥革命后资产阶级革新派的又一次奋斗

B. 是近代中国第一次彻底的反帝反封建的革命运动

C. 标志着新民主主义革命的开端

D. 为中国共产党的成立做了思想上和干部上的准备

E. 开创了“民主、科学、进步、爱国”的五四精神

三、辨析题（本大题共2小题，每小题10分，共20分）

21. 五四以前的新文化运动是资产阶级民主主义的新文化反对封建主义的

旧文化的斗争。

22. 中国共产党是在特定的社会历史条件下成立的。

四、论述题（本大题共3小题，每小题10分，共30分）

23. 中国的先进分子为什么在中国举起马克思主义的思想旗帜？

24. 为什么说中国共产党的成立是“开天辟地的大事变”？

25. 中国共产党成立后，中国革命出现了哪些新面貌？

◆案例点评◆

案例一：“三只兔子”会北大

早在1919年五四运动以前，北京大学作为新文化运动的主要活动基地已经闻名遐迩。胡适曾经说过一句俏皮话：“北大是由于‘三只兔子’而成名的。”这“三只兔子”指的是北京大学校长蔡元培、文科学长陈独秀、年轻的著名教授胡适。蔡元培生于1868年1月11日（清同治六年十二月十七日），干支纪年为丁卯年；陈独秀生于1879年10月9日（清光绪五年），干支纪年为乙卯年；胡适生于1891年12月17日（清光绪十七年），干支纪年为辛卯年。按十二属相来说，他们三人都是属兔的，这就是胡适戏言的由来。中国人崇拜生辰属相，“三只兔子”之说便相传成诵。

蔡元培是北大改革的领导人物，陈独秀与胡适则是其行政上和学术上的得力助手，他们三个是当时北京大学的灵魂。虽然当时的北大是他们共同的舞台，但由于各自的起点不同，步履不同，在中国历史舞台上扮演的角色也不同。蔡元培一生致力于革命教育事业，作为同盟会员，他在任中华民国第一任教育总长时，就提出要实行国民教育、实利教育、公民道德教育、美育和世界观教育，进行全面教育培养一代“共和”新人。

北大是蔡元培最后的舞台，1917年入主北大后，进行了大刀阔斧的改革，“兼容包并”，“思想自由”，不拘一格选拔人才，各种思想流派竞相传播，使北大由声望欠佳的“官僚养成所”一跃成为当时的学术圣地，成为新文化运动的主要基地，进而成为五四运动的中心。其在香港逝世后，中共中央致电，称其“为革命奋斗四十余年，为发展中国教育文化事业勋劳卓著，培植无数革命青年”。毛泽东更是称之为“学界泰斗，人世楷模”。

陈独秀的一生可谓波澜壮阔，但也毁誉参半。他曾高举民主和科学的旗帜，发起了被誉为“旧民主主义革命的补课，新民主主义革命的序曲”的新文化运动，不仅动摇了封建正统思想的统治地位，也为马克思主义在中国的传播创造了条件，并抓住实际创立了中国共产党。可惜在国民革命时期犯了右倾机会主义错误。给党和革命事业造成了巨大损失，以致毛泽东在“七大”上评价其“五四运动总司令”，“创造了党”。只可惜“晚年颓唐，浩叹由衷”。

胡适早年，国难频仍，戊戌变法的破产、八国联军的侵略，促使热血青年的他出于民族自爱自强的愿望，积极寻找救国之路。严复翻译的《天演论》一时风靡全国，“物竞天择，适者生存”的进化论思想，使许多人深受启发。原名嗣糜的胡适于是用“物竞天择，适者生存”的“适”字作为自己的名字，以“适之”为字。胡适正是在北大这个舞台上走入人们的视野的。1917年，他在《新青年》上发表了《文学改良刍议》，成为新文化运动的主要人物。随着马克思主义的传播，1919年发表了《多研究些问题，少谈些主义》，主张改良主义，反对社会革命。他在仕途上一帆风顺，曾任国民政府驻美国大使、北京大学校长、“中央研究院”院长等职。他在学术上影响最大的是提倡“大胆假设、小心求证”的治学方法。

资料来源：伍启元：《中国新文化运动概观》，黄山书社2008年版。

【点评】

大学应该成为“研究高尚学问之地”，这是蔡元培在1912年担任教育总长时就强调过的。蔡元培认为教师不热心学问，学生把大学当作做官发财的阶梯，这是北大“著名腐败的总因”。因此，他改革北大的第一步是明确大学的宗旨，并为师生创造研究高深学问的条件和氛围：1.改变学生的观念，一曰抱定宗旨，二曰砥砺德行，三曰敬爱师长，将“抱定宗旨”置于首位；2.整顿教师队伍，延聘积学热心的教员，教师群体的学术水平是一所大学学术水平的标志，也是把大学建成学术研究机构的重要保证；3.发展研究所，广积图书，引导师生研究兴趣；4.砥砺德行，培养正当兴趣，在将北大导向注重学术研究的同时，蔡元培还努力在师生中提倡道德修养。蔡元培以学生为社会领袖的哲学，创造了引起五四运动的学术气氛。

由于在整个20世纪中，五四运动都是作为伟大的爱国运动，作为中国历史上至关重要的转折点来纪念的，蔡元培自然也就有了传奇式的声望。然而，蔡元培传奇式的地位并非全然因为他与五四运动的联系。事实上，蔡元培之所以备受尊崇，与其说是因为他实际上做了些什么，毋宁说是因为他曾经尝试去做些什么。他有开明而宽容的胸襟，加上他试图创造一种多元的气氛，建立一个不受政府干预的地带，于是使他成为中国知识分子的最高典范。在20世纪的进程中，每当知识分子为这些理想而奋斗时，蔡元培总是被奉为圭臬，正如蔡元培自己总是奉"东汉之党人，南宋之道学，明季之东林"为圭臬一样。蔡元培是北京大学最杰出的校长，他的风范与北大历史同在。北大精神乃蔡元培所孕育，只有不断弘扬蔡元培的风范，北大精神才可望历久不衰。

案例二：共产主义运动的先驱：李大钊

1916年春，李大钊还在日本时，写过一篇题为《青春》的论文，寄给《新青年》主编陈独秀。这篇文章在《新青年》第2卷第1号上发表，系统地阐述了创造青春中华的理想。1918年1月，李大钊由章士钊推荐，接替他担任北京大学图书馆主任，开始与陈独秀共事，并任《新青年》杂志的编辑。而这时正是列宁领导的俄国十月革命发生后的两个月，世界革命潮流风起云涌。第一个向中国人民歌颂十月社会主义革命伟大胜利的人，就是李大钊。

1918年春，李大钊在致友人的信中，详细地讨论了列宁领导十月革命的情况。不久，在7月1日出版的《言治》季刊上，他发表了论文《法俄革命之比较观》，论述十月革命和法国资产阶级革命的区别。

《新青年》杂志原由陈独秀主编，李大钊到北大后就参加了编辑工作，从1918年起，逐步形成由陈独秀、李大钊等轮流编辑的办法。8月，北京大学在沙滩红楼的新校址落成，北大图书馆由马神庙旧址迁往那里。这个图书馆，原是北大前身清朝末年的京师大学堂留下的藏书楼。李大钊到馆主持工作后，积极整顿，带动工作人员整理图书，并增购大批国内外新出版的书籍，特别是关于马克思主义的外文著作。馆址迁到红楼后，占了一层的大部分房间。李大钊为了让师生们能不间断地借到书，决定每天下午和晚上都开馆，上午闭馆整理，使图书馆成为师生们良好的学习场所。在倡导"民主"和"科学"的新文化运动中，这里是一个很重要的阵地。

这一年冬天，李大钊组织了"马尔格斯学说"研究会，开始吸收一些教授参加。这个团体还没有来得及发展更多的青年群众，就遭到了反动警察当局的查禁。由于李大钊巧妙地利用了"马尔格斯"这一译音，使反动警察当局误认为是研究马尔萨斯人口论的，才没有再作追究。

李大钊把《布尔什维主义的胜利》写好后，连同《庶民的胜利》的演说，在《新青年》第5卷第5号上发表。这两篇文章于1919年1月与广大读者见了面，立即在全中国引起巨大反响。它们的发表，标志着马克思列宁主义开始在中国传播，为五四运动时期的思想解放运动，注入了新的社会主义的因素。

此外，李大钊还参与发起少年中国学会，被推为《少年中国月刊》编辑主任。由李大钊担任导师的国民杂志社，也于1918年10月成立，次年1月出版了《国民》创刊号。以北大学生为主，创办了提倡写白话文的《新潮》杂志，李大钊担任新潮社的顾问。他还帮助《晨报》第7版（副刊），在1919年2月7日起开始改革，设立“自由论坛”。1919年3月，北大学生邓中夏等成立平民教育讲演团，李大钊对他们的工作进行过重要的指导。通过与许多报刊、社团的联系，李大钊在自己周围团结了许多有志青年和爱国人士。在五四运动革命风暴到来的前夕，李大钊最早在中国人民中间传播了马克思主义，为五四运动做了思想准备；同时，也为这一群众运动的开展，在组织准备上发挥了重要作用。

资料来源：吴信忠：《共产主义运动的先驱李大钊》，见《中国现代爱国者的故事》，上海人民出版社1984年版。

【点评】

李大钊同志开创的伟大事业和留下的思想遗产永远不可磨灭，他播撒的革命种子已经在中国大地上生根、开花、结果。正因为如此，今天，我们更加感受到李大钊同志历史眼光的深邃和思想价值的珍贵，更加感受到他革命精神的崇高和人格力量的伟大。李大钊同志永远是共产党人学习的楷模和榜样。他身上体现出的时刻牵挂国家兴亡、时刻不忘人民疾苦并为之奋斗的精神和风范，永远值得我们敬仰和提倡。

我们要学习李大钊同志对马克思主义的坚定信仰；李大钊同志率先在中国介绍、宣传和研究马克思主义，是20世纪初中国的播火者。俄国十月革命胜利后，他接受了他认为是真正能够拯救中国的马克思主义学说，开始在中国宣传马克思主义。李大钊同志对信仰和真理矢志不移，为传播和实践马克思主义而英勇献身，真正做到了自己所说的“勇往奋进以赴之”、“殚精瘁力以成之"、"断头流血以从之"。

我们要学习李大钊同志以科学态度学习和运用马克思主义理论武器；紧跟历史发展和时代进步潮流不断探索的精神。李大钊同志比较早地认识到，马克思主义是科学而不是抽象的学理和不变的教条，研究马克思主义必须研究它"怎样应用于中国今日的政治经济情形"，并在这个过程中把这门科学推向前进。他强调正确认识国情非常重要，考虑中国的问题，是不能置国情于不顾的。他认为，这个国情问题，不可求于外人。他成为马克思主义者以后，十分重视马克思主义在中国具体情况下的实际运用的代表。他指出，马克思主义"是一个时代的产物"，"不要忘了他的时代环境和我们的时代环境"。他强调，社会主义"用以为实际的运动"时，它会"因时、因所、因事的性质"发生"适应环境的变化"，是要在运用中加以发展的。同时他认为，"社会主义的实现，离开人民本身，是万万作不到的"。

我们要学习李大钊同志勇于献身的革命精神和无私奉献的高尚品德。李大钊同志书写过"铁肩担道义，妙手著文章"的著名对联。这幅对联，是他光辉一生的真实写照。李大钊同志是一位真正的革命者，他的伟大人格和崇高风范，将永载中国共产党和中国人民革命斗争的史册。

如今，一个面向现代化、面向世界、面向未来的社会主义中国巍然屹立在世界东方。面对党和人民事业取得的辉煌成就，展望中国发展的美好前景，我们永远铭记那些为民族独立、人民解放作出不朽贡献的革命先烈。

◆实践拓展◆

实践项目一：观看电影《建党伟业》

【实践题目】

观看电影《建党伟业》

【实践类型】

观影

【实践目标】

通过观看《建党伟业》，使学生进一步认识到中国共产党成立的必然性，是历史和人民选择了中国共产党。通过毛泽东、周恩来等青年时代的思考、情操，通过他们对民族独立、人民解放而进行的追求、探索、奋斗，同促进学生将个人命运同国家命运、民族命运紧密联系起来

【实践方案】

时间：90分钟，约2课时，可酌情删减

地点：多媒体教室

流程：

第一：观影准备。明确观影目标，做简短的背景资料介绍，为观影预热

第二：思考问题。观影时思考以下问题：

（1）中国的先进分子为什么和怎样选择了马克思主义？

（2）为什么说中国共产党的成立是“开天辟地的大事变”？

（3）中国共产党成立后，中国革命呈现了哪些新面貌？

第三：观影

第四：观影总结，回答下列问题：

（1）用一句话总结观影的感受：

（2）你对哪个人物印象深刻，为什么？

（3）你对哪个镜头印象深刻，为什么？

【实践成果】

观后感：写一篇观后感，包括历史角度、现实意义、个人感受，1000—2000字

【实践评价】

根据观后感质量，评定学生实践分数

得分表

项　目	标　准	满　分	得　分
内容（历史角度）	尊重历史，看懂影片，延伸拓展	30	
内容（现实意义）	感知真切，评价得当，有理有据	40	
内容（个人感受）	感情真挚，刻画入微，情感交融	20	
写作水平	文笔流畅，激扬文字，修辞讲究	10	
总　计	以上各项相加	100	

【参考资料】

陈独秀是中共创建的最大功臣

作为新民主主义革命的开篇，新文化运动、五四运动和创建中国共产党，是最具震撼力和影响力的三件大事。陈独秀在这一政治大舞台上，担当主角，展现其才华与魅力，使之成为中共创建的最大功臣。可以说，从新文

化运动到中共创建，是陈独秀一生中最辉煌的时期。本文追述陈独秀对中共创建的丰功伟绩，以庆贺中国共产党90年华诞。

一、新文化运动的旗手

自鸦片战争后，以洪秀全、康有为、严复、孙中山为代表的先进人物和爱国志士，为了挽救中华民族的危机，努力学习西方进步思想，寻求救国救民的出路。但是他们的各种尝试在无数事实面前，逐一宣告破产，谁都没有找到正确的答案。这些失败表明，旧民主主义思潮在中国是没有出路的。在内忧外患的形势下，青年陈独秀苦苦求索，以倡导新文化运动为契机，为中国打开了救国救民之门。其突出表现为四个方面：

（一）创办《新青年》杂志。陈独秀1915年9月在上海创办《青年杂志》（1916年9月改称《新青年》），他在创刊号上发表《敬告青年》一文，大声疾呼“民主”与“科学”，强调青年人的思想抉择应是：“孰为新鲜活泼而适于今世之争存，孰为陈腐朽败而不容留置于脑里，——利刃断铁，快刀理麻，决不作牵就依违之想，自度度人，社会庶几其有清宁之日也。”文章提出寄希望于青年的“六条标准”，指出：“国人而欲脱蒙昧时代，羞为浅化之民也，则急起直追，当以科学与人权（即民主）并重。”陈独秀以《新青年》为核心阵地，公开批判封建旧礼教旧道德，宣传唯物论、进化论和无神论，提倡平等自由和个性解放，锋芒直指中国的封建专制政治，从而揭开了新文化运动的序幕。陈独秀高举“民主”和“科学”两面大旗，成为思想界、知识界最耀眼的明星。他在《新青年》等刊物上发表了一系列文章，激发广大民众特别是青年学生的爱国热情和政治觉悟，推动新文化运动向纵深发展。面对保守势力的反抗，他表示“要拥护那德先生（即‘民主’），便不得不反对孔教、礼法、贞节、旧伦理、旧政治。要拥护那赛先生（即‘科学’），便不得不反对旧艺术、旧宗教。要拥护德先生又要拥护赛先生，便不得不反对国粹和旧文学。”坚定地说：“我们现在认定只有这两位先生，可以救治中国政治上、道德上、学术上、思想上一切的黑暗。”为了民主与科学，“一切政府的迫害，社会的攻击笑骂，就是断头流血，都不推辞”。

（二）高扬文学革命和白话文运动大旗。提倡新文学，反对旧文学和文言文，是新文化运动的重要组成部分。《新青年》从1917年起，正式举起文学革命旗帜，首倡者为胡适和陈独秀。1917年1月，胡适率先发表《文学改良刍议》一文。陈独秀继而响应，于2月在《新青年》2卷6号上发表《文学革命论》，完全支持胡适的主张，号召推倒“贵族文学”“古典文学”“山林文学”，建设“国民文学”“写实文学”“社会文学”。陈独秀把胡适的改良主张提到文学革命的高度，强调文学革命内容和形式的统一，成为真正举起文学革命旗帜的第一人。

（三）致力于北京大学的改革。1917年1月，陈独秀应北京大学校长蔡元培的邀请，出任文科学长。在蔡元培“思想自由，兼容并包”的办学方针下，北大诚聘诸多社会名流来校任教，扩大了新文化运动的阵地和影响。陈独秀致力于教学改革，整顿校风纪律，弘扬思想自由，主张学术独立，不仅成为蔡元培的得力助手，而且是北大改革的一面旗帜。梁漱溟回忆说：“在蔡先生包容中，当时发生最大作用的人，第一要数陈独秀先生。”还说陈独秀“精辟犷悍，每发一论，辟易千人，实在只有他才能掀起思想界的大波澜”。正是陈独秀和蔡元培等人的共同努力，使北京大学成为新文化运动的中心和五四运动的发源地。

（四）接受十月革命和马克思主义。李大钊是宣传十月革命的先驱者和中心人物，1918年下半年连续发表讴歌十月革命胜利的文章，开启了传播马克思主义的先河。12月，陈独秀和李大钊等创办了《每周评论》，宣传新思潮，这是继《新青年》之后，指导新文化运动的又一面旗帜。1919年1月，在陈独秀和李大钊、胡适的支持下，北大学生创办《新潮》月刊，是受新文化运动影响的一个硕果。“五四”前夕，陈独秀初步接受了十月革命和马克思主义，他在1919年4月《每周评论》第18号上发表《二十世纪俄罗斯的革命》，赞成人民群众起来进行社会革命，认识到十月革命是“人类社会变动和进化的大关键”。表明其政治思想由倾向欧美转为倾向苏俄，转向走无产阶级的革命道路。但是，陈独秀接受十月革命和马克思主义比较迟缓，有两个主要原因：一是他长期崇尚法国式的革命和西方资产阶级民主，宣传西方民主和科学的思想，对落后国家苏俄抱着观望和怀疑态度，一时很难接受苏俄的新思想。二是第一次世界大战结束后，他对巴黎和会和美国总统威尔逊的“十四条”，抱有不切实际的幻想，把协约国战胜德国看作是“公理战胜强权”，还把威尔逊捧为“现在世界上第一个好人”。

面对纷至沓来的各种社会主义新思潮，以陈独秀、李大钊为代表的具有初步共产主义思想的知识分子，经过比较与鉴别，最终选择了马克思主义。陈独秀等倡导的新文化运动，势如破竹，席卷全国思想界、文化界、教育界，像春雷初动惊醒了青年一代，舆论界称它是“青年界的良师益友”。

恽代英当时说：“我们素来的生活，是在混沌的里面，自从看了《新青年》渐渐的醒悟过来，真是像在黑暗的地方见了曙光一样。"

二、"五四运动时期的总司令"

1919年北京爆发了五四学生运动，迅速遍及全国，并演变为全国性的民众运动。陈独秀立场鲜明地支持这场爱国运动，认为它是正当的、合法的。"五四"期间，陈独秀和李大钊在《每周评论》上开辟"山东问题"专栏，撰写多篇文章，声援学生的爱国斗争。陈独秀个性鲜明，敢怒敢言，竭力鼓吹民主与科学，尤其寄希望于青年："要立志出了研究室就入监狱，出了监狱就入研究室。"鼓励青年在与反动势力斗争中要有大无畏的勇气。

陈独秀不仅是先进思想的鼓吹者，也是勇于实践的坚强斗士。北洋军阀政府对陈独秀一直颇多不满。1919年6月，陈独秀和友人到北京前门外"新世界"游艺场散发他起草的《北京市民宣言》传单，被逮捕入狱。这件事引起全国震惊，各界人士纷纷谴责，要求释放陈独秀。在社会各界积极营救及舆论压力下，陈独秀于9月被保释出狱。李大钊在11月《新青年》第6卷第6号上特作白话诗《欢迎独秀出狱》，赞扬陈独秀："什么监狱什么死，都不能屈服了你，因为你拥护真理，所以真理拥护你。"

五四运动以前，陈独秀主编的《新青年》是宣传资产阶级民主革命思想的刊物，猛烈抨击封建主义的旧文化，宣传"法兰西文明"和资产阶级的自由、平等、博爱的思想，起了动员群众进行反封建斗争的积极作用，为即将到来的五四运动做了思想上、舆论上的准备，客观上为社会主义思潮和马克思主义的传播开辟了道路。经过陈独秀和李大钊等人的共同努力，《新青年》从民主主义逐渐变成为社会主义的刊物，"五四"思想启蒙运动发展成为宣传马克思主义的思想运动。在《新青年》的号召和推动下，青年们掀起了争取民主自由和追求真理的热潮，并从中涌现出大批的民主志士和具有初步共产主义思想的知识分子。陈独秀和李大钊作为新文化运动的先锋和五四运动的精神领袖，他们的思想言论，非常符合激进青年的心意，备受青年们的敬仰和推崇，于是众多追求光明和真理的先进青年不约而同地聚集在他们周围。

《新青年》杂志影响了整个青年一代，毛泽东是最大的受益者之一。他在湖南第一师范学习期间，大量阅读了陈独秀主编的《新青年》。1919年7月14日，毛泽东在其主编的《湘江评论》创刊号上著文《陈独秀之被捕及营救》，称颂"陈独秀氏为提倡近代思想最力之人"，"为思想界的明星"。毛泽东后来回忆《新青年》和陈独秀对他的影响说："我非常钦佩胡适和陈独秀的文章。他们代替了已经被我抛弃的梁启超和康有为，一时成了我的楷模。"这种"影响也许超过其他任何人”。1920年6月，毛泽东在上海与陈独秀讨论他读过的马克思主义书籍，说：“陈独秀谈他自己的信仰的那些话，在我一生中可能是关键性的这个时期，对我产生了深刻的印象。”

尽管毛泽东对陈独秀后来的右倾错误有诸多严厉批判，但对陈独秀在“五四”时期的作用却赞扬有加，说陈独秀“是五四运动时期的总司令，整个运动实际上是他领导的，他与周围的一群人，如李大钊同志等，是起了大作用的”。

三、创建第一个共产党组织

五四运动后，陈独秀把目光从以青年学生为主转向以工农大众为主，并从新文化运动积极转向建党活动。陈独秀对这一重大转折，作过如下表述：“前半期，即‘五四’以前的运动，专在知识分子方面；后半期，乃转向工农劳苦人民方面。盖以大战后，世界革命大势及国内状况所明示，使予不得不有此转变也。”然后，“工农劳苦人民一般的斗争，与中国民族解放的斗争，势已合流并进，而不可分离。此即予于‘五四’运动以后开始组织中国共产党之原因也。”

从1920年2月起，陈独秀和李大钊就开始酝酿建立中国共产党，两人初步商定，陈在南方、李在北方，分别负责党的筹建工作，成为中共建党的两位主要创始人，史称“南陈北李”。赵世炎在1920年8月一张李大钊和陈独秀合影照片上写道：“北李南陈，两大星辰，漫漫长夜，吾辈仰承。”几句话道出了青年一代对这两位“圣哲”的敬仰之心。

为了帮助创建中国共产党，1920年4月，俄共（布）远东局代表魏金斯基来华，先后在北京、上海，分别会见李大钊、陈独秀，讨论筹建共产党问题。魏金斯基以《新青年》社为中心，通过陈独秀同星期评论社、共学社等进步团体接触，多次在环龙路渔阳里2号陈独秀寓所暨《新青年》社编辑部开座谈会，讨论筹建共产党事宜。

陈独秀注重实际，不尚空谈，说干就干，根据魏金斯基的提议，决定正式发起组建共产党。5月，陈独秀、俞秀松、李汉俊等5人开会，宣布成立共产党组织，公推陈独秀为临时书记，起草了纲领10余条。由此诞生了中国第一个共产党组织，即通常所说的上海发起组。上海发起组的建立，实现了共产国际指导帮助创建中国共产党的关键一步。

上海发起组成立后，陈独秀分工负责在武汉、广州、长沙、济南4个城市筹建党的早期组织。但从史料和回忆录看，他不只给武汉的李汉俊，广州的谭平山，湖南的毛泽东，济南的王乐平写信，也给北京的李大钊，以及在日本的周佛海和在法国的张申府写了信，促使各地早日建立共产党组织。其具体情况是：

在北京：1920年9月，张申府从上海回到北京，把自己在上海时见到陈独秀的全部情况转告给李大钊。李大钊赞同陈独秀关于建党问题的意见，并与张申府、张国焘于10月成立北京共产党。

在广州：1920年10月组织了共产党，但无政府主义者的势力十分强大，9名成员中有7个无政府主义者。鉴于此，为了清除无政府主义者，应邀出任广东省教育委员会委员长的陈独秀，于1921年1月约集谭平山、陈公博和谭植棠，重组广东共产党，陈独秀任书记。

在武汉：1920年夏，刘伯垂在上海由陈独秀介绍加入共产党。刘伯垂受陈独秀指派回湖北，找董必武等联系，组建武汉共产党。是年秋，刘伯垂召集董必武、陈潭秋、包惠僧等7人开会，成立武汉共产党。

在长沙：毛泽东筹建湖南共产党组织时，与陈独秀保持着密切的联系。他在1921年1月给留法勤工俭学的蔡和森的复信中，告知国内陈独秀正在组织共产党，随后建立了长沙共产党。

在济南：陈独秀函约山东省议会议员王乐平，委托其组建共产党组织，但王没有承担此约，将陈函交与进步学生王尽美、邓恩铭。他们于1921年春成立了济南共产党。

在东京：上海发起组成员施存统于1920年7月到日本留学，同陈独秀、李汉俊、李达等保持联络。1921年4月，在日本鹿儿岛学习的上海发起组成员周佛海给施存统发来两封信，转达陈独秀自广州写给周信的内容，提到"接独秀来信，说是和上海、湖北、北京各处的同志协商，让你我二人作为驻日代表，和日本同志进行联络"。4月下旬，施、周2人在东京成立中共党组织。

在巴黎：应聘担任里昂中法大学逻辑学教授的张申府，于1921年初抵达巴黎。张出国前在上海会晤陈独秀，陈委托张在欧洲的中国留学生中发展党员，建立党的组织。张申府来法国后，先后介绍刘清扬、周恩来加入共产党，并通过陈独秀的介绍，同出国前已是共产党员的赴法勤工俭学生陈公培和赵世炎，接上了组织关系。1921年春，他们5人成立了共产党小组。

由上可见，中共建党之前，已建立的国内6个和国外2个共产党组织，都与陈独秀有直接或间接的关系。换句话说，当时还没有哪一个人能像陈独秀那样，如此热心此事，同各地党组织保持着密切的联系。各地党的早期组织成立，为建立全国统一的共产党奠定了基础。

四、努力实践建党的两大任务

中国共产党是根据马克思主义的建党学说，以俄国布尔什维克党为榜样建立起来的新型无产阶级政党，是马克思主义同工人运动相结合的产物。在建党过程中，面临最迫切的任务有二：一是宣传马克思主义，二是开展工人运动。在陈独秀等领导下，上海发起组成立后，专心致志地从事这两项工作，取得了可喜成绩。陈独秀身体力行，努力实践党的这两大任务，成为名副其实的先锋斗士。

（一）在宣传马克思主义方面：1. 在陈独秀领导下，1920年7月成立党最早的出版机构——社会主义研究社。该社出版了第一套“社会主义研究小丛书”共3种，即陈望道译的《共产党宣言》，李汉俊译的《马格斯资本论入门》，陈独秀著的《政治主义谈》。这是我国最早传播马克思主义的著作。2.《新青年》从1920年9月改为上海发起组的机关刊物，由宣传新文化运动为主转变为以宣传马克思主义和介绍十月革命为主。开辟“俄罗斯研究”专栏，系统介绍十月革命的经验，竭力宣传马列主义，成为传播马克思主义的重要舆论阵地。3. 由陈独秀、李达、俞秀松等筹备创办党的第一个理论刊物《共产党》月刊，李达任主编，陈独秀参加编辑工作。陈独秀为该刊起草第一号《短言》，号召中国人民“用革命的手段打倒本国外国一切资产阶级，跟着俄国的共产党一同试验新的生产方法”。该刊是各地共产党组织的必读材料之一，对于宣传马克思主义和统一建党思想，起了重要的推动作用。毛泽东在1921年1月21日写给蔡和森的信中，称誉《共产党》月刊“颇不愧‘旗帜鲜明’四字”。4. 陈独秀1920年11月主持制定了党的第一个宣言——《中国共产党宣言》。明确宣布中国共产主义组织的宗旨和原则，提出了为实现共产主义而奋斗的理想，曾以此为收纳党员之标准。5. 五四运动以后，在中国思想界的第二次反对基尔特社会主义和第三次反对无政府主义的论争中，陈独秀都担当了闯将。针对梁启超、张东荪等人鼓吹改良主义，主张劳资合作，发展资本主义的谬论，在广州的陈独秀分别给罗素和张东荪写了公开信，对他们的错误加以驳斥。陈独秀1921年1月发表演讲《社会主义批评》，以科学社会主义原理为武器，对张、梁的假社会主义理论进行有力的驳斥，认为“此时我们中国不但有讲社会主义底可能，而且有急于讲社会主义底必要”。面对以黄凌霜、区声白为代表的无政府主义者反对无产阶级专政，否认建立无产阶级政党的必要，鼓吹建立所谓“无政府党”的论调，陈独秀1920年9月发表《政治》一文，着重阐明了马克思主义学说和无产阶级专政的思想，批判张东荪、胡适等人的主张。这篇文章也是陈独秀转变为马克思主义者的主要标志。

（二）在工人运动方面：上海发起组成立后，通过多种形式把马克思主义灌输到工人中去，启发工人的阶级觉悟。1920年4月，陈独秀发表《劳动者底觉悟》的演讲，对工人阶级的地位给予高度的评价，他说：“我以为只有做工的人最有用最贵重”，“社会上各项人，只有做工的是台柱子，因为有他们的力量才把社会撑住，若是没做工的人，我们便没有衣、食、住和交通，我们便不能生存。”5月，陈独秀在《新青年》开辟“劳动节纪念号”专栏，发表《上海厚生纱厂湖南女工问题》一文，用马克思主义的剩余价值学说，揭露工人和资本家的贫富差距和尖锐对立，指出无产阶级和资产阶级的矛盾是无法调和的。8月，陈独秀和李汉俊发起创办工人通俗刊物《劳动界》周刊，陈独秀任主编。该刊深刻揭露资本主义的剥削，热情支持工人阶级起来进行革命斗争；宣传工人阶级的历史使命及马克思主义关于阶级斗争和无产阶级专政的学说。为培养工人运动骨干力量，1920年秋，陈独秀和李启汉等在纱厂集中的沪西小沙渡，开办了“工人半日学校”，成为党最早从事工人运动的起点之一。从9月起，上海发起组先后成立了机器工会、纺织工会、印刷工会。其中上海机器工会是党领导的第一个产业工会，陈独秀参加了发起和筹备工作，并与李中共同起草了《机器工会章程》。在此前后，陈独秀为上海工商友谊会的店员刊物《伙友》撰写了发刊词，并与杨明斋、俞秀松等领导成立了印刷工会，创办刊物《友世画报》。

此外，在陈独秀的提议下，上海发起组建立了中国最早的社会主义青年团，创办了第一所培养干部的学校——外国语学社。

陈独秀等领导的上海发起组，在上述各项活动中，开创了中共党史上的若干“第一”，对于各地共产党组织起着指导、示范和推动作用，成为各地党组织实际的核心领导，从而奠定了中共成立的坚实基础。这是其他各地党的早期组织无法比拟也是无法替代的。正因如此，共产国际来华代表很快将上海发起组“选做工作的中心”，认定“是中国共产主义组织中央局”。

五、出任中共首任中央局书记

因各地共产主义组织是分散的，需要联合起来组织统一的中国共产党，于是上海发起组责无旁贷承担起召集全国共产党成立大会的职责。他们通知各地共产主义组织来上海开会，通过召开党的代表大会，成立全国统一的政党。中共一大召开时，陈独秀因在广州忙于广东教育行政委员会委员长的公务，未能出席大会，但仍当选为中央局书记。这绝非偶然，有国内和国际两方面原因：

从国内看，陈独秀在新文化运动的声望，在思想界和知识界的凝聚力和影响力，在建党方面的突出作用和重大贡献，使之成为建党时期众望所归的领军人物，其当选为中共首任书记，实属顺理成章之事。同时陈独秀与其他人还有一层师生关系，也是一个重要因素。正如包惠僧所说："陈独秀年长，我们又都是他的学生，他说了以后大家就没有什么好讲的了，同意了他的意见。"

从国际看，与共产国际及其派驻中国的代表的支持有很大关系。他们一直看好陈独秀，对陈的地位和作用予以首肯。魏金斯基来华不久，即认定陈独秀是"一位享有很高声望和有很大影响的教授"。而且共产国际"几次派代表来中国都是找的陈独秀，把组建中国共产党的任务交给了他"。据陈独秀表弟濮清泉回忆，陈曾经说过："是第三国际根据列宁的意见，派一个荷兰人马林来中国传达的。说是中国无产阶级还没有走上政治舞台，党的总书记一职，要找一个有名望的人，号召力要大点。"1979年5月我曾访问过包惠僧，包也提到"嘉兴南湖会议选举陈独秀当书记是共产国际的意见"。虽然我们目前对此尚未找到太多的证据，但从这些表象看，共产国际让陈当上中共最高领导，似乎也在情理之中。

以上不难看出，陈独秀从新文化运动到中共创建的短短几年里，从思想到实践，始终站在斗争的前列，无愧于思想界、知识界的众望所归的领军人物，为创建中国共产党付出巨大的心血，立下了汗马功劳。这一时期，陈独秀作为大思想家和大政治家，其思想之锐敏，魄力之坚强，非他人可及，当之无愧地成为中共创建的最大功臣。

资料来源：肖甡：《陈独秀是中共创建的最大功臣》，《中国井冈山干部学院学报》2011年第4期。

实践项目二：如果你是20世纪20年代的青年，你会如何选择人生道路，为什么？

【实践题目】

如果你是20世纪20年代的青年，你会如何选择人生道路，为什么？

【实践类型】

交流

【实际目标】

通过穿越式的设想，使学生进一步明确青年是国家的未来，认识到他们肩上担负着民族复兴的责任，时代不同，任务不一样，但责任始终未变

【实践方案】

分组：每10人一组，设组长一名，组织实践并负责记录

时间：80分钟，70分钟为交流时间，10分钟为抽检时间

地点：教室或校园空地

流程：

步骤一：确定交流内容，明确交流主题

步骤二：每个学生陈述自己的设想，4分钟

步骤三：另外的同学对陈述人的设想进行评议，2分钟

步骤四：陈述人与其他同学交流，阐述自己的再认识

步骤五：依次交流

步骤六：组长总结，每个同学提交交流记录

【实践成果】

以个人为单位的交流记录

【实践评价】

教师以交流记录为依据进行评分

得分表

项　目	标　准	满　分	得　分
个人设想	设想合理，观点正确	70	
个人再设想	从善如流，认识提高	30	
总　计	以上各项相加	100	

【参考资料】

青年毛泽东的道路与当代中国青年的选择

毛泽东的青年时代，正是“五四”前后新文化运动及由其激发的革命运

动风起云涌、此起彼伏的年代。青年毛泽东以其崇高的理想、顽强的意志、广博的知识、完美的人格和直面现实、不懈奋争的实践精神，在不断的选择、比较和探索中，逐步由一个忧国忧民的乡村少年成长为一个立志改造中国与世界的马克思主义者和共产主义者，走出了一条辉煌而坚实的人生之路，集中体现了“五四”新文化运动的方向。青年毛泽东的道路，对跨世纪的当代中国青年选择自己的人生道路，提供了极为宝贵的启示，树立了不朽的典范。

（一）“自信人生二百年，会当水击三千里”——崇高的理想。青年毛泽东生活于近代中国经济衰败、政治黑暗、民不聊生的严峻现实中。尽管在他出生后16年多的时间内一直没有离开过封闭的家乡山村，但从农民艰难的生活和早期私塾的传统教育中，已经开始形成忧国忧民、济时昌国的胸怀和志向。特别是在读了有关帝国主义瓜分中国的小册子《列强瓜分之危险》和晚清主张维新的郑观应所著的《盛世危言》以后，毛泽东初步确立起“国家兴亡、匹夫有责”的社会责任感和政治觉悟，“开始认为努力救国是每一个人的天职”。1910年秋，17岁的毛泽东以“孩儿立志出乡关”的壮志豪情离开家乡，到湘乡县东山高级小学读书，并由此到长沙求学，迈出了人生之路的关键一步。在东山高小读书时所写的作文《言志》《救国图存篇》等，毛泽东就已经表露自己的远大志向，被老师们认为是“一名建国材”。随着知识和见识的增长，“风华正茂”的青年毛泽东明确地形成了救国救民、以天下为己任的政治理想和自觉意识，“指点江山，激扬文字”，“身无分文，心忧天下”，积极地投身于改造中国与世界的早期革命实践。毛泽东在湖南一师所留下的《讲堂录》中写道：“理想者，事实之母也”，强调年轻人要“高尚其理想”。他曾经自豪地宣称：“天下者，我们的天下；国家者，我们的国家；社会者，我们的社会；我们不说，谁说；我们不干，谁干。”为了实现自己的理想，青年毛泽东不仅如饥似渴地读书、学习，努力寻求救国救民的“大本大源”，而且着力培养自己高远的志趣和人生目标。毛泽东后来在与斯诺谈话提到当时的情况曾说，他和他的同学们不屑于谈论小事、琐事或女人。还说在那种年龄的男青年的生活中，议论女性的姿色通常占有重要的地位，而他和他的同学不但不这样说，而且连日常生活中的普通事也拒绝谈论，只乐于谈论大事——“人的性质、人类社会的性质，中国的性质，世界，宇宙”。青年毛泽东先是以历史上为民造福的帝王尧舜为崇拜对象，后又以倡导维新变法的康有为、梁启超为楷模，再后来又推崇传播新文化和马克思主义的陈独秀、李大钊，显示了不同于常人的崇高理想和价值目标。也唯因如此，青年毛泽东才能在新文化运动的各种思潮中不断比较、探讨和实践，并最终选择了能够指导中国革命的马克思主义，把自己的理想建立在科学的理论基础上。很难想象，一个在青年时代缺乏特殊抱负的人，能够走出韶山，走向长沙，走向全中国，并缔造出一个独立自主的人民共和国。

（二）"少年学问寡成，壮岁事功难立"——贪婪地求知。如果说，立志是一个人开拓自己人生道路的起点的话。那么，知识、学问和能力就是人生事业的坚实基础，"少年学问寡成，壮岁事功难立"。青年毛泽东为了实现救国救民的理想，以炽热而顽强的好学精神和浓厚的学术兴趣，刻苦地学习，执着地探索，不懈地寻求新知，掌握改造世界的思想武器。早在读私塾时，毛泽东就非常勤奋，在白天上学、早上和傍晚帮助父亲在田间劳动的情况下，依然坚持阅读"能够找到的除了经书以外的一切书籍"。以后，无论是在家务农的几年时间里，还是继续求学的岁月；也无论是在湖南图书馆自学的"极有价值的半年"，还是在北京图书馆半工半读的紧张日子里，青年毛泽东始终以全方位开放的视野，充分地利用一切时间和机会，"从早到晚，读书不止"，他纵览古今，网罗各家，兼收并蓄，对各种学术、文化思潮和知识动态都有比较深入的研究和高度的敏感，特别是在马克思主义传入中国后，积极宣传及研究马克思主义，并很快把握其精神实质。毛泽东后来回忆求学历程时说，那时是"贪婪地读，拼命地读"，"正像牛闯进了菜园，初尝菜味，就大口大口吃个不停"。青年毛泽东读书的目的非常明确，就是为改造中国与世界"修学储能"，寻求救国救民的真理。他说："十年未得真理，即十年无志；终身未得真理，即终身无志。"主张"不受一切传统和迷信的束缚，要寻着什么是真理"。这样，高度的求学热情与崇高的理想目标就紧密地结合起来，使青年毛泽东对知识和真理的探求获得了正确的方向。正是在不断地学习、思考和批判中，青年毛泽东才能一步步地走向马克思主义，真正把握改造中国与世界的"大本大源"。

（三）"人情多耽安逸而惮劳苦，懒惰为万恶之渊薮"——意志的磨炼。"意志者，固人生事业之先驱也"。有了崇高的理想和远大的目标，就要使自己的一切行动自觉地接受其指导以确保理想的实现，这就是意志力的高度表现。青年毛泽东深知，在近代中国内忧外患、危机四伏的动荡局面下，无论是理想的实现，知识的求得，还是人格的塑造，都需要不屈不挠的意志、冲决一切罗网的勇气和敢于牺牲的献身精神。"大风卷海，波澜纵横，登舟者引以为壮。况生死之大波何独不知引以为壮乎”。沧海横流，方显英雄本色，青年毛泽东自觉地把意志的磨炼作为人生的重要课题。他指出：“欲文明其精神，先自野蛮其体魄。”他推崇体勇，认为体育的作用在于“强筋骨”“增知识”“调感情”“强意志”，爬山、露宿、风浴、雨浴、冷水浴、游学等都是青年毛泽东持之以恒的锻炼方式。为了理想，青年毛泽东常常在极其艰苦的情况下，严格要求自己，蔑视一切困难，甚至不惜过着清教徒式的安贫乐道的生活，鄙视斤斤计较、胆小怕事的生活态度，主张以“舍我其谁”的勇气和胆识去丰富自己的知识，完善自己的人格，成就自己的事业。正如毛泽东自己所说的，他一旦确立对马克思主义的信仰，在日后残酷的革命斗争，不论处境多么险恶，生活多么艰难，斗争多么复杂，就从来没有动摇过。即使是后来，毛泽东仍经常告诫青年人“要在大风大浪里去锻炼自己”，“要经风雨，见世面”。

（四）“知也，信也，行也，为吾人精神活动之三步骤”——人格的塑造。青年毛泽东深受传统文化中的知行合一、内圣外王精神的熏陶，始终把格物穷理与真心诚意，即知识与道德结合起来，把求知和研究学术的过程，作为提升自己道德觉悟和人格境界的过程。他清醒地认识到，在灾难深重的社会环境中，要救亡图存，没有一大批德才兼备、志同道合的仁人志士是绝对不可能的。所以，青年毛泽东十分重视“世界观改造”的问题，不仅通过哲学、伦理学的探讨寻求人生问题的解答，而且重视在日常的生活、学习和社会活动中养成良好的道德人格。“实意做事，真心求学”。少年毛泽东就常常以历史上的圣贤豪杰为理想人格，立志做一个诚实正直、品德高尚和有益于社会的人，宋代“先天下之忧而忧”的范仲淹和晚清道德、学问、事业三者皆备的曾国藩都曾经是毛泽东心中的楷模。他以严格的自律和近乎苛刻的要求，“忍劳苦，制嗜欲”，淡泊明志，动心忍性，总是力求以最容易的方法解决经济问题，以便集中精力求索其理想，完善其道德。致力于“知、信、行”或“智、仁、勇”的和谐统一。1918年新民学会的发起，不只是为了介绍新思想、宣传新文化、研究新问题，更重要的是青年毛泽东渴望一种新的“生活之追求”、“一种奋发的和向上的人生观”，正是“品性要改造，学问要进步”的双重要求促进了新民学会的产生，学会自然以“革新学术，砥砺品行，改良人心风格”为宗旨，即研究学术，也倡导做人。毛泽东为学会制定了严格的行为规则，如“不虚伪”“不懒惰”“不赌博”“不狎妓”等，吸收新会员要符合四个条件：纯洁、诚恳、奋斗、服从真理，希望以此求得学业与道德的共同提高。青年毛泽东还强调，高尚人格的养成，既要有高远的目标，要经风雨，见世面，“最高尚之道德，非际遇至大之艰难，概未有完成者”。又要有脚踏实地的精神，从小事做起，点滴积累，“人立身有一难事，即精细是也。能事事俱不忽略，则由小及大，虽为圣贤不难”。这种“成己成人成物”的自觉意识和持之以恒的践行，使青年毛泽东成为品德高尚、意志坚定、才能卓著、学识渊博的一代英才，被公认为是“志向非凡，与众不同”的奇特的人，并以此团结了一大批有志有为的年轻人积极探索改造中国社会的道路，他们实际上成为中国共产党早期的骨干人物。其中有许多人为民族解放事业献出了生命，他们把自己崇高的理想和伟大的人格形象写在了历史的丰碑之上。

（五）“踏着人生社会的实际说话”——实践的品格。青年毛泽东决不是只具备书本知识的热情革命者，而是始终把读书与寻求救国救民的真理和现实的社会生活相结合，强调要“踏着人生社会的实际说话”，不仅要读“有字之书”，更要读“无字之书”，以强烈的责任感和紧迫感，关心国家大事，关注世界形势，认为“闭门求学，其学无用。欲从天下国家万物而学之，则汗漫九垓，遍游四宇尚已”。离开中国社会的实际，就不可能真正把握救国救民的真理。所以，青年毛泽东非常明确地坚持“吾们讨论学理，应傍着活事件来讨论”、“引入实际去研究事实和真理”的学习方法，反对抽象的理论思辨和脱离实际的“空虚的思想”。因此，在积极地寻求新知、选择“主义”的同时，青年毛泽东通过各种途径，了解、接触社会主义的现实问题，体察民众疾苦。如在“游学”过程中考察农村现状，举办工人夜校了解工人生活，组织“工读同志会”、领导湖南“驱张（敬尧）斗争”和湖南自治运动等等，积累了丰富的社会经验，显示了突出的组织和实践能力。特别是当人们纷纷出国留学的时候，青年毛泽东在积极组织湖南青年出国的同时，坚持自己留在国内，了解中国这“地盘内的情形”，体现了鲜明的实践品格。所以，在新民学会的成员中，青年毛泽东是以“实践家”著称的。在对现实的关注和实践探索中，在与工农群众相结合的过程中，青年毛泽东不断纠正、清除不适合中国国情的理论和学说，并最终接受了马克思主义。1920年英国哲学家罗素在长沙演讲，主张用教育的方法实现社会改良，毛泽东听后，联系中国现实，明确地指出，罗素的观点“理论上说得通，事实上做不到”。这种强烈的批判意识和实践精神，使毛泽东从青年时代起就对中国国情和现实问题有着深切而理性的认识，并最终促成了青年毛泽东世界观的根本转变。青年毛泽东所具有的这种实践品格，既是传统哲学中“行重于知”“以行致知”精神的继承和发扬，又与马克思主义理论的实践性和革命性相契合，这成为他接受马克思主义，并在日后的革命过程中把马克思主义与中国实际创造性地结合起来，成功探索中国特色革命道路的深层动因。

尽管当代中国青年面对着不同于青年毛泽东时的社会背景和时代主题。但青年毛泽东的成长道路依然代表着当代中国青年应该选择的唯一正确的人生之路。

首先，当代中国青年要树立崇高的理想。正如青年马克思所说的：“理想主义不是幻想，而是一种真理。”青年是人生走向社会的起步阶段，也是确立人生理想的关键阶段。理想是人生的旗帜，是前进的动力。志当存高远，把以青年毛泽东为代表的“五四”先锋们和中国共产党人所开创的社会主义事业继承下来并全面推向未来，建设富强民主文明的社会主义现代化国家，这是时代赋予当代青年义不容辞的神圣使命和责任。

其次，当代中国青年必须不断学习，全面提高自己的素质和能力。面对改革开放的持续深入，面对知识经济浪潮的兴起，当代中国青年毫无疑问应该学习，学习，再学习，这是时代的迫切要求。讲学习的首要任务是要把理论学习放在首位，像青年毛泽东那样，认真学习和理解马克思主义，逐步树立对马克思主义的世界观和方法论。当代世界的竞争，实质上是科技的竞争和人才的竞争，因此，学习是青年人永恒的主题和使命，通过各种途径和方法把自己造就成具有全面素质和较强创造能力的合格人才，才能真正实现自己的价值。

第三，当代中国青年应培养顽强的意志和完美的人格。在人生的历程中，无论是理想实现，还是知识和才能的求得，都会面临许多意想不到的困难、挫折甚至失败，都需要付出辛勤的汗水。同时，当代中国正处于向市场经济的社会转型过程中，同“五四”新文化运动时期一样，社会矛盾纵横交错，各种思想文化相互激荡，如何在纷繁复杂的社会生活和观念变革中保持清醒的头脑，把握人生的正确道路，避免走弯路或歧路，是每一个青年人必须认真对待的重要问题。当代青年应该以青年毛泽东为榜样，在日常的学习、工作和生活中，严格要求自己，克服自己的惰性和弱点，培养自己挑战困难的意志和坚韧不拔的性格，在市场竞争和科技竞争的社会舞台上经受考验，并不断创造佳绩。

最后，当代中国青年要关注现实，勇于实践。学习青年毛泽东，最根本的是要学习他理论联系实际、勇于实践的现实精神。而当代中国最大的现实无疑是改革开放，建设有中国特色的社会主义。把个人的命运与改革开放和现代化建设事业联系起来，始终与人民同呼吸、共患难，在实践中成长，在实践中成才。沿着青年毛泽东的道路，当代中国青年一定能够创造出无愧于时代和先辈们的光辉业绩。

资料来源：纪光欣：《青年毛泽东的道路与当代中国青年的选择》，《山东省青年管理干部学院学报》2000年第6期。

【推荐阅读】

1. 林代昭、潘国华编：《马克思主义在中国——从影响的传入到传播》，清华大学出版社1983年版。

2. 彭明：《五四运动史》，人民出版社1984年版。

3. 中国社会科学院现代史研究室编：《“一大”前后：中国共产党第一次代表大会前后资料选编》(二)，人民出版社1985年版。

4. 林家有主编：《国共合作史》，重庆出版社1987年版。

5. 欧阳哲生：《新文化的源流与趋向》，湖南出版社1994年版。

6. 李新总编、杨天石主编：《中华民国史》第二编第五卷《北伐战争与北洋军阀的覆灭》，中华书局1996年版。

第五章　中国革命的新道路

知识梳理

◆知识框架◆

中国革命的新道路
- 对革命新道路的艰苦探索
  - 国民党在全国统治的建立
  - 土地革命战争的兴起
  - 走农民包围城市、武装夺取政权的道路
- 中国革命在探索中曲折前进
  - 土地革命战争的发展及其挫折
  - 中国革命的历史性转折
  - 总结历史经验，迎接全国性的抗日战争

◆重点剖析◆

1. 以毛泽东为主要代表的中国共产党人是如何在革命实践中探索和开辟中国革命新道路的？

国共合作的国民革命军取得北伐节节胜利后，国民党占统治地位的右派势力开始“分共”，并通过继续北伐建立起对全国的统治。国民党所实行的是代表地主阶级、买办性大资产阶级利益的一党专政和军事独裁体制，中国半殖民地半封建的社会性质依然。在严酷镇压共产党人的白色恐怖形势下，中国革命转入低潮。

但是中国共产党人没有屈服，1927年8月7日召开的紧急会议，决定以武装斗争反抗国民党统治。南昌起义、湘赣边界秋收起义、广州起义相继发动。在城市起义相继失败、农村起义却逐渐迈向创建革命根据地的情况下，以毛泽东为代表的中国共产党人，逐渐探索出以农村工作为重点，到农村去发动农民，进行土地革命，开展武装斗争，建设根据地的路线，开辟了农村包围城市、武装夺取政权这条革命新道路。

毛泽东不仅在秋收起义的实践中首先把革命的进攻方向指向了农村，而且从理论上阐明了武装斗争的极端重要性和农村应当成为党的工作中心的思想。早在1928年10月和11月，毛泽东就写了《中国的红色政权为什么能够存在?》和《井冈山的斗争》两篇文章，明确地指出，以农业为主要经济的中国革命，以军事发展暴动，是一种特征；同时，他还科学地阐述了共产党领导的土地革命、武装斗争与根据地建设这三者之间的辩证统一关系，强调工农武装割据的思想，是共产党和割据地方的工农群众必须具备的一个重要思想。1930年1月，毛泽东进一步指出，红军、游击队和红色区域的建立与发展，是半殖民地中国在无产阶级领导之下的农民斗争的最高形式和半殖民地农民斗争发展的必然结果，并且无疑义地是促进全国革命高潮的最重要因素。

以毛泽东为主要代表的中国共产党人同当时党内盛行的把马克思主义教条化、把共产国际决议和苏联经验神圣化的错误倾向做坚决斗争，科学地概括了大革命失败后中国共产党领导的红军和根据地斗争经验，系统提出了农村包围城市、武装夺取政权的理论。农村包围城市、武装夺取政权理论的提出，标志着中国化的马克思主义即毛泽东思想的初步形成。

随着革命新道路的开辟，中国革命开始走向复兴。红军的力量在壮大，根据地遍及大江南北。红军游击战争实际上已经成为中国革命的主要形式，农村革命根据地成为积蓄和锻炼革命力量的主要战略阵地。其中，毛泽东和朱德领导的红军第一方面军和中央革命根据地起了最重要的作用。

2. 20世纪20年代后期至30年代前中期，中国共产党内为什么连续出现“左”倾错误?

这一时期党内连续出现“左”的错误，而且一次比一次严重，这种现象的出现，决不是偶然的，有着深刻的政治根源和社会历史根源。

第一，社会原因。处于半殖民地半封建社会的中国共产党是在小资产阶级包围之中，并且，在党内，小资产阶级出身的党员也占着很大的比重。小资产阶级表现为观察问题时的主观性和片面性，党内出现只重书本知识不注重实际的教条主义，只重感性知识而轻视理论的经验主义。因此，这些思想比较容易反映到党内来，影响党的思想和路线、政策。

第二，主观原因。那时，全党的马克思主义理论准备不足，理论素养不高，实践经验也很缺乏，对于中国社会的性质、中国革命的特点和规律不了解，对于马克思列宁主义理论和中国革命的实践没有统一的理解，即不善于把马克思列宁主义与中国实际全面地、正确地结合起来。

第三，共产国际的错误影响和瞎指挥。"左"倾教条主义披着马列主义的外衣，挂着"国际路线"的招牌，并且得到共产国际的支持，具有很强的欺骗性。

第四，八七会议以后，党内一直存在着的浓厚的"左"倾情绪始终没有得到认真的清理。

3. 中国共产党是如何总结历史经验，加强党的思想理论建设的？

土地革命时期，党内连续发生"左"的错误，给中国革命带来了极其严重的危害。这些错误的发生，主要是对于马克思列宁主义的理论和中国革命的实践没有统一的理解而产生的。正因为如此，毛泽东强调，为了纠正错误，必须端正思想路线，实行马克思列宁主义与中国实际相结合的原则。

以毛泽东为主要代表的中国共产党人历来重视总结经验，加强党的思想理论建设，早在1929年12月召开的红四军第九次代表大会上，他就把思想建设摆在党的建设的首位。不久，他又提出反对本本主义。长征胜利结束后，毛泽东、中共中央用大量的精力总结历史经验，加强共产党自身的思想理论建设。

1935年12月，毛泽东在瓦窑堡会议上作了《论反对日本帝国主义的策略》的报告，阐明党的抗日民族统一战线的新政策，批判了党内的关门主义和对于革命的急性病，系统地解决了党的政治路线问题。

1936年12月，毛泽东写了《中国革命战争的战略问题》，总结土地革命战争中党内在军事问题上的大争论，系统地说明了有关中国革命战争战略方面的诸问题。

1937年夏，毛泽东写了《实践论》《矛盾论》，从马克思主义认识论的高度，总结了中国共产党的历史经验，揭露和批评党内的主观主义尤其是教条主义的错误，深入论证马克思列宁主义基本原理同中国具体实际相结合的原则，科学地阐明了党的思想路线。

◆训练强化◆

一、判断题

1. 1930年5月，毛泽东写了《反对本本主义》一文，这是党内第一篇反对教条主义的檄文。(　　)

2. 毛泽东指出人民军队建设最根本原则是党指挥枪。(　　)

3. 南昌起义打响了武装反抗国民党反动派的第一枪。(　　)

4. 以城市为中心然后向农村发展是对1927年共产党领导的红军和根据地斗争经验的科学概括。(　　)

5. 中华苏维埃共和国实行人民代表大会制度。(　　)

6. 八七会议是民主革命时期中国共产党历史上一个生死攸关的转折点的会议。(　　)

7. 遵义会议是中国革命由大革命失败到土地革命战争兴起的历史转折点。(　　)

8. 毛泽东提出“枪杆子里面出政权”这个著名论断是在中共五大会议上。(　　)

9. 国共十年对峙时期，中国革命的核心内容是探索革命的道路。(　　)

10. 工农武装割据思想的中心内容是土地革命。(　　)

二、单项选择题

1. 国民党代表的是（　　）

A. 中小资产阶级的利益

B. 封建地主阶级的利益

C. 地主阶级买办性的大资产阶级的利益

D. 民族资本家和实业家的利益

2. 1927年7月中旬，中共中央临时政治局常委会决定了三件大事，其中不包括（　　）

A. 将党所掌握和影响的部队向南昌集中，准备起义

B. 组织湘鄂赣粤四省农民，在秋收季节举行暴动

C. 召集中央会议，讨论和决定新时期的方针和政策

D. 开展土地革命斗争

3. 1927年8月7日，中共中央在汉口秘密召开了紧急会议，确定的方针是(　　)

A. 土地革命和武装斗争　　B. 独立领导中国革命

C. 建立广泛的统一战线　　D. 建立农村革命根据地

4. 彻底清算了大革命后期陈独秀的右倾机会主义错误是在(　　)

A. 中共六大　　B. 遵义会议

C. 八七会议　　D. 中共七大

5. 对1927年共产党领导的红军和根据地斗争经验的科学概括是(　　)

A. 以城市为中心然后向农村发展　　B. 坚持党对军队的绝对领导

C. 农村包围城市，武装夺取政权　　D. 坚持党的建设

6. 关于中国共产党历史上第一个土地法的说法，不正确的是(　　)

A. 1928年12月，由毛泽东在井冈山上主持制定

B. 彻底消灭了封建土地制度

C. 以立法的形式，首次肯定了广大农民获得土地的权利

D. 存在着没收一切土地归苏维埃政府所有、禁止土地买卖等方面不适合中国农村实际的错误规定

7. 中华苏维埃共和国实行(　　)

A. 人民代表大会制度　　B. 各级工农兵代表大会制度

C. 代议制　　D. "三三制"

8. 土地革命前中期的三次"左"倾错误不包括(　　)

A. 1927年11月到1928年4月的"左"倾盲动错误

B. 1930年6月至9月以李立三为代表的"左"倾冒险主义错误

C. 1931年1月至1935年1月以王明为代表的"左"倾教条主义错误

D. 1935年长征途中张国焘的南下

9. 遵义会议后，全权负责红军的军事行动的新的三人团的是(　　)

A. 毛泽东、周恩来、王稼祥　　B. 毛泽东、周恩来、邓小平

C. 周恩来、张闻天、王稼祥　　D. 毛泽东、周恩来、张闻天

10. 毛泽东在1927年8月中共中央紧急会议上的讲话中提出了著名的论断是(　　)

A. 使马克思主义中国化

B. 统一战线、武装斗争和党的建设是战胜敌人的三大法宝

C. 须知政权是由枪杆子中取得的

D. 加强调查研究是转变作风的基础一环

11. 近代中国半殖民地半封建社会的性质决定了中国革命的主要形式是（　　）

A. 争取民主　　B. 农民运动　　C. 武装斗争　　D. 工人运动

12. 1929年，毛泽东在兴国发布第二个土地法，将“没收一切土地”改为“没收一切公共土地及地主阶级的土地”。这一原则性的改正保护了（　　）

A. 地主的利益　　B. 富农的利益　　C. 中农的利益　　D. 贫农的利益

13. 中国共产党历史上第一个土地法是（　　）

A. 井冈山土地法　　B. 兴国土地法

C. 苏维埃土地法　　D. 中国土地法大纲

14. 左翼文化运动中，正如毛泽东所说，成为这个文化新军的最伟大和最英勇的旗手是（　　）

A. 瞿秋白　　B. 茅盾　　C. 邹韬奋　　D. 鲁迅

15. 毛泽东最早深刻阐明坚持辩证唯物主义的思想路线、坚持理论联系实际的极端重要性的著作是（　　）

A. 《中国的红色政权为什么能够存在?》

B. 《井冈山的斗争》

C. 《星星之火，可以燎原》

D. 《反对本本主义》

16. 标志着红军两万五千里长征胜利结束的是中共中央率陕甘支队同红十五军团会合于（　　）

A. 陕北保安地区　　B. 陕北洛川地区

C. 陕北瓦窑堡地区　　D. 陕北吴起镇

17. 1931年，中华苏维埃第一次全国代表大会召开的地点是（　　）

A. 江西吉安　　B. 江西瑞金　　C. 江西兴国　　D. 陕西延安

18. 第五次反“围剿”失败的最主要原因是（　　）

A. 主张“御敌于国门之外”

B. 进攻受挫后采取消极防御的方针

C. “左”倾错误的进一步发展

D. 丧失了与福建十九路军的合作发展

19. 临时中央政治局迁到中央根据地后，全面推行“左”倾冒险主义错误，在福建开展的运动是（　　）

A. 肃反运动　　　　　　　　B. 反对“邓、毛、谢、古”的斗争

C. 整风运动　　　　　　　　D. 反对“罗明路线”的斗争

20. 遵义会议成为中共从幼稚走向成熟的标志主要是因为（　　）

A. 纠正了博古等人的“左”倾错误

B. 在事实上确立了毛泽东的正确领导

C. 肯定了毛泽东的正确军事主张

D. 独立运用马克思主义原理妥善处理自身问题

三、多项选择题

1. 八七会议的主要内容是（　　）

A. 清算了大革命后期陈独秀的右倾机会主义错误

B. 确定了土地革命和武装斗争的方针

C. 选出了以瞿秋白为首的中央临时政治局

D. 将共产党所掌握的军队向南昌集中

2. 井冈山根据地创建的意义是（　　）

A. 点燃了“工农武装割据”的星星之火

B. 为共产党领导的其他各地的起义武装树立了榜样

C. 开辟了一条在敌我力量悬殊的情况下，共产党深入农村保存和发展革命力量的正确道路

D. 代表了1927年革命失败后中国革命的发展方向

3. 以王明为代表的“左”倾教条主义主要错误在于（　　）

A. 在革命道路问题上，继续坚持以城市为中心

B. 在土地革命问题上，提出坚决打击富农的主张

C. 在“反围剿”的军事斗争问题上，实行消极防御的方针

D. 在党内斗争和组织问题上，推行“残酷斗争和无情打击”方针

4. 在20世纪20年代后期和30年代前期，中共党内屡次出现严重的“左”倾错误的原因（　　）

A. 八七会议以后，党内一直存在着浓厚的近乎拼命的冲动

B. 全党的马克思主义理论准备不足，理论素养不高，实践经验也很缺乏

C. “左”倾错误的出发点都是好的，只不过是太过急切

D. 共产国际的干预以及王明的全力支持，更使许多人失去了识别和抵御能力

5. 遵义会议的历史意义是（　　）

A. 挽救了中国共产党，挽救了中国工农红军，挽救了中国革命

B. 开始确立了以毛泽东为代表的新的中央领导

C. 成为中国共产党历史上一个生死攸关的转折点

D. 标志着中国共产党在政治上走向了成熟

6. 红军长征胜利的历史意义是（　　）

A. 粉碎了国民党“围剿”红军、消灭革命力量的企图

B. 为迎接中国人民的抗日救亡的新高潮准备了条件

C. 保存并锻炼了中国革命的骨干力量

D. 挽救了革命的火种，铸就了伟大的长征精神

7. 对于红军、游击队和红色区域的建立和发展，毛泽东在《星星之火，可以燎原》中指出（　　）

A. 这是半殖民地中国在无产阶级领导下的农民战争斗争的最高形式

B. 这是半殖民地农民斗争发展的必然结果

C. 是促进全国革命高潮的最重要因素

D. 中国革命斗争的胜利要靠中国同志了解中国情况

8. 土地革命时期，在革命根据地的土地分配办法是（　　）

A. 按人口平均分配　　B. 实行抽多补少、抽肥补瘦的方法

C. 没收地主的土地归农民所有　　D. 没收一切土地归农民所有

9. 1931 年，中共形成土地革命路线的内容有（　　）

A. 依靠贫雇农，联合中农

B. 保护中小工商业者，消灭地主阶级

C. 限制富农

D. 变封建半封建的土地所有制为农民的土地所有制

10.1928—1930 年间，毛泽东撰写的有关中国革命道路理论的重要著作有（　　）

A.《井冈山的斗争》

B.《中国的红色政权为什么能够存在?》

C.《中国革命战争的战略问题》

D.《星星之火，可以燎原》

四、思考题

1. 以毛泽东为主要代表的中国共产党人是如何探索中国革命新道路的?

2. 20世纪20年代后期、30年代前中期，中国共产党内为什么连续出现“左”倾错误?

3. 中国共产党是如何总结历史经验、加强党的思想理论建设的?

五、材料分析题

1. 【材料1】布哈林（当时的共产国际执委会主席）在中共六大上说，中国的红军“像一个肥胖的女人，坐到某一个地方，便在哪里大吃大嚼个精光”……他认为红军应该“分散到各个地方，经相当的时间，再转一个地方，到这个地方住些时间，杀一杀土豪劣绅，吃一吃饭，喝一喝鸡汤，再到另一个地方，照样杀土豪吃鸡，过了相当长时间再前进”。

——摘自黄少群、张培林：《毛泽东的独特创造——“农村包围城市”道路的理论和实践》，河北人民出版社1991年版。

【材料2】乡村是统治阶级的四肢，城市才是他们的头脑和心腹……这一斩断统治阶级的头脑，炸裂他的心腹的残酷的争斗，主要是靠工人阶级的最后的激烈争斗——武装暴动。所以忽视准备工人阶级的武装暴动，不只是策略上的严重的错误，而且会成为不可饶恕的罪过。

——摘自李立三：《新的革命高潮前面的诸问题》，见中央档案馆编：《中共中央文件选集》(6)，中共中央党校出版社1983年版，第577页。

【材料3】“红军、游击队和红色区域的建立和发展，是半殖民地中国在无产阶级领导下的农民斗争的最高形式，和半殖民地农民斗争发展的必然结果；并且无疑义地是促进全国革命高潮的最重要因素。”“单纯的流动游击政策，不能完成促进全国革命高潮的任务，而朱德毛泽东式、方志敏式之有根据地的，有计划地建设政权的，深入土地革命的，扩大人民武装的路线”，无疑义地是正确的。

——摘自毛泽东：《星星之火，可以燎原》，见《毛泽东选集》（第1卷），人民出版社1991年版，第98—99页。

【材料4】“现在有‘右’的东西影响我们，也有‘左’的东西影响我们，但根深蒂固的还是‘左’的东西……‘左’的东西在我们党的历史上可怕呀！一个好好的东西，一下子被他们搞掉了。‘右’可以葬送社会主义，

'左'也可以葬送社会主义。中国要警惕"右"，但主要是防止'左'。"

——摘自邓小平：《在武昌、深圳、珠海、上海等地的谈话要点》，见中共中央宣传部、共青团中央编：《邓小平著作选读（青年读本）》，中国青年出版社1994年版，第269页。

请回答：

（1）指出材料1中的错误及其原因。

（2）对比材料2和材料3分析当时代表中国革命的两种观点，并分析产生两种观点的根本原因。

（3）根据材料4分析中国革命中曾连续出现过三次"左"的错误，并分析产生这种错误的主要原因。

（4）结合中国革命具体事实，谈谈马克思主义中国化的深远意义。

2. 以下是一组关于中国共产党政治方针的材料：

【材料1】"中国革命尚在资产阶级民权革命的阶段，它反对帝国主义之压迫及封建制度之一切社会经济政治的遗毒。现在中国革命的根本内容是土地革命。"

"土地革命问题是中国的资产阶级民权革命中的中心问题……土地革命，其中包含没收土地及土地国有——这是中国革命新阶段的主要的社会经济之内容。现时主要的是要用'平民式'的革命手段来解决土地问题。"

——摘自《中国共产党中央执行委员会告全党党员书》（1927年8月7日），选自魏宏运主编：《中国现代史资料选编》（3），黑龙江人民出版社1981年版，第9页、第17页。

【材料2】"因之共产党现时最主要的任务是有系统的有计划的尽可能的在广大区域中准备农民的总暴动，利用今年秋收时期农村中阶级斗争剧烈的关键。"

"农民暴动的口号应当是：……二、肃清土豪劣绅与一切反革命分子，没收他们的财产。……四、没收大地主及中地主的土地，分这些土地给佃农及其他无地的农民。五、没收一切所谓公产的祖祠庙宇等土地，分给无地的农民。"

——摘自《最近农民斗争决议案》（1927年8月7日），选自魏宏运主编：《中国现代史资料选编》（3），黑龙江人民出版社1981年版，第39页。

【材料3】"……本党为着表示团结御侮之诚意，愿给贵党三中全会以如下之保证：

（一）在全国范围内停止推翻国民政府之武装暴动方针；……（四）停止没收地主土地之政策，坚决执行抗日民族统一战线之共同纲领。”

——摘自《中共中央给中国国民党三中全会电》(1937年2月10日)，选自魏宏运主编：《中国现代史资料选编》(3)，黑龙江人民出版社1981年版，第439—440页。

请回答：

(1) 根据材料1、2，说明中共中央八七会议制定的总方针是什么？

(2) 对比材料1、2、3，说明在新形势下，中共中央的方针政策有何变化？

(3) 怎样正确认识和评价材料3所反映的变化？

参考答案

一、判断题

1. √ 2. √ 3. √ 4. × 5. × 6. × 7. × 8. × 9. × 10. √

二、单项选择题

1. C 2. D 3. A 4. C 5. C 6. B 7. B 8. D 9. A 10. C 11. C 12. C 13. A 14. D 15. D 16. D 17. B 18. C 19. D 20. D

三、多项选择题

1. ABC 2. ABCD 3. ABCD 4. ABD 5. ABCD 6. ABCD 7. ABC 8. ABC 9. ABCD 10. ABD

自测题

一、单项选择（本大题共10小题，每小题1分，共10分）

1. 八七会议使中国共产党在政治上大大前进了一步，开始了（ ）

A. 从大革命失败到土地革命战争兴起的转折

B. 从大革命失败到抗日战争兴起的转折

C. 从大革命失败到解放战争兴起的转折

D. 从大革命失败到北伐战争兴起的转折

2. 打响了武装反抗国民党的第一枪是（　　）

A. 广州起义　　B. 南昌起义　　C. 秋收起义　　D. 武昌起义

3. 毛泽东提出要“以后要非常注意军事，须知政权是由枪杆子中取得的”的著名论断的会议是（　　）

A. 中共四大　　B. 中共五大　　C. 中共六大　　D. 八七会议

4. 下列著作中，被认为是中国共产党人第一篇反对教条主义的重要文献是（　　）

A.《井冈山的斗争》

B.《星星之火，可以燎原》

C.《中国的红色政权为什么能够存在?》

D.《反对本本主义》

5. 遵义会议集中全力解决了当时具有决定意义的（　　）

A. 军事问题和组织问题　　B. 军事问题和政治问题

C. 政权问题和组织问题　　D. 军事问题和宣传问题

6. 毛泽东明确地提出了“马克思主义的中国化”这个命题是在（　　）

A. 中共六届五中全会　　B. 中共六届六中全会

C. 中共六届一中全会　　D. 中共六届四中全会

7. 下列选项中，结束了王明“左”倾冒险主义在党中央的统治的会议是（　　）

A. 遵义会议　　B. 古田会议　　C. 中共六大　D. 中共四大

8. 整风运动最主要的任务是（　　）

A. 反对主观主义　　B. 反对宗派主义

C. 反对教条主义　　D. 反对党八股

9. 毛泽东关于农村包围城市、武装夺取政权的革命道路理论初步形成的标志是（　　）

A.《井冈山的斗争》　　B.《星星之火，可以燎原》

C.《〈共产党人〉发刊词》　　D.《新民主主义论》

10. 中国共产党人创建的第一个农村革命根据地是（　　）

A. 井冈山革命根据地　　B. 赣南革命根据地

C. 赣东北革命根据地　　D. 东固革命根据地

二、多项选择（本大题共10小题，每小题2分，共20分）

11. 在革命的危急关头，1927年7月中旬，中共中央临时政治局常委会决定了三件大事（　　）

A. 将党所掌握和影响的部队向南昌集中准备起义

B. 组织湘、鄂、赣、粤四省的农民在秋收季节举行暴动

C. 召集中央会议，讨论和决定新时期的方针和政策

D. 将党所掌握和影响的部队向广州集中准备起义

12. 1927年8月1日，参与领导南昌起义的中共领导人有（　　）

A. 贺龙　　B. 叶挺

C. 朱德　　D. 刘伯承

E. 周恩来

13. 标志着进入了创造红军的新时期的三大起义是（　　）

A. 南昌起义　　B. 百色起义

C. 武昌起义　　D. 广州起义

E. 赣东北起义

14. 建立根据地必须具备的条件是（　　）

A. 建立武装部队　　B. 用武装部队战胜敌人

C. 武装群众　　D. 建立政权

E. 开展大生产运动

15. 毛泽东第一次从理论上系统分析和论证了中国红色政权发生、发展的原因和条件的著作是（　　）

A. 《中国的红色政权为什么能够存在?》

B. 《井冈山的斗争》

C. 《星星之火，可以燎原》

D. 《反对本本主义》

E. 《战争与战略问题》

16. 毛泽东在1933年8月和1934年1月先后撰写的著作有（　　）

A. 《必须注意经济工作》

B. 《我们的经济政策》

C. 《关心群众生活，注意工作方法》

D. 《井冈山的斗争》

E.《中国的红色政权为什么能够存在?》

17. 遵义会议（　　）

A. 确立了以毛泽东为代表的马克思主义的正确路线在中共中央的领导地位

B. 挽救了中国共产党、挽救了中国工农红军、挽救了中国革命

C. 成为中国共产党历史上一个生死攸关的转折点

D. 标志着中国共产党在政治上从幼年达到了成熟

E. 标志着中国共产党在经济上从幼年达到了成熟

18. 人民军队的主要任务有（　　）

A. 打仗　　B. 发展和壮大党的组织

C. 做群众工作　　D. 开展生产建设

E. 开展思想政治工作

19. 遵义会议组成的新的三人团是（　　）

A. 毛泽东　　B. 周恩来　　C. 王稼祥　　D. 张闻天　　E. 朱德

20. 毛泽东在《〈共产党人〉发刊词》中指出中国革命的基本武器是（　　）

A. 党的领导　　B. 统一战线

C. 武装斗争　　D. 根据地建设

E. 土地革命

三、辨析题（本大题共2小题，每小题10分，共20分）

21. 农民问题是中国革命的中心问题，因此，农民是中国革命的天然领导者。

22. “工农武装割据”是中国革命的重要内容和主要形式。

四、论述题（本大题共3小题，每小题10分，共30分）

23. 毛泽东是如何在革命实践中探索和开辟中国革命道路的?

24. 20世纪20年代后期、30年代中期，中国共产党内为什么连续出现“左”倾错误?

25. 中国共产党是如何总结历史经验、确立实事求是的思想路线的?

◆案例点评◆

案例一：揭开蒋家王朝的面纱

1. 独裁政治

蒋介石自发动“四一二”反革命政变后，就着手建立一党专政的国家机器。在“以党治国”精神的指导下，1928年8月，国民党召开了二届五中全会。会后，蒋介石与国民党政府主席胡汉民经过多次密商，达成联合执政的协议，并于10月3日，由国民党中央常务委员会通过了《训政纲领》。《训政纲领》以国民党中央取代国民政府，加强蒋介石政治会议的权力，进一步将权力集中化，同时也完全剥夺了全国人民的政治权利。

1929年3月，国民党又召开了第三次全国代表大会。这次大会宣布军政时期结束，训政时期开始，追认了《训政纲领》，并特别通过了一项《奖慰蒋中正同志案》，强调将全党一切权力统一于以蒋介石为首的国民党中央，要求严格限制党员的言论和行动。

国民党第三次全国代表大会对蒋介石独裁地位的确立，在国民党内引起了强烈的不满。因而，国民党第三次全国代表大会之后，很快爆发了新军阀的混战。经过蒋桂战争、蒋冯战争和蒋冯阎中原大战，蒋介石先后击败了李宗仁、冯玉祥、阎锡山，他认为“统一中国之局势已经形成，叛党乱国之徒今后决无能再起”，便积极召开国民会议，制定了《中华民国训政时期约法》，为其独裁统治制造根据。

1931年5月5日至17日，蒋介石在南京召开国民会议，会议通过的《中华民国训政时期约法》，用根本大法的形式，确认了蒋介石国民党的一党专政和蒋介石个人独裁的政治体制。

国民会议以后，蒋介石为强化专政，不仅继续强化军队，而且建立了“军统”“中统”两套特务组织，在乡村则强化了封建的保甲连坐制度，使全国人民处于特务的监视之下，失去了基本的言论行动自由，陷入了空前的黑暗境地。

2. 买办官僚垄断资本经济

蒋介石国民党政府建立独裁专制的政治统治，必然要建立相应的经济基础，这个经济基础，就是以蒋、宋、孔、陈为首的四大家族买办官僚垄断资本，这一经济基础，是通过政治权力、帝国主义国家的输血和榨取民脂民膏建立起来的。

1927年，南京国民党政权建立后，首先建立和控制金融机构，实行金融垄断，迈开了经济垄断的第一步。“四行二局”成为他们控制金融、积累资本的主要机构。“四行”指的是中央银行、中国银行、交通银行和中国农民银行；“二局”指的是中央信托局和中华邮政储金汇业局。通过创设银行以及对民营银行的吞并和渗透，四大家族的金融网络很快形成。宋氏家族以中国银行及其附属银行为金融活动中心，孔氏家族掌握中央银行、交通银行，陈氏家族则以中国农民银行为其活动中心。蒋介石虽然不直接掌握银行，却是三家总的操纵者。他们通过所掌握和控制的金融机构，发行债券，吸收存款，发行货币，买卖外汇，收兑金银，一步一步地掌握了金融垄断权。

在垄断金融的同时，四大家族也逐步对工商业实行垄断。在这一过程中，他们采取的办法是：对私营工商业投入和增加官股，对国营企业则投入商股，通过股份来控制这些企业，使他们成为四大家族的财产。另外，四大家族还通过收买破产企业，将其改造成为国有企业，实现其支配和垄断权。通过这些手段，四大家族在抗战前夕，已垄断了国民经济的主要部门。

四大家族的官僚买办垄断资本经济，在很大程度上是用于反革命的军事专政，用于对红色政权的“围剿”，军费支出是其主要开支。尽管四大家族不断扩大和加速对经济的垄断，还是难以维持浩大的军费需要。因而，他们还要靠帝国主义的输血，举借外债。1927年至1937年，有案可查的外债就有14项，约4亿美元，大部分用在军费开支上。

蒋家王朝还通过操纵国家机器，利用政治权力，搜刮民脂民膏，对广大劳动人民实行残酷的经济掠夺和压榨，其突出的表现是税收和公债。

据当时的《东方杂志》对16个省区田赋附加税项目的统计，安徽、湖南、山西、广东、湖北、江苏等省的田赋附加税均在25种以上，其中仅江苏一省竟达147种。

除田赋及田赋附加税外，还有层出不穷的其他苛捐杂税，而且税率不断提高，给广大劳动人民带来了沉重负担。

除税收之外，南京政府和四大家族搜刮民财的另一种举措是滥发公债。

总之，在南京国民政府的统治之下，民族资本主义既受帝国主义侵略势力的挤压和封建主义的束缚，又遭到四大家族官僚垄断资本的鲸吞蚕食，只能处于艰难维持甚至破产的困境。而在广大农村，大地主高度集中土地，农民破产流离，加以战祸、天灾，更是民不聊生。

3. 屈辱外交

蒋介石国民党是依靠帝国主义的扶植而建立政权的，因此，自觉充当帝国主义反苏、反共、反革命的国际宪兵。蒋介石卖国求荣的洋奴外交换取了帝国主义的有限让步，国民党于1928年发起所谓与帝国主义改订新约的运动。改订新约，是帝国主义国家为扶植蒋介石国民党而作出的有限度的让步，换取这种让步的代价是听命于帝国主义。

在对帝国主义屈膝投降、大肆出卖民族利益的同时，蒋介石国民党还在国内大肆煽动反苏情绪，与苏维埃俄国断绝了外交关系。蒋介石国民党投降卖国的屈辱外交，将中国进一步引向了殖民地、半殖民地的深渊。

资料来源：马玉山：《揭开蒋家王朝的面纱》，载《党史文汇》2000年第7期。

【点评】

一九二七年四月十二日，蒋介石发动了反革命政变，随后在南京建立了国民政府。七月十五日，汪精卫也叛变了革命。国共合作的统一战线完全破裂，轰轰烈烈的第一次国内革命战争也最后失败了。蒋介石的反革命政变及其建立国民政府，标志着中国现代历史上的一个转折点，北洋军阀统治时代的结束和以蒋介石为首的国民党统治时代的开始。

如何认识这种国内政治形势的变化？蒋介石是哪个阶级的政治代表？他建立的国家政权代表哪个阶级的意志？这个政权将对中国社会发生什么影响？这是摆在中国共产党面前迫切需要回答的问题。毛泽东同志认为："现在国民党新军阀的统治，依然是城市买办阶级和乡村豪绅阶级的统治。"历史证明，毛泽东同志对蒋介石叛变了革命后的阶级关系的分析是科学的、正确的。只有推翻蒋介石国民党的统治，赢得民族独立，人民解放，才能最后完成国家富强、人民富裕的中国近代历史任务。

案例二：朱毛胜利会师井冈山

正当井冈山革命根据地取得蓬勃发展的时候，1928年3月初，中共湘南特委的代表周鲁来到井冈山，贯彻中央的"左"倾盲动政策。

为什么湘南特委的代表能够到主要位于江西境内的井冈山来发号令呢？这同当时的特殊环境有关。井冈山地处湘赣边界，同中共湖南省委和江西省委都有联系。但边界秋收起义是湖南省委组织的，领导起义的前敌委员会也是湖南省委任命的，这些历史原因加上当时的交通条件使毛泽东一直主要向湖南省委报告和请示工作。1927年冬到1928年春，湖南省委多次遭到严重破坏。于是，对井冈山的指导责任就落到湘南特委身上。1928年3月，中共中央决定湘东特委和赣西南特委“合并归湘南指挥”。

周鲁是湘南特委军事部长、省军委特派员。他到井冈山后，根据中共中央1927年11月临时政治局扩大会议决议和12月31给湖南省委的指示，指责井冈山“行动太右，烧杀太少”，没有执行“使小资产变成无产，然后强迫他们革命”的政策；批判毛泽东是“右倾逃跑”“枪杆子主义”，并把中央开除毛泽东中央临时政治局候补委员的决定误传为“开除党籍”；取消以他为书记的前敌委员会，改组为不管地方只管军事的师委，以何挺颖为书记。这样，使毛泽东一度成为“党外人士”，不能担任前委书记和党代表，只能担任工农革命军第一师师长。这对毛泽东自然是极为严重的打击，但他的革命意志没有一点动摇，积极地担当起师长的职务。他在队前向指战员讲话：“军旅之事，未之学也，可是中国有句俗语，‘一个篱笆三个桩，一个好汉三个帮’，大家群策群力，不愁打不好仗。”湖南特委代表命令他将部队开向湘南，配合湘南暴动。毛泽东把队伍带到湖南酃县中村（井冈山边沿地区），停下来整训，搞土改试点。尽管如此，井冈山中心区域宁冈仍因主力外出而被国民党军队占领了一个多月，遭受很大损失。

这种挫折只是暂时的。当工农革命军第一师驻军酃县中村时，两件使人兴奋的消息传来了：一件是看到中共中央的文件，澄清了将毛泽东“开除党籍”的误传，扫除原来笼罩在人们心头的一片阴影，毛泽东又可以在部队中发挥领导作用了；另一件是得知朱德、陈毅、王尔琢率领的南昌起义军余部在发动声势浩大的湘南暴动取得巨大成功后遭到强大敌军追击，正向井冈山方向撤退。

毛泽东立刻派袁文才、何长工率第二团西进资兴，接应从郴县撤出的湘南农军；自己率第一团在桂东、汝城方向阻击国民党追击部队。4月20日，他同团长张子清又指挥第一团占领酃县县城并在城西阻击追敌，掩护朱德部撤退。4月24日前后，毛泽东率第一团返回宁冈砻市，同先两天到达砻市的朱德、陈毅的部队会合。这年，朱德42岁，毛泽东34岁，从此开始了他们长时期密切合作的战斗生涯。毛泽东见到朱德时说：“这次湘赣两省国民党军竟没有整倒你们！”朱德说：“我们转移得快，也全靠你们的掩护。”接着，他们在龙江书院举行两部营以上的干部会，确定将两部合编为工农革命军第四军的各项决定，由朱德任军长，毛泽东任党代表，陈毅任教导大队队长，共辖六个团。在中共第四军第一次党代表大会上，选举产生第四军军委，毛泽东当选为书记。在由湘南郴州、莱阳等县农民编成的第三十、三十三2个团开回湘南后，把军以下的师的番号撤销，由军部直辖4个团，那就是：由南昌起义军全部组成第二十八团，由湘南宜章农民军组成第二十九团，由湘赣边界秋收起义部队组成第三十一团，由袁、王部队组成第三十二团，兵力从原来的一千多人增加到六千多人，其中的主力是第二十八团和第三十一团。6月，按中共中央会议，工农革命军第四军改称红军第四军，简称红四军。

朱、毛红军的会师，是中国工农红军发展史上的一件大事。朱德率领的南昌起义军全部是以具有很强战斗力的北伐劲旅叶挺独立团为基础形成的，有两千多人、近千支枪，训练严格，装备齐整，作战有经验。他们的到来，大大增强了井冈山革命根据地的实力。

资料来源：金冲及主编：《毛泽东传》(1893—1949)，中央文献出版社1996年版。

【点评】

1928年4月底，朱德部队与毛泽东部队在井冈山会师，5月4日成立中国工农革命军第四军，这一历史事件在当时无疑具有很大的影响，也引起了国民政府的极大关注。但朱、毛会师的影响和意义在当时也许没有引起太广泛的注意，它的影响和意义也绝不限于当时当地，而是在此后的历史进程中释放出巨大能量。朱、毛井冈山会师的历史贡献有五个方面：开辟了一条具有中国特色的革命道路，创建了一支共产党领导下的正式红军，造就了一代革命与建设事业的伟人，形成了一种改革历史进程的新局面，培育了一种伟大的革命精神。

◆实践拓展◆

实践项目一：中国革命的新道路

【实践题目】

中国革命的新道路

【实践类型】

报告会

【实践目标】

通过专家做报告，使学生进一步了解中国共产党开辟中国革命新道路的艰难历程，领会把马克思主义普遍原理同中国革命具体实践相结合的极端重要性

【实践方案】

时间：一小时

地点：多媒体教室或报告厅

流程：

步骤一：主持人介绍专家，说明报告会的主题

步骤二：听报告（40分钟）

步骤三：提问，与专家互动（20分钟）

步骤四：小论文（2000字左右）

步骤五：教师点评

【实践成果】

小论文

【实践评价】

教师根据学生会场表现及小论文，给予评价

得分表

项　目	标　准	满　分	得　分
态　度	认真听讲，积极互动	10	
小论文	有理有据，观点正确	60	
拓　展	联系实际，今昔对比	30	
总　计	以上各项相加	100	

【参考资料】

寻找中国革命新道路

八七会议前后，武汉三镇到处清查共产党。1927年8月9日汉口《民国日报》刊登《清查共产党员》条例，规定著名共产党人"由地方军警严重监视，如有反革命行为，应即拿办"；有共产党嫌疑者，三日内登报声明反对共产党，或发表文字反对共产党；既不退出又不声明脱离共产党者，"以反革命

论处”。

不仅武汉如此，全国很多地区都处于一片白色恐怖之中。不少人感到前途莫测，悲观失望。有些投机分子、动摇分子声明退党，甚至自首叛变。有的支部也准备解散。八七会议精神的贯彻，有效抑制了中共党内悲观失望情绪，改变了恐慌混乱局面，引导党员和群众坚定信念，领导全党走上探寻中国革命新道路的征程。后来蔡和森说：“我们绝对不要忘记‘八七’以后之伟大的效果。北方有好些同志说，‘假如新方针迟来一月，我们都散了’。这不仅北方为然，全国莫不如此……我们仗着新方针，不仅挽回了工农群众的恐慌和悲观，而且兴奋了广大范围内几百几千万的群众，继续不断地发展工农革命的高潮，一直向苏维埃政权走。”

8月9日，瞿秋白主持召开临时中央政治局第一次会议。从这次会议起，他成为没有总书记名义的“总书记”。李维汉回忆说：“为什么大家都推选瞿秋白同志负责?”因为他“理论水平比较高”，无论是“反对戴季陶主义”，反对党内‘右’倾错误，“旗帜都比较鲜明”。

瞿秋白走上中共最高领导岗位时，年仅28岁。他带领中国共产党人在黑暗中高举革命的旗帜，领导整顿和恢复各地遭受严重破坏的党组织，参与决定和指导各个地区的武装起义，很快实现了革命斗争形式的转变。经过一系列起义和殊死战斗，各地保存下来的一部分革命武装，深入农村，开展游击战争，为建立和发展红军、开辟农村革命根据地奠定了初步的基础。

瞿秋白和临时中央政治局，迅速把在八七会议关于武装斗争与土地革命相结合的精神具体化，把制定的《最近职工运动议决案》《最近农民斗争议决案》《党的组织议决案》，一一研究如何贯彻具体措施，按新的策略去解决新形势下的新问题：建立地下组织系统和工作关系，组织和领导秋收武装暴动，决定取消“国民党左派”旗号而宣传和建立苏维埃政权，进行游击战争，创造和发展“农民割据”局面，这样，就实际上把斗争的主战场渐向农村转移，在农民运动中心地区武装夺取政权了。

8月9日的临时中央政治局第一次会议上除建立常委会外，决定瞿秋白兼任中央农委主任、中央宣传部部长和中央党报总编辑，李维汉兼任组织部长并主持秘书厅工作，苏兆征兼任中央工委主任，周恩来任中央军事部部长（暂由秘书王一飞代理部务），杨之华担任中央妇女部部长，郑超麟暂时负责中央出版局，顾顺章任中央交通局局长；讨论了南北方几个省的工作和南方局的组织问题。会议还正式通过了《湘粤赣鄂四省农民秋收暴动大纲》，决定在湖南省委下设立特委，由毛泽东任特委书记，与彭公达一起到湖南。彭公达任省委书记，改组省委，领导秋收起义。

几天里，瞿秋白多次召开临时中央政治局会议，确定南方局、北方局负责人，要求他们派出干部到各地指导工作，整顿、恢复各级党组织，开展各种群众运动，贯彻新方针。临时政治局接连写信给湖南、广东、广西、山东等地，具体指导秋收暴动。此后，中央政治局连续发出第一号和第二号《中央通告》，要求全面贯彻八七会议的决议，统一思想、统一部署、统一宣传口径；对组织问题，要求总结“白色恐怖时期中组织变动的经验和教训”，改组党的机关，审查党员资格，严格党的纪律，以保证党的新政治路线的忠实执行，建立各级组织之间的秘密联系，对地下交通员作出了严格的纪律规定。党组织由原来的半公开状态转入了地下状态。

8月21日的临时中央政治局会议通过了《中国共产党的政治任务与策略的议决案》。议决案和贯彻情况要点如下：

第一，发展工农运动，实行“工农民权独裁”。决议认为革命重新高涨，不但在最近期内是可能的，而且是不可避免的。因而在已成农民运动中心的各省组织武装暴动。学习马列的暴动学说，以党代表制、支部建设、政治工作、选用并培养忠实革命军官等制度和措施，创造新的革命军队，武装工农，造成新的革命军队之中心势力。

第二，建立工农兵苏维埃政权。因当时共产国际还指示“组织革命的国民党”，斯大林8月13日说“目前阶段只限于在共产党报刊上宣传苏维埃，决不能迫使国民党左派支持这种宣传”，所以，决议说“现在”不提出“苏维埃”的口号。但南昌起义和其他一些武装暴动失败后，再打国民党的旗帜已毫无意义。到9月19日，瞿秋白主持的临时政治局会议作出《关于“左派国民党”和苏维埃口号的决议案》，写道：“现在群众看国民党的旗帜是资产阶级地主反革命的象征，白色恐怖的象征，空前未有的压迫与屠杀的象征”；中央“认为八月决议案中关于左派国民党运动与在其旗帜下执行暴动的一条必须取消”；“现在的任务不仅宣传苏维埃的思想，并且在革命斗争的高潮中应成立苏维埃”。

第三，建立秘密工作制度；恢复和创办刊物，恢复和发展妇女与学生运动。首先是建立全国地下交通网，对秘密状态中的工作纪律和方法作了详细的规定。9月23日成立中央特委，负责保卫工作和筹集经费。中央特委由李维汉、顾顺章、罗亦农、曾培洪（李强）等组成，顾顺章为负责人。特委第一件事就是保障中共中央安全地向上海迁移。其次，创办《中央通讯》，“解释党的政策，批评党的错误，登载党员对于党内问题讨论的材料等”。恢复出版《向导》，由瞿秋白兼管。

瞿秋白起草文件，参加讨论，部署任务。在紧张忙碌的气氛中，送走了酷暑，迎来凉爽的初秋。9月15日，《中共中央政治报告》回顾总结南昌起义以来的形势和八七会议贯彻情况，要求工农与士兵联合，把敌人的枪杆子变成工农土地革命的枪杆子，以挽救党和革命。报告还强调铁的纪律；强调多数干部、党员当有自己的职业，不要依赖党。

当时，组织农民武装暴动是最重大的任务和最主要的工作。临时政治局委派毛泽东具体领导秋收起义，特别是湖南秋收起义，因为那是秋收起义的重要区域和重要环节。

8月18日，毛泽东以中央特派员身份，和湖南省委书记彭公达一起，改组湖南省委；随后制定秋收起义计划，成立前敌委员会，毛泽东为书记。决定丢掉国民党这块招牌，用共产党自己的旗帜号召起义。毛泽东按敌强我弱的实际，改变原来攻打长沙的计划，与当地农民武装联系，缩小暴动范围，在井冈山建立了根据地。湘赣边境领导秋收暴动期间，湖北、广东、江西以及陕西、河南、河北等省纷纷发动武装起义，也有少量武装在失败后隐蔽保存。

临时政治局常委会曾否定毛泽东和湖南省委缩小暴动区域的决策，认为是错误的；了解实际状况之后，认为毛泽东的意见正确。此后，瞿秋白更注重发挥毛泽东的作用。9月28日，瞿秋白在他主持的临时中央政治局常委会会议上，力荐毛泽东加入长江局，这次常委会的记录记下了他的话：“泽东能来，必须加入，我党有独立意见的要算泽东。”

提出农村“割据”，以暴动发展游击战争，暴动而不急于攻城，显系新道路的进一步探寻。10月中下旬，宁汉战争爆发，武汉唐生智节节败退，中共中央一再指示两湖省委借此有利时机，“在极短的时间内割据公安、石首、当阳向西发展”，“割据天门、沔阳向四周发展；割据麻城、黄安向鄂东与京汉路发展；恢复鄂南的工作成为一独立割据的局面，与湘北联合”。11月7日《中央通讯》发表《湖南省委工作计划决议案》，再次强调“创造一种独立割据的局面”，以“工农群众为主体的割据局面”。12月中旬，毛泽东工农革命军第一团到达酃县十都，派何长工寻找南昌起义军下落；几乎同时，12月21日，中共中央写信要求朱德部队设法与井冈山毛泽东部队联络，“共同计划

——发动群众以这些武力造成割据的暴动局面，建立工农兵代表会议——苏维埃政权”。这就促成了1928年4月朱、毛会师，工农革命军第四军诞生。其间，中共中央对江苏等省也有要求创造和发展“割据”局面的部署。

开展游击战争，是瞿秋白在1927年11月9日至10日临时中央政治局扩大会议提出来的。他说，如果估计农民暴动事实上不能取得较大范围内的胜利，就“应当使这种暴动采取游击式的战争（不去占领县城或巨大的地域，长久的时期，不去费力建立大规模的军队等，而以人数虽少却是团结巩固的暴动军，经常不断地袭击政府的军队和地主的武装）”。他认为：“这种游击战争，随后很容易发展而生巨大的农民暴动，进一步达到在较大范围内夺取政权。”还特别提醒：“如果专意占据县城而忽略乡村中土地革命的根本工作，不去发动更多更广的群众，不使群众自己取得土地取得政权（苏维埃），那么，这便是军事的机会主义。”12月，他又在《武装暴动的问题》一文中指出，由于敌人“内部分裂冲突”，近半年各省的农民暴动“自然创造出一种特殊的斗争策略，便是游击战争”，“用分散细小的队伍，使敌人防不胜防出其不意的去袭击”；他强调，必须“发动极广大的群众斗争”，而且“游击战争必须进入革命地域之建立”，把发展农村游击战争与建立“革命地域”结合起来，“明确的树立创造革命地域的目标”，最终“使革命势力汇合起来，创造尽可能的大范围内工农政权胜利的局面”。这和八七会议以来一系列的决策，探索坚毅卓绝的斗争一样，对于为中国革命新道路的开辟作出了开创性的贡献。

八七会议后瞿秋白把郑超麟调回中央担任中央出版局局长兼中央宣传部、中央农委秘书，把恢复出版《向导》一事交给他。请他搬到瞿秋白夫妇在汉口原英租界新盖的西式公寓房子二楼的住处。郑超麟和潘家辰住在客厅里。潘家辰是罗明纳兹的翻译，又做瞿秋白和罗明纳兹之间的联络员。杨之华的15岁的妹妹杨之英也住在这里，有时也为瞿秋白夫妇送信。每次送信前，瞿秋白总是仔细地教她怎样化装，怎样讲话，怎样应付环境。

瞿秋白前往上海之前，9月28日主持在汉口的最后一次临时中央政治局常委会议，决定设立中共长江局，指挥湖北、湖南、河南、江西、四川、安徽和陕西七省的斗争。苏联驻长沙领事、共产国际代表马也尔反对毛泽东等任长江局委员，但会议还是通过瞿秋白的提议，长江局由罗亦农、陈乔年、任旭、王一飞、毛泽东组成。毛泽东因在湘赣边界而始终未到任。该局于11月11日撤销。

9月底，瞿秋白由郑超麟陪同，登上开往上海的轮船。他一路未出舱门，一日三餐都在舱内。郑超麟在舱门外警戒。船后翻起白色浪花，江汉关钟楼渐渐远去。后来他再也没有机会旧地重游，看一看八七会议的旧址，还有他曾挥汗翻译《告全党党员书》的闷热小屋。

资料来源：江苏省瞿秋白研究会编：《瞿秋白研究文丛》（第四辑），中国文联出版社2010年版。

实践项目二：话剧、小品

【实践题目】

朱、毛会师井冈山

【实践类型】

话剧、小品

【实践目标】

通过排演朱、毛会师井冈山的话剧或小品，使学生进一步了解井冈山的斗争与中国革命新道路开辟的关系，知道中国革命新道路的开辟是马克思主义中国化的具体体现，中国共产党人把马克思主义的基本原理与中国革命的具体实践相结合时，中国革命就能取得胜利，反之就走向失败

【实践方案】

分组：一个教学班按寝室（可以二个相邻寝室）分组，每组设组长一名，负责活动管理

时间：一天

地点：教室

准备：以小组为单位，写剧本，排练

流程：

步骤一：设主持人2人（男、女各1人）

步骤二：确定各组演出顺序

步骤三：各组表演话剧或小品（十分钟）并录像

步骤四：教师点评

【实践成果】

话剧或小品的脚本及演出录像

【实践评价】

教师根据剧本和表演效果为学生评定分数（小组得分，即每个成员的得分）。

得分表

项　目	标　准	满　分	得　分
剧本内容	主题鲜明、情节曲折、对白精彩	60	
表演效果	主角抢眼、服饰恰当、语言生动	30	
背景图片、音乐	能有效衬托演出	10	
总　计	以上各项相加	100	

【参考资料】

促成"朱毛会师"的第一功臣

1928年4月28日，在江西井冈山下的宁冈古城，由中国共产党领导的几支武装，即朱德领导的由南昌起义余部组编的工农革命军、湘南暴动后组建的湘南农军和由毛泽东领导的秋收起义后引兵井冈的工农革命军在这里胜利会师，史称"朱毛会师"。这场伟大的会师是中国革命一个新的里程碑，它昭示着一个新时代的开始。然而，人们何曾知道在这场历史大事件的背后还掩藏着些鲜为人知的史实，其中有一个关键人物为了这场伟大的事业作出了巨大的贡献，他以一个革命家的睿智，力排众议，最终促成了这场会师，这位朱、毛会师的第一功臣，就是历任红四军军委委员、军政治部主任，三十二团、三十团以及第二纵队党代表，后遭党内错误路线的排挤而牺牲于福建的蔡协民烈士。

蔡协民，湖南华容人。17岁负笈武昌，投考由董必武、陈潭秋等革命志士执教的中华大学，初步接触到了马克思主义。后来在朋友的推荐下，蔡协民考入湖南第一师范学校。从1919年至1924年几年间，他在该校农村师范部学习，因此而结识了大量的革命志士，毕业后，经毛泽东推荐到湘江中学工作，从此开始了无畏的革命生涯，不久由毛泽东提议，经何叔衡介绍加入中国共产党。"马日事变"后，蔡协民与何长工、程学敬、杨岳斌一行到武汉找党组织，党组织将其安排在国民革命军二十五师七十三团工作，不久便开赴南昌参加起义。南昌起义，震惊了敌人，遭到打击的军阀势力惊魂甫定，马上组织反扑。如何保存国民革命军这支革命势力，巩固和发展暴动的胜利成果，惟一可行的办法便是立即撤出南昌城，将部队向南转移。部队千里南进，历尽千辛万苦，间有革命意志不坚定、贪生怕死者或集体叛逃，或独自开小差，兵员锐减大半，这对军心的稳定极为不利。部队几经浴血奋战后，来到了三河坝，起义军在这里实行了一次分兵：周恩来、贺龙、叶挺等率部顺韩江南下，直向潮汕进发，而蔡协民所在的第十一军二十五师和第九军军部、教导团共约四千人统归第九军的副军长朱德指挥，留守三河坝，以防敌人抄袭主力进军潮汕的后路，朱德在统率二十五师的第一天晚上，便下到了蔡协民所在的连队看望所有的官兵，原因是师长周士第曾向朱德汇报，千里南进中，只有蔡协民任指导员的这个连队没有一个开小差的。

一进门朱德便操着一口浓重的四川口音对蔡协民说："老蔡，你们一路辛苦了，这次南下行军，你这个连没有一个开小差的，纪律严明，仗也打得漂亮，著名的农运领袖，想不到兵也带得这么好。"

"军长过奖，兵是否带得好还要看今后的，我想更严酷的岁月还在后头。"蔡协民边说边转过身去，把站在自己身后的一位大个子拉到前面向朱德介绍。

"军长，这位是毛泽覃同志，毛泽东同志的亲弟弟，老共产党员，我的老朋友。"

朱德一听笑呵呵地与毛泽覃握手，"好，好，认识你很高兴，令兄大名更是如雷贯耳"。然后又对侧边的周士第说："看来二十五师藏龙卧虎嘛。"

朱德率部在三河坝驻扎了约十天后，敌将钱大钧率三个师约三万余人气势汹汹地扑了过来。两军刚一交火，便打得十分惨烈，蔡协民带领战士们无不冲杀在前，官兵同仇敌忾，阵地始终掌握在起义军手里，尽管如此，但毕竟兵力悬殊，且敌援军又至，而起义军伤亡惨重又孤立无援，形势日渐危急，朱德认为阻击敌人已有三天三夜，掩护进军潮汕主力的任务业已完成，于是除留一营兵力掩护外，其余在迷漫的浓雾中，部队有序地撤出了战场。

部队撤出三河坝后，行至广东饶平北部时，碰上了主力部队在潮汕失败后撤退下来的200来人，大家从他们那里得知主力部队在汤坑已经战败的消息，此时南昌起义部队二万余人只剩下两股余部：一支是二十四师1000余人已去了海陆丰，另外就是这支在朱德、周士第带领下正向粤北转移的部队。

南昌起义军遭此惨败，军心极度混乱，此时师长周士第和几个师级领导又奉命去中央汇报工作，整个部队师级领导走光了，团级军官或阵亡或开小差，仅剩一个七十四团的参谋长王尔琢，师团级的政工干部中除蔡协民外，还有一个七十四团连指导员陈毅，而仅存的2000余人则来自各个师、团，然后拼凑在一起。

失败的阴影笼罩着整个部队，受命负责思想政治工作的蔡协民，除了负责深入连队开展工作、稳定军心外，也经常在思考一个问题——一支这样的部队，如果没有一个威信卓著的领导核心是难以巩固和发展的，虽然朱德是临阵奉命统率二十五师，与这支部队毫无历史渊源，但他有第九军副军长的头衔，又是滇军名将，为人谦和，从善如流，凭他在国民党中的地位本可高官厚禄，而他却选择了革命这条路，是多么的难能可贵啊，就凭这几点，便足可服众，这样的人值得我们去拥戴。深思至此，蔡协民决定去找几位有威望的同志好好谈谈。而朱德面对一大堆的烂摊子并未退缩，而是迎难而上，勇挑重担。在部队到达茂芝后，他召开了一次起义军排级以上干部会议，会上，他慷慨演讲，鼓励大家继续革命，把南昌起义的种子保留下来。为了协助朱德把革命进行到底，陈毅、王尔琢、蔡协民也在会上相继站出来，表示坚决拥护朱德的领导，于是这支部队开始形成了以朱德、陈毅、王尔琢、蔡协民为核心的领导班子。

集体领导建立后，当务之急是摆脱追兵，找一个落脚点。当时没有任何情报来源，根据自己革命多年所积累的经验，蔡协民作了缜密的形势分析后建议朱德“隐蔽北上，然后西进湘南”，朱德、陈毅、王尔琢对此战略设想极为赞许，很快便形成了决议并开始实施。当时，部队面临的困难愈来愈多，开小差的、公开煽动散伙的也愈来愈多，情况愈来愈严峻，悲观动摇的情绪再一次迷漫着整个部队。蔡协民再次陷入沉思，他感到心情非常沉重，他想，作为一个共产党领导的部队政治工作者，他有责任加强部队的党团工作，要克服目前部队存在的悲观消极情绪，思想政治工作不可松懈，要让战士们明白革命的意义。因此，他认为部队到了非整顿不可的时候，否则将不堪一击。蔡协民的想法得到了领导层的赞同，于是，当起义军行进到粤赣边境的大庾，进行了著名的大庾上堡整训。

部队这次来到大庾，恰逢粤桂战争爆发，原来从四面八方赶来围追堵截起义军的各路军阀部队都各自撤回，使起义军获得了一次喘息休整的机会。部队在大庾进行了整顿，由朱德、王尔琢主持军事整顿，陈毅、蔡协民主持政治整顿，他们通过仔细的协商后，召开了一次党、团员会议，对党、团员进行重新登记，成立了党、团支部，确立党、团组织的各级会议制度，并把党、团员分别编到各个连队中去，让他们在部队里发挥党、团员的模范带头作用，加强了党在基层的工作和部队的政治思想工作。经过整编后，部队的编制更加精干，党的领导有了进一步的加强。

部队在大庾整编后，开始进入赣甫活动。在这里，他们遇上了由原武昌国府警卫团、共产党员张子清率领的另一支工农红军。

见面后，张子清传达了毛泽东在“三湾改编”中提出的把党支部建立在连队上的意见，这与前不久朱德、蔡协民、陈毅等人进行的大庾整编的内容有异曲同工之妙，可谓英雄所见略同。

起义军通过整训后，精神面貌焕然一新，但也面临着重重困难，最为紧迫的是给养问题。由于已经了解到毛泽东领导的秋收起义部队在井冈山建立了根据地，蔡协民建议，值此困难异常之际，可派毛泽覃为特使赴井冈山与其兄取得联系，以求增援。该建议立即得到了朱德、陈毅、王尔琢的一致同意，毛泽覃领命立即启程。临行前，蔡协民将毛泽覃送至山口，叮嘱再三，希望毛泽覃能向其兄无误地表达他内心一直在酝酿的这个让两军携手的设想。

就在毛泽覃离队的当天，起义军又迎来了一位神秘的客人，此人便是国民党第十六军军长范石生派来的代表。范石生与朱德交情非同一般，是云南讲武堂的同学，并由朱德介绍加入同盟会；一起参加了护国战争，一起北伐，北伐后范石生因依附李济深谋得了粤湘边界一块地盘；他清楚，像他这种没有任何背景的人随时都有被人吃掉的可能，因此，范石生一直对共产党表示亲近。此时，范石生知道老同学朱德率领的南昌起义军在江西崇义一带活动，就派他部队中的共产党员韦伯萃前来联络，表示愿意合作，实则为扩充自己的军事实力。韦伯萃的到来的确给朱德率领的起义军带来了一个“暂借金山栖彩凤，聊将紫水活蛟龙”的机会，双方历时数日，几经艰苦谈判，最后获得成功。起义军除获得充足的补给外，还获得暂用十六军四十七师一四〇团的番号，朱德化名王楷，任团长，陈毅任党代表，蔡协民任政治部主任，王尔琢任参谋长。

1928年1月初，蒋介石偶然获悉南昌起义军余部就隐蔽在范石生第十六军里，于是大发雷霆，马上电令广东李济深拿办，李济深即要求范石生将朱德部队就地解决，范石生不忘旧情，于1月3日晚秘密通知了朱德，朱德得到消息后借夜间演习为名连夜率起义军脱离了范部，并在地方党组织派来的同志带领下，经广东仁化，再改道西进直奔湘南。

湘南是国民党统治力量比较薄弱的地方，群众基础也好，起义军到达这里后于1月12日发动了著名的宜章年关暴动。1月13日南昌起义军改称工农革命军第一师。蔡协民任师政治部主任，从而拉开了湘南暴动的序幕。蔡协民作为这次暴动的主要领导人，与朱德、陈毅、王尔琢一道被人们尊称为“四大金刚”而威名遐迩。

从年关暴动开始，到痛歼来犯的国民党军阀许克祥部取得坪石大捷，再到攻占郴州，湘南暴动历时三个月，其中有胜利的喜悦，也有失败的教训，尤其发人深省的是郴州的“反白事件”，给人的教训实在是太深刻了。尽管这场由反革命分子煽动的暴乱为陈毅、蔡协民率部平息，但因此使得党组织、工农革命军与人民群众之间的“鱼水深情”，不比往昔。如今敌人大军压境，敌我兵力悬殊，坚守湘南显然是不现实的。那么部队如何动作，出路在哪里？本来，部队在挺进湘南之前，通过蔡协民的努力，这个问题在领导层内基本上有了初步的意见，那就是带领部队上井冈山与毛泽东会师，尤其是不久前，被派遣上井冈山的毛泽覃找到了毛泽东，并受其兄之托，带来了一个特务连返回增援，此举使朱德大为感动。后来，由于发动了湘南暴动，情况又发生了一些变化，因此，移师井冈山计划也就搁置一旁。可目前敌军云集，合击湘南，企图消灭这支南昌起义后幸存下来的革命力量，值此危机存亡之秋，面对部队该如何进行战略转移这个问题，朱德似乎有些举棋难定，于是便于3月28日在郴州城南一家祠堂里，召开了一次由工农革命军、地方党组织和湘南农军的领导人一起参加的联席会议。

会上，朱德首先发言，郴州特委秘书长曾志临时担任记录员。朱德说：“目前的形势，我不说想必大家也很清楚，之所以召集大家开这个会，是想请大家对我们这支革命队伍在敌人大军压境之际，该如何进行战略转移这一问题，发表各自的高见，望大家知无不言，言无不尽。”

朱德话音刚落，湖南省委特派员席克斯立刻站起来说：“亏你们都还是共产党员，敌人来了，不去迎击，而是选择逃跑，还美其名曰‘战略转移’，我不同意你们的逃跑计划，这样我无法向省委汇报，据说协民同志曾多次向朱德同志建议要将部队带上井冈山去。哼！去占山为王，这还算革命吗？要去你们去，我哪里都不去，我就留在湘南，守土有责嘛！”

“对，席特派员讲得对，我们哪里都不去，既然井冈山可以建立根据地，那么我们也可以在湘南建立一个根据地嘛。”湘南另一位特委何舍鹅也站起来附议席克斯。

这么一来，更让朱德左右为难了，因为当时党内有规定，所有共产党领导的军队，每到一地都必须接受所在省份省委的领导，而席克斯、何舍鹅都是湖南省委下派到湘南的特派员。

这时又有人发言道：“据我们所知，毛泽东之所以在井冈山建立根据地，那是因为，井冈山有得天独厚的地理优势：山高林深，居险可守。既然是这样我们与其去井冈山投靠毛泽东而寄人篱下，还不如去湘西开辟自己的根据地，据说那边的条件与井冈山差不多，甚至更好。王尔琢同志就是湘西人，情况应该比我们更清楚，万一湘西不行，我们再前进一步便到了川贵，那里国险民穷，国民党的统治也较薄弱，再说，朱德、陈毅同志都是四川人，我们去那里开辟根据地不是更有实际意义吗?”

听到这里，宜章苏维埃主席，中共中央候补委员毛科文立即插话：“这话不对，第一，如果去井冈山，那是几支革命队伍的会师，不是谁去投靠谁，也不是去寄人篱下。第二，如果去湘西，众所周知，湘西匪患如毛，一支外籍军队，我们在那里很难生存下去。第三，去四川更不现实，路途遥远，千里行军，旷日持久，难保不与数倍于我的国民党军队交锋，届时胜负难料，望大家三思而后行。”

当此紧要关头，不久前为充实湘南农军的领导实力而出任农七师党代表的蔡协民因深感忧虑而变得似乎有些激动，他站了起来，态度鲜明地驳斥了一些人不切实际的言词，再次力主会师井冈山。他说：“刚才，科文同志的发言，我有强烈的同感，下面我还想补充一些我个人的意见。”

“我认为，坚守湘南或坚持在湘南打游击，必须具备几个基本的条件，一是实力，二是地理条件，三是群众基础，否则是坚持不下去的。兵法云，知己知彼，百战不殆，对于敌我双方优劣长短，我们要做到心中有数，不然就是打糊涂仗。眼下，我们有哪些优势？固然，受压迫的农民是拥护革命，愿意跟共产党走的，但是前一阵‘左’的‘红色恐怖’政策，损害了老百姓的基本利益，一些革命的积极分子在自己的村子里都孤立无援，我们过去与群众的那种‘鱼水关系’已受到了影响，优势已是大打了折扣，现在敌军和反动地方武装总在四万之众，而我军正规部队仅一团兵力，再加上没什么实战经验、拿着梭标马刀的农军约一万人，力量对比太悬殊了，况且敌人来势汹汹，已给群众造成了巨大的心理压力，不少革命的积极分子都愿意拖家带口跟我们走，在这样的情况下谈什么坚持留下来打游击是极不现实的，坚守湘南与敌硬拼更是愚蠢的。另外，从地理条件看，湘南是湘粤两省的交通要冲，为兵家必争之地，敌人兵力调集便利，如果分散打游击，我们在孤立无援的情势下会很快地被正规军和地方武装联合起来一口一口地吃掉。至于去四川、贵州我认为更为不妥，那里缺乏工作基础，舍近求远去那里，老实讲这无异于流寇主义。现在部队到底开往何方为最佳途径？大家试想想，向南、向北，实为以孤羊投群狼，显然不行，向西的话，刚才科文同志也讲了，湘西匪患多于牛毛，弄不好，我们将陷进去难以自救。那么，我们惟一可行的便是向东，地处湘东赣西的井冈山，毛委员在那里开辟了我党第一个农村革命根据地，我们去那里同毛泽东同志领导的工农革命军会师，壮大革命力量，到那时革命必将出现转机和新的大好局面。当然，这是我个人的认识，如果大家还有什么好的建议，尽可讲出来，以供参考。”

这时陈毅接过话说：“协民同志说得对，湘南我们真是呆不下去了，可以说是极‘左’政策帮了倒忙，使我们失去了群众基础，这里已不适宜作为根据地了，眼下只有迅速撤军为宜，但究竟往哪里撤，是往西去四川，还是往东上井冈山，我认为还有待慎重考虑。”

正在这时，会场的大门被人推开，接着进来了五六个人，其中有工农革命军的人，也有湘南农军的人，但站在他们最前面的是林彪，王尔琢见状站起来严肃地对林彪说：“林彪，这是领导层的会议，你不便参加。”

林彪回头看了看跟在他身后的一帮战友，然后对王尔琢，其实也是对大家说：“对不起，我知道我是不够级别在这里发言，但作为一个军人，在此关乎我们这支队伍前途命运的大事上，我想我和我的战友们应该是有一定的发言权的。我们这支队伍究竟要开往哪里去，我们当兵的当然无权左右统帅层，但我们要求各位是否可以到基层来征求一下意见，尤其是老七十三团人的意见，因为老七十三团还占现在部队总人数的一半以上。”

说至此，林彪顿了一下，然后把目光投向蔡协民。

“你说呢，蔡主任？”

站在林彪身后的粟裕、杨至诚等也不住地点头，以示附议，而跟林彪他们一道挤进门来的一个农七师的连指导员张际春则干脆直截了当地说：“我们的党代表讲得很有道理，很有说服力。”

林彪等在此关键时刻的这一带有明显倾向性的举动，无异于帮了蔡协民一个大忙，大家都很清楚，原七十三团保留下来的人员，蔡协民目前职务最高，林彪等与其说是要求领导们到基层去征求原七十三团人员的意见，还不如说是希望大家都应该接受蔡协民的意见。况且他现在又是农七师的党代表。蔡协民一阵暗喜，向林彪等投下了嘉许的一瞥后，对他们说：“大家的意见，我们会考虑的，作为政治部主任，我会到基层去征求意见，统一认识的。”

当林彪等刚刚退出会场，哨兵送进来两封刚收到的信，一封来自宜章农军独立营营长萧克，另一封来自资兴红色警卫团总指挥黄克诚，他们俩因所在的位置远离郴州，因此，未来得及赶来开会，但他们的来信内容有着惊人的相似，那就是认为上井冈山与毛泽东同志会师是目前我军最好的选择。此时此刻，形势一下就明朗化了。会议从中午一直开到晚上，由于蔡协民的坚持和做了大量细致的工作，并得到了朱德的支持，多数同志逐渐统一了认识，终于作出了“跳出敌人南北夹击的封锁线，进军井冈山，实现与毛泽东会师”的决定。

考虑到怕湘南特委的人临时反悔，未等天亮蔡协民即率部启程，朱德、王尔琢率领的部队中途几次遭遇敌人，因此蔡协民率领的湘南农军先朱德一天到达井冈山下，与下山迎接的毛泽东提前会合。师生、老友在此相逢，百感交集，毛泽东对蔡协民在促成两军会师的过程中所起的作用给予了高度的评价。

第二天，便是两军正式会师的日子，毛泽东心情异常激动，一大早便跑到蔡协民所住的地方来了解朱德的生活习惯，此时的蔡协民已与湘南特委的女英雄曾志结合。对毛泽东一大早的来访，蔡协民甚是奇怪，因为他看见平日不修边幅的毛泽东今天却穿戴整齐，还特意挎了一支枪。

“老蔡，你看我这个师长去见军长，能不认真吗?”毛泽东见蔡协民对他今天的装扮感到奇怪，于是做认真的解释。

“放心，放心，朱军长可是天底下最好共事的人。”蔡协民连忙说。

晌午时分，毛泽东在蔡协民、何挺颖、罗荣桓、曾士峨、袁文才等人的陪同下走出住所，准备去迎接刚到砻市（宁冈）的朱德等。而朱德也在陈毅等人的簇拥下大步地走向毛泽东的住处。几天前下山去迎接朱德部队的何长工也紧随其侧，他们一起走到了龙江桥头。这时毛泽东也上了龙江桥，看到朱德、陈毅后，蔡协民立即告诉毛泽东：居中的便是朱德，右侧是陈毅，陈毅旁边的那位大胡子叫王尔琢。如同蔡协民一样，何长工也在桥的另一头向朱德等做介绍。毛泽东看似从容，内心却有着按捺不住的激动，于是他加速了本来稳健的步履，对面不远处的朱德等见状也加快了步伐。

近了，愈来愈近，双方几乎同时伸出了双手，伟大的历史时刻实现了——两位巨人的双手终于紧紧地握到了一起。

“朱毛会师”开创了中国革命走向武装割据的新局面，也为建设一支新型的人民军队奠定了基础。力排众议促会师的蔡协民，其历史功勋也就不言而喻了。

资料来源：蔡接谋：《促成“朱毛会师”的第一功臣》，《文史博览》2006

年第3期。

【推荐阅读】

1. 钟君、龙夫编著：《红色帷幕下的较量——毛泽东与王明》，贵州民族出版社1993年版。

2. ［美］哈里森·索尔兹伯里：《长征：前所未闻的故事》，解放军出版社1994年版。

3. 侯保重：《遵义会议：决定中国历史命运的三天》，上海人民出版社1995年版。

4. 刘勉玉主编：《土地革命战争史：1927—1937》，江西教育出版社2001年版。

5. 陈德军：《乡村社会中的革命——以赣东北根据地为研究中心（1924—1934）》，上海大学出版社2004年版。

6. ［日］家近亮子：《蒋介石与南京国民政府》，王士花译，社会科学文献出版社2005年版。

7. 贾章旺：《毛泽东从韶山到中南海》，中国文史出版社2014年版。

第六章　中华民族的抗日战争

知识梳理

◆知识框架◆

- 中华民族的抗日战争
  - 日本发动灭亡中国的侵略战争
    - 日本灭亡中国的计划及其实施
    - 残暴的殖民统治和中华民族的深重灾难
  - 从局部抗战到全国性抗战
    - 中国共产党举起武装抗日的旗帜
    - 局部抗战与救亡运动
    - 停止内战，一致对外
    - 全国性抗战的开始
  - 国民党与抗日的正面战场
    - 战略防御阶段的正面战场
    - 战略相持阶段的正面战场
  - 中国共产党成为抗日战争的中流砥柱
    - 全面抗战的路线和持久战的方针
    - 敌后战场的开辟与游击战争的发展
    - 坚持抗战、团结、进步的方针
    - 抗日民主根据地的建设
    - 推进大后方的抗日民主运动和进步文化工作
    - 中国共产党的自身建设
  - 抗日战争的胜利及其意义
    - 抗日战争的胜利
    - 中国人民抗日战争在世界反法西斯战争中的地位
    - 抗日战争胜利的意义、原因和基本经验

◆重点剖析◆

1. 为什么说中国的抗日战争是神圣的民族解放战争？

中国人民抗日战争，是近代以来中国反抗外敌入侵第一次取得完全胜利的民族解放战争。第一，中国人民抗日战争的胜利，彻底打败了日本侵略者，捍卫了中国的国家主权和领土完整，使中华民族避免了遭受殖民奴役的厄运。第二，中国人民抗日战争的胜利，促进了中华民族的觉醒，使中国人民在精神上、组织上的进步达到了前所未有的高度，成为中华民族走向复兴的历史转折点，正是在中国人民抗日战争胜利的基础上，中国共产党领导中国人民进而取得了新民主主义革命的胜利。第三，中国人民抗日战争的胜利，促进了中华民族的大团结，弘扬了中华民族的伟大精神。抗日战争使中国人民空前团结起来，使中华民族焕发出巨大凝聚力和旺盛生命力。第四，中国人民抗日战争的胜利，对世界各国人民夺取反法西斯战争的胜利、维护世界和平的伟大事业产生了巨大影响。中国人民抗日战争是世界反法西斯战争历史的光辉一页。

2. 为什么说中国共产党是中国人民抗日战争的中流砥柱？

（1）中国共产党积极倡导、促成、维护抗日民族统一战线，最大限度地动员全国军民共同抗战，成为凝聚全民族力量的杰出组织者和鼓舞者。

（2）以毛泽东为代表的中国共产党人，把马克思列宁主义基本原理同中国具体实际相结合，创立和发展了毛泽东思想。制定、实施了一套完整的抗战策略和方针，提出了持久抗战的战略思想，对抗日战争胜利发挥了重要的指导作用。

（3）中国共产党通过游击战开辟敌后战场，建立抗日根据地，牵制和消灭了日军大量有生力量，减轻了正面战场的压力，也为抗日战争的战略反攻准备了条件。

（4）中国共产党人以自己最富于献身精神的爱国主义、不怕流血牺牲的模范行动，支撑起全民族救亡图存的希望，成为夺取抗战胜利的民族先锋。

3. 怎样评价国民党政府在抗日战争中执行的路线和正面战场的地位与作用？

（1）国民党政府执行的是片面抗战路线，即不敢放手发动和武装民众，实行单纯的政府和正规军的抗战；在战略战术上，没有采取积极防御的方针，而是进行单纯的阵地防御战。这是由国民党政府的阶级本质和阶级利益所决定的，不仅使国民党正面战场节节失利，而且危害群众利益，不得人心，使国民党政府孤立于人民群众之外。

（2）国民党领导的正面战场对抗日战争的胜利作出了重要贡献。特别是在抗日战争初期的战略防御阶段。

（3）国民党领导的正面战场在抗战各阶段中表现不同，其地位和作用也不同。抗战初期的战略防御阶段，国民党政府积极抗战，正面战场在整个抗战中起了重要作用，对抗战的坚持起了重大作用。但由于其实行片面抗战路线，也遭受了巨大损失，特别是进入战略相持阶段后，国民党一面消极抗战，一面制造反共摩擦事件，其在抗战中的地位和作用明显下降。在战略反攻阶段，国民党虽然坚持抗战，但重点在准备抢夺抗战胜利果实，对夺取抗战最后胜利的作用十分有限。

4. 为什么说中国人民抗日战争是弱国战胜强国的范例?其基本经验是什么?

（1）从实力对比看，抗日战争是弱国对强国的战争。中国是半殖民地半封建社会，政治、经济、军事、文化等各方面的综合实力都很落后，是弱国。而日本是世界上一等强国，军事、经济实力和政治组织力量都很强大。

（2）从战略对比来看，抗日战争是大国对小国的战争。中国虽弱，但很大，地域广阔，人口众多，资源丰富，兵源和物资补给充足，能长久坚持抗战。日本虽强，但很小，且是深入中国的广阔领土，使得其人力、军力、财力、物力均感缺乏，经不起长期的战争。

（3）从战争性质看，抗日战争是中国抵御日本侵略的正义战争。中国是正义的，进步的，得道多助，会得到广泛的国际援助。而日本是非正义的，野蛮的，失道寡助。

（4）从战争的结果看，抗日战争取得了胜利。中国经过14年抗战，以3500万人的伤亡和5000多亿美元的损失，战胜了日本帝国主义，取得了抗战的最后胜利，捍卫了中国的国家主权和领土完整，使中华民族避免了遭受殖民奴役的厄运，促进了中华民族的觉醒和复兴。

基本经验：

（1）全国各族人民的大团结是中国人民战胜一切艰难困苦、实现奋斗目标的力量源泉。没有全国各族人民的大团结，就没有抗日战争的伟大胜利。

（2）以爱国主义为核心的伟大民族精神是中国人民团结奋进的精神动力。以爱国主义为核心的中华民族精神是抗日战争得以坚持和胜利的重要思想保证。

（3）提高综合国力是中华民族自立于世界民族之林的基本保证。一个国家只有首先自强，才能在世界上自立。

（4）中国人民热爱和平，反对侵略战争，同时又决不惧怕战争。

（5）只有坚持中国共产党的领导，中华民族才能捍卫自己的生存和发展的权利，才能创造美好的未来。

◆训练强化◆

一、判断题

1. 毛泽东思想得到多方面的展开而达到成熟是在解放战争时期。(　　)

2. 全面抗战开始后，中国西北主力红军改编为八路军，南方游击队改编为新四军。(　　)

3. 西安事变和平解决，标志着十年内战局面结束，国内和平基本实现，成为扭转时局关键事件。(　　)

4. 毛泽东明确提出“马克思主义中国化”的命题是在中共六届六中全会上。(　　)

5. 近代以来中国第一次取得完全胜利的反侵略战争是抗美援朝战争。(　　)

6. 中国共产党在政治上达到成熟的时期是解放战争时期。(　　)

7. 1937年8月，中国共产党通过《抗日救国十大纲领》的会议是洛川会议。(　　)

8. 1936年，东北各抗日武装统一为东北人民革命军。(　　)

9. 国民政府正式对日宣战是在卢沟桥事变以后。(　　)

10. 中国共产党巩固抗日民族统一战线的策略方针是：发展进步势力，争取中间势力，孤立顽固势力。(　　)

二、单项选择题

1. 瓦窑堡会议提出的新政策是（　　）

A. 批评了党内机会主义错误倾向

B. 停止“反蒋抗日”，提出“逼蒋抗日”

C. 集中一切国力抗日救国

D. 在抗日的条件下与民族资产阶级重建统一战线

2. 标志着国共第二次合作实现，抗日民族统一战线正式形成的事件之一是（　　）

A. 西安事变的和平解决

B. 红军接受改编

C. 瓦窑堡会议

D. 国民党发表《中共中央为公布国共合作宣言》

3. 抗战初期，造成国民政府正面战场溃败的根本原因是（　　）

A. 消极抗日，积极反共的政策　　B. 敌强我弱，国力对比悬殊

C. 片面的抗战路线　　D. 战略战术的失败

4. 标志着国民政府抗战政策发生转变的事件是（　　）

A. 日本政府诱降政策的抛出　　B. 国民党五中全会的召开

C. 皖南事变的发生　　D. 山西阎锡山部队进攻八路军

5. 中共中央发表的《抗日救国十大纲领》指出，打倒日本帝国主义关键在于（　　）

A. 坚持无产阶级的领导　　B. 发动独立自主的游击战争

C. 国民党正面战场应发挥主导　　D. 使抗战成为全面的全民族的抗战

6. 全面抗战开始后，中国军队取得的第一次重大胜利是（　　）

A. 台儿庄战役　　B. 平型关战役　　C. 桂南会战　D. 长沙会战

7. 相持阶段人民军队在华北对敌人发动的一场大规模的进攻战役是（　　）

A. 平型关战役　　B. 台儿庄战役　　C. 百团大战　D. 雁门关战役

8. 抗日民族统一战线中的“顽固势力”是指（　　）

A. 投日的汉奸、傀儡

B. 大地主、大资产阶级中的亲日派

C. 大地主大资产阶级

D. 大地主、大资产阶级中的亲英美派

9. 抗日根据地建设中的首要的、根本的任务是（　　）

A. 加强政权建设　　B. 开展大生产运动

C. 发展抗日文化　　D. 整风运动

10. 抗日根据地实行的土地政策是（　　）

A. 消灭地主阶级，废除封建剥削

B. 地主减租减息

C. 开展土地革命，没收地主土地

D. 废除封建剥削，满足农民对土地的要求

11. 整风运动最主要的任务是（　　）

A. 反对主观主义　　B. 反对宗派主义

C. 反对官僚主义　　D. 反对党八股

12. 党内反复出现“左”和右倾错误的思想认识根源是（　　）

A. 经验主义　　B. 教条主义　　C. 官僚主义　　D. 主观主义

13. 提出“精兵简政”政策的是（　　）

A. 林伯渠　　B. 李鼎铭　　C. 董必武　　D. 邓演达

14. 毛泽东思想作为党的指导思想确立于（　　）

A. 遵义会议　　B. 1942年整风运动

C. 中共七大　　D. 中共八大

15. 抗战能够取得胜利的最主要原因是（　　）

A. 国民政府正面战场的抗战

B. 敌后战场军民的英勇抗战

C. 世界反法西斯力量的援助

D. 中华民族的大团结，全民族的抗战

16. 抗日战争由战略防御阶段转为战略相持阶段是在哪次会战之后（　　）

A. 淞沪会战　　B. 忻口战役　　C. 徐州会战　　D. 武汉会战

17. 1940年在枣宜会战中殉国的国民党第三十三集团军总司令是（　　）

A. 张自忠　　B. 佟麟阁　　C. 赵登禹　　D. 谢晋元

18. 在东北独占了东北全部重工业和铁路交通，控制了东北的经济命脉的公司是（　　）

A. “南满铁路株式会社”　　B. “华北开发股份公司”

C. “南满重工业股份公司”　　D. “华中振兴股份公司”

19. 对党的重大历史问题作出结论，使全党尤其是党的高级干部对中国民主革命基本问题的认识在马克思列宁主义基础上达到一致的文献是（　　）

A.《改造我们的学习》　　B.《中国革命和中国共产党》

C.《新民主主义论》　　D.《关于若干历史问题的决议》

20. 1938年，国民党第五战区司令长官李宗仁指挥的取得大捷的战役是（　　）

A. 淞沪会战　　B. 忻口战役　　C. 台儿庄战役　　D. 武汉战役

三、多项选择题

1. 中共中央派到东北领导抗日的领导人有（　　）

A. 杨靖宇　　B. 赵尚志　　C. 周保中　　D. 赵一曼

2. “一·二九”运动中的口号有（　　）

A. 打倒日本帝国主义　　B. 反对华北五省自治

C. 停止内战，一致对外　　D. 外争国权，内惩国贼

3. 面对国民党不断制造的反共摩擦事件，中央提出的三大口号是（　　）

A. 坚持对外，反对对内　　B. 坚持抗战，反对投降

C. 坚持团结，反对分裂　　D. 坚持进步，反对倒退

4. 抗日民族统一战线中的“中间势力”包括（　　）

A. 小资产阶级　B. 民族资产阶级　C. 开明绅士　D. 地方实力派

5. 抗日根据地“三三制”政权中的代表包括（　　）

A. 共产党员　　B. 地方实力派

C. 中间派　　D. 非党的左派进步分子

6. 毛泽东总结出中国共产党领导革命战胜敌人的三大法宝是（　　）

A. 武装斗争　B. 统一战线　C. 党的建设　D. 群众路线

7. 毛泽东在《论联合政府》的报告中概括的中国共产党的优良作风是（　　）

A. 理论联系实际　　B. 密切联系群众

C. “惩前毖后、治病救人”　　D. 自我批评

8. 以国、共两党第二次合作为基础的抗日民族统一战线正式建立的标志是（　　）

A. 国民党中央通讯社发表《中共中央为公布国共合作宣言》

B. 蒋介石发表实际上承认了中国共产党的合法地位的讲话

C. 国民党五届三中全会

D. 中共洛川会议通过的《抗日救国十大纲领》

9. 西安事变发生的原因是（　　）

A. 中国共产党抗日民族统一战线政策的感召

B. 全国抗日救亡运动的推动

C. 中华民族危机空前严重

D. 张、杨不满蒋介石的政策

10. 抗日战争取得完全胜利的重要标志是收回了（　　）

A. 琉球　　B. 澎湖列岛

C. 台湾　　D. 金门

四、思考题

1. 为什么说中国的抗日战争是神圣的民族解放战争?

2. 为什么说中国共产党是中国人民抗日战争的中流砥柱?

3. 怎样评价国民党政府在抗日战争中执行的路线和正面战场的地位与作用?

4. 为什么说中国人民抗日战争是弱国战胜强国的范例?其基本经验是什么?

五、材料分析题

1. 1940年前后，毛泽东发表了《中国革命和中国共产党》《〈共产党人〉发刊词》《新民主主义论》等著作，集中全党智慧，深刻论述了新民主主义革命的理论和各项政策，在新民主主义革命的性质、对象、动力、前途等基本问题、新民主主义革命的三大法宝、新民主主义基本纲领、人民军队建设和革命战争战略战术思想、革命根据地建设等多方面得到展开，使新民主主义革命理论在多方面展开而达到成熟，形成为一个完整的理论体系。

请回答

(1) 试分析抗日战争时期毛泽东新民主主义革命理论成熟的历史背景。

(2) 简述毛泽东新民主主义革命理论的主要内容。

(3) 毛泽东新民主主义革命理论成熟的意义是什么?

2. 【材料1】(一) 各地党部及军政机关对于异党之非法活动，应采取严格防制政策。不可放弃职守。纵因此而发生磨擦，设非出于本党之过分与不是，亦应无所避忌。

(二) 无论在战区与非战区，凡未经事前呈准而假借共产党或八路军与新四军等名义擅自组织武装者，当地驻军得随时派兵解散，不得有误。

——摘自《防制异党活动办法》(1939年4月)

【材料2】如果想把我们所要做的“一切”均事先取得国民党同意，那么，它不同意怎么办?国民党的方针是限制我们发展，我们提出这个口号，只是自己把自己的手脚束缚起来，是完全不应该的。

——摘自毛泽东:《统一战线的独立自主问题》(1938年11月)

【材料3】1937年12月下旬，王明作为中共代表团成员到武汉，他在武汉工作期间，不经中共中央同意，发表《中国共产党对时局宣言》《挽救时局的关键》等文，并在武汉大学作了论抗日民族统一战线的演讲，公开宣扬他的错误主张。

——摘自胡绳主编：《中国共产党的七十年》，中共党史出版社1991年版。

请回答

（1）从材料1说明抗日战争进入相持阶段后国民党对共产党政策的变化。

（2）材料3中王明的错误主张是什么？

（3）从材料2说明毛泽东统一战线的正确主张。

参考答案

一、判断题

1. ×　2. √　3. √　4. √　5. ×　6. ×　7. √　8. ×　9. ×　10. √

二、单项选择题

1. D　2. D　3. C　4. B　5. D　6. B　7. C　8. D　9. A　10. B　11. A　12. B　13. B　14. C　15. D　16. D　17. A　18. A　19. D　20. C

三、多项选择题

1. ABCD　2. ABC　3. BCD　4. ABC　5. ACD　6. ABC　7. ABD　8. AB　9. ABC　10. BC

自测题

一、单项选择（本大题共10小题，每小题1分，共10分）

1. 日本全面侵华战争开始标志是（　　）

A. 卢沟桥事变　　B. “九一八”事变

C. “八一三”事变　　D. 淞沪抗战

2. 1938年10月日军占领广州、武汉以后，日军被迫停止对正面战场的战略性进攻，中日战争进入（　　）

A. 战略决战阶段　　B. 战略相持阶段

C. 战略反攻阶段　　D. 战略进攻阶段

3. 标志着中国人民抗日救亡运动新高潮的到来的事件是（　　）

A. 五四运动　　B. 六三运动

C. 一二九运动　　D. 卢沟桥事变

4. 从1937年7月卢沟桥事变，到1938年10月广州、武汉失守，中国军民处于（　　）

A. 战略防御阶段　　B. 战略相持阶段

C. 战略决战阶段　　D. 战略进攻阶段

5. 毛泽东在抗日战争时期把武装斗争总概念的核心确定为（　　）

A. 阵地战　　B. 独立自主的游击战

C. 运动战　　D. 歼灭战

6. 全民族抗战以来中国军队的第一次重大胜利是（　　）

A. 平型关大捷　　B. 台儿庄战役　　D. 淞沪抗战　　C. 百团大战

7. 在下列著作中，系统地、科学地解决了中国社会性质问题的是（　　）

A. 《中国社会各阶级的分析》　　B. 《反对本本主义》

C. 《新民主主义论》　　D. 《中国革命和中国共产党》

8. 中国抗日战争胜利纪念日是（　　）

A. 9月3日　　B. 8月15日　　C. 10月25日　　D. 12月7日

9. 抗日战争时期，中国共产党的土地政策是（　　）

A. 没收地主阶级土地　　B. 消灭富农

C. 征收富农多余财产　　D. 减租减息

10. 抗日战争时期，中国共产党领导的各抗日根据地实行的政权形式是（　　）

A. 联合政府　　B. “三三制”政权

C. 共产党一党专政　　D. 国共合作政府

二、多项选择（本大题共10小题，每小题2分，共20分）

11. 抗日民族统一战线中的进步势力，主要有（　　）

A. 无产阶级　　B. 农民阶级

C. 城市小资产阶级　　D. 八路军和新四军

E. 抗日民主根据地

12. 抗日民族统一战线正式形成的标志是（　　）

A. 红军东征回师宣言

B. 国民党五届三中全会

C. 西安事变和平解决

D.《中共中央为公布国共合作宣言》的发表

E. 蒋介石在庐山发表谈话，承认中国共产党的合法地位

13. 1938年5、6月间，毛泽东发表《论持久战》(　　)

A. 阐明了持久战战略思想

B. 揭示了抗日战争的发展规律

C. 指明了坚持抗战和争取抗战胜利必须实行的战略方针

D. 成为中国共产党指导抗日战争的纲领性文献

E. 也对全国抗战的战略指导产生了积极的影响

14. 抗日战争时期，民族斗争和阶级斗争的关系是(　　)

A. 阶级斗争服从民族斗争

B. 阶级斗争高于民族斗争

C. 阶级斗争以民族斗争的形式出现的

D. 阶级斗争和民族斗争是一致的

E. 阶级斗争与民族斗争是完全对立的

15. 1939年7月，中国共产党明确提出的三大口号是(　　)

A. 坚持抗战到底，反对中途妥协　　B. 巩固国内团结，反对内部分裂

C. 力求全国进步，反对向后倒退　　D. 放手发动群众，壮大人民力量

E. 有理、有利、有节

16. “三三制”政权在组织形式上所代表的阶级和阶层有(　　)

A. 无产阶级　　B. 贫农

C. 小资产阶级　　D. 中等资产阶级

E. 开明绅士

17. 中国共产党巩固抗日民族统一战线的策略总方针是(　　)

A. 发展进步势力　　B. 争取中间势力

C. 孤立顽固势力　　D. 打倒汉奸政权

E. 消灭地主阶级

18. 抗日民族统一战线形成后，为了实现在全国建立新民主主义国家政权的目标，中国共产党所做的工作主要有(　　)

A. 建立抗日民主政权

B. 在国统区开展新民主主义宪政运动

C. 提出建立民主联合政府的主张

D. 提出"和平、民主、团结"三大口号

E. 将"人民共和国"改为"工农共和国"

19. 中国共产党在中国革命中战胜敌人的三个主要法宝是（　　）

A. 统一战线　　B. 根据地建设

C. 武装斗争　　D. 土地革命

E. 党的建设

20. 1941—1942年毛泽东在延安整风运动时期，发表的著作有（　　）

A.《改造我们的学习》　　B.《整顿党的作风》

C.《反对党八股》　　D.《反对本本主义》

E.《论持久战》

三、辨析题（本大题共2小题，每小题10分，共20分）

21. 中国共产党在抗日战争中发挥中流砥柱作用。

22. 抗日民主政权是工农民主政权在特殊时期的特殊表现形式。

四、论述题（本大题共3小题，每小题10分，共30分）

23. 怎样评价国民党政府在抗日战争中执行的路线和正面战场的地位与作用?

24. 为什么说中国人民抗日战争是弱国战胜强国的范例？其基本经验是什么?

25. 为什么说中国的抗日战争是神圣的民族解放战争?

◆案例点评◆

案例一：民主的种子——抗日战争时期大后方基层政权选举概览

共产党人在抗日敌后根据地所施行的民权主义和推行的地方自治，其核心就是民选政府。在这里，最令共产党人头痛的是农民对政治的冷漠，因为不打破这种冷漠，就无法应付严酷的战争。可是农民这种冷漠，却不是简单地靠政治宣传和民族主义情绪的鼓动所能打破的。

共产党和八路军首先最大限度地取得了农民的信任，抗日根据地政权变成了农民自己的当家人。这其中，政权建设是非常关键的因素。因此，让最普通的农民可以对直接管自己的权力机构说三道四，在农村实现真正的普选，设立代表面最大的民意机构，是根据地政权建设的题中应有之义。

为此，抗日根据地多次组织进行基层选举，每次都花很大的力气组织动员，有的地方还专门成立了选举委员会，成立选举训练班，针对选举的技术问题专门进行培训，编出了《选村长》这样的戏剧到处演出，形象地告诉农民选上自己合意的人会带来什么好处。为了宣传选举，各个边区都印行了大量的小报和宣传品，仅晋察冀边区就出了各种报刊100余种。有些报刊专门就是为了选举而存在的，像阜平的《大家选》、曲阳的《民选》、定县的《民主洪流》，等等。另外还有成千个村剧团、宣传队和歌咏队走村串街地进行宣传。各个根据地都根据自己的实际情况，颁布了详尽的选举法规。为了让农民更方便地选举，有的根据地还对原有的村制进行了调整。边区、县、区、乡或村都设有民意机关，区代表会由各村按比例选出代表组成，县和边区参议会则由下一级区域选出的代表组成，各级民意机构没有隶属关系。在乡村这一级，除了以前的村民（或乡民）大会外，设立了村民代表会，作为村民大会的常设机构。村民代表会由村长和各个公民小组选出的代表组成，平时有权过问村里的一切事务，并监督村公所的工作，凡公民小组认为不合格的代表，小组可以随时撤换。只是村长必须由村民大会改选，过半数以上的公民小组同意，可以随时召开临时村民大会。不仅如此，在选举过程中还规定可以竞选，县和边区的参议员可以通过集会和媒体进行竞选为自己拉票，而乡村选举的候选人也会到台上表示一下自己将要做些什么。在竞选过程中，台下的老百姓尽可以对他们作出各种评论。曾经作为苏维埃根据地的陕甘宁地区，人们可能对于“革命性”关注得比较多一点，而其他地方，老百姓考虑更多的则是候选人基于传统乡里道德的人品。

当然，对于选举，法规制定这种面上的工作许多政权都可以做，但认真地组织和宣传就有一定难度，事实上中国近代以来并没有哪个政权做过类似的工作，而挨家挨户的说服动员，这样细致繁难的工作就更没有人想过尝试了。而这一切，抗日根据地的共产党人都做到了。不仅如此，他们还和农民群众一起，想出了许多世界选举史上闻所未闻的选举办法，以适应识字不多和不识字的农民。据考证，根据地的投票方式有票选法、画圈法、画杠法、画点法、投豆法、烧洞法、投纸团法、背箱子和乍胳臂等，足以让西方世界大跌眼镜。投票选举法是全世界通用的选举方式，在抗日根据地，这种方式也在用，不过多用在比较上一级的选举中。而乡村选举用此法时，往往会加上一些变通措施，比如在候选人名单上编号，甚至用通行的外号代替大名写在票上。比较普遍的农村选举方式是红绿票法和豆选法。

红绿票法属于票选法的一种，具体施行是这样的：发给投票人额定的红绿票，而让候选人坐在台前，背对着投票者，每人背后一个票箱，红票意味着同意，绿票意味着反对，投票人对每个候选人只能投一种颜色的票。当场投票，当场开箱验票，红票多于绿票者当选。豆选法是根据地使用得最为普遍的一种选举法，其法以豆粒（什么豆子都可以，已经用过的有黄豆、绿豆和蚕豆等）作为选票，每个投票人发给一定额数的豆粒，每粒表示一票。投票时让候选人坐在台前一排，背对着投票者，每人背后放一大海碗，投票人陆续走过，认为信得过的，就在他的碗里放下一粒豆子，豆多者当选。这种土得掉渣的选举法当然比不得欧美发达国家的选举办法完善，执行的时候，常常会出现许多问题。但是，在当时落后闭塞的农村，面对一群识字无多甚至大多数不识字的农民（包括妇女和老人），这是所能采取的最适宜的选举方式了。

一位著名民主人士曾感叹道：“事实证明，唯有在扶助民主中，才可以训练民众的能力，而达到完全的民主。”抗日根据地的基层政权建设恰恰成为这句话最有力最鲜活的注脚，中国共产党在抗战大后方的基层政权建设将一个与国民党基层政权全然不同的形象呈现在国人和世界面前，与贪污腐化、专制的国民党基层政权截然不同，抗战时期中国共产党所领导的大后方基层政权却是以清廉、民主形象而引人注目。中共虽然在红军时期已经搞了近十年的政权建设，但红色苏维埃政权的真实形象一直鲜为外界知晓。可是，大家对于国民党政权尤其是基层政权到底是个什么形象却是十分清楚的。当罩在中共身上的迷雾终于被揭开时，他们抓住了历史性机遇，通过减租减息政策、倡导民主政治选举、建立“三三”制政权等措施，赢得了广大农民的支持，军事及政治实力大增。从而胜出了国共对抗的关键一局。反观本来掌握国家政治资源的国民党，却未能在抗战中纯化政权组织体系、提高行政管理效率，在官僚资本的腐蚀下日益沉沦。两党力量在抗战时期的此消彼长，成为中国政治进程的转折点。国民党在抗战后的国共决战中彻底失败，而中国共产党人获得了中国革命的胜利。

资料来源：张鸣：《中共抗日根据地基层政权的选举与文化复归》，《浙江社会科学》2001年第4期。

【点评】

抗日战争时期的民主政治建设由根据地的民主建设、中国共产党的民主建设、民主党派的民主建设三部分组成。抗日根据地的民主建设包括抗日民主政权的建立与完善、抗日民主的法制建设和民主思想的宣传教育。中国共产党的民主建设包括新民主主义的理论建设、党内民主建设和执政能力建设的尝试。民主党派的民主建设包括其民主思想的发展与转变、民主党派的联合与组织建设。民主政治建设的历史表明，民主建设必须从全民族抗战大局，共产党的民主建设是推动全社会民主政治建设的有效途径，民主政治建设应是开放的、创造性的。

案例二：首尾分离300载——《富春山居图》长离分情何堪

一幅作于660年前的山水画，最近深深地牵动了两岸同胞、海外侨胞的思绪。

它就是元代画家黄公望所作的《富春山居图》——既是有着中国山水画作品中“第一神品”之美誉的“画中兰亭”，又是因火焚残缺、“死别生离”而具有传奇色彩的传世名画。

在十一届全国人大三次会议闭幕后举行的记者会上，温家宝总理答台湾记者问时，特地提到这幅目前一段在浙江、一段在台湾的画卷。那句情真意切的“希望两幅画什么时候能合成一幅画”，那句饱蘸深情的“画是如此，人何以堪”，让这幅画卷承载了更多意义。

剪不断的乡愁家愿，挂在了这幅长长的画卷上；而围绕这幅画卷合璧团圆的一次次努力，让人们有了更多期待……

2010年3月20日，浙江富阳，春光明媚，风景如画。《富春山居图》的特种邮票首发仪式正在此地举行，分隔两岸的《富春山居图》在邮票上“完璧合展”。一位专程从杭州赶来的台胞金姓老人，在《富春山居图》纪念封上，毕恭毕敬地抄上了诗人余光中的著名诗歌《乡愁》。当海峡两岸关系协会副会长王在希说到“海峡隔不断五千年的文化”时，他眼中不禁涌出泪花；“以前，乡愁是一枚小小的邮票，是一湾浅浅的海峡，现在对我来说，乡愁还是一幅长长的画卷。多想在《富春山居图》诞生660周年时，能亲眼目睹这一代名画完璧重圆在上海世博会上啊。”

3月23日，台北“故宫博物院”，前台湾大学艺术史研究所教授傅申，用三句话给济济一堂的听众们概括他热爱与研究的《富春山居图》：“生于庚寅年，毁于庚寅年，名于庚寅年。”历史就是这样“巧合”。他说，《富春山居图》于公元1350年庚寅年完成；300年后，1650年，明代收藏家吴洪裕临死前下令将此画焚烧殉葬，是为“毁于庚寅年”；而同样是在庚寅年的今年，温家宝总理的深情希望，让《富春山居图》从一件艺术珍品变成两岸相连的一个文化象征符号。

邮票上的合璧，替代不了浙江省文化厅厅长杨建新的多年心愿：什么时候，这一卷分居两岸的《富春山居图》，能一起静卧展柜，让同胞细细地端详它精美无比的真容全貌，倾听它无声地诉说悲欢离合的故事？

《富春山居图》的多舛命运，是中国文化史的写照，更是两岸隔海相望的折射。画卷本是黄公望为挚友无用师所绘。但几经辗转流离，明朝末年，传至收藏家吴洪裕手中。他痴迷到决定死前焚图殉葬，是其侄子火中取画，才救下了这幅绝世佳品。

但画卷从此成残卷，并一分为二。火烧之前，画卷由8张画纸连成，全长848厘米。火烧之后，毁坏5尺，焚成两截。前段较小，只有51.4厘米，因画中正好有一山一水一丘一壑之景，定名为“剩山图”，流落民间；后段画幅较长，大约有6纸636厘米横长，现通称为“无用师卷”，后被清廷收藏。孰料，逃过“死别”一劫的《富春山居图》，再陷“生离”境地。

1933年，为避日军战火浩劫，“无用师卷”随故宫重要文物南迁，15年辗转过四川、贵州、南京，最终被运至台湾，藏于台北“故宫博物院”。而“剩山图”也在几经流沛后，于1956年走进浙江省博物馆，成为该馆半个世纪以来的“镇馆之宝”。

杭州，台北，600多年名画，从此隔海相望。

五千年的同根文化，岂是一湾窄窄的海峡能阻隔与分离？

早在1993年中秋之夜，上海电视台曾与台湾“华视”联合举办中秋晚会，电视屏幕上，这件传世名作在分离后首次通过技术手段“拼接”起来。

1999年7月，在富春江畔，中国美术学院院长潘公凯、教授孔仲起、台湾中华艺文交流协会会长史元钦、台湾国画家李奇茂等30多位海峡两岸书画家，联手临摹《富春山居图》长卷，书写了一段佳话。

杨建新是当年“圆合活动”的主要策划人。当时，他任浙江省政府台湾事务办公室主任，“10年前，两岸文化交流远没有今天这样频繁，互动很难。能两岸临摹，已属不易”。

2005年，《富春山居图》真迹合璧共展再次有了新进展。凤凰卫视董事局主席刘长乐曾几次到台湾努力促成此事，也得到了反馈：欢迎浙江省博物馆“剩山图”先去台湾展览；不过，“无用师卷”到大陆来“探亲”，先不谈。

这令杨建新既兴奋，又遗憾，“‘剩山图’去台湾展览没有任何问题，但我们希望实现两岸《富春山居图》的交流，有来有往”。

2009年10月，北京故宫博物院37件文物“出宫”，到台北与台北“故宫博物院”给合办“雍正大展”。两岸文物40多年互不往来的格局，被“雍正这个老头”率先打破。

此时，台湾方面也向浙江博物馆捎来口信、寄来书信。他们准备举办一个黄公望与《富春山居图》特展，希望能借浙江省博物馆的“剩山图”展出。这一次，杨建新态度依旧：浙江“没问题”，希望“双向交流”；而这一次，双方的共识在增多，合璧展出开始有了具体的时间计划。

据台湾《旺报》报道，台北“故宫博物院”院长周功鑫于2011年2月10日宣布，台北“故宫博物院”将于今年6月推出“山水合璧——黄公望与富春山居图”特展，为两岸合展纪录再添历史新页。

人们最希望的是，看到《富春山居图》能尽早跨越海峡，并卷展出，在它已有的传奇中，再注入一段新的传奇……

在《富春山居图》的“圆合活动”中承载了两岸人民太多的情思和乡愁，首尾分离三百载，隔海相望六十年，这幅画的命运也恰似两岸长久以来相隔相望于海峡的写照。2011年，台北“故宫”将举行“山水合璧——黄公望与富春山居图”特展，图已圆合，人未团圆。正逢开启中华民族历史新纪元的辛亥革命100周年这样一个特殊的年份，我们更加期许两岸关系在和平发展的轨道上继续向前迈进，取得更大的突破，为两岸同胞带来更多的福祉。期望通过共同纪念辛亥革命百年，两岸双方缩小分歧，凝聚共识。寻求进一步推动两岸关系发展的智慧。正是中山先生发出“振兴中华”的倡议且“一呼天下应”，而使武昌首义星火燎原，推翻帝制，肇建共和。共同纪念中国近代史上这一里程碑意义的事件，有助于两岸同胞重温共同的历史记忆，增进彼此的理解与感情，更有助于两岸双方稽古振今，团结两岸同胞共同致力于中华民族的伟大复兴。希望两岸双方站在新的历史起点上，站在全民族的高度，携手同心，共同努力，不断开创政治互信、经济互惠、文化相融、人民相亲的两岸关系崭新局面，走向中华民族伟大复兴的锦绣前程。

资料来源：百度文库。

【点评】

"一国两制"构想的提出，是从解决台湾问题开始的。1997年7月1日，中国政府对香港恢复行使主权。香港回归是中国人民在完成统一大业的道路上迈出的重要一步，标志"一国两制"构想取得了巨大成功。1999年12月20日，中国政府对澳门恢复行使主权。"一国两制"的含义：简单的说就是一个国家，两种制度。"一个国家"是指中国的主权和领土必须完整，不容分割，中国是一个统一的国家。"两种制度"是指在一个中国的前提下国家主体坚持社会主义制度，香港、澳门、台湾是中华人民共和国不可分割的一部分，它们作为特别行政区保持原有的资本主义制度和生活方式长期不变。坚持一个中国的原则。一国是两制的前提，实现祖国统一是一国两制的核心。一个中国，即中华人民共和国。中国政府坚决捍卫一个中国的原则，反对任何形式的"两个中国""一中一台""台湾独立"的企图。祖国统一是中华民族复兴的标志，中华民族的复兴是包括台湾同胞在内的全国各族人民的心愿。

◆实践拓展◆

实践项目一：抗日战争时期革命歌曲歌唱比赛

【实践题目】

歌唱比赛

【实践类型】

歌唱（合唱）

【实践目标】

通过学唱抗日救亡歌曲，使学生进一步加深对抗日战争是中华民族解放战争的理解，真切体会到抗日战争时期亿万民众奔赴战场，捍卫中华民族尊严的爱国热情和万众一心，同仇敌忾的高昂斗志。

【实践方案】

分组：5人一组，组成合唱队，设组长一名

时间：每组10分钟（1分钟歌曲介绍）

地点：教室和校园空地

流程：

（1）自选歌曲（阅读歌曲作品的内容，曲词作者的背景材料），组长组织排练

（2）教师统一组织，安排演出，设主持人1—2人

（3）主持人介绍歌曲产生背景，表现的精神，1分钟

（4）每组依序演唱（录像）

（5）教师点评

【实践成果】

歌唱表演

【实践评价】

教师根据歌曲介绍、表演效果，为各组打分，每组得分即是成员的得分

得分表

项　目	标　准	满　分	得　分
歌曲介绍	准确得当，简明扼要	20	
团队配合	团队精神，合作默契	30	
表演效果	精神饱满，情感充沛	50	
总　计	以上各项相加	100	

【参考资料】

抗日歌曲一览表

抗日战争爆发前后遍及全国的群众性爱国歌咏活动，始自1931“九一八”之后黄自等创作的合唱曲《抗敌歌》《旗正飘飘》和聂耳的《义勇军进行曲》《毕业歌》《新编“九一八”小调》等。“七七”事变后，救亡歌咏运动出现高潮。全面抗战，激发了艺术家的创作热情，促使他们源源不断地创作出大批艺术形式更多样、民族风格更鲜明的抗战歌曲，形成了“有人烟处，即有抗战歌曲”的形势。

《义勇军进行曲》：田汉词，聂耳曲。原为1935年电影《风云儿女》主题歌，后伴随着全国救亡运动的热潮，迅速传遍了大江南北、长城内外，成为最著名的一首抗日歌曲。1940年，著名歌唱家保罗·罗伯逊用汉语演唱了《义勇军进行曲》，并灌制了唱片，使这首歌享誉世界。第二次世界大战即将结束之际，在盟军胜利凯旋的曲目中，《义勇军进行曲》名列其中。新中国成立后，被定为中华人民共和国国歌。

《五月的鲜花》：光未然词，阎述诗曲。1935年，当日寇兵进山海关，威胁平津时，二十余岁的张光年以笔名“光未然”写下了独幕剧《阿银姑娘》。该剧的序歌就是《五月的鲜花》。紧接着，作曲家阎述诗为这首歌谱了曲，使

这支歌颂抗日志士、反对卖国投降的爱国抒情歌曲飞遍了全国。

《松花江上》：张寒晖词曲。"九一八"事变后，日寇占领了东北，几十万东北军和人民流亡关内。当时西安街头也出现了大批东北军和东北的流亡者，他们中的许多人流离失所，啼饥号寒。当时在陕西省立西安二中任教的张寒晖见到这种流浪徘徊的惨景，和着泪水开始创作。1936年底，在西安纪念"一二九"运动一周年的游行队伍中，西安二中的同学们唱起这首歌曲走上街头，很快这首歌便从西安唱到华北，再唱到东北，唱到燃遍抗日烽火的每一寸土地上。此歌与1937年11月江陵作词、刘雪庵作曲的《离家》《上前线》构成流亡三部曲。

《大刀进行曲》：麦新词曲。"大刀向鬼子们的头上砍去！"这首歌可以说是抗日歌曲中唱着最过瘾、最解恨的一首歌曲。卢沟桥事变发生后，处在前线的国民党第二十九军的大刀队，英勇杀敌，大显神威。当时在上海工作的进步青年麦新（原名孙培元），以满腔的爱国热情创作了《大刀进行曲》，1937年8月，作者在上海浦东大厦亲自指挥了这场首次演出，激起了听众强烈的共鸣，以惊天地泣鬼神、气壮山河的气概，为中华儿女吹起了抗日的号角，敲响了日寇终将灭亡的丧钟！

《长城谣》：潘子农词，刘雪庵曲。这是1937年毕业于上海国立音专的刘雪庵为左翼电影《关山万里》创作的，以长城为主题的插曲，是当时家喻户晓的爱国歌曲。《长城谣》经女高音歌唱家周小燕在新加坡演唱并灌制成唱片在国外发行，大大激起了东南亚和欧美侨胞的爱国热情，他们纷纷捐款，支援抗战。

《游击队歌》：贺绿汀词曲。"八一三"事变爆发后，贺绿汀随上海文化界救亡演剧一队沿沪宁、陇海、同蒲铁路线做抗日宣传工作，于1937年底到达晋西南的临汾，住在城郊的刘庄八路军办事处。此时他创作了这首献给八路军全体将士的歌曲，在洪洞县高庄召开的八路军总司令部高级将领会议的一次晚会上首次演出，受到热烈欢迎。

《到敌人后方去》：赵启海词，冼星海曲。抗日战争爆发后，冼星海参加了洪深领导的上海演剧第二大队，深入田间地头，工厂矿井，宣传救国救亡。此时，群众性抗日救亡歌咏运动进入高潮。冼星海在紧张繁忙的工作之余，更表现了极大的创作热情，《送棉衣》《江南三月》《太行山上》《到敌人后方去》等，都是这一时期创作中影响较大的抗日战歌。

《黄河大合唱》：光未然词，冼星海曲。1938年11月武汉沦陷后，诗人光未然（即张光年）带领抗敌演剧三队，从陕西宜川县的壶口附近东渡黄河，转入吕梁山抗日根据地。途中亲临险峡急流、怒涛漩涡、礁石瀑布的境地，目睹黄河船夫们与狂风恶浪搏斗的情景，聆听了悠长高亢、深沉有力的船夫号子。1939年1月抵达延安后，他一直酝酿着《黄河》词作，并在年除夕联欢会上朗诵了这部诗篇。冼星海听后异常兴奋，很快完成了这部大型声乐名作。4月13日在延安陕北公学大礼堂首演（由邬析零指挥），引起巨大反响。

《团结就是力量》：牧虹词，卢肃曲。这首歌诞生于1943年6月，在敌后抗日根据地晋察冀边区平山县黄泥区的一个小村子。为了配合河北平山和山西繁峙的广大农村的减租减息斗争，牧虹和卢肃在三四天的时间里，突击创作了小型歌剧《团结就是力量》。该剧的幕终曲，就是《团结就是力量》这首歌。当时令作者们没有想到的是，这首歌后来在解放战争时，在国民党统治区大为流行，成为“反内战、反饥饿、反独裁”的有力武器。

《歌唱二小放牛郎》：方冰词，劫夫曲。1942年10月25日，13岁的王二小在反“扫荡”斗争中，把敌人引进埋伏圈而壮烈牺牲。当时河北涞源县青救会干部张士奎得到消息，马上把他的事迹报道给了边区青救会，《晋察冀日报》在第一版发表了这条消息。词作家方冰、曲作家劫夫根据这篇报道，立即创作了这首歌，很快这首歌便在中华大地传唱开来，这一唱就是七十多年，感染了无数的国人。在抗日战争中，优秀的儿童抗战歌曲同样激励着中国人民浴血抗战，影响较大的还有《只怕不抵抗》《谁说我们年纪小》等。

资料来源：百度文库。

实践项目二：黄炎培与“历史周期率”

【实践题目】

黄炎培与“历史周期率”

【实践类型】

讨论

【实践目标】

通过讨论黄炎培提出的“历史周期率”，使学生进一步认识到民主政治运动的不断发展，民主政治建设的深入进行，不仅极大地动员和组织了各界民众投入到抗日战争的洪流中去，保障了抗日战争的最后胜利，而且还改变了

中国社会民主势力与专制独裁势力之间的力量对比，全面刷新了中国社会的政治面貌，为新民主主义革命的最后胜利奠定了坚实的基础

【实践方案】

分组：每10人为一组，设组长一名，组织讨论并负责记录

时间：1小时，50分钟为讨论时间，10分钟为抽检时间

地点：教室

流程：

步骤一：确定讨论内容，明确讨论主题

步骤二：每个人发表自己观点，3分钟

步骤三：其他人对发言人的观点进行评议，1分钟

步骤四：发言人与其他人进行讨论交流，2分钟

步骤五：依次实行

【实践成果】

发言稿、讨论记录

【实践评价】

教师以发言稿和讨论记录为依据，进行评分

得分表

项　目	标　准	满　分	得　分
个人发言	观点清晰，有理有据	60	
与他人讨论	联系现实，延伸有度	40	
总　计	以上各项相加	100	

【参考资料】

黄炎培与毛泽东畅谈“历史周期率”

2012年12月24日到25日，中共中央总书记习近平和中共中央政治局常委俞正声一起，登门走访8个民主党派中央和全国工商联。中国民主建国会中央主席陈昌智说，总书记对民建的历史非常了解，谈到了毛主席和黄炎培在延安窑洞关于历史周期律的一段对话，至今对中国共产党都是很好的鞭策和警示。黄炎培是民国时期有名的教育家与社会活动家，六十多年前他曾在延安与毛泽东有一场精彩的“窑洞对”。

“一二八事变”期间，黄炎培与史量才、杜月笙合作，组织“上海市地方协会”，发动各界募集物资、抢救伤员，有力支援了十九路军的抗日。1937

年，黄炎培随国民政府撤往重庆，任国防会议参议员；1938年当选国民参政会参政员。1941年，黄炎培发起中国民主同盟并任第一任主席；1945年创立中国民主建国会，任第一任主委。

1945年6月，褚辅成、黄炎培、冷通、王云五、傅斯年、左舜生、章伯钧七位国民参政员联名致电毛泽东、周恩来，表示希望访问延安，为两党谈判搭建桥梁，不久，中共中央回电欢迎。

除了王云五因病受阻外，其他六名参议员登上前往延安的飞机。7月1日延安的中共领导人，自毛泽东、周恩来、朱德以下，全部到机场迎接。当毛泽东和黄炎培握手时，毛泽东说："我们20多年不见了！"黄炎培一下很愕然，一问才知道，1920年杜威访华时，黄炎培曾请杜威在上海演讲。当时台下听众中就有毛泽东。

第二天，黄炎培等人到杨家岭，拜访毛泽东。黄炎培见会客室的四壁挂着几幅画，其中一幅是沈钧儒次子沈叔羊画的一瓶茅台，配有自己的一首七绝："喧传有客过茅台，酿酒池中洗脚来。是假是真我不管，天寒且饮两三杯。"这幅画是1943年国共关系恶化时，沈叔羊为他父亲"画以娱之"的。在请黄炎培题词时，他想起长征时谣传共产党人在茅台酒池里洗脚，当即题了这首诗。黄炎培忽然在这里见到旧作，知道中共是把自己当朋友的。

黄炎培一行在延安看到了琳琅满目的商品、各式各样的新房，以及街道上的意见箱——每个延安人都能"直达上听"，给毛泽东提建议。他发现，在延安喊毛泽东就是毛泽东，很少会称职衔。黄炎培在同中共领袖交谈时，毛泽东、朱德、陈毅等人的"朴实稳重"，也给他留下了深刻印象。

晚上，毛泽东设宴款待客人。黄炎培在宴会上说："就我所看到的，(延安）没有一寸土地是荒着的，也没有一个人好像在闲荡。有一位朋友告诉我，政府对于每个老百姓的生命和生活好像都负责，这句做到，在政治上更没有其他问题了。"

六位参政员将要回重庆时，毛泽东问黄炎培有什么感想，黄炎培坦率地说："我生六十多年，耳闻的不说，所亲眼看到的，真所谓'其兴也勃焉'，'其亡也忽焉'。一人，一家，一团体，一地方，乃至一国，不少单位都没有跳出这周期率的支配力。大凡初时聚精会神，没有一事不用心，没有一人不卖力，也许那时艰难困苦，只有从万死中觅取一生。既而环境渐渐好转了，精神也就渐渐放下了。有的因为历史长久，自然地惰性发作，由少数演变为多数，到风气养成，虽有大力，无法扭转，并且无法补救。也有为了区域一步步扩大，它的扩大，有的出于自然发展，有的为功业欲所驱使，强求发展，到干部人才渐见竭蹶、艰于应付的时候，环境倒越加复杂起来了，控制力不免趋于薄弱了。一部历史'政怠宦成'的也有，'人亡政息'的也有，'求荣取辱'的也有。总之没有能跳出这周期率。中共诸君从过去到现在，我略略了解了。就是希望找出条新路，来跳出这周期率的支配。"

毛泽东听了他这番话后，回答说："我们已经找到新路，我们能跳出这周期率。这条新路，就是民主。只有让人民来监督政府，政府才不敢松懈。只有人人起来负责，才不会人亡政息。"在黄炎培看来："这话是对的"，因为"只有把每一地方的事，公之于每地方的人，才能使地地得人，人人得事。把民主来打破这周期率，怕是有效的"。

在重庆，黄炎培闭门谢客，由自己口述，夫人姚维钧执笔，夫妻联手，用几天时间，写出一本小书——《延安归来》。黄炎培这本74页的小册子分为"延安归来答客问"与延安五天日记两部分，回忆了他访问中的所见所闻，呈现给外界一派欣欣向荣的景象。《延安归来》先是在《国讯》杂志发表了两天的日记，读者反响热烈。但是当要发行单行本的时候，遇到了问题。原来国民政府规定，新书出版要送有关部门审查。黄炎培知道如果自己走合法程序，这本书就会被扣，所以干脆一不做，二不休，也不送审，就直接印刷发行了。这本书出版当天，政府就出动人马四处搜查。封禁行为成一种"广告"，读者们对书的内容更为好奇，初版的两万册在几天内销售一空。

国民政府的书报审查制度始于1931年。从1937年到1945年，在国民党中央党部和国民政府档案中有案可查的，就有1311种书刊造查禁。从1938年3月到1945年8月，国民党中宣部和中央图书杂志审查委员会档案显示被禁书刊有2000种以上。这还不包括各地自行查禁的书刊。

黄炎培与朋友们即以《延安归来》为契机，发起了一场"拒检运动"。在重庆媒体界的压力下，当年9月30日，《中央日报》发布了《出版检查明日废除》的消息。

国共大规模开战后，黄炎培将责任归咎于国民党，一怒之下辞去参政员，回上海卖字为生。1949年年初，黄炎培在中共地下党的安排下，转道香港到北平。毛泽东、周恩来在香山的双清别墅接见了黄炎培。

黄炎培向毛泽东谈及民主建国会成立的经过，毛泽东说，民建以民营实业家为主，要以推动民营工作为主要工作。毛泽东给黄炎培吃了一颗"定心丸"：新中国成立后，不会如斯大林那样对民营企业"赶尽杀绝"，而会予以利用和发展。中华人民共和国建立后，黄炎培被任命为政务院副总理兼轻工业部部长。

70多岁的黄炎培成了政府主要领导，他不肯尸位素餐，不改直言本色。他亲笔给毛泽东写的信有一百多封，毛泽东的回信有六十多封，他们讨论的大都是国事，如1950年因为之前抑制通货膨胀，随后一度出现市场萧条、商店关门的情况。黄炎培遂将自己的建议，致信毛泽东、周恩来，以及分管经济工作的陈云、薄一波。毛泽东收信后，又请黄炎培当面讨论。放松银根、增发货币、增加信贷等建议被中央付诸实施，稳定了经济状况。对于毛泽东的从善如流，黄炎培很是感动，他在日记中写道："今如愿了。"

1949年后最初几年的发展，让黄炎培认为中国走出了"历史周期率"。1951年，黄炎培在《中国共产党三十年》中说："对人要和大众紧密联系，对己要自我批评；这些武器，会从人群中放出万丈光芒。只有流水是不腐的，事实已经证明，并不是夸张。到今天，我识得了，当时延安一席谈，我估计低了，所得到的答复，是正确的，'只有人人起来负责，这好政府才会久长'。"

学者朱宗震在《黄炎培日记》中发现这样一段内容：1952年8月4日，全国政协召开常委会议，毛泽东在晚餐后向各民主党派征求意见，黄炎培表示："三反五反"胜利结果，证明1945年在延安毛主席答复中共能用民主打破历史传统的兴亡反复的周期率是正确的。

资料来源：杨津涛：《黄炎培与毛泽东畅谈"历史周期率"》，《国家人文历史》2013年第3期。

【推荐阅读】

1. 何理：《抗日战争史》，上海人民出版社1985年版。

2. ［日］池田诚编著：《抗日战争与中国民众——中国的民族主义与民主主义》，求实出版社1989年版。

3. 章开沅编译：《天理难容——美国传教士眼中的南京大屠杀（1937—1938）》，南京大学出版社1999年版。

4. 全国政协文史资料委员会编：《抗日战争的正面战场》，安徽人民出版社2000年版。

5. 程兆奇：《南京大屠杀——日本虚构派批判》，上海辞书出版社2002年版。

6. 王真：《抗日战争与中国的国际地位》，社会科学文献出版社2003年版。

7. 张纯如：《南京大屠杀》，东方出版社2005年版。

8. 沙健孙主编：《中国共产党与抗日战争》，中央文献出版社2005年版。

9. 刘益涛：《中流砥柱——抗战中的毛泽东》，中央文献出版社2005年版。

第七章　为新中国而奋斗

知识梳理

◆知识框架◆

- 为新中国而奋斗
  - 从争取和平民主到进行自卫战争
    - 中国共产党争取和平民主的斗争
    - 国民党发动内战和解放区军民的自卫战争
  - 国民党政府处在全民的包围中
    - 全国解放战争的胜利发展
    - 土地改革与农民的广泛运动
    - 第二条战线的形成
  - 中国共产党与民主党派的合作
    - 各民主党派的历史发展
    - 中国共产党与民主党派的团结合作
    - 第三条道路的幻灭
    - 中国共产党领导的多党合作、政治协商格局的形成
  - 创建人民民主专政的新中国
    - 南京国民党政权的覆灭
    - 人民政府与《共同纲领》
    - 中国革命胜利的原因和基本经验

◆重点剖析◆

1. 抗日战争胜利后，国民党政府为什么会陷入全民的包围中并迅速走向崩溃？

（1）国民党政府实行专制独裁统治，官员们贪污腐化，大发国难财，在抗战后期就已严重丧失人心。抗战胜利之际，国民党政府所派官员把沦陷区的接收变成了“劫收”，大发胜利财，使人心进一步丧失。

（2）国民党政府在抗战胜利后违背全国人民迫切要求休养生息、和平建国的意愿，执行反人民的内战政策。为了筹措内战经费，向人民征收各种捐

税，无限制地发行纸币，导致恶性通货膨胀，工农业生产严重萎缩，把全国人民置于饥饿的境地。

(3) 代表大地主、大资产阶级利益的国民党政府在抗战胜利后，拒绝全国人民要和平、要民主、要自由的愿望，仍然继续并加强独裁统治。

因此，国民党政府把自己置于人民的对立面，丧失了人心，激起了全国人民的反抗，从而陷入了全面的包围之中，并迅速走向崩溃。

2. 如何认识民主党派的历史作用？中国共产党领导的多党合作、政治协商的格局是怎样形成的？

(1) 各民主党派虽然政纲不尽相同，但都主张爱国、反对卖国，主张民主、反对独裁。在抗战中，对反抗日本帝国主义侵略，特别是文化侵略，对国统区抗日民主运动的发展都起了积极作用。抗战胜利后，民主党派作为“第三方面”，主要与共产党一起，反对国民党的内战、独裁政策，为和平民主而奔走呼号。虽然有些党派后来跟着国民党走，但民盟等大多数民主党派人士是反对国民党一党独裁的，并与共产党一起为和平、民主、自由而斗争，还积极参加和支持国民党统治区的爱国民主运动，有力地支援了第二条战线的斗争。特别是在新中国成立前夕，同意接受中国共产党的领导，参加人民政协，为新中国的成立和新民主主义革命的胜利作出了自己的贡献。

(2) 各民主党派成立时，中国共产党就与它们建立了不同程度的合作关系，并在斗争实践中逐步发展了这种合作关系。在共同反对国民党独裁统治的斗争中，中国共产党不仅鼓励、支持各民主党派的斗争，而且对它们某些不妥的意见提出批评，诚恳地帮助它们进步，这使得中共与民主党派的关系更加融洽，合作方式不断发展、完善。

(3) 国民党政府坚持一党独裁，迫害民主党派进步人士，使得民主党派逐步转移到新民主主义革命立场上，特别是1948年1月民盟公开表示与共产党携手合作，1949年1月22日民主党派和无党派民主人士发表《对时局的意见》，表示愿意接受中国共产党的领导，拥护建立人民民主的新中国。

(4) 中国共产党也邀请各民主党派“积极参政，共同建设新中国”，1949年9月，各民主党派积极参加了中国人民政治协商会议。这标志着各民主党派正式接受了中国共产党领导和人民共和国，确认了社会主义的正确性。各民主党派也由在野党变成了人民民主专政的参政党，中国共产党领导的多党合作、政治协商的格局基本形成，中国共产党领导的多党合作和政治协商制度在此基础上也基本形成。

3. 为什么说“没有共产党就没有新中国”？中国革命取得胜利的基本经验是什么？

（1）中国共产党不仅代表着中国工人阶级的利益，而且代表着整个中华民族和全国人民的利益。

（2）中国共产党是用马克思主义的科学理论武装起来的，它以中国化的马克思主义即毛泽东思想作为一切工作的指针，它制定出适合中国国情的、符合中国人民利益的纲领、路线、方针和政策，为中国人民的斗争指明了正确方向。

（3）中国共产党人在革命过程中始终英勇地站在斗争的最前线。自1921年中国共产党诞生至1949年中华人民共和国成立这28年的革命斗争岁月里，为了中国人民的解放事业，有无数共产党人壮烈牺牲，有许多共产党的卓越领导人和杰出将领献出了生命。他们以自己的行动和生命证明了中国共产党是最有远见，最富于牺牲精神，又最能体察民情，全心全意为人民服务的政党。

（4）“没有共产党，就没有新中国”，这是中国人民基于自己的切身体验所确认的客观真理，是被中国近代历史所证明了的。

中国革命取得胜利的基本经验：（1）建立广泛的统一战线；（2）坚持革命的武装斗争；（3）加强共产党员自身建设；（4）必须与国际革命和进步力量团结一致；（5）所有的经验集中到一点就是工人阶级（经过共产党）领导的以工农联盟为基础的人民民主专政。

◆训练强化◆

一、判断题

1. 1947年12月毛泽东在《目前形势和我们的任务》中，明确提出了新民主主义的三大经济纲领。（　　）

2. 中华人民共和国的建立，标志着我国社会主义制度的确立。（　　）

3. 1949年中华人民共和国成立时，大陆全境已经解放。（　　）

4. 中国共产党在民主主义革命阶段的总路线是无产阶级领导的，人民大众的，反对帝国主义、封建主义和官僚资本主义的革命。（　　）

5. 解放战争时期，明确规定废除封建性及半封建性剥削的土地制度的文献是《中国土地法大纲》。（　　）

6. 中华人民共和国的成立标志着新民主主义革命取得了基本胜利。(　　)

7. 新中国的创建标志着近代以来中国人民面临的两大历史任务基本完成。(　　)

8. 革命的根本问题是国家政权问题。(　　)

9. 《中国人民政治协商会议组织法》被誉为中国人民大宪章，起着临时宪法作用。(　　)

10. 三大战役结束后，国民党赖以维持其反动统治的主要军事力量基本上被摧毁。(　　)

二、单项选择题

1. 关于“双十协定”说法不正确的是（　　）

A. 签订于1945年10月10日　　B. 即为《政府与中共代表会谈纪要》

C. 确认了和平建国的基本方针　　D. 成为国民党始终恪守的一个原则

2. 标志着和谈之门被国民党全部关闭，国共关系全部破裂的是（　　）

A. 较场口惨案

B. 下关惨案

C. 国民党大举进攻中原地区

D. 国民党逐出中共驻南京、上海、重庆三地代表及其工作人员

3. 关于《五四指示》，说法不正确的是（　　）

A. 发布于1946年5月4日

B. 即为《关于清算、减租及土地问题的指示》

C. 决定将党在抗日战争时期实行的减租减息的政策改变为实现“耕者有其田”的政策

D. 彻底解决了农民的土地问题

4. 下列运动中不是以学生为主力的是（　　）

A. 一二一运动

B. 一二三〇运动

C. 反饥饿、反内战、挽救教育危机联合大游行

D. 二二八起义

5. 关于中国各民主党派的说法，不正确的是（　　）

A. 中国各民主党派是中国共产党领导的爱国统一战线的重要组成部分

B. 少数成立于大革命时期和土地革命战争时期，多数成立于抗战时期和解放战争时期

C. 中国民主建国会于1945年12月16日在重庆成立

D. 中国民主促进会以实业界的中上层人士为主

6. 关于中国各民主党派形成时的社会基础的说法，不正确的是（　　）

A. 主要是民族资产阶级、城市小资产阶级及其知识分子及其他爱国民主分子

B. 他们所联系和代表的是相对固定的单一阶级

C. 是阶级联盟性质的政党

D. 包括一定数量的革命知识分子和少数共产党人

7. 标志着民盟站到了新民主主义革命的立场上来的是（　　）

A. 民盟一届三中全会

B. 国民党当局宣布民盟“为非法团体”

C. 民盟总部发布公告

D. 中国民主同盟全国代表大会

8. 构成《中国人民政治协商会议共同纲领》基础的是（　　）

A. 毛泽东的《新民主主义论》和《论人民民主专政》

B. 中共七届二中全会的规定和毛泽东的《论人民民主专政》

C. 中共七届二中全会的规定和毛泽东的《新民主主义论》

D. 中共七大和中共七届二中全会的规定

9. 下列关于中国人民政治协商会议第一届全体会议的说法，不正确的是（　　）

A. 一致同意以新民主主义即人民民主主义为中华人民共和国的政治基础

B. 通过了《中国人民政治协商会议共同纲领》

C. 通过了中央人民政府组织法

D. 制定了第一部正式宪法

10. 《中国人民政治协商会议共同纲领》规定，新中国经济工作的方针是（　　）

A. 公私兼顾、劳资两利、城乡互助、内外交流

B. 大力发展国营经济，消灭个体经济

C. 大力发展国营经济，消灭私人资本主义经济

D. 为了国家经济发展的需要，可以牺牲个人的利益

11. 关于统一战线中“两个联盟”说法，不正确的是（　　）

A. 一个是劳动者的联盟，主要是工人、农民和城市小资产阶级的联盟

B. 一个是劳动者与非劳动者的联盟，主要是劳动者与民族资产阶级的联盟，有时还包括与一部分大资产阶级的暂时联盟

C. 必须坚决依靠第一个联盟，争取建立和扩大第二个联盟

D. 必须坚决依靠第一个联盟，尽量不发展第二个联盟

12. 标志着近代以来中国争取民族独立和人民解放的历史任务基本完成的是（　　）

A. 抗日战争的胜利　　B. 打败国民党反对派

C. 人民民主专政的新中国的创建　　D. 中共七届二中全会胜利召开

13. 人民解放战争走向胜利的历史转折点是（　　）

A. 粉碎国民党军队的重点进攻　　B. 人民解放军全国规模的战略进攻

C. 人民解放军实施三大战役　　D. 人民解放军进行渡江战役

14. 在中国共产党自身建设的问题上，毛泽东明确提出“两个务必”要求的会议是（　　）

A. 七届二中全会　B. 七届三中全会　C. 中共七大　D. 七届一中全会

15. 中国共产党明确提出“和平、民主、团结”口号的文献是（　　）

A.《对目前时局的宣言》

B.《中国人民政治协商会议共同纲领》

C.《论人民民主专政》

D.《双十协定》

16. 1945年昆明一二一运动，吹响了国统区爱国学生运动的第一声号角，在全国范围内产生了重大影响，它的基本口号是（　　）

A. “反饥饿、反内战、反迫害”　　B. “反对内战，争取自由”

C. “抗议美军暴行”　　D. “美军退出中国”

17. 1949年4月21日，毛泽东、朱德发布《向全国进军的命令》，中国人民解放军发起（　　）

A. 渡江战役　　B. 济南战役　　C. 平津战役　　D. 淮海战役

18. 国共重庆谈判的焦点是（　　）

A. 建国方针问题　　B. 建国目标问题

C. 国大代表问题　　D. 军队和政权问题

19. 自1948年9月12日开始到1949年1月31日结束的三大战役是（　　）

A. 济南战役、辽沈战役、淮海战役 B. 济南战役、淮海战役、平津战役
C. 辽沈战役、淮海战役、平津战役 D. 淮海战役、平津战役、渡江战役

20. 国统区人民进行的第二条战线的斗争（　　）

A. 以工人运动为发端　　B. 以农民运动为发端

C. 以学生运动为发端　　D. 以城镇贫民运动为发端

三、多项选择题

1. 毛泽东在《目前形势和我们的任务》的报告中指出（　　）

A. 人民解放军转入全面反攻，这是一个历史的转折点

B. 这是蒋介石二十年反革命统治由发展到消灭的转折点

C. 这是一百多年来帝国主义在中国的统治由发展到消灭的转折点

D. 新民主主义革命是无产阶级领导的，人民大众的，反对帝国主义、封建主义和官僚资本主义的革命

2. 下列关于“第三条道路”的说法，正确的是（　　）

A. 显然和中共的主张有一定的差别，但是走的也是新民主主义道路

B. 主张政治上实现英美式的民主政治，但不准地主官僚资本家操纵

C. 经济上实行改良的资本主义，但不容官僚买办资本横行

D. 实质上仍然是资产阶级共和国方案，走的是旧民主主义道路

3. 中国七届二中全会的主要内容是（　　）

A. 规定了全国胜利后中国共产党在政治、经济、外交方面应当采取的基本政策

B. 提出中国由农业国转变为工业国，由新民主主义社会转变为社会主义社会的发展方向

C. 提出了“两个务必”的要求

D. 指出国内的主要矛盾是人民对于经济文化迅速发展的需要同当前经济文化不能满足人民需要的状况之间的矛盾

4. 毛泽东在《论人民民主专政》中阐述的建立人民民主专政的新中国的主张包括（　　）

A. 人民民主专政的基础是工人阶级、农民阶级和城市小资产阶级的联盟

B. 在工人阶级、农民阶级和城市小资产阶级的联盟中，主要的是工人阶级和农民阶级的联盟

C. 由新民主主义到社会主义，主要依靠工人阶级和农民阶级的联盟

D. 为建立新中国，必须利用一切有利于国计民生而不是有害的城乡资本主义因素，团结民族资产阶级

5.《中国人民政治协商会议共同纲领》规定（　　）

A. 中华人民共和国实行工人阶级领导的以工农联盟为基础的、团结各民主阶级和国内各民族的人民民主专政

B. 中华人民共和国境内各民族一律平等

C. 以公私兼顾、劳资两利、城乡互助、内外交流的政策，达到发展生产，繁荣经济之目的

D. 保障本国独立、自由和领土主权的完整，维护国际的持久和平和各国人民间的友好合作，反对帝国主义的侵略政策和战争政策

6. 中国革命胜利的主要原因是（　　）

A. 有了中国工人阶级的先锋队——中国共产党的领导

B. 中国人民走上了反帝反封建反官僚资本主义斗争的伟大时代

C. 国际无产阶级和人民群众的支持

D. 共产国际的指导和帮助

7. 中国革命胜利的基本经验包括（　　）

A. 建立广泛的统一战线

B. 坚持革命的武装斗争

C. 建立工人阶级政党领导的、具有严格纪律的、同人民群众保持亲密联系的新型人民军队

D. 加强共产党自身的建设

8. 中国人民政治协商会议第一届全体会议通过的《中国人民政治协商会议共同纲领》的主要内容有（　　）

A. 规定了新中国的国体和政体　　B. 规定了新中国的基本民族政策

C. 规定了新中国的经济工作方针　　D. 规定了新中国的外交工作原则

9.《中国人民政治协商会议共同纲领》规定的新中国外交工作的原则是（　　）

A. 保障本国独立、自由和领土安全

B. 维护国际持久和平和各国人民间的友好合作

C. 反对帝国主义的侵略政策和战争政策

D. 支持第三世界人民的革命斗争

10. 中国共产党领导的革命包括（　　）

A. 旧民主主义革命 B. 新民主主义革命 C. 社会主义革命 D. 共产主义革命

四、思考题

1. 抗日战争胜利后，国民党政府为什么会陷于人民的包围中并迅速走向崩溃?

2. 如何认识民主党派的历史作用? 中国共产党领导多党合作、政治协商的格局是怎样形成的?

3. 为什么说“没有共产党就没有新中国”? 中国革命取得胜利的基本经验是什么?

五、材料分析题

1. 【材料】西方资产阶级的文明，资产阶级的民主主义，资产阶级共和国的方案，在中国人民的心目中，一齐破了产。资产阶级的民主主义让位给工人阶级领导的人民民主主义，资产阶级共和国让位给人民共和国。……资产阶级共和国，外国有过，中国不能有，因为中国是受帝国主义压迫的国家。唯一的路是经过工人阶级领导的人民共和国。

——摘自毛泽东:《论人民民主专政》，见《毛泽东选集》(第4卷)，人民出版社1991年版，第1471页。

请回答:

(1) 根据材料分析毛泽东关于建立新中国的基本观点。

(2) 根据材料及所学知识分析为什么资产阶级共和国在中国行不通?

2. 【材料1】因为强大的帝国主义及其在中国的反动的同盟军，总是长期地占据着中国的中心城市，如果革命的队伍……要坚持奋斗下去，如果革命的队伍要准备积蓄和锻炼自己的力量，并避免在力量不够的时候同强大的敌人作决定胜负的战斗，那就必须把落后的农村造成先进的巩固的根据地……借以在长期战斗中逐步地争取革命的全部胜利。

——摘自毛泽东:《井冈山的斗争》

【材料2】目前形势的基本特点，就是日本帝国主义要变中国为它的殖民地。……当着革命的形势已经改变的时候，革命的策略，革命的领导方式，也必须跟着改变。

——摘自毛泽东:《论反对日本帝国主义》

【材料3】从现在起，党的工作重心由乡村移到城市。……革命胜利以后，中国由农业国变为工业国，由新民主主义社会变为社会主义社会。

——摘自毛泽东：《在中共七届二中全会上的报告》

请回答：

（1）材料1主张中国革命走什么道路？为什么？

（2）材料2“目前形势的基本特点”是什么时候出现的？当革命形势已经改变的时候中共的革命策略是怎样跟着改变的？

（3）材料3中党的工作重心转移的依据是什么？规定革命胜利后的任务是什么？

（4）从上述材料中你能得出什么认识？

参考答案

一、判断题

1. √　2. ×　3. ×　4. √　5. √　6. √　7. ×　8. √　9. ×　10. √

二、单项选择题

1. D　2. D　3. D　4. D　5. D　6. B　7. A　8. B　9. D　10. A　11. D　12. C　13. B　14. A　15. A　16. B　17. A　18. D　19. C　20. C

三、多项选择题

1. ABCD　2. BCD　3. ABC　4. ABCD　5. ABCD　6. ABC　7. ABD　8. ABCD　9. ABC　10. BC

自测题

一、单项选择（本大题共10小题，每小题1分，共10分）

1. 解放战争时期，国民党挑起了全国性的内战的时间是（　　）

A. 1946年6月底　　B. 1945年6月底

C. 1947年3月　　D. 1946年10月

2. 在1946年6月至1947年6月的一年稍多一点的时间里，人民军队处于战略防御阶段。战争主要在（　　）

A. 解放区进行　　B. 敌占区进行

C. 国统区进行　　　　D. 根据地进行

3. 揭开人民解放战争战略进攻的序幕的野战军是（　　）

A. 西北野战军　　　　B. 晋冀鲁豫野战军

C. 华东野战军　　　　D. 东北民主联军

4. 1947年7月至9月，中国共产党在河北省平山县召开全国土地会议，制定和通过了（　　）

A. 《中国土地法大纲》

B. 《井冈山土地法》

C. 《兴国土地法》

D. 《关于清算、减租及土地问题的指示》

5. 从根本上摧毁中国封建制度根基的社会大变革是（　　）

A. 社会革命　　　　B. 土地制度改革

C. 政治制度改革　　　　D. 经济制度改革

6. 在下列著作中，标志着人民民主专政理论完全形成的是（　　）

A. 《将革命进行到底》　　　　B. 《论人民民主专政》

C. 《论政策》　　　　D. 《中国革命战争的战略问题》

7. 1949年9月21日，中国人民政治协商会议第一届全体会议在北平中南海怀仁堂隆重开幕，会议通过了（　　）

A. 《中国人民政治协商会议共同纲领》

B. 《中国土地法大纲》

C. 《中华人民共和国宪法》

D. 《井冈山土地法》

8. 毛泽东第一次公开提出“人民民主专政”概念的著作是（　　）

A. 《新民主主义论》　　　　B. 《论人民民主专政》

C. 《论联合政府》　　　　D. 《将革命进行到底》

9. 人民民主专政的本质特征是（　　）

A. 以工人阶级为领导

B. 对人民实行民主，对敌人实行专政

C. 民主集中制

D. 人民代表大会制度

10. 新民主主义的前途是（　　）

A. 共产主义　　B. 封建主义　　C. 资本主义　　D. 社会主义

二、多项选择（本大题共10小题，每小题2分，共20分）

11. 1946年，按照政协协议，中国将成立联合政府，其成员包括（　　）

A. 国民党代表　　B. 共产党代表

C. 中间党派代表　　D. 无党派代表

E. 少数民族代表

12. 1946年，在重庆召开的政治协商会议通过的协议案有（　　）

A. 政府组织　　B. 国民大会

C. 和平建国纲领　　D. 宪法草案

E. 军事问题

13. 毛泽东在《论人民民主专政》一文中指出人民民主专政的阶级基础是（　　）

A. 工人阶级　　B. 农民阶级

C. 城市小资产阶级　　D. 民族资产阶级

E. 大资产阶级

14. 1947年7月至9月，中国共产党在河北省平山县召开全国土地会议，制定和通过了《中国土地法大纲》，明确规定（　　）

A. 废除封建性及半封建性的土地制度

B. 实现耕者有其田的制度

C. 乡村中一切地主的土地及公田，由乡村农会接收

D. 分配给无地或少地的农民

E. 平均地权

15. 解放战争时期，爆发的学生运动有（　　）

A. 一二一运动　　B. 五四运动

C. 一二九运动　　D. 一二三〇运动

E. 五二〇运动

16. 解放战争时期著名的三大战役是（　　）

A. 辽沈战役　　B. 淮海战役

C. 平津战役　　D. 济南战役

E. 挺进大别山

17. 1946年1月参加政协的党派有（　　）

A. 共产党　　B. 国民党

C. 民主同盟　　　　D. 青年党

E. 民主建国会

18. 在反独裁、争民主的斗争中献出了自己的生命的民主人士有（　　）

A. 邓演达　　　　B. 李公朴

C. 闻一多　　　　D. 方志敏

E. 杨靖宇

19. 中国共产党在中国革命中战胜敌人的三个主要法宝是（　　）

A. 统一战线　　　　B. 根据地建设

C. 武装斗争　　　　D. 土地革命

E. 党的建设

20. 中国共产党首先注重党的思想建设，要求党员（　　）

A. 用工人阶级思想克服资产阶级、小资产阶级思想，解决思想上入党的问题

B. 培植和发扬理论与实际相结合的作风

C. 培植和发扬密切联系群众和自我批评的作风

D. 在党内斗争中实行“惩前毖后，治病救人”的方针

E. 创造了在全党通过批评与自我批评进行马克思主义思想教育的整风形式

三、辨析题（本大题共2小题，每小题10分，共20分）

21. 革命的根本问题是国家政权问题。

22. 中国革命的发生不是偶然的，它有着深刻的社会根源和雄厚的群众基础。

四、论述题（本大题共3小题，每小题10分，共30分）

23. 抗日战争胜利后，国民党的统治为什么会陷于“全民的包围中”并迅速走向崩溃?

24. 如何认识民主党派的历史作用？中国共产党领导的多党合作、政治协商的格局是怎样形成的?

25. 为什么说“没有共产党就没有新中国”？中国革命取得胜利的基本经验是什么?

◆案例点评◆

案例一：第二条战线的斗争与国民党统治的覆灭

"为什么胜利以后我们不能和平建设？为什么胜利后老百姓痛苦益重？我们浴血抗战八年为的是什么？看国家已被贪污腐败发动内战的一群人糟蹋成什么样子？

"老百姓要团结，和平建国，而这反动腐败的一群人却要实现武力统一，征兵，征粮，一切为内战，不顾老百姓的死活，我们问：人民为什么吃不饱？政府为什么滥发钞票？国家的财富哪里去了？一句话全为内战。他们要维护既得利益，掀起了内战，把人民的血肉、国家的财富，都塞进炮口去了。因此，教育经费少得可怜，公教人员不能温饱，老百姓为饥饿所迫而抢米，经济已经崩溃，人民陷于空前的灾难。在这样紧急关头，为着千百万老百姓要活命，为着我们自己要活命，我们忍痛暂时牺牲学业，放下书本，进行反饥饿反内战运动。我们要挽危机，救人民，救自己，救我们的国家。这反内战反饥饿神圣的工作，是不容破坏、不容曲解的。但是，就在前天（五月十八日），北大、清华、北洋宣传队在西单宣传时，遭到毒打，致重伤二十余人。这种暴行决不能吓住反内战的人民，人民不怕！反饥饿反内战的队伍会更壮大起来！

"我们华北各院校的全体同学明白宣誓：为反饥饿反内战而献身，为了全中国的老百姓，我们准备承当任何诬蔑，任何毒打，一切阻止不了我们，除非内战停止，和平团结的民主政府出现。

"我们的口号是：一、反对饥饿，反对内战。二、公务人员待遇应按物价指数比例增加。三、提高高等教育经费至国家总预算百分之十五。四、全国各公私立大中学校学生一律公费待遇。五、反对征兵，征实，征购。六、提高工人工资，减轻农民负担。七、废除一切苛捐杂税，减轻商业负担。八、清算官僚资本，彻底挽救经济危机。九、恢复政协路线，实行真正的民主政治。十、抗议'五一八'血案，要求切实保障人权。"

毛泽东在1947年5月30日为新华社所写《蒋介石政府已处在全民的包围之中》的评论中，高度评价了这次学生运动，他说："中国境内已有了两条战线。蒋介石进犯军和人民解放军的战争，这是第一条战线。现在又出现了第二条战线，这就是伟大的正义的学生运动和蒋介石之间的尖锐斗争……学生运动是整个人民运动的一部分。学生运动的高涨，不可避免地要促进整个人民运动的高涨。过去五四运动时期和‘一二九’运动时期的历史经验，已经表明了这一点。”

资料来源：《华北学生发表反饥饿反内战宣言》，载《燕京新闻》(1947年5月26日)，见《毛泽东选集》(第4卷)，人民出版社1991年版，第1224—1225页。

【点评】

第二条战线，是中国人民革命斗争的有机组成部分，给予人民解放战争以直接的配合。因此，在中国人民解放战争历史上功不可没。它在政治上揭露和孤立了美蒋反动派，扩大了中国共产党的影响。反美抗暴斗争促使驻华美军撤退及美对华政策的改变，在一定程度上削弱了中国人民解放事业前进道路上的障碍；“五二〇”运动则为中共中央提出“打倒蒋介石，解放全中国”的口号，创造了一个重要条件，直接推动了中国革命的进程。爱国民主运动的发展，还直接牵制了国民党的力量，削弱了它的一线兵力。在斗争中经受锻炼和考验的学生、工人、农民骨干分子，成为支援解放战争，配合人民军队接管城市的基本力量。第二条战线的巨大功绩，将永垂史册！

案例二：中间路线的破产与中共领导下多党合作制度的形成

“其实所谓中间路线（共左国右，自居中间），或第三路线（国一共二，自居第三），只是一个幻想，只是一个欺骗。

“就令现象有一条中间路线，也无人能走。国内阶层，过去诚如所说两头小，中间大，但在今日，实已不然，至少一天天走向不然的方面。

“今日是一天天地把原来大的中间缩为小，一天一天地把中间赶入两端，一天一天地把本来不富不穷的夷成穷光蛋。

“今日国家真正的问题，本在民主封建势难两立，二者之间，也岂有余地，容所谓中间层，任意徘徊于其间？事实上今日所谓不走极端的中间分子、自由主义者，原不过是些现状维持者，初不肯走，又怎能走成路线？自由主义者标榜中间路线，对于真在走路的人，也许会有些乱人心意，碍手碍脚的作用。

“今日唯一的出路，唯一可能的路线，就是前进的路。是前进的，革命的；人民的，民主的；科学的。

“这个唯一的出路，既是今日一切被压迫被剥削被侵略者的共同出路，也是人民的出路，而不是哪党哪派的私路。不问什么党派，只要它是民主的，要为人民服务，要站得住，更要前进，都应该走这条路。”

“为了反对独裁卖国，实现真正的民主与和平，本盟愿伸出手来，欢迎一切民主党派的合作，而且要与一切民主党派结成坚强的民主统一战线。中国共产党为民主事业而奋斗的历史，日寇投降以来，为实现国内和平的努力，是值得每个爱国的中国人赞佩，本盟今后要与他们携手合作，彻底消灭独裁卖国的国民党反动集团！”

资料来源：张申府：《论中国的出路》，载《中国建设》1948年第6期；《中国民主同盟一届三中全会宣言》（1948年1月19日），见中国民主同盟中央文史资料委员会编：《中国民主同盟历史文献》（1941—1949），文史资料出版社1983年版，第374—378页。

【点评】

中国共产党领导下的多党合作制度是历史形成的，是我国政治制度一大特点和优点。历史表明：中国共产党领导的多党合作和政治协商，在实践上是行之有效的。坚持和完善这一制度，是我国政治体制改革的一项重要内容，对于巩固和扩大爱国统一战线，发扬社会主义民主，促进全国各族人民的大团结，实现党和国家的总任务具有重要意义。

案例三：解放战争时期中美关系的演变及中共的斗争策略

“1945年12月15日，马歇尔离华盛顿来华，杜鲁门发表声明，阐述对华政策。第一，希望国民政府与中共停止冲突，由主要政治分子代表共同参加之全国性会议，促成统一（即国共停战，召开政治协商会议）。第二，承认国民政府为中国唯一合法政府，如其基础扩大，容纳其他政治分子，必能促进中国之和平统一与民主改革，一党训政，似须修改（即改组国民党政府为联合政府）。第三，共产党自主军队的存在，实与中国政治团结背道而驰，在广泛代议制的政府建立之际，所有武装部队，应归编国军（即共军改编为国军）。第四，中国按照上述途径向和平之道迈进之际，美国即协助国民政府从事建设，改善经济，建立军事体制（即美国给中国以经济援助）。”

“从日本投降到1948年底，美国共向中国提供了10亿美元军事援助和相同数目的经济援助。”“不幸的但无法逃避的事实，是中国内战不幸结果，为美国政府控制所不及。美国在它能力的合理限度以内，所曾经做的或能够做到的种种措施，都不能改变这种结果。”

资料来源：郭廷以：《近代中国史纲》，格致出版社2009年版，第504页；[美]迪安·艾奇逊：《艾奇逊回忆录》，上海译文出版社1978年版，第181页。

【点评】

第二次世界大战后，美国对华的政策经历由“扶蒋溶共”到“援蒋反共”的转变过程。这种政策实质是美国霸权主义政策，把中国变成美国的半殖民地或附庸国，在亚洲抗衡苏联。中国共产党对美国对华的不同时期政策从中国的实际出发，作出由“可以公开的揭露和坚决的斗争，但仍留有一定的回旋余地”到“有时也可中立美国”的策略思想，再到宣布美帝国主义是中国革命的敌人。这种策略的灵活运用，有效地限制了美国干涉中国内政的范围和程度，掌握对美蒋斗争的主动权，最终取得新民主主义革命的胜利。

◆实践拓展◆

实践项目一：爱国主义教育基地

【实践题目】

参观爱国主义教育基地

【实践类型】

参观

【实践目标】

通过参观，使学生进一步认识到新中国来之不易，其中有多少艰难险阻，有多少人为之流血牺牲。作为当代年轻人，要把个人的前途与祖国联系在一起，不断增强爱国情感，培养民族精神，确立远大志向，规范行为习惯，提高基本素质，成长为中国特色社会主义事业的合格建设者和接班人

【实践方案】

分组：每10人为一组，设组长一名，负责组织管理

时间：1天

地点：就近的爱国主义实践基地

准备：查阅爱国主义教育基地的相关史料，明确参观目的，并准备记录本，拍照设备

流程：

步骤一：制定参观具体方案

步骤二：基地前集中，交代有关事项，讲明参观目的

步骤三：参观并记录、拍照

步骤四：参观结束后，分小组集中讨论，交流心得

步骤五：每人撰写一篇观后感，并提交

【实践成果】

观后感，字数不少于1000，附图片、照片等资料

【实践评价】

教师根据观后感，并参考图片说明等，为每个学生评分，抄袭者，零分计

得分表

项　目	标　准	满　分	得　分
内　容	紧扣主题，把握精髓	60	
质　量	有史有论，感情饱满	30	
辅助资料	图片、视频、音乐、说明	10	
总　计	以上各项相加	100	

【参考资料】

爱国主义教育基地（三批）

第一批：

北京市

天安门广场

中国历史博物馆

中国革命博物馆

中国人民革命军事博物馆

中国人民抗日战争纪念馆

故宫博物院

圆明园遗址公园

八达岭长城

周口店遗址博物馆

天津市

天津盘山烈士陵园

河北省

乐亭李大钊纪念馆

涉县129师司令部旧址

白求恩、柯棣华纪念馆

清苑冉庄地道战遗址

西柏坡中共中央旧址

董存瑞烈士陵园

山西省

八路军太行纪念馆（八路军总部旧址）

“百团大战”纪念馆（碑）

刘胡兰纪念馆

内蒙古自治区

乌兰夫纪念馆

辽宁省

沈阳九一八历史博物馆

旅顺万忠墓纪念馆

辽沈战役纪念馆

抗美援朝纪念馆

抚顺雷锋纪念馆

吉林省

杨靖宇烈士陵园

黑龙江省

东北烈士纪念馆

侵华日军731细菌部队罪证陈列馆

铁人王进喜纪念馆

瑷珲历史陈列馆

上海市

中国共产党第一次全国代表大会会址纪念馆

上海龙华烈士陵园

宋庆龄陵园

上海博物馆

江苏省

中山陵

周恩来纪念馆（故居）

新四军纪念馆

侵华日军南京大屠杀遇难同胞纪念馆

雨花台烈士陵园

淮海战役烈士纪念塔（馆）

《南京条约》史料陈列馆（中英《南京条约》签约旧址）

浙江省

南湖革命纪念馆

鲁迅故居及纪念馆

镇海口海防遗址

禹陵

河姆渡遗址博物馆

安徽省

陶行知纪念馆

福建省

古田会议纪念馆

陈嘉庚生平事迹陈列馆

林则徐纪念馆

郑成功纪念馆

泉州海外交通史博物馆

江西省

安源路矿工人运动纪念馆

南昌八一起义纪念馆

井冈山革命纪念地（博物馆、烈士陵园、黄洋界、八角楼、会师广场、龙江书院、毛泽东旧居等）

瑞金中央革命根据地纪念馆

山东省

孔繁森纪念馆

台儿庄大战纪念馆

中日甲午战争博物馆

孔子故居

河南省

林州红旗渠纪念馆

兰考焦裕禄烈士陵园

安阳殷墟博物苑

湖北省

武汉二七纪念馆

武昌中央农民运动讲习所旧址纪念馆

红安黄麻起义和鄂豫皖苏区革命烈士陵园

辛亥革命武昌起义纪念馆

李时珍纪念馆

湖南省

韶山毛泽东纪念馆（故居）

刘少奇纪念馆

炎帝陵

广东省

孙中山故居纪念馆

广州起义烈士陵园

鸦片战争博物馆（虎门炮台）

三元里人民抗英斗争纪念馆

广西壮族自治区

中国工农红军第七军军部旧址

红军长征突破湘江烈士纪念碑园

海南省

中国工农红军琼崖纵队改编旧址

四川省

邓小平故居

朱德故居暨朱德铜像纪念园

赵一曼纪念馆

黄继光纪念馆

都江堰水利工程

重庆市

重庆歌乐山革命烈士陵园

重庆红岩革命纪念馆

邱少云烈士纪念馆

云南省

“一二一”四烈士墓及“一二一”纪念馆

贵州省

遵义会议纪念馆

西藏自治区

山南烈士陵园

江孜抗英遗址

陕西省

延安革命纪念地（纪念馆、枣园、王家坪、杨家岭、凤凰山、清凉山、四·八烈士陵园等）

西安事变纪念馆

八路军西安办事处纪念馆

陕西历史博物馆

秦始皇兵马俑博物馆

黄帝陵

半坡遗址博物馆

宁夏回族自治区

宁夏博物馆

甘肃省

会宁红军会师楼

敦煌莫高窟

嘉峪关

青海省

中国工农红军西路军纪念馆

新疆维吾尔自治区

乌鲁木齐烈士陵园

第二批：

北京市

李大钊烈士陵园

焦庄户地道战遗址纪念馆

北京自然博物馆

中国航空博物馆

中国科学技术馆

天津市

平津战役纪念馆

周恩来邓颖超纪念馆

天津自然博物馆

天津科学技术馆

河北省

华北军区烈士陵园

潘家峪惨案纪念馆

中国人民抗日军事政治大学陈列馆

河北省博物馆

唐山抗震纪念馆

山西省

黄崖洞革命纪念地

太原解放纪念馆

平型关战役遗址

太行太岳烈士陵园

山西国民师范旧址革命活动纪念馆

内蒙古自治区

内蒙古博物馆

辽宁省

丹东鸭绿江断桥

沈阳抗美援朝烈士陵园

黑山阻击战烈士陵园

葫芦岛市塔山烈士陵园

关向应故居纪念馆

吉林省

四平战役纪念馆暨四平烈士陵园

延边革命烈士陵园

"四保临江"烈士陵园

黑龙江省

哈尔滨烈士陵园

马骏纪念馆

上海市

"南京路上好八连"事迹展览馆

海军上海博览馆

陈云故居暨青浦革命历史纪念馆

鲁迅纪念馆

江苏省

梅园新村纪念馆

沙家浜革命历史纪念馆

茅山新四军纪念馆

南京博物院

浙江省

解放一江山岛烈士陵园

鄞县四明山革命烈士陵园

舟山鸦片战争纪念馆

安徽省

新四军军部旧址纪念馆及皖南事变烈士陵园

王稼祥纪念园

淮海战役双堆烈士陵园

安徽省博物馆

福建省

福建省革命历史纪念馆

毛泽东才溪乡调查纪念馆

长汀县瞿秋白烈士纪念碑

闽侯县“二七”烈士林祥谦陵园

华侨博物院

江西省

秋收起义纪念地（萍乡秋收起义纪念碑、秋收起义铜鼓纪念馆、秋收起义修水纪念馆）

永新三湾改编旧址

兴国革命历史纪念地（纪念馆、烈士陵园）

上饶集中营革命烈士陵园

方志敏纪念馆（烈士陵园、赣东北特委、红十军建军旧址等）

山东省

华东革命烈士陵园

中国人民解放军海军博物馆

济南革命烈士陵园

莱芜战役纪念馆

山东省博物馆

河南省

新县革命纪念地（中共中央鄂豫皖分局、鄂豫皖军委、鄂豫皖苏区首府革命博物馆、鄂豫皖苏区烈士陵园、箭厂河革命旧址等）

河南博物院

湖北省

“八七会议”会址纪念馆

闻一多纪念馆

湖北省博物馆

湖南省

平江起义纪念馆

湘鄂川黔革命根据地纪念馆

秋收起义文家市会师旧址纪念馆

中共湘区委员会旧址

湘南暴动指挥部旧址

彭德怀纪念馆

湖南省博物馆

广东省

毛泽东同志主办农民运动讲习所旧址

叶剑英元帅纪念馆

叶挺纪念馆

广西壮族自治区

龙州县红八军军部旧址（红八军纪念馆）

八路军桂林办事处旧址

百色起义纪念馆

海南省

琼海市红色娘子军纪念园

母瑞山革命根据地纪念园

四川省

红四方面军指挥部旧址纪念馆

泸定桥革命文物陈列馆

红军四渡赤水太平渡陈列馆

安顺场红军强渡大渡河纪念地

苍溪红军渡纪念馆

万源保卫战战史陈列馆

陈毅故居

重庆市

刘伯承同志纪念馆

聂荣臻元帅陈列馆

赵世炎烈士故居

云南省

扎西会议纪念馆

贵州省

息烽集中营革命历史纪念馆

王若飞故居

陕西省

洛川会议纪念馆

甘肃省

宕昌县哈达铺红军长征纪念馆

八路军驻兰州办事处纪念馆

兰州市烈士陵园

华池县南梁革命纪念馆

高台县烈士陵园

新疆维吾尔自治区

新疆维吾尔自治区博物馆

第三批：

北京市

平北抗日战争烈士纪念馆

天津市

大沽炮台遗址

河北省

城南庄晋察冀军区司令部旧址

晋冀鲁豫烈士陵园

马本斋纪念馆

潘家戴庄惨案纪念馆

山西省

麻田八路军总部纪念馆

大同煤矿遇难矿工“万人坑”展览馆（抗日战争期间日军侵华罪行遗址）

徐向前元帅故居

晋绥边区革命纪念馆

内蒙古自治区

内蒙古革命烈士陵园

辽宁省

抚顺战犯管理所旧址陈列馆

平顶山惨案遗址纪念馆

辽宁东北抗联史实陈列馆

旅顺日俄监狱旧址博物馆

吉林省

白山抗日纪念地（杨靖宇将军殉国地、那尔轰会师遗址、城墙砬子会议旧址等）、日伪统治时期辽源煤矿死难矿工文物馆

黑龙江省

齐齐哈尔西满革命烈士陵园

侵华日军东宁要塞遗址

上海市

江南造船博物馆

江苏省

泰兴黄桥革命历史纪念地（新四军黄桥战役革命历史纪念塔、新四军苏北指挥部旧址、新四军第三纵队司令部旧址、粟裕部分骨灰安放处等）

赣榆抗日山烈士陵园

常州“三杰”纪念地（常州“三杰”纪念馆、瞿秋白故居、张太雷故居、恽代英纪念广场）

苏中七战七捷纪念馆

顾炎武纪念馆

浙江省

侵浙日军投降仪式旧址（千人坑遗址）

安徽省

金寨革命烈士陵园

福建省

中国闽台缘博物馆

福州马尾船政文化遗址群

江西省

于都革命烈士纪念馆及中央红军长征第一渡纪念碑园

江西革命烈士纪念堂

山东省

铁道游击队纪念园

地雷战纪念馆

冀鲁豫边区革命纪念馆

八路军115师司令部旧址暨山东省政府成立纪念地

河南省

杨靖宇将军纪念馆

镇平彭雪枫纪念馆

吉鸿昌将军纪念馆

濮阳单拐革命旧址（中共中央平原分局革命旧址、中共中央北方局革命

旧址、冀鲁豫军区纪念馆等）

湖北省

瞿家湾湘鄂西革命根据地旧址

周老嘴湘鄂西革命根据地纪念馆

红安七里坪革命纪念馆

大悟宣化店中原军区旧址及新四军第五师旧址群

宜城张自忠烈士纪念馆

湖南省

芷江受降旧址和纪念馆

任弼时故居和纪念馆

贺龙故居和纪念馆

罗荣桓故居和纪念馆

《三大纪律，六项注意》颁布旧址

广东省

海丰红宫红场旧址纪念馆

黄花岗七十二烈士墓园

黄埔军校旧址纪念馆

广西壮族自治区

右江工农民主政府旧址

广西烈士陵园

海南省

张云逸纪念馆

四川省

川陕革命根据地博物馆暨川陕苏区将帅碑林

红军长征纪念碑碑园

重庆市

重庆中国三峡博物馆

云南省

彝良罗炳辉陈列馆

滇西抗战纪念馆（腾冲国殇墓园）

云南陆军讲武堂旧址

贵州省

黎平会议会址

娄山关红军战斗遗址

宁夏回族自治区

固原六盘山长征纪念馆

青海省

青海原子城（中国第一个核武器研制基地）

新疆维吾尔自治区

新疆生产建设兵团军垦博物馆

资料来源：新华网，2009-4-28。

实践项目二：为什么资本主义的建国方案在中国行不通

【实践题目】

为什么资本主义建国方案在中国行不通

【实践类型】

讨论

【实践目标】

通过讨论，使学生进一步了解民主党派的政治主张及其历史命运，进一步认识清楚中国共产党领导的多党合作、政治协商的政党制度是适合中国历史特点的一种必然选择，资产阶级共和国方案在中国行不通

【实践方案】

时间：1小时

地点：教室或校园空地

流程：

步骤一：8人为一组，设组长一名，记录员1名

步骤二：明确讨论主题，查找资料，撰写发言稿

步骤三：分组、讨论、依次发言，每人3分钟

步骤四：小组发言，并对每人发言进行评议

步骤五：组长总结

步骤六：全班集中，各组间交流

步骤七：教师点评

【实践成果】

发言稿及评议记录

【实践评价】

教师根据学生的发言稿和其他同学的评议打分

得分表

项　目	标　准	满　分	得　分
发言稿	观点正确、证据充分、条理清晰	80	
评议记录	有说服力，有启发性	20	
总　分	以上各项相加	100	

【参考资料】

资产阶级共和国方案在中国的产生及其历史命运

资产阶级共和国方案，就是以资产阶级为领导，在中国建立资产阶级共和国，发展资本主义的一种构想。这种构想曾是历史的进步，是近代先进的中国人学习西方、探索中国出路的捷径，并在相当长的时期内发挥了巨大的号召作用，具有进步性和斗争性。然而，它却是在曲折、坎坷中，经过剧烈阵痛之后才产生的。如果从其推动社会发展和社会进步的角度来讲，它的产生在中国经过了四个时期。

一、鸦片战争前后，以林则徐、龚自珍、魏源为代表的地主阶级改革派最早提出了向西方学习，他们是“睁眼看世界”的典型代表

地主阶级改革派出现的时代是封建统治的没落时期，也是西方势力大肆向东方侵略的时期。西方资本主义文化向中国封建文化提出了挑战，人们面临着三种选择：是妥协投降还是坚决抵抗；是因循守旧还是变法革新；是“闭关自守”还是相互交流。在这东方与西方的斗争中，地主阶级改革派的代表产生了，他们敢于揭露社会弊病，提出了某种倾向于发展“资本主义”的意向，这部分人的贡献可归结为三：

1. 反侵略具有较明显的爱国主义立场，以林则徐为代表，广东禁烟和抵抗英国侵略，是林则徐政治生活和思想发展中最光彩的一章。“师夷长技”，积极奋战；相信“民心可用”；“译西书，探西事”，了解夷情，其思想见解，在当时极为难能可贵！后被遣戍伊犁，他敏锐地察觉到沙俄之野心，敲起“俄患”之警钟，大声疾呼“终为中国患者，其俄罗斯乎！”林则徐是封建统治阶级中一位开明的政治家，在新旧交替的过程中，他不是身子向前、脸朝

后的人物，而是企图给中国引进某些西方先进东西的先驱者。

2.揭露封建“衰世”统治，以龚自珍为代表。“日有三时，一曰早时，二曰午时，三曰昏时。”这是龚自珍对当时社会境况的形象比喻。他认为当前的中国社会，已处于“昏时”，即“衰世”阶段，犹如“日之将夕”，无可救药。他大声疾呼“更法”“变功令”，指出“自古及今，法无不改”，要求变法；而要变法，就要有人才。这表现了他对人才的渴望，而他所急盼的人才是能够扭转时势的人才，这在当时有着很强烈的叛逆精神。

3.主张西学，寻找救国图强、强国御辱之道，以魏源为代表。魏源说：“欲制外夷者先悉夷情，欲悉夷情者必先立译馆，翻夷书。”并强调指出：“善师四夷者，能制四夷；不善四夷者，外夷制之。”从而提出了“师夷长技以制夷”的思想。“师夷”表明向西方学习的态度，是一种手段，而目的是为了“制夷”，“师夷”的内容是“长技”，如他所说：“夷之长技有三：一战舰、二火器、三养兵练兵法。”从“师夷”到“制夷”，迈出了向西方学习的第一步。

二、太平天国时期，以洪秀全、洪仁玕为代表，是近代中国人向西方学习的又一时期

洪秀全领导的太平天国运动，尽管是旧式的农民战争，但从向西方学习，探索国家出路方面来看，却有新的时代特征，其表现在于：在西方文化的影响下，开国的领导者对近代中国出路进行了探索。

1.从西方基督教义中吸取某些思想，创立“拜上帝教”来团结和号召农民进行斗争；以“独一真神”来否定皇帝；以上帝面前人人平等来表达农民的平均主义思想。

2.直接学习西方的政治制度、经济制度，颁布了具有施政纲领性质的《资政新篇》，从“因地制宜、审势而行”的原则出发，政治上，加强上下沟通；经济上，提倡学习资本主义经营方式和先进技术；外交上，提倡中外自由通商和开展文化交流。虽然并不完备，且带有很浓的空想色彩，但它是中国最早要求学习西方资本主义的设计之一，超出了农民小生产者的眼界。

三、19世纪60年代至90年代的洋务运动时期，以奕䜣、李鸿章等为代表

洋务，最早也叫“夷务”，指的是牵连到对外关系的一切事情，以至一切与外洋来的事物有关的事情。而倡导和主持洋务运动的官僚，如李鸿章、曾国藩等，则被称为洋务派。

洋务运动是清王朝内外交困的形势下采取的所谓“自救”运动，他们看到了外国的“坚船利炮”、训练有素的军队，提出：“中国欲自强，则莫如学

习外国利器；欲学习外国利器，则莫如觅制器之器。”加上他们在同国外侵略者的实际接触中，感到这些外国人与历史上“入主中原”的“蛮夷”不同：他们并不准备推翻清朝统治并取而代之。因此，他们主张在承认列强在华既得利益，力保中外和谈的条件下，换取列强的支持，引进洋枪洋炮和西方某些先进技艺，求得“自强”，确保统治。于是设机构、聘顾问，开工厂、办学校，轰轰烈烈，不亦乐乎。然“不师其法，惟仿其器”，结果“未收富强之效”。但洋务运动中所办的企业却是最早的资本主义试验，它在维护封建统治上有保守的一面，但在向西方学习上又有其进步意义。意义就在于他们模糊认识到民族危机紧迫、阶级矛盾尖锐情形之下要建立本国的工业体系与外国抗衡。从办军事工业以“自强”到办民用工业以“求富”，尽管其目的是反动的，但客观上刺激了中国资本主义的发展，具有积极性。它代表了当时中国发展的新方向，推动了资本主义在中国的产生。

四、戊戌维新时期，以康有为、梁启超等为代表

维新运动是在中华民族和帝国主义的矛盾成为主要矛盾的条件下，中国人民试图解决这个矛盾的反映。这次运动以中国民族资产阶级初次走上政治舞台为特征而成为中国资产阶级领导的民主革命的前奏。其代表人物是从地主阶级中分化出来的康有为、梁启超等。他们立足于资产阶级基础之上，要求改革封建弊政，使中国走上资本主义道路，提出了“变成法、通下情、慎左右”之建议，且反复强调“兴民权”“开议院”的重要性，认为这是“治国之大经，为政之公理”，只要“立行宪法，大开国会，以庶政与国民共之，行三权鼎立之制，则中国之治强，可计日待也”。康有为、梁启超的变法目标是学习西方之根本，以为中国之政体，发展民族资本主义。由此可见，它并非修补地主阶级的庙堂，而是一场社会变革运动，它是中国资产阶级争取本阶级政治地位和谋取本阶级经济发展的一次大胆尝试，它提请皇帝实行作为资本主义世界两大政体之一的君主立宪制度，在中国乃是开天辟地的大事，在当时起到启蒙作用，其影响远远超过它在政治、经济方面的要求。但中国资产阶级自身力量弱小，又没有勇气同帝国主义、封建主义彻底决裂，向工农寻找力量，“无力回天”，失败是不可避免的。

在四个时期的探索基础上，以孙中山为首的资产阶级革命派在19世纪末20世纪初形成了。

1894年11月，孙中山在檀香山成立革命团体兴中会，入会誓词中明确规定以“驱除鞑虏，恢复中国，创立合众政府”为奋斗目标，“亟拯斯民于水

火，切扶大厦之将倾”，第一次响亮地提出了“振兴中华”的口号。他在1905年发起成立的中国同盟会，继邹容首先提出建立“中华共和国”之后，完整系统地阐述以建立一个资产阶级民主共和国为目标的政治纲领，并努力用革命的手段来实现这个纲领。同盟会的誓词写道：“驱除鞑虏，恢复中华，创立民国，平均地权。”这场革命的直接目标是推翻清朝政府，而这个政府已经是帝国主义列强用来统治中国的工具，因此这场革命实质上具有反对帝国主义的性质，同时它也号召推翻中国两千年来的封建君主专制制度。在这以前，虽然已有人受欧风美雨影响而提出怀疑君主政治的思想，但他们不敢设想在中国推翻君主制度和由它代表的社会制度。孙中山鼓吹民主共和国的理想，在人们面前树立起一种新的目标。辛亥革命的爆发和它取得的成功，结束了在中国延续了二千多年的君主专制制度，使民主共和的观念深入人心。

“资产阶级共和国方案”的提出经历了曲折、坎坷的过程，而它在中国的试验，在不同的时期和背景下，也有三个关键时期。

一、辛亥革命的发动及其失败，这是第一个关键时期

资产阶级革命派在1906—1908年三次论战胜利后，开始活跃在中国政治舞台上，担负起中国革命的领导责任，而此时无产阶级仅仅是革命的参加者、依附者，不能作为一个独立的政治力量来领导革命。这一时期的最大特点是资产阶级独立领导革命。从领导权方面来讲，它是中国革命的主流，没有什么比它更符合中国国情，合乎历史潮流。其表现：组织上，建立比较完备的资产阶级政党——同盟会；思想上，系统地提出了反映资产阶级政治要求的三民主义，并使之在中国思想界占据主导地位；实践上，发动了推翻清王朝的一系列武装斗争，最后取得了资产阶级旧民主主义革命的重大胜利。1912年建立了中华民国，成立了临时政府，制定、颁布了《临时约法》，尽管本身还不完备，但它把西方的方法全盘采纳了，这是中国历史上资产阶级建立资产阶级共和国，发展资本主义的第一次机会，也是最接近成功的一次机会。但中国资产阶级没能抓住这次机会，革命的果实被袁世凯为首的封建买办阶级窃取了，革命夭折了，所以我们说它：“既成功了，又失败了。”其原因，客观上是西方列强不愿支持东方发展资本主义，不愿在东方出现一个强大的资本主义国家来与他们相抗衡，所以，他们支持袁世凯，而对孙中山采取了经济上扼制、政治上否认、军事上镇压的态度。主观上是因为中国资产阶级本身的妥协性和软弱性，他们不保护也不相信农民的力量，而是寻找上层人物来同情革命，结果葬送了革命，也断送了资本主义在中国的发展前途。

二、民国革命的兴起和失败是中国资产阶级为在中国发展资本主义的再次努力，是第二个关键时期

这一时期仍处在反帝反封建的民主革命时期，但国际国内形势发生了重大变化。国际上，俄国的十月革命，给中国送来了马列主义，指明了中国革命的方向，使中国革命成为世界革命的一部分。国内，“五四运动”的爆发，无产阶级以独立姿态登上历史舞台；中国共产党的成立，使中国革命面貌焕然一新。然而无产阶级参加革命，在一段时间内，并没有掌握领导权，当然也没有立即领导革命，因为此时无产阶级仍很弱小，中国共产党尚处于“幼年时期”，马列主义与中国革命的结合也需要一个过程。因而革命的领导者依然是孙中山为首的资产阶级革命派，但旧军阀、老同盟会员及哥老会等社会力量已走向堕落。孙中山清楚地知道要挽救国民党就必须输进新鲜血液。经苏联的牵线搭桥，中国共产党作为新鲜血液加入国民党，促成了第一次国共合作。正是在这种情况下，孙中山一面“联俄、联共、扶助农工”，另一方面改组国民党，制定革命政策，兴起了轰轰烈烈的大革命，给资产阶级共和国在中国的发展又创造了一个有利条件。

1. 从国民党“一大”所提出的“取缔帝国主义在华特权；打倒军阀；平均地权；节制资本”四条政纲来看，每一条都有利于在中国发展资本主义，而中共“二大”也提出，在中国，首先要完成资产阶级民主革命，然后再进行社会主义革命，实现共产主义。所以，它与中国共产党“二大”的最低纲领是相符的。

2. 从其领导权来看，在革命统一战线时期，以孙中山为首的资产阶级革命派处在革命的中心位置，而中国共产党仅仅是作为“新鲜血液”。随着国民革命的迅速发展，工农运动的兴起、资产阶级右翼的分化、帝国主义的干涉，国民党开始排挤、屠杀共产党，中国共产党也针锋相对地与国民党右派展开争夺领导权的斗争，但由于党的主要领导人陈独秀自动放弃领导权，最终导致了大革命的失败。蒋介石、汪精卫先后叛变了革命，当然，他们首先是背叛了孙中山、背叛了“三民主义”，其次是背叛了盟友——中国共产党。由于蒋介石的叛变，使得在中国发展资本主义的机会再次丧失。

三、抗战胜利后，中间党派的“第三条道路”，是资产阶级在中国建立资产阶级共和国的最后一次努力，是第三个关键时期

这一时期的特点是政治舞台上明显出现了三种政治力量和政治主张。(1) 中国共产党，此时已成为一个大党，是中流砥柱，是新民主主义革命的

主要代表。(2) 国民党仍控制全国的政权，坚持法西斯“一党专政”，但力量相对有所下降。(3) 抗战中成立的日益活跃的民主党派，代表民族资产阶级的愿望和要求，是中间势力的代表。他们认为共产党是“小指头”，国民党是“大拇指”，而民主党派则是中间的“三个指头”。他们主张在中国建立资产阶级共和国，走资本主义道路。

由于国共力量的相对均衡，也由于全国人民要求和平、民主主张的高涨，兼之国民党内部矛盾重重，国共两党之间进行了一系列的谈判，其结果提出了三个主要的政权形式，即“自治制”“责任内阁制”“国会制”。三者既否定了以蒋介石为代表的大地主大资产阶级的一党专政，但也不具有新民主主义的政权性质。其中，“地方自治制”是中国共产党为保存根据地而提出的，其他则均是以民盟为代表的中间派的主张，因而被人们称为“中间革命的伟大胜利”，通过的一系列协议，也都是“旧民主加新民主”(周恩来语)。对于这些协议，蒋介石开始被迫表示同意，但后来又野蛮地撕毁，发动全面内战。蒋介石不但对中国共产党及其军队发动战争，同时也对中间势力用兵，尽管中间势力一贯主张“以民主方式争取民主，以合法的行动争取合法的地位”。1946年开始，国民党先是在昆明暗杀民主人士闻一多、李公朴，后又在西安杀害杜斌丞。1947年10月，变本加厉宣布民盟为“非法团体”，对其活动“严加取缔”。新华社评论指出：“民主同盟只是一个赤手空拳的组织，他们连一支手枪也没有，并且也不打算有，他们凭借的就是言论、出版，而这样的武器也早已被蒋介石没收了。”蒋介石不允许民盟这样的组织存在，这就“使在蒋介石统治下进行任何和平运动、合法运动、改良运动的最后幻想归于破灭”。1947年11月6日，民盟总部被迫解散。

1948年，民盟总部在香港再次恢复活动，确认中国共产党“值得每个爱国的中国人赞佩”，表示“今后要与他们携手合作”，与中共“共患难”。从此，“民盟走上与中国共产党全面合作的光明大道，实际上接受了中国共产党的领导”(史良语)。在民盟宣布拥护共产党之时，实际上也同时宣布了自己“第三条道路”的破产，从而使在中国建立资产阶级共和国，发展资本主义的最后一次机会丧失了，他们不但抛弃了蒋介石，也抛弃了资产阶级共和国方案。

历史雄辩地证明：“资产阶级的共和国，外国有过的，中国不能有，因为中国是受帝国主义压迫的国家。唯一的路是由工人阶级领导的人民共和国。”

资料来源：凌卫华：《资产阶级共和国方案在中国的产生及其历史命运》,《中学历史教学研究》2001年第2期。

【推荐阅读】

1. 廖盖隆：《全国解放战争简史》，上海人民出版社1984年版。

2. 田为本：《全国解放战争史专题研究》，陕西人民出版社1989年版。

3. 军事科学院军事历史研究部编著：《中国人民解放军全国解放战争史》（一、二、三卷），军事科学出版社1993、1996、1997年版。

4. 何晓环等：《淮海战役史》，上海人民出版社1983年版。

5. 王功安等主编：《国共两党关系概论》，武汉出版社1996年版。

6. 雷京娜、汪鹤林编著：《英烈千古——解放战争英雄谱》，山西教育出版社1999年版。

7. 朱宗震、汪朝光：《解放战争史话》，社会科学文献出版社2000年版。

8. 胡庆云：《解放战争时期的第二条战线》，国防大学出版社2000年版。

9. 王幸生等：《中国解放战争》，解放军文艺出版社2001年版。

10. 王宗荣：《全国解放战争史专题》，大象出版社2006年版。

下编　从新中国成立到社会主义现代化建设新时期（1949—2008）

综述　辉煌的历史进程

知识梳理

◆知识框架◆

- 辉煌的历史进程
  - 中华人民共和国的成立和中国进入社会主义初级阶段
    - 新民主主义社会的建立
    - 中国进入社会主义初级阶段
  - 开创和发展中国特色社会主义
    - 新中国发展的历史阶段
    - 接续奋斗的历史过程
  - 中国特色社会主义：民族复兴的必由之路
    - 新中国成立以来的历史性成就
    - 历史和人民郑重选择

◆重点剖析◆

1. 为什么说中华人民共和国的成立开创了中国历史的新纪元？

中华人民共和国的成立，标志着中国新民主主义革命取得了全国性的胜利，宣告了中国人民当家作主的时代已经到来，开辟了中国历史的新纪元。

新中国的建立，结束了封建主义、官僚资本主义统治的历史，使广大中国人民在政治上翻身做了主人。

新中国的建立，结束了军阀割据、战乱频仍、匪乱不断的历史，国家基本统一，社会政治趋向稳定，从而极大地解放了社会生产力，为中国社会由新民主主义过渡到社会主义创造了前提条件，并为实现中华民族的第二大历史任务——国家的繁荣富强和人民的共同富裕，创造了前提，开辟了道路。

2.新中国成立以来取得了哪些历史性成就？这些成就说明了什么？

新中国成立50多年以来，中国人民在中国共产党的领导下，沿着社会主义道路，取得了巨大的历史性成就。主要体现在：第一，在经济建设方面，把一个一穷二白的落后的旧中国变成了一个初步繁荣昌盛的社会主义新中国。尤其是改革开放以来，我国的综合国力和人民生活水平都有了大幅度的提高。第二，在民主政治建设方面，建立了适合国情的人民民主专政的国家制度，不断完善了人民代表大会制度、共产党领导的多党合作与政治协商制度、民族区域自治制度等社会主义基本政治制度，形成了党的领导、人民当家作主、依法治国有机统一的社会主义民主政治建设的基本框架。第三，在文化建设方面，明确提出了建设中国特色社会主义文化纲领，发展面向现代化、面向世界、面向未来的，民族的、科学的、大众的社会主义文化。第四，在对外开放方面，以独立自主的和平外交政策积极发展了与世界上其他国家的关系，实现了全方位的开放格局，在世界经济全球化和政治多极化的国际大背景下，为本国的发展和促进世界的和平与发展作出了举世公认的重要贡献。第五，在国防建设方面，从新中国成立之初的“小米加步枪”到逐步实现国防现代化，建立了强大的社会主义现代化国防和一支“打得赢、不变质”的人民军队，不断推进了中国特色的精兵之路。

这些巨大的成就说明：只有社会主义才能救中国，只有社会主义才能发展中国，这是历史的科学结论。在新的世纪，只有在中国共产党的领导下，走中国特色的社会主义道路，中华民族才能实现民族的伟大复兴。

◆训练强化◆

一、判断题

1. 从1949年10月1日中华人民共和国成立到1956年这七年，是基本完成社会主义改造的时期。(　　)

2. 《中华人民共和国宪法》是在1954年召开的第一届全国人民代表大会上通过的。(　　)

3. 新中国同苏联订立的平等互助条约是《中苏友好同盟互助条约》。(　　)

4. 新中国成立以来，党的历史上具有深远意义的伟大转折的标志是“文

化大革命”的结束。( )

5. 中华人民共和国的成立，标志着近代以来中国面临的两大历史任务基本完成。( )

二、单项选择题

1. 中国共产党提出过渡时期的总路线，开始实施和执行第一个五年计划是在( )

A. 1951年　B. 1952年　C. 1953年　D. 1954年

2. 中国人民志愿军总司令兼政治委员是( )

A. 贺龙　B. 陈毅　C. 彭德怀　D. 林彪

3. 中国新民主主义革命基本胜利的标志是( )

A. 三大战役的胜利　B. 《共同纲领》的颁布

C. 国民党逃亡台湾　D. 中华人民共和国成立

4. 第一个同新中国建交的国家是( )

A. 朝鲜　B. 苏联　C. 罗马尼亚　D. 阿尔巴尼亚

5. 中国形成了全方位、多层次、宽领域的对外开放格局的标志是( )

A. 邓小平南方谈话发表　B. 2001年加入世界贸易组织

C. 党的十六大召开　D. 党的十五大召开

6. 十年社会主义建设探索时期，我国经济建设的最大成就是( )

A. 找到了一条具有中国特色的工业化道路

B. 基本建立了独立的、比较完整的工业化体系和国民经济体系

C. 核武器研究成功，奠定了我国核大国的国际地位

D. 外交工作最终打开新的局面，中美关系和中日关系得到改善

7. 20世纪70年代以( )为突破口，带动了中国同西方国家的建交高潮，为后来实行对外开放战略创造了有利的国际条件。

A. 中日关系正常化　B. 中美关系正常化

C. 中苏关系正常化　D. 中法关系正常化

8. 西藏自治区成立于( )

A. 1950年　B. 1965年　C. 1953年　D. 1954年

三、多项选择题

1. 新中国成立初期，为了解决当时面临的严重困难和一些紧迫问题，党

和人民的主要工作是（　　）

A. 完成民主革命遗留的任务　　B. 领导国民经济恢复工作

C. 巩固民族独立，维护国家主权和安全　D. 加强中国共产党自身建设

2. 针对美国等国的封锁、遏制新中国的情况，以毛泽东为代表的中国共产党人提出的外交方针是（　　）

A. 另起炉灶　　B. 打扫干净屋子再请客

C. 一边倒　　D. 一大片

3. 1949年10月1日，中华人民共和国的成立标志着（　　）

A. 进入了新民主主义社会

B. 社会主义社会制度的基本确立

C. 新民主主义向社会主义转变的开始

D. 半殖民地半封建社会的结束

4. 1951年底到1952年，开展了一场“三反”运动，这场运动的内容主要是（　　）

A. 反贪污　　B. 反浪费　　C. 反行贿　　D. 反官僚主义

5. 1952年初，中共中央发起的“五反”运动的主要内容是（　　）

A. 反偷税、漏税　　B. 反行贿、反偷工减料

C. 反盗窃国家资财　　D. 反盗窃国家经济情报

6. 20世纪中国人民在前进道路上经历的三次历史性巨大变化是指（　　）

A. 新中国的成立　　B. 社会主义制度的建立

C. 辛亥革命　　D. 改革开放

四、思考题

1. 为什么说中华人民共和国成立开创了中国历史的新纪元？

2. 新中国成立以来取得了哪些历史性成就？这些成就说明了什么？

五、材料分析题

【材料1】国家应在经营范围、原料供给、销售市场、劳动条件、技术设备、财政政策、金融政策等方面，调剂国营经济、合作社经济、农民和手工业者的个体经济、私人资本主义经济和国家资本主义经济。

——摘自《共同纲领》第二十六条，见中共中央文献研究室编：《建国以来重要文献选编》（第一册），中央文献出版社1992年版，第7页。

【材料2】1949年私人资本主义工商业在国民经济中的地位

项　目		占全国经济的（%）
工　业		63%
商　业	批　发	67%
	零　售	83%

【材料3】在工业落后的中国，在一个时期内，民族资本家发展工业，向工业投资，是带进步性的……中国是散漫的小生产占优势的大国，私商的存在是不可免的。

——摘自陈云：《目前经济形势和调整工商业、调整税收的政策》（1950年6月15日），见《陈云文选》（第二卷），人民出版社1984年版，第103页。

【材料4】在1953年底以前，着重发展以加工订货为主的初级和中级国家资本主义形式。……这就使这些企业具有不同程度的社会主义性质。

——摘自胡绳主编：《中国共产党的七十年》，中共党史出版社1991年版，第354页。

请回答：

（1）根据材料1，指出国家对于私人资本主义经济的态度，结合材料2分析其原因。

（2）根据材料3，指出国家对资本主义工商业的政策，分析政策发生变化的原因。

（3）结合中国民族资产阶级在民主革命时期和新中国成立初期的重大活动，评述其历史地位和作用。

参考答案

一、判断题

1. √　2. √　3. √　4. ×　5. ×

二、单项选择题

1. C　2. C　3. D　4. B　5. B　6. B　7. B　8. B

三、多项选择题

1. ABCD　2. ABC　3. ACD　4. ABD　5. ABCD　6. ABCD

◆案例点评◆

案例一：久盛不衰的中华老字号——同仁堂

坐落在北京大栅栏的同仁堂药店，始建于清朝康熙八年（1669），距今（2011）有342年的历史。中国的"老字号"成百上千，历经沧桑的老店不计其数。然而，时至今日，真正像同仁堂这样历经342年历史仍然保持旺盛生命力的，实属凤毛麟角。

风雨飘摇的300多年间，同仁堂的发展历程也不是一帆风顺的。

清朝时期，同仁堂一靠产品的优良品质，二靠皇室的鼎力支持，虽然也经历过一些风风雨雨，但金字招牌始终得以保持。然而，当经历了民国战乱、日寇侵华，特别是国民党统治时期的通货膨胀，直至新中国成立前夕，同仁堂的经营状况到了濒临破产的地步。

北京解放前夕，同仁堂的经营状况十分危急，只能勉强度日。

"穷则思变""弱则图强"。历史的进步是在无数次"蜕变"中发展的，同仁堂的出路只有在完成"蜕变"中，才能实现逆境重生。当时的经理、乐氏第十三代传人乐松生思想开明，善于经营管理，不仅在同仁堂的职工中享有很高的威信，而且在北京市工商业者中也拥有一定的声望。早在1949年3月，同仁堂就成立了国药业基层工会和劳资协商会。

通过不断的学习与实践，乐松生对中国共产党的政策有了较深刻的认识，坚信个人在政治上、企业经营管理上必须紧紧依靠党和人民政府，确信企业改造势在必行，员工关系的改善也势在必行。祖国的解放，给同仁堂带来了再度崛起的机遇。在党的政策支持下，劳资双方共同努力，使同仁堂生产的各类成药产量迅速提高，销路十分畅旺。仅仅两三年的时间，同仁堂不但恢复了元气，而且产量和利润都超过了历史最高水平。

同仁堂是民族工商业的优秀代表，其经营范围和领域又是惠及民生的中医药，因此一直受到党和政府的重视与帮助。时任北京市长的彭真曾亲自支持乐松生开展中医药研究，促成新品种的创新和推广工作，并指导成立了中药提炼厂。在党的关怀下，同仁堂的业务有了新的发展，工人生活有了改善，而且产品质量也有了很大提高。1953年同仁堂盈利按照国家所得税、职工福利奖金、资方股息分红等四部分分配，四大房（乐松山的四个儿子，即乐孟繁、乐仲繁、乐叔繁、乐季繁）共分红利171561元，超过过去所得2倍多。这样分红一直延续到1956年定股定息。

1953年，党适时地提出了过渡时期的总路线和总任务。北京市积极响应，很快制定了利用、限制、改造资本主义工商业的具体措施。北京市地方工业局拟选同仁堂这个国药业大户首先进行试点，为全行业合营扩展影响，奠定基础，积累经验。

对资本主义工商业进行社会主义改造这一重大变革，不能不引起同仁堂乐氏家族的震动。面对即将失掉生产资料占有权、企业管理权和企业利润分配权的现实抉择，他们也难免忧虑与痛楚。乐松生作为当时民族资产阶级的优秀代表，深明大义，经过反复思考，他深感历史潮流不可违背，这是大势所趋、人心所向。与此同时，他也看到，共产党和职工群众仍让自己做同仁堂的总经理，生活待遇不薄，这是对自己的信任和期望，不能辜负，于是他毅然决定同仁堂带头实行公私合营。

1954年7月28日，合营工作组进驻同仁堂。实行合营，涉及企业内部生产关系的决定性变化，大部分职工欢欣鼓舞，而在个别职工中也有不安和消极思想的传播。针对一部分老职工怕合营后会被动员退休、怕降低工资福利，担任领导职务的怕人事变动中丢掉职位，背有政治历史问题包袱的怕合营后受歧视等问题，工作组通过多种不同层次的座谈会、灵活多样的沟通方式，向职工宣传党的方针政策，讲同仁堂合营的措施和合营后的前景，使大家认清形势，清除各种疑虑。职工们纷纷要求为同仁堂合营出力作贡献，合营工作得以顺利进行。

1954年8月29日，在庆乐戏院隆重召开了历时6小时的同仁堂实现公私合营庆祝大会，锣鼓喧天，鞭炮齐鸣。这家古老的私营企业在风雨飘摇258个春秋之后，迈进了社会主义大门，开辟了同仁堂历史上的新纪元。

合营后的同仁堂，按照“充分协调，依靠群众，公平合理”和“从宽”“从了”的精神，进行了清产核资，确定了同仁堂私人资本定为1233152.25元，1956年全行业公私合营后，同仁堂最后定股为1526702.38元。按照定息5厘，每年可提取定息76335.12元，每房可得19000元，超过合营前领取的14000元。

针对合营工作中发现的管理落后、缺乏计划、物资储存分散、制度不健全等诸多问题，同仁堂党支部领导全体职工进行了人事劳动纪律的整顿、经营理念的改进，并相应建立了劳保条例、成本核算、生产统计、质量检查、专人配料、送料和成品定时出入库等制度；编制了年度、季度生产计划，与客户订立供销合同，改变了生产的盲目性；增加设备，改进工艺技术，提高劳动生产率，降低了成本；建立了公私共事制度，使资方有职有权。通过改善经营管理，合营优势凸显，同仁堂蒸蒸日上，职工的情绪也空前高涨。

同仁堂率先实现公私合营在北京工商业界影响很大。它的实践经验成为范本，为很多企业纷纷效仿。1956年1月13日，北京市政府批准全市国药业实行全行业公私合营。

公私合营使同仁堂获得了新的发展，万象更新。1959年较1948年，职工人数由190人增加到539人，增长了近1.8倍；产值由16万元增加到1251.9万元，增长约77.2倍；蜜制丸药由140万丸增加到6864.2万丸，增长了48倍；水泛丸由2000千克增加到15.69万千克，增长了77.5倍；虎骨酒由3万斤增加到30.5万斤，增长了9倍。

如今的同仁堂集团生机勃发、宏图大展，同仁堂品牌誉满全球，集团总资产达18亿元，是国有中成药企业五十强之首。

资料来源：姜相志、王阵军主编：《“毛泽东思想和中国特色社会主义理论体系概论”课教学案例参考》，高等教育出版社2010年版。

【点评】

1953年，中国共产党提出了社会主义过渡时期的总路线，并在1956年创造性地基本完成了对农业、手工业和资本主义工商业的社会主义改造，在一个几亿人口的大国中比较顺利地实现了如此复杂、困难和深刻的社会变革，促进了工农业和整个国民经济的发展，这的确是伟大的历史性胜利。

◆实践拓展◆

实践项目一：为实现中华民族复兴而奋斗

【实践题目】

为实现中华民族复兴而奋斗

【实践类型】

讲座

【实践目的】

通过讲座，使学生进一步认识中华人民共和国成立的伟大历史意义，懂得社会主义制度在中国的确立是近代以来中国历史发展的必然结果，更加坚定走中国特色社会主义道路的信念，自觉担负起实现中华民族伟大复兴的历史使命

【实践方案】

准备：邀请专家作专题讲座

时间：1小时30分

地点：教室或报告厅

流程：

步骤一：教师简要介绍专家，并说明讲座主题

步骤二：听讲座

步骤三：提问、互动

步骤四：教师总结

步骤五：撰写小论文

【实践结果】

小论文

【实践评价】

教师根据学生撰写的小论文，给予评价

得分表

项　目	标　准	满　分	得　分
结　构	结构合理，层次分明	30	
内　容	观点正确，紧扣主题	50	
语　言	文笔流畅，叙论结合	20	
总　计	以上各项相加	100	

实践项目二：中国梦百年潮

【实践题目】

中国梦百年潮

【实践类型】

演讲比赛

【实践目标】

通过演讲比赛，使学生进一步掌握中华人民共和国成立和社会主义制度的建立是中国历史上的一次深刻的社会变革，为中国以后一切的进步和发展奠定了基础

【实践方案】

时间：90分钟

地点：教室

流程：

步骤一：5人一组，设组长一名，分工合作，集体撰写演讲稿

步骤二：教师讲解演讲比赛的目的与意义

步骤三：每组选一人演讲，5分钟

步骤四：学生投票评选

步骤五：教师点评

【实践成果】

演讲稿、学生评价

【实践评价】

教师根据演讲稿和演讲情况，结合学生投票，给予评价，每组得分即其成员得分

得分表

项　目	标　准	满　分	得　分
演讲内容	紧扣主题，结构合理，依据充分	70	
演讲表现	富有感染力，说服力	30	
总　分	以上各项相加	100	

【参考资料】

我的梦，中国梦！

尊敬的老师，亲爱的同学们：

大家好！我叫……

今天，我要演讲的题目是《我的梦，中国梦！》党的十八大举世瞩目，现在，大家都在讨论中国梦，何为“中国梦”？我以为，实现中华民族伟大复兴，就是中华民族近代以来最伟大的梦想，这句梦想宣言出自习近平总书记之口，他平实的话语深深地触动着我们每个人的内心。作为一名医务工作

者，我想说，我的“梦想”就是用自己的双手，拯救生命，维系健康，努力做一名让群众满意的白衣战士！

“非典”，在人们的记忆里尚未走远，如今禽流感这个“疫魔”，再一次挑战着人类的智慧和勇气，我们医务人员将再一次面临严峻考验。非典之痛已把我们锻造和磨砺得更加坚强和从容，我们会永远把维护人民群众的健康，作为我们的重要职责，满怀信心的揣着那份信仰，那份信念，那份不屈不挠的奋斗精神，去追逐自己的中国梦。

有时候梦想存在的价值并不在于它能否实现，而在于追逐的过程。有梦想的人生是幸福的，有梦想的人生是充满希望的。高远的梦想可以激发一个人生命中所有的潜能，会让我们摆脱平庸和低俗，克服人性的弱点，走向优秀和杰出。梦想是一面旗帜，他一直飘扬在你心灵深处，指引着你前进的方向。“中国梦”也许还有太多需要自我完善和提升的地方，但每个梦想都值得尊重，都应该有平等放飞的权利。

让我们用梦想点亮成功，让成功开启我们美好的人生吧！

资料来源：范文网。

【推荐阅读】

1. 费正清等主编：《剑桥中华人民共和国史》，王建朗等译，上海人民出版社1990年版。

2. 何沁主编：《中华人民共和国史》，高等教育出版社1997年版。

3. 张启华等：《中华人民共和国史简编》，当代中国出版社1997年版。

4. 谢力夫：《百年中国风云》，中央文献出版社2003年版。

第八章　社会主义基本制度在中国的确立

知识梳理

◆知识框架◆

- 社会主义基本制度在中国的确立
  - 从新民主主义向社会主义过渡的开始
    - 完成民主革命遗留任务和恢复国民经济
    - 开始向社会主义过渡
  - 社会主义道路：历史和人民的选择
    - 工业化的任务和发展道路
    - 过渡时期总路线反映了历史的必然性
  - 有中国特色的向社会主义过渡的道路
    - 社会主义工业化与社会化改造同时并举
    - 农业合作化运动的发展
    - 对资本主义工商业赎买政策的实施
    - 社会主义基本制度在中国的全面确立

◆重点剖析◆

1. 为什么说新民主主义社会是一个过渡性的社会？

在新民主主义社会中，既有社会主义的因素又有非社会主义的因素，社会主义的因素又与非社会主义的因素存在着斗争，但是社会主义的因素起着决定作用。由于社会主义因素的优越性和领导地位，加上有利的国际形势，就决定了它将不断增长并取得最后的胜利。新民主主义社会是逐步过渡到社会主义社会的过渡性质的社会。

第一，经济上，实行国营经济领导下五种经济成分并存的经济制度，其中包括：国营经济，是社会主义性质的；合作社经济，是半社会主义性质的；还有私人资本主义经济，个体经济，国家和私人合作的国家资本主义经济。这些共同构成了新民主主义的经济形态。

第二，政治上，实行工人阶级领导的各个革命阶级联合专政的人民民主专政，民族资产阶级作为一个阶级还存在，并在国家政治中占有一定的地位。工人阶级的领导权和工人阶级领导下的人民民主专政的政权，是我国新民主主义社会中政治方面的社会主义因素，同时也是中国向社会主义过渡的强有力的政治保证。

第三，文化上，实行马克思主义领导下的新民主主义文化，即民族的、科学的、大众的文化。这种文化是人民大众反帝反封建的文化，是中华民族的新文化。

新民主主义社会各种社会主义因素的不断增长及其领导地位的日益强化，不仅保证了新民主主义社会向社会主义社会的发展，而且充分体现了新民主主义社会的过渡性质。

2. 怎样理解社会主义制度在中国的确立是历史和人民的选择?

(1) 1949年中华人民共和国的成立，标志着争取民族独立、人民解放历史任务的基本实现。为了实现国家的繁荣富强，必须集中力量进行现代化建设。

但近代以来的历史表明，资本主义工业化道路在中国是行不通的。为了实现国家的工业化、现代化，中国必须走社会主义道路。

(2) 实行社会主义改造是实现国家工业化的必要条件。当时中国之所以要着力进行和可能进行社会主义改造，主要原因有：

第一，社会主义性质的国营经济力量相对来说比较强大，它是实现国家工业化的主要基础。

第二，资本主义经济力量弱小，发展困难，不可能成为中国工业起飞的基础。

第三，对个体农业进行社会主义改造，是保证工业发展、实现国家工业化的一个必要条件。

第四，当时的国际环境也促使中国选择社会主义。

(3) 通过社会主义改造，中国共产党创造性地完成了由新民主主义到社会主义的过渡，社会主义的基本经济制度在中国全面地建立起来。这一历史过程得到了全国人民包括民族资产阶级的拥护和支持。

3. 为什么说完成社会主义改造是中国历史上最伟大最深刻的社会变革?

（1）社会主义改造是在生产关系方面由私有制到公有制的一场伟大的变革，它对生产力的发展直接起到了促进作用；社会主义改造这个涉及几亿人口的大规模社会变革，不仅避免了生产力的下降，而且使生产力有了提高。1953年到1956年，工业生产平均每年增长19.6%，农业生产平均每年增长4.5%，原私营工业产值增长一倍多，原私营商业的销售额增长20%。这说明，中国共产党在社会主义改造中的路线、方针和政策是正确的、成功的，也说明社会主义制度的优越性。

（2）社会主义改造的胜利，使中国社会经济结构发生了根本的变化，社会主义全民所有制和集体所有制经济在国民经济中已占绝对优势，为中国全面进行社会主义建设奠定了基础，开辟了道路；1956年同1952年相比，国营经济的比重由19.1%上升到32.2%，合作社经济由1.5%上升到53.4%，公私合营经济由0.7%上升到7.3%，个体经济由71.8%下降到7.1%，资本主义经济由6.9%下降到接近于零。这表明社会主义性质的国营经济、合作社经济和基本上属于社会主义性质的公私合营经济占到了国民收入的绝大多数。

（3）社会主义改造的胜利，使我国阶级关系发生了根本的变化。作为剥削者的资本家被改造成为自食其力的劳动者，民族资产阶级作为一个阶级已经被消灭。无产阶级领导的，以工农联盟为基础的，包括各革命阶级在内的人民民主专政，转变为无产阶级领导的，以工农联盟为基础的，包括广大社会主义劳动者和拥护社会主义的爱国者的人民民主专政。我国社会成功地实现了由新民主主义向社会主义的转变，开始了在社会主义道路上实现中华民族伟大复兴的历史征程，并为今后的一切进步和发展奠定了基础。中华人民共和国的成立和中国社会主义制度的确立，是20世纪中国第二次划时代的历史巨变。

◆训练强化◆

一、判断题

1. 我国对资本主义工商业的社会主义改造采取的是没收的政策。（　　）

2. 通过社会主义改造，绝大多数资本家被改造成了自食其力的劳动者。（　　）

3. 我国把私人资本主义企业改造成为社会主义性质企业所采取的形式是国营经济。（　　）

4. 中共中央关于农业合作化的纲领性文件是《关于发展农业生产合作社的决议》。(　　)

5. 20世纪中国经历了3次历史性巨变，其中第二次是指新民主主义革命的胜利和人民民主专政制度的建立。(　　)

二、单项选择题

1. 社会主义国营经济建立的主要渠道是（　　）
A. 对资本主义工商业的合理调整　　B. 没收私人资本主义
C. 壮大根据地时期的国营经济　　D. 没收官僚资本

2. 新民主主义社会的两种基本矛盾是指（　　）
A. 无产阶级与资产阶级的矛盾，新中国同帝国主义的矛盾
B. 人民大众与封建主义的矛盾，中国人民与帝国主义的矛盾
C. 无产阶级与资产阶级的矛盾，人民大众与封建主义的矛盾
D. 无产阶级与资产阶级的矛盾，无产阶级与封建残余势力的矛盾

3. “一五”计划发展的中心环节是（　　）
A. 重工业建设　B. 轻工业建设　C. 农业建设　D. 社会主义改造

4. 初级农业生产合作社具有（　　）
A. 社会主义的萌芽性质　　B. 半社会主义性质
C. 完全社会主义性质　　D. 新民主主义社会的性质

5. 手工业合作化的组织形式是（　　）
A. 生产合作小组—供销合作社—生产合作社
B. 供销合作社—生产合作小组—生产合作社
C. 生产合作小组—生产合作社—供销合作社
D. 生产合作社—生产合作小组—供销合作社

6. 国家对资本主义工商业改造的政策是（　　）
A. 没收　B. 赎买　C. 调整　D. 合并

7. 在工商业社会主义改造过程中实行高级国家资本主义是指（　　）
A. 加工订货　B. 代购代销　C. 统购包销　D. 公私合营

8. 社会主义制度在中国全面建立的标志是（　　）
A. 新中国的成立　　B. 社会主义改造的完成
C. 国民经济的全面恢复　　D. 中共八大的召开

9. 社会主义改造基本完成后，中国人民面临的主要任务是（　　）

A. 赶超英美，加快积极发展

B. 加强社会主义物质文明和精神文明建设

C. 推进工业化、现代化事业建设

D. 实行改革开放，建设社会主义强国

10. 在新民主主义社会中，由私人资本主义向国营经济过渡的经济形式是（　　）

A. 国营经济　　B. 合作经济

C. 国家资本主义经济　　D. 个体经济

11. 社会主义革命的目的是（　　）

A. 解放生产力　　B. 推进工业化

C. 建设现代化国家　　D. 实现国家的繁荣富强

12. 中华人民共和国成立后，中国进入的社会形态是（　　）

A. 新民主主义社会　　B. 社会主义社会

C. 共产主义社会　　D. 社会主义初级阶段

13. 实现由新民主主义社会向社会主义社会过渡的前提条件是（　　）

A. 帝国主义侵略被打败　　B. 封建主义统治被推翻

C. 官僚资本被没收　　D. 中华人民共和国成立

14. 中国共产党在过渡时期总路线的主体是（　　）

A. 对个体农业的社会主义改造

B. 对资本主义工商业的社会主义改造

C. 对个体手工业的社会主义改造

D. 实现国家的社会主义工业化

15. 1953年，实行的三大改造，实质是（　　）

A. 引导农民走社会主义道路　　B. 个体手工业者互助合作

C. 对民族资产阶级的剥削加以限制　　D. 变革生产关系的社会主义革命

三、多项选择题

1. 近代中国面临的两大历史任务是（　　）

A. 争取民族独立和人民的解放

B. 实现国家的繁荣富强和人民的共同富裕

C. 推翻国民党的反动统治，建立新民主主义共和国

D. 实现社会主义和共产主义

2. 下面关于新民主主义社会的观点正确的有（　　）

A. 相对独立的社会形态　　B. 具有过渡性

C. 属于社会主义体系　　D. 有资本主义的因素

3. 新中国成立后主要的经济成分有（　　）

A. 社会主义经济　　B. 个体经济

C. 私人资本主义经济　　D. 外资经济

4. 下面关于社会主义改造道路的表述正确的有（　　）

A. 社会主义工业化和社会主义改造同时并举

B. 通过一系列逐步过渡的由低级到高级的社会主义改造形式

C. 对资产阶级实现了和平赎买

D. 对企业的改造与对人的改造相结合

5. 过渡时期总路线被称为“一化三改”“一体两翼”的总路线，其中“两翼”是指（　　）

A. 实现社会主义工业化

B. 实现对农业和手工业的社会主义改造

C. 实现“一五”计划

D. 实现对资本主义工商业的社会主义改造

6. 全国胜利并解决了土地问题以后，新民主主义社会的基本矛盾是（　　）

A. 新中国同帝国主义的矛盾

B. 工人阶级同资产阶级的矛盾

C. 封建主义同人民大众的矛盾

D. 中国人民同国民党残余势力的矛盾

7. 20世纪中国人民在前进道路上经历的第二次历史性巨大变化是（　　）

A. 新中国的成立 B. 社会主义制度的建立 C. 辛亥革命 D. 改革开放

8. 20世纪50年代前期，下列经济措施具有社会主义性质的是（　　）

A. 没收官僚资本　　B. 在农村地区实行土地改革

C. 对现有工商业的合理调整　　D. 在农村地区建立生产合作社

四、思考题

1. 为什么说新民主主义社会是一个过渡性的社会？

2. 怎样理解社会主义制度在中国的确立是历史和人民的选择？

3. 为什么说完成社会主义改造是中国历史上最伟大最深刻的社会变革？

五、材料分析题

1. 【材料】新中国成立前夕，朱德在全国工会工作会议上的讲话中指出：“私人资本主义企业中的职工，他们在经济上还没有获得完全解放，他们还受着资本家的剥削，这种剥削在新民主主义时期只能够受到限制，而不能够消灭”；为了工人阶级根本的长远利益，还必须“在现阶段自觉地忍受资本家之一定限度以内的剥削”。

请回答：

（1）新中国成立，工人阶级成了国家的主人，为什么私人资本主义企业中的职工还要“忍受”资本家的剥削？

（2）既然如此，为什么1953年开始又要对私人资本主义进行社会主义改造？

2. 【材料】1952年前后，毛泽东认为过渡时期每天都在变动，每天都在发生社会主义因素。“过渡时期充满着矛盾和斗争，是变动很剧烈很深刻的时期。”把新民主主义社会当作一种独立的社会形态，主张“巩固新民主主义制度”“确立新民主主义秩序”，是不符合实际的。

请回答：

（1）为什么说“巩固新民主主义的秩序”的主张是不符合当时实际的？

（2）20世纪50年代初我国为什么选择了社会主义道路？

参考答案

一、判断题

1. ×　2. √　3. ×　4. √　5. ×

二、单项选择题

1. D　2. C　3. A　4. B　5. A　6. B　7. D　8. B　9. C　10. C　11. A　12. A　13. C　14. D　15. D

三、多项选择题

1. AB　2. BCD　3. ABC　4. ABCD　5. BD　6. AB　7. AB　8. AD

自测题

一、单项选择（本大题共10小题，每小题1分，共10分）

1. 标志着新民主主义革命阶段的基本结束和社会主义革命阶段的开始（　　）

A. 中华人民共和国成立　　B. 三大改造完成

C. 中共七届二中全会　　D. 中共七届三中全会

2. 新民主主义社会属于（　　）

A. 社会主义社会　　B. 民主主义社会

C. 新民主主义社会　　D. 共产主义社会

3. 建国初期，我国社会主义国营经济建立的最主要途径和手段是（　　）

A. 没收帝国主义在华企业　　B. 没收官僚资本

C. 没收民族资产阶级的财产　　D. 没收地主阶级土地和财产

4. 正式提出党在过渡时期的总路线是（　　）

A. 1952年　　B. 1953年　　C. 1954年　　D. 1956年

5. 1953年到1956年国内的主要矛盾是（　　）

A. 中国人民同国民党残余势力、地主阶级和帝国主义的矛盾

B. 工人阶级同资产阶级的矛盾、社会主义道路同资本主义道路的矛盾

C. 人民日益增长的物质文化生活需要同落后的社会生产力之间的矛盾

D. 帝国主义和中华民族的矛盾、封建主义和人民大众的矛盾

6. 我国对农业手工业进行社会主义改造时采取的方针是（　　）

A. 积极领导、稳步前进　　B. 利用、限制

C. 鼓励、支持、扶助　　D. 自愿互利、典型示范、国家帮助

7. 建国初期，中国共产党对资本主义工商业的政策是（　　）

A. 和平赎买　　B. 团结—批评—团结

C. 鼓励、支持、扶助　　D. 自愿互利、典型示范、国家帮助

8. 我国在对民族资本主义工商业实行全行业公私合营后采取的赎买政策是（　　）

A. “四马分肥”　　B. 定息

C. 加工订货、统购包销　　D. 国家资本主义

9. 过渡时期总路线的特征是（　　）

A. 重视工业建设

B. 强调三大改造

C. 社会主义建设和社会主义改造同时并举

D. 尤其重视对资本主义工商业改造

10. 过渡时期总路线主体是（　　）

A. 对农业的社会主义改造

B. 对手工业的社会主义改造

C. 对资本主义工商业的社会主义改造

D. 实现国家的社会主义工业化

二、多项选择（本大题共10小题，每小题2分，共20分）

11. 1949年10月1日，中华人民共和国的成立标志着（　　）

A. 中国新民主主义革命基本胜利　　B. 中国进入了社会主义社会

C. 中国进入了新民主主义社会　　D. 半殖民地半封建社会结束

E. 新民主主义社会向社会主义转变的开始

12. 建国后，国家对私人资本主义采取的赎买政策有（　　）

A. “四马分肥”　　B. 定息

C. 公私合营　　D. 全行业公私合营

E. 委托加工、计划订货、统购统销

13. 我国对个体农业实行社会主义改造必须遵循的原则有（　　）

A. 自愿互利　　B. 典型示范

C. 国家帮助　　D. 公私兼顾

E. 积极领导

14. 在农业合作化过程中，党和政府领导农民创造的过渡形式有（　　）

A. 临时农业生产互助组　　B. 农业生产互助组

C. 初级农业生产合作社　　D. 高级农业生产合作社

E. 人民公社

15. 全行业公私合营前，国家对资本主义工商业采取的赎买政策是“四马分肥”，其中“四马”是指（　　）

A. 国家所得税　　B. 企业所得税

C. 企业公积金　　D. 工人福利

E. 资方分红

16. 建国初期，党和国家对民族资本主义工商业采取的政策是（　　）

A. 利用　　B. 限制

C. 团结　　D. 教育

E. 改造

17. 1950年6月召开的中共七届三中全会决定（　　）

A. 首先集中力量完成民主革命的遗留任务

B. 恢复国民经济

C. 争取国家财政经济状况基本好转的工作

D. 对农业进行社会主义改造

E. 制定第一个五年计划

18. 1956年，中国在工业建设上接连实现了具有历史意义的许多项零的突破。其典型代表有（　　）

A. 第一座生产载重汽车的长春汽车制造厂建成投产

B. 第一座飞机制造厂试制成功第一架喷气式飞机

C. 第一座制造机床的沈阳机床厂建成投产

D. 第一座大批量生产电子管的北京电子管厂建成投产

E. 1957年，武汉长江大桥通车

19. 农业合作化运动在总体上是成功的，但也存在不少问题，主要表现在（　　）

A. 要求过急　　B. 工作过粗

C. 改变过快　　D. 形式过于简单划一

E. 工作过慢

20. 建国初期为保证国民经济恢复时期各项工作的顺利进行，中国共产党开展的政治运动有（　　）

A. 抗美援朝运动　　B. 土地改革运动

C. 镇压反革命运动　　D. “三反”“五反”运动

E. 社会主义教育运动

三、辨析题（本大题共2小题，每小题10分，共20分）

21. 建国后，我国对民族资本主义工商业的社会主义改造实行的没收政策。

22. 过渡时期，国内的主要矛盾是人民大众同地主阶级、国民党残余势力和帝国主义的矛盾。

四、论述题（本大题共3小题，每小题10分，共30分）

23. 为什么说新民主主义社会是一个过渡性的社会?

24. 怎样理解社会主义制度在中国的建立是历史和人民的选择?

25. 为什么说社会主义改造是中国历史上最伟大最深刻的社会变革?

◆案例点评◆

案例一：光辉的印记

回顾过去，可以清楚地看到，三大改造的完成，社会主义制度的确立，在共和国历史上留下了光辉印记。

到1957年底，参加农业生产合作社的农户占全国农户总数的98%，其中参加高级社的户数，占全国农户总数的96%，全国参加手工业合作化组织的人数达到589万人，占手工业者总数的90%左右；未被改造的资本主义企业在全国工业总产值中所占比重已经不到千分之一，私营商业（主要是小商业）在商品零售总额中则只占3%。我国的社会生产关系结构由此而发生了根本变化。整个国民收入中，1957年同1952年相比，国营经济所占比重由19%提高到33%，合作社经济由1.5%提高到56%，公私合营经济由0.7%提高到8%，个体经济则由72%降低到3%，资本主义经济由7%降到千分之一以下。社会主义的基本制度在我国全面确立。党的七届二中全会所提出的中国由新民主主义国家到社会主义国家的转变，就其生产关系领域变革的任务来说，已经基本完成。

农业在"一五"期间得到了较大的发展。1957年农业总产值完成原定计划101%，比1952年增长25%，平均每年增长4.5%。主要农作物产量也有很大增长，1957年同1952年相比，粮食产量、棉花产量分别增长20%、26%，比解放前最高年产量分别增长33%、93%，没有出现苏联农业集体化时期出现的牛减少42.6%，马减少47%，羊减少65.1%，粮食单产由每公顷8.5公担降到3—4公担，农民平均收入降低约20%的那种局面，更没有引出农民死去1000万人的惨剧。

1957年，我国工业总产值超过原定计划21%，比1952年增长128.5%。原定五年计划工业总产值平均每年增长14.7%，实际却达到18%。1957年手工业总产值比1952年增长83%，平均每年增长12.8%。工业生产的迅速发展，使工业在国民经济中的地位发生了显著的变化。整个工农业总产值中，工业总产值所占比重由1952年的41.5%提高到1957年的56.5%。1957年，我国工业中的生产资料生产比1952年增长了2.1倍，平均每年增长25.4%；生产资料生产在工业总产值中的比重由1952年的35.6%提高到1957年的48.3%。机器制造工业在工业总产值中的比重由1952年的5.2%提高到1957年的9.5%；到1957年钢产量已达535万吨，为1949年的33.9倍；原煤年产量到1957年达1.3亿吨，比1949年增长了2倍多，比新中国成立前最高年产量增长了111.1%；发电量已达193.4亿千瓦/时，比1949年增长了2.5倍，比新中国成立前最高年产量增长了1.2倍；机床产量达2.8万台，比1949年增长了17.7倍，比新中国成立前最高年产量增长了3.2倍。旧中国重工业极端落后的状态已开始转变。

"一五"期间，我国工业发展速度远远超过了主要的资本主义国家。1953—1957年平均每年增长速度，论工业生产指数，中国为18%，英国4.1%，美国2.8%；论钢，中国为31.7%，英国5.7%，美国3.9%；论原煤，中国为14.4%，英国是下降的，而美国仅0.4%；论发电量，中国为21.6%，英国7.8%，美国9.1%。我国工业生产所取得的成就，远远超过了旧中国百年来所达到的水平。

在优先发展重工业的同时，我国轻工业也有很快的发展，1957年比1952年增长了83%，平均每年增长12.9%。五年计划规定的46种主要产品中，有27种产品的产量，在1956年就已达到五年计划规定的1957年的水平。

"一五"期间，我国工业经济效果也很好，工人劳动生产率迅速提高。1957年比1952年提高于61%，平均每年提高9.9%。全国公私合营工业的劳动生产率以1950年为100，1955年为314。公私合营工业的产值逐年增长，按可比产值，即总产值减去当年新合营产值，1953年比1952年增长28.2%，1956年比1955年增长32%，1957年比1956年增长80%。5年内，12个工业部门的工业产品成本降低了29%，平均每年降低6.5%。党的七届二中全会所提出的中国由农业国向工业国的转变，已经有了一个良好的开局。

能够在对社会生产关系进行根本变革的社会主义革命进程中，同时取得如此辉煌的建设成就，谁都无法否认，这确实是人类史上的奇迹。

随着社会主义改造的基本完成，"一五"计划的顺利实施，我国社会生产力持续发展，社会生产关系结构发生根本变化。实现了由新民主主义向社会主义的转变，社会主义制度在全国范围内建立起来。

第一，社会主义改造的基本完成，我国社会经济结构发生了根本变化。1957年同1952年相比。国营经济所占比重由19%提高到33%，合作社经济由1.5%提高到56%，公私合营经济由0.7%提高到8%。以上三种经济成分之和由21.2%上升为97%，而个体经济则由72%降低到3%，资本主义经济由7%降到千分之一以下。这说明几千年来以生产资料私有制为基础的阶级剥削制度已经被消灭，以全民所有制和劳动群众集体所有制为主的公有制经济在国民经济中已经居于绝对统治地位，以公有制为基础的社会主义经济制度在我国已经建立起来，奠定了我国今后一切进步和发展的基础。

第二，社会主义革命解放了生产力，促进了工农业和整个国民经济的发展。1957年我国农业总产值完成原定计划的101%，比1952年增长25%，平均每年增长4.5%。粮食、棉花等主要农作物产量分别增长了20%和26%，虽然农业合作化的过程中，遗留了这样那样的问题，但在把农民组织起来，兴修水利，抗御自然灾害，发挥集体优势搞农田基本建设方面，高级社起了积极的作用。

1957年我国工业总产值比1952年增长128.5%，平均每年增长18%。工业在国民经济中的地位发生了显著的变化。整个工农业总产值中，工业总产值所占比重由1952年的41.5%提高到1957年的56.5%，其中生产资料生产在工业总产值中的比重由1952年的35.6%提高到1957年的48.3%，轻工业1957年比1952年增长了83%，平均每年增长12.9%，“一五”计划规定的46种主要产品中，有27种产品的产量在1956年就已提前达到规定的水平。“一五”期间，我国钢产量、原煤产量、发电量等大幅度增长，工业发展速度远超过英、美等主要的资本主义国家，一大批旧中国没有的基础工业部门和大中型工业企业相继建立，职工的生产积极性高涨，劳动生产率明显提高；“一五”期间经济建设取得了旧中国百年来无法企及的辉煌成就，也打下了我国社会主义工业化的初步基础。

第三，我国政治领域也发生了重大变化，确立于中国共产党领导的人民民主专政的社会主义政治制度。1954年9月第一届全国人民代表大会召开，通过了《中华人民共和国宪法》，结束了新中国成立以来由中国人民政治协商会议代行全国人民代表大会职权、由《共同纲领》代行国家宪法的过渡状态。人民代表大会制度是我国的根本政治制度，作为国家政体，它保障了人民民主专政的国体，形成了具有中国特色的国体和政体完全一致的国家制度，对中国的统一、稳定、发展产生了深远的影响和重大的作用。《中华人民共和国宪法》是我国第一部社会主义类型的宪法，它的制定及颁布施行，为我国社会主义政治制度的形成、健全和完善，为国家政治生活的开展，以及大规模的社会主义建设和改造事业的发展提供了有利的保证，创造了良好的社会政治环境。

第四，伴随社会经济制度和社会经济结构的根本变化，我国社会的阶级关系也发生了根本的变化。官僚资产阶级和地主阶级已经在中国内地被消灭，富农和民族资产阶级分子被改造成自食其力的社会主义劳动者。工人阶级已经成为国家的领导阶级；亿万农民和其他个体劳动者已经变成社会主义的集体劳动者；知识界已经组成一支为社会主义服务的队伍。广大劳动人民成为掌握生产资料的国家和社会的主人，他们在中国共产党的领导下，团结起来，在把我国建设成为一个社会主义现代化强国的道路上共同奋斗着。

第五，我国社会主要矛盾也发生了变化。过渡时期存在的无产阶级同资产阶级之间、社会主义和资本主义两条道路之间的矛盾已经基本解决，人民对于经济文化迅速发展的需要同当前经济文化不能满足人民需要的状况之间的矛盾日益突显出来，成为我国社会的主要矛盾。集中精力解决这个矛盾，发展社会生产力，把我国尽快地从落后的农业国变成先进的工业国，成为摆在党和全国人民面前的主要任务。

社会主义基本制度的确立对当代中国的发展具有重大的历史意义。

第一，社会主义制度的确立是中国历史上最深刻最伟大的社会变革，是20世纪中国又一次划时代的历史巨变。中国从一个半殖民地半封建社会，跨越过漫长的资本主义发展阶段，进入到社会主义新时代，消灭了以生产资料私有制为基础的剥削制度，把千百年来人民的理想和追求变为现实。

第二，社会主义制度的确立，使中国的国家面貌发生了根本的变化。中国从一个长期受帝国主义掠夺和奴役的国家，变成一个拥有主权的独立的国家；从一个四分五裂的国家，变成一个除台湾省外实现统一的国家；从一个人民备受欺凌压迫的国家，变成一个人民当家作主、享有民主权利的国家；从一个经济文化落后的国家，变成一个走向经济繁荣、全面进步的国家；从一个在世界上被人们看不起的国家，变成一个受到国际社会普遍尊重和重视的国家。社会主义制度的确立为后来中国社会的发展和进步奠定了坚实的基础。

第三，社会主义制度的确立，为中国现代化的建设创造了制度条件。社会主义为中国注入了活力，社会主义制度可以容纳高速发展的生产力，能够借鉴一切人类文明的成果，为中国实现现代化和人民的共同富裕提供了制度保证。

第四，中国社会主义制度的确立，是世界社会主义运动史上的一个历史性的伟大胜利，也是马克思列宁主义关于社会主义革命理论在中国正确运用和创造性发展的结果。它以其独创性的理论原则和实践经验，丰富和发展了马克思主义的科学社会主义理论。正如邓小平所说：“我们的社会主义改造是搞得成功的，很了不起。这是毛泽东同志对马克思列宁主义的一个重大贡献。”

资料来源：高宝柱：《一体两翼全面整体推进的伟大胜利进程——社会主义基本制度在中国全面确立的历史方式概论之三》，《党史文汇》2006年第6期。

【点评】

党的第二个历史决议把新中国成立的头七年即1949年至1956年时期，称作“基本完成社会主义改造的七年”。社会主义改造是中国经济战线上的社会主义革命，它使中国实现了从新民主主义社会到社会主义初级阶段的过渡，以私有制社会到以生产资料公有制为基础的社会转变，从而使社会主义基本制度在中国得到全面的确立。我们今天的一切，都与此紧密相关，其必要性和正确性无论从理论上，还是从实际上都已得到证明。

案例二：带着人民的重托

镜头一：人大代表建议印成了政府工作报告的铅字

2007年3月6日，国家海洋局海洋发展战略研究所所长高之国在海南代表团会议上，分析了我国海洋经济的发展情况及其为国民经济发展作出的贡献，认为海洋是可持续发展的资源宝库和战略空间，应该引起政府的足够重视。根据高之国的建议，修改后的政府工作报告中增加了“保护和合理开发利用海洋资源”的内容。来自广东的全国人大代表陈舒在参加审议《企业所得税法》（草案）时建议，对企业从事节能节水项目所得，给予税收优惠。后来，草案增加了这样的规定：“对企业从事符合条件的节能节水项目所得，可以减征、免征企业所得税。”

上面两条建议不过是十届全国人大五次会议期间的两条“花絮”。根据代表意见，十届全国人大五次会议对政府工作报告作了33处修改，对《物权法》（草案）作了几十处修改。对《企业所得税法》（草案）作了十多处主要修改。

人大代表提议案是其履职的重要内容之一。50余年来，议案数量、质量节节攀升。1983年六届全国人大一次会议实行代表议案制度。2001年，全国人大常委会通过的16部法律中，有15部是根据代表议案制定的。2007年，代表共提出议案796件。其中，由30名以上代表联名提出的议案794件。这些议案是经过深入调查研究、反复酝酿，根据实际需要提出的，针对性强。议案的内容更加完整、规范，绝大多数议案有具体方案。许多法律案有法律草案文本。代表联名议案都经过领衔代表和附议代表共同研究、相互补充，代表团议案都经过全团代表集体讨论和修改。

镜头二：是谁制定了法律？是谁监督宪法和法律的实施？

改革开放以来，全国人大及其常委会通过的宪法、法律以及有关法律问题的决定共计400多件，地方人大及其常委会制定了7500多件现行有效的地方法规。目前，我国已经初步建立起包括宪法及宪法相关法、民商法、行政法、经济法、刑法、社会法和诉讼法7大门类的法律体系，中国特色社会主义法律体系初步形成。

1993年，全国人大常委会通过了《关于加强法律实施情况检查监督的若干规定》，开始组织执法检查。多年来，全国人大常委会将涉及“三农”问题的法律作为执法检查的重点，执法检查组的足迹深深地印在乡村田野；“非典”肆虐时，全国人大常委会专门派出执法检查组，对《固体废物污染环境防治法》的实施情况进行检查。

镜头三：直接选举不是梦

50余年来，直接选举人民代表大会代表的范围不断扩大。从1979年起，全国人大常委会对《选举法》和《地方组织法》做过多次修改，将县级人大代表的间接选举改成直接选举，等额选举改为差额选举，到《选举法》再次提请十届全国人大常委会第十一次会议修改，选举制度向民主化方向迈出了重要步伐。

资料来源：魏晓文、方玉梅主编：《“毛泽东思想和中国特色社会主义理论体系概论”课案例式专题教学教师用书》，中国人民大学出版社2008年版。

【点评】

一个国家实行怎样的政治制度，归根结底是由这个国家的国情和性质决定的。人民代表大会制度是中国社会主义政治文明的重要制度载体，坚持人民代表大会制度，就是要高举人民民主的旗帜，坚持人民当家作主，积极稳妥地推进政治体制改革，把人民代表大会制度完善好，发展好。

◆实践拓展◆

实践项目一：评论：“在一个很不发达的中国能搞社会主义”吗？

【实践题目】

“在一个很不发达的中国能搞社会主义”吗？

【实践类型】

辩论

【实践目的】

通过辩论，使学生进一步认识到新民主主义社会是属于社会主义体系的，是向社会主义过渡的社会，更加懂得中国共产党提出过渡时期总路线的必要性和正确性

【实践方案】

时间：45分钟

地点：多媒体教室

分组：全班分为两组，每组1名组长、4名辩手，其余学生参与资料搜集，献计献策，并在辩论阶段就辩论内容向对方发难

准备：组长，明确分工协调辩手关系。教师负责，邀请嘉宾评委，计算时间，确定地点

流程：

步骤一：辩论赛开始

步骤二：主持人介绍参赛代表队及所持立场

步骤三：主持人介绍参赛队员

步骤四：主持人介绍规则、评委及点评嘉宾

步骤五：辩论赛开始（程序见下表）

步骤六：评委及点评嘉宾退席评议

步骤七：教师宣布比赛结果

步骤八：主持人宣布辩论赛结束

辩论程序表

程　序（时间）	内　容
开篇陈词阶段（10分钟）	由正反双方一辩进行开篇陈词，时间为3分钟（由正方先陈词再到反方）。当一队的发言时间只剩30秒时，提示音提示，时间到，响铃，主持人提示陈词结束。 然后正反双方二辩有2分钟的补充说明时间，由反方二辩先开始。陈词基本内容包括：一辩：论证你方的立场和立论，论证你方的论点的论据，指出你方的观点如何更好地论证辩题。 二辩：驳对方理论漏洞，补充完善一辩论点。
攻辩阶段（6分钟）	由正方的二辩任意向反方的二、三辩提问（不可向一、四辩提问），提问方时间累计30秒，回答方时间累计1分钟。接着由反方的二辩向正方的二、三辩提问（不可向一、四辩提问），同样提问的累计时间为30秒，回答时间累计为1分钟。 接着轮到正方的三辩发问，发问完后，由反方三辩发问，规则同上述一样。 注意：提问时，提问方二、三辩的问题只能是问对方的二、三辩中任意一个。提问方必须是问句，回答方必须正面回答问题。
攻辩小结（各1.5分钟）	双方的二、三辩发问完后，由一辩做攻辩小结。时间为1.5分钟。总结的基本内容包括：对对方立论、攻辩阶段的漏洞，并补充你方的论据，再一次论证你方的观点。
自由辩论阶段（各4分钟）	在该阶段，每位辩论员的发言次序、时间次数都不受限制，但是，整队的发言时间不得超过4分钟，辩论员应充分利用这段时间，加强自己的论点，反驳对方的言论。 自由辩论时间开始时，首先由正方任何一位队员立即发言，在他结束发言时，反方的任意一位队员应立即发言，双方依此程序轮流交替发言，直到双方时间用完为止。 两位计时员将分别为两队计时，当一方队员发言完毕，另一方的计时立即开始，所以辩论员应尽量争取时间，在双方代表发言完毕后，即刻起立发言。 当一队的发言时间只剩1分钟时，提示音提示，时间用尽时，响铃提示，应当结束发言。 若一队的发言时间已经用尽，可能另一队还有剩余时间，则该队的一名或多名成员可以继续发言，直到该队时间用完为止。
总结陈词阶段（各3分钟）	由反方四辩先进行发言，接着轮到正方。时间为各3分钟。当一队的发言时间只剩30秒时，提示音提示，时间用尽时，响铃提示，应当结束发言。基本内容包括：整场比赛对方的漏洞，更进一步论证你方观点。
观众提问环节（每次限1分钟）	观众提问阶段正反双方的表现记入参赛者个人成绩。观众提出问题经主持人确定有效后，由观众指定参赛者回答。

【实践结果】

辩论赛及答辩词

【实践评价】

评价满分为100分，每5分为一档次，以个人为单位评分。两方组长及组员的评分为双方团队的表现，8位辩手的评分为个人表现50分+集体分×50%+10分（10分为加分）之和，最佳辩手另加10分

辩手评分如下：

得分表

评分项目	分值（50分）	得　分
观点表述	20分	
语言表达	10分	
节奏把握	10分	
气质仪容	10分	

得分：

团队表现如下：

得分表

评分项目	分值（100分）	得　分
语言表达	40分	
团队配合	30分	
节奏把握	20分	
气质仪容	10分	

得分：

总得分：

【参考资料】

上海解放初期的重重斗争

1949年5月27日，上海解放。当时，一些好心的党外朋友不无忧虑地认为"共产党打天下容易，治天下难"。对此，毛泽东明确回答说："打天下也并不容易，治天下也不是难得没有办法。"

从百战沙场到十里洋场，陈毅开始了新征途。他以共产党人博大的气魄和胸怀，一手继续强力打击来自敌特的破坏，维护上海的民生治安，另一手开始抓经济生产，恢复工商产业，为上海市的新生政权奠定了牢固基础。仅

一年工夫，上海就初步走向了稳定和繁荣。

1. “银元之战”

人民政府执政未满10天，一个严重危机——通货膨胀便步步逼近了。这原是国民党留下的祸害。1948年蒋经国坐镇上海，严令市民交兑金银外汇，连普通女工的银耳环也不能幸免，结果收走黄金100多万两，美钞3000万元，白银无数，而把巨额的一钱不值的金圆券塞到市民手中，物价能不飞涨？人民政府为扭转这一局面，一入城便以10万元金圆券兑换1元人民币的比价收兑金圆券，市民纷纷争换人民币。但由于市民吃够了钞票贬值之苦，一拿到人民币又去调换银元、大米，银元贩子乘机兴风作浪哄抬价格，结果原本1块银元值100元人民币，一星期就涨到1400元。物价飞涨，工厂难以经营，许多产业资本便转化为投机资本，反过来更加剧通货膨胀。如此不到一个月，人民币就会被赶出上海，共产党就会立不住脚。陈毅深知局势的紧迫。上海物价一失控，天津、北平和江浙几省都受影响，每天都有电报来告急催问。陈毅与华东局财委斟酌再三，决定还是“先礼后兵”。6月5日，财委向上海市场抛出10万银元，以使价格回落。同时，报刊、电台开展宣传，陈毅也严正警告投机奸商“赶快洗手不干，否则勿谓言之不预”。然而，投机者并不罢手，他们资力雄厚，10万银元被一吸而空。6月7日，银元兑人民币继续涨到1800元。陈毅决定采取最后解决手段：查封大投机商操纵银元市场的活动中心——证券交易所。6月7日晚的中共华东局会议，邓小平主持，对行动方案作了最后研究，赞成陈毅的意见：“干掉它!”报告中央后，毛泽东主席亲自回电话表示赞同。6月10日上午10时，两个营的部队和400名便衣公安人员分五路出动，突然包围了八层高的证券大楼，各组工作人员迅速进入各房间搜查。在“厚生证券号”经纪人的办公室里，光操纵行情的电话就有25部，夹墙里还搜出几十块黄金。大楼里的清理盘查工作持续了两天一夜，许多正当商人经盘查被先后释放，最后只留下250名投机主犯扣押带走。这期间，大楼外观者如堵，市民莫不拍手称快曰：“大亨鼠坍台了!”“共产党到底厉害！这场干净漂亮的突击战，霎时传遍上海，震动全国。第二天，银元“袁头”从2000元猛泻到1200元，大米跌价一成。第三天米价再跌一成，食油跌价一成半！“银元之战”，成了人民政府与上海旧经济势力交锋中取胜的第一个回合。

2. 突破海上封锁

一波未平，一波又起。帝国主义势力也在酝酿新的动作。6月23日，蒋介石对我实行海上封锁。他们利用尚未解放的舟山群岛控制了东海门户。这一来，各国商船开往上海的航道便被完全切断了。进口的柴油、汽油立即断绝了主要来源。印度和美国的原棉、南洋的橡胶及许多已买到手的工业原料，搁在各国港口运不进来，私营纱厂存棉量只够十余天消耗，停工的纱厂从5家发展到100多家，正泰橡胶厂这样的大厂也要求停业。杨树浦发电厂是烧柴油的，油源一断，上海将大部停电。另一方面，外销产品又堆积在码头上运不出去。工商界许多人惊慌了，有人准备跑香港、台湾。陈毅及中国共产党人将这一切，看成是摆脱帝国主义控制奴役，争取新中国独立自主地位的一场严重斗争。反封锁斗争全面展开了。陈毅主持华东局和上海市委首先制定了“反封锁六大方针，五大任务”，报中央批准后向全市人民公布进行大动员。与此同时，数管齐下，采取应对措施：

其一，协助工商业复工复业，渡过困难。缺资金的给贷款，缺原料的贷原料。永安纱厂总经理郭棣活有300多万斤棉花及1万纱锭的瑞士纺机搁在国外出产地运不来，陈毅专门关照银行、铁路、贸易各部门通力协助，甚至专派车皮去香港拉运，千方百计，终于将原棉和纺机全部运到上海。又如，成品纱布运不出去滞销，20支纱每件市价只11万（低于成本），国家就以12万元收购。私营工商业真正感受到国家的扶持。其二，开展整编节约运动，大力减少开支。陈毅说：“要靠我们党员干部自己首先紧缩，拿出二万五千里长征的精神来克服困难。”他首先身体力行，在国民党特务伺机刺杀他的紧张情况下，坚决地将自己的警卫人员从16名减为6名。同时，7月初起，他带头在机关食堂改吃大灶，所有高级军政干部无一例外。领导干部这样与人民同甘苦，自然振奋了群众的斗争热情。7月份解放军指战员省下20万石军粮，运来上海支援反封锁斗争，上海各界群众很受鼓舞。其三，发挥工人阶级积极性创造性，节约原料，试用代用品。上海电厂烧油，每月要“吃”3万吨。上海市委和陈毅积极支持工人进行锅炉大改装，以煤代油，终于将99.7%的燃料改为煤炭，仅此一项每月就节约大量外汇。耗用汽油最多的公交公司，也研究改用煤气动力牵引汽车。其间有一位技术员金官奎，因忘我工作患脑溢血猝然病逝，陈毅非常痛惜，亲自交代要开隆重的追悼会并送了花圈。不久，改装获得成功，许多因缺油停驶的汽车都挂上了煤气发生炉，昂然奔驰在上海马路上。其四，妥善处理经济萎缩造成的10万失业工人。政府发救济米，组织他们修海塘“以工代赈”。同时号召在业工人捐每月工资的1%用做救济。工人阶级表现了顾大局的政治觉悟。反封锁斗争的结果，纺织业7月中旬还只有4成开工，到11月达9成以上，私营纱厂产量增加了75%。机器工业原开工20%，由于解放区日益扩大带来了大批定货，增到60%。上海工业终于从萧条困难中挣扎出来，走上了复苏。这个胜利的意义何在呢？陈毅说："帝国主义曾轻蔑地说，共产党人只会管农村，管城市一无人才，二无效率。上海就是共产党的坟墓，共产党下了'海'就会淹死……事实证明我们一定能学会泅水，游到彼岸！"

3. 反轰炸与时间赛跑

7月6日，上海几十万军民举行了纪念"七七"抗战并庆祝上海解放的盛大游行。陈毅军服整齐登台检阅。当游行进行到一半时，一美国人驾车擅自闯入游行队伍，阻断队伍行进，态度蛮横地抗拒交通警干涉，引起群众公愤。陈毅果断下令道："拘留起来再讲！不管美国人英国人，在中国违反了中国的法令，就可以制裁他！"这位美国原驻上海总领事馆副总领事终于被拘留，老老实实向中方人员交上一份"道歉书"。消息公诸报端，立刻引起轰动。中国这头东方睡狮苏醒了，不可欺侮了。上海市民拍手称快："过去美国吉普压死人只有对天哭，现在美国领事犯了法也要办他，人民政府有志气！"当然，维护主权与民族尊严并非盲目排外。早在进上海前，陈毅就向接管干部们强调过这一点：对守法外侨，我们要保护，对外商企业，依中央方针区别对待，逐步接管，时间上有先后，方法上有没收、代营代管、对价转让等几种。对于电、水、公共交通及有利国计民生的工商业，要发动中国职工团结外籍职员继续生产经营。这就使接管稳妥有序，斗争有理有利有节。从夏天到冬天，经历了反封锁斗争，经历了三次物价大波动的考验，上海经济日渐走向恢复发展之路。然而，华盛顿和台北却传来切齿之声。1950年2月6日中午，蒋机分四批袭入上海上空，投下六七十枚重磅炸弹，千百间密集的民房烟火冲天，500多无辜居民被炸死。杨树浦发电厂，这个供应着上海80%电力的心脏部门被反复轰炸，遭到毁灭性打击，机器炸坏，工人死伤甚多，造成全市性停电。

陈毅立即在市府召开紧急会议，布置抢修、抢救和各种应急措施，调整防空火力部署，并即刻将情况报告中央。毛泽东主席和周恩来总理此刻远在莫斯科。北京和莫斯科都密切关注着上海的安危。夜幕降临，到处漆黑一片。交通阻塞，工厂停工，敌人趁机抢劫造谣，人心惶惶，抢购囤积的活动遍及全市。然而从市长办公室里，却接连发出一道道镇定果断的指令：通知各区，限三小时内将一切照明和发电设备都动员出来使用；组织全市驻军和警察，今晚轮流上街严密警戒；立即把现有高射火力调到法商电力公司去作重点保护。

陈毅在办公室工作了一夜，守着汽油灯起草了一份给中央的正式报告：“……14万瓩电力今晚全停……我们正集中力量应付目前上海空前的困难。”天亮后，他披了一件黑色大氅，不顾劝阻，冒着刺耳的空袭警报声，乘敞篷吉普驶往杨树浦发电厂。眼前一片瓦砾，管道断裂，钢梁曲扭，陈毅与整夜未睡的工人、技术人员一起，沿着炸歪的梯子爬到数丈高的锅炉顶，察看输送带破坏程度，计算恢复部分发电最快需用多久。空袭警报响了，市长和大家一起蹲到防空壕里继续研究。“争取48小时恢复部分发电，行不行？”陈毅最后问。“行！”工人们拍胸膛保证：“他们有本事炸，我们就有本事修！”

这一夜，是上海工人阶级团结战斗之夜。满眼血丝的电厂工人在机房抢修；外厂工人赶来清理废墟；刚下夜班的女工冒雨前来缝制防空沙包的麻袋；凌晨4时又赶来100多个强壮的码头工人，人人扛起200多斤重的沙包一趟趟地小跑。锅炉终于修好，可煤炭输送带还未修复，发电一分钟也不能延误！工人们挨个爬上高梯，硬是用双手传递将一筐筐煤块送到几丈高的炉顶加料口。

电灯亮了！千盏万盏，在黎明的阴雨之中闪烁。陈毅看着手表，这是2月8日上午7点5分。这就是说，工人们只用了42小时，比预定时间提前了6小时恢复了发电！

4.“较量”大获全胜

反轰炸取得初胜，陈毅却不能松口气。上海工商界在轰炸前认购公债相当踊跃。炸弹一扔，刚刚恢复起来的生产遭受了打击，“恐美病”又流行。2月9日晚上，陈毅特地召集工商界知名人士开会，直率地说：“你们没有理由给美帝国主义、国民党的几架飞机吓破了胆嘛，否则就中了他们计了。你们应赶快与厂里工人商量恢复生产。发电厂由我们负责恢复。困难当然多得很，要靠团结协作来解决。”他最后充满信任地说：“我们的产业家们，解放以来有很可观的进步，我们不能妄自菲薄，要和全市人民一起奋斗！”政治大动员在上海各界追悼“二六”轰炸死难同胞的大会上达到了高潮。陈毅以激愤昂扬的演讲，号召600万上海人民“在飞机轰炸中经得起考验，更勇敢地站立起来！”这以后认购公债掀起了新热潮，工商界仅棉纺业就超额认购82万份，申新系统认购60万份。南洋橡胶厂生产力士鞋时水箱断水，工人们硬从井里一桶桶拎水传上去保证生产。因缺电，厂里一周只开三个夜工，工人们自觉赶做抢做，产量反比以往开全工时增加25%。2月14日，毛泽东与斯大林签署了《中苏友好互助同盟条约》。斯大林立即给予中国方面有力的防空支援，华东防空军高炮部队也迅速建成。自3月14日至5月11日，解放军驻上海的防空部队先后4次抗击入侵之敌，击落飞机5架，迫使其减少了对上海地区的骚扰。

然而，“二六”轰炸造成的危害仍未结束。旧历年关将近，物资缺乏，人心浮动，谣言乱传，从大投机商到普通市民出于种种动机，又一次掀起抢购风。人们认定春节后初五开“红盘”的日子，物价必定狂涨。经历了前三次物价波动的锻炼，陈毅与财经干部们已练出几“招”。节前陈毅就忙于同财委制订方案，请求中央火速大量调拨物资，组织水陆运输……大年初五一开市，投机商们来势汹汹张开大口，国营公司供多少货他吞多少，专等货源告绝价格飞涨。不料此番国营公司供货源源不断，价格纹丝不动，仅仅几天，投机商们钱囊见底，仓库堆满，国营公司物资依然充足。初九陈毅接到财委报告：“大老板们吃不下了，想朝外吐了，价格开始下跌。”“好！”陈毅说：“让那些屡教不改的投机商破点财，吃点苦头！这对工商界大老板们也有教益，让他们放弃投机心理，安心搞好生产。”

上海第四次物价上涨之风很快以私营银钱业倒闭一半、投机商行倒闭1/10为代价，偃旗息鼓了。如果说打击银元投机用的是行政强制手段，那么这回完全是用经济斗争手段。从“二六”以来一直少眠缺寐的陈毅，至此方睡了一个好觉。

资料来源：《陈毅传》编写组：《传奇元帅：陈毅传》，当代中国出版社2001年版。

实践项目二：观看《龙须沟》电影

【实践题目】

观看《龙须沟》

【实践类型】

观影

【实践目标】

通过观看《龙须沟》电影，使学生进一步了解在社会主义改造的历史背

景之下，人际关系发生颠覆性的变化，更加形象地、深刻地认识社会主义改造对于我国社会发展的重要性

【实施方案】

时间：90分钟（可酌情删减）

地点：多媒体教室

流程：

第一：观看准备，明确观影目的，对作者老舍做深度介绍，为观影预热

第二：思考问题，观影时候思考以下问题

（1）为什么旧社会艺人变成疯子

（2）为什么新社会疯子会变成艺人

（3）为什么影中人对社会主义充满了热爱

第三：观影

第四：观影总结，回答下列问题

（1）用一句话总结观影感受

（2）你对哪个人物印象深刻，为什么？

（3）你对哪个场景印象深刻，为什么？

【实践成果】

观后感，写一篇观后感，结合历史背景、现实影响、个人感受，1000字以上

【实践评价】

教师根据观后感质量，评定学生分数

得分表

项　目	标　准	满　分	得　分
内　容	读懂历史，联系现实，评价正确	80	
写作水平	文笔流畅，层次分明，结构合理	20	
总　分	以上各项相加	100	

【参考资料】

老舍先生和他的《龙须沟》

人民艺术家老舍先生的力作《龙须沟》，是一部影响深远的现实主义作品。从它诞生至今，30年来一直活跃在舞台和银幕上，是一枝永不凋谢的力作。

1950年盛夏，李伯钊院长交给我一个任务，说："北京市委决定翻修龙须沟，这是一件大事，请老舍先生就此写个剧本。老舍先生腿部神经痛，行动不便，要一个年轻人帮他收集材料，我们决定让你去。"

这真是喜从天降，我高兴得一夜没有睡好。

第二天，老舍先生、伯钊同志，还有市委另一位领导和我，一起去了龙须沟。

龙须沟真是脏啊，臭气熏天，烂泥遍地。加上骄阳似火，到处是蒸热的尘土伴随着阵阵腥臭，几乎令人窒息。但是老舍先生边走边谈笑，兴致勃勃。

这时，龙须沟已经开始施工，为下水道挖起的土，占满一条条胡同。前几天大雨冲塌的房屋，还没有修复。坍倒的和还没坍倒的墙壁都还带着一尺多高的水印。显然，这里的生活秩序还没有恢复。可是，居民们已经投入了赖以生计的紧张劳动，在那仅可蔽身的荫凉下，锁扣眼、接袖头、焊镜框……老舍先生对这种劳动，予以极大的关注。他问了好几个地方，问了好多人："是不是常年能找到这些活路？每做一件能挣多少钱？能养活几口人？要是弄脏、弄破可怎么赔人家？"大娘们、嫂子们回答时照旧飞针走线做着活计，她们绘声绘色地叙述了前几天一夜大雨，她们怎样在屋里打着伞，蹲在炕上，怀里抱着活计直到天明的情景；房塌啦，那就更糟，举着伞跑到街上。不敢腾出手来去抢出家里的东西……令我吃惊的是，这种使人听之也觉酸楚的事情，她们说来却那么坦然，甚至还有人带着嬉笑。后来同老舍先生谈到这一点，先生说："这是真的，她们并不以为是什么了不起的大灾大难。当时也一定挺着急，过后也就释然。你没有看见？这里没有闲人。这在旧社会可不易，有这点收入就能撑持半个家。这虽苦，比挨饿可强的多。"先生谈的话，很是深切，我想只有身历其境，备尝过这种苦难的人，才能道得出这样的知心话来。

因为先生腿疾很重，那次去后，就由我每天上午往龙须沟跑，把耳闻目见向先生汇报，下午就常常可以听到先生谈谈某些构思和想法。有趣的是，先生对我们的汇报从来都是认真仔细地听取，但从来不叫我去找什么人，打听什么事。

《龙须沟》中的人物，大部分我不知道他们的出处，只有其中少部分知道一点儿影子。如像赵大爷，他大概就是老舍先生和我们一起见到的那位，以摆摊为业的大胡子治保委员。而程疯子这个人物，则是听了我的汇报，在先生脑海里与旧存的人物捏合在一起形成的。那天，我在龙须沟见到一位大嫂到派出所，请求准许她一家在旅馆多住些日子。原来，龙须沟大雨那天，她家的房子也倒塌了，丈夫是位潦倒的京剧艺人，正卧病不起，人民警察把他背到了旅馆。住旅馆免费，又有开水供应，一家算是得了救，这几天别人家已经把房子修好，离开了旅馆，只有她家没有劳动力，房子也没修。派出所告诉她安心住下去，房子会帮她修，她才千恩万谢地走出去。我把这件事向先生作了汇报，引起先生的极大兴趣。“好，好，咱们这个戏，得有这么个人物，让他增加一点音乐性。”先生深思的点着头，慢慢地轻敲着桌子说。我知道先生是京剧艺术的里手，他荷包存放着不少成熟的京剧艺人的形象，就不揣冒昧地说：“您是想在这个戏里，穿插上几段西皮、二簧吧。”“不，我倒很想来几段快板。”先生沉思着回答。

果然，第二天，程疯子就数着快板走进了《龙须沟》。我曾请教过先生：“程疯子究竟是唱什么的呢？”先生笑道：“他称老婆作娘子，似乎是出于京剧艺人的诙谐。爱数快板又像是曲艺艺人耳熏目染所形成，也许他两者都学过。也许他还真红过一阵子，由于‘倒仓’，也兴许遭人陷害，倒了霉，撂了地。他是个老实巴交的人，连踩死个蚂蚁都不忍。至于出身就烦导演去审查吧！咱们就甭管啦！”

黑旋风倒真是个实有的人物，他是天桥的一个大恶霸，先生把他借过来的，那时他已被镇压枪毙了。

当我每次向先生汇报所见所闻的时候，都怀着失职的内疚。因为自己本打算能多找到几个可以贯串全剧的事件或故事，以备先生抉择。但事与愿违，可怜我竟连一个都未能找到。这里尽管也有些散金碎玉，但始终也未能获得一根可以贯串其间的线来。我无可奈何地向先生吐露了这种不安和歉意，先生倒是毫不介意，并安慰我说：“不要紧的，咱们就抱着这条沟啃吧！别看又脏又臭，可非啃不行，还要狠狠地去啃。”

就抱着这条沟啃，说起来容易，做起来可真不简单！这就要求全剧的重要人物的命运与这条臭沟紧紧纠葛在一起，并且必须有起伏、有跌宕、有引人入胜的细节，有扣人心弦的悬念。尽管我知道先生是一位刻画人物的巨匠，是一位驾驭语言的大师，但我不能不为他担心，他毕竟只到过龙须沟一次啊！

事实自然证明了我是杞人忧天。

先生开始并没有设计什么故事梗概的东西。而是次第地把一人一人、一户一户“搬进”龙须沟这个小杂院里。首先出现的是丁四这一家，然后是二春和她妈，再后就是程疯子和他的娘子了。赵大爷这个人谈的不多，我已经记不清，他老人家究竟是什么时候“跳”到龙须沟这个旋涡里来的啦！

开始谈人物，大概是一起去龙须沟后的第三、四天。先生说：“我想写一个蹬三轮车的。”这一说我不禁怀念起了祥子，就接过话茬说：“按辈分，他是祥子的下一代。”先生莞尔笑道：“要是论资排辈，得这么说，不过他比祥子命好，不光是他赶上了解放。解放前，有丁四嫂能在这里找点零活干，替他顶下了半个家。他干上蹬三轮这一行，完全是出于他想躲开这个臭沟，躲一会儿是一会儿。不过，他可不敢搬家，他心里清楚，一离开这臭沟，丁四嫂就得失业。凭他一个人有多大能耐，可也糊弄不上一家四五张嘴。”前后脚，就是二春上场。先生说：“二春和丁四不一样，毕竟年轻嘛，只想嫁得越远越好，快离开这个臭沟，并不考虑将来。她妈可替她犯嘀咕，小门小户的，离开了这儿，将来有了孩子可怎么过呢？只仗女婿一个人……根据生活经验，她得出一个结论：“龙须沟虽说臭，可是个宝地，这里有活干，饿不死人。”她说死也要拦住自己的闺女。程疯子别看他出场最晚，先生对他却是怀着最大的同情和怜悯。先生说：“别看程疯子是个废物，可是他心地善良，情操高尚。他之所以成为废物是旧社会损害他形成的。亏得他遇到这样一位娘子，要不，他可非要饭不行。娘子呢，不嫌疯子，还挺疼顾他。这是一位具有中国妇女特有的美德的那种人。处长了谁都会尊敬她的。”先生为了要在龙须沟翻修之后，给程疯子找一个力所能及的职业、成为有用的人，同我就谈过几次。费了先生好多思索，最后才“委任”他去看管自来水。

先生已经写出了第一幕之后，突然对我说：“龙须沟不能只让人嫌，还得招人恨，我这会儿有个想法，龙须沟把小妞儿淹死啦！这怪不忍心的，可没法儿呀！舍不得孩子套不住狼啊。”这位艺术大师抚摸着自己5岁的小女儿的头，这样说。他的心情是沉重的，我从他较长时间的沉默中，察觉到这一点。

应该说《龙须沟》是先生的一篇急就章，我记得从先生接触这一题材起，到脱稿，其间未及一个月，而作品竟达到这样高乘动人，这真是一个奇迹。但是先生对自己创造的这个奇迹并不满意。记得先生每写完一幕之后，总要自己朗读一遍，检查一下是否上口。而我就可以得到这种先听为快的特权。读后，先生又总是非常谦虚地要听听我的意见。我呢，自然提不出什么意见，而总是缠着先生请教这里、那里为什么这样写，有时的提问幼稚到使先生不禁哑然失笑。但不管如何，先生从未厌烦，而是谆谆教导我怎样写戏，怎样用词，怎样遣句。

当先生写完最后一幕戏的时候，我倒真是提了一个意见：“这个戏都好，就是觉着最后这场扭秧歌，不大带劲，我觉着不大像您的手笔，可不知道我说这话对不对？”先生正色地说：“对，你这算说到病根上啦：对老北京人，他们吃喝拉撒睡在哪儿我都一清二楚；到解放以后，可就不行啦，不下去，没有生活啦，戏不够秧歌凑！”他不胜苦恼地责备自己，叹着气。

自打解放以来，先生从美国讲学归来，先后担当着各种重要职务，那么忙，又有腿疾。却责备自己“不下去，没有生活啦！”这多令人感动。但同时也想到另一个问题，尽管像先生这样一位以对北京人民生活熟悉素著的艺术大师，当他接触到某些不熟悉的生活时，也会觉得扼腕，娴熟的技巧也有时无能为力。

老舍先生只去了龙须沟一趟，而且并不像我们那样带什么笔记本儿。除了那根手杖，他是妙手空空。他也不像我们有些人那样，死盯着人问什么“感想”之类的话题。

而只是谈了些具体的事儿，如缝袖口能挣多少钱之类的琐事，我想这样琐事，是算不得所谓“生活”的。但是，据我所知，无疑的，它们帮助了老舍先生胸中贮存着的人物到龙须沟安了家，落了户。而“感想”之类的东西却是无能为力的。

我们说老舍先生对北京人有惊人的熟悉，我想这是因为老舍先生心中贮存着各形各色、不同性格的北京人的缘故，而且他三笔两划就能把他们表现得栩栩如生。因此，他让这些人物是住在龙须沟还是太平湖，是卖切糕还是摆小摊，问题都不是很大的了。

像老舍先生这样熟悉北京的，还是不乏其人的。但是为什么只有先生能创作出这许多鲜明、生动、使人难忘的北京人的形象的呢？我想：这是由于从生活中如何去提取人物，这本身是一个很重要的技巧。把生活和技巧截然分开，是不恰当的。我曾就此请教过先生，记得先生用这样的比喻说：“譬如买布，女同志就比咱们有眼光，我看这种眼光，就是一种技巧。她们买灰的，不买白的；买绿的，不买蓝的，因为她脑子里想的是要做衣服，而不是买一批货。买回来要剪裁、要缝制。这就不仅是眼光啦，还要有技术。这种技巧的性质就更重要啦！一个作家他箱子里，存的做成的或还没做成的衣服越多，他的本事就越大。他可以把人物打扮成红袄绿裤，也可以改扮成黑袄白裤。他的箱子里越阔，他就游刃有余。箱子里贫乏，他就捉襟见肘。我写《龙须沟》，如果从动笔写第一幕算起，自然不长。要是从程疯子那件大褂、丁四那件短袄算起，那该是几十年了。”先生又说：“从生活中提取人物，是没有什么灵方妙药的。每个作家都是自己摸索出来的。一个搞创作的人，就要常常考虑对于接触过的人，怎么表现他。而写过的人物，就要回想一下，当初是怎样提取的。这是作家的基本功之一，而且是很重要的一项基本功。”

资料来源：濮思温：《老舍先生和他的〈龙须沟〉》，《神州》2007年第5期。

【推荐阅读】

1. 周而复：《上海的早晨》，人民文学出版社1958年版。

2. R.麦克法夸尔、费正清主编：《剑桥中华人民共和国史——革命的中国的兴起》（1949—1965），中国社会科学出版社1990年版。

3. 薄一波：《若干重大决策与事件的回顾》（上卷），中共中央党校出版社1991年版。

4. 邱石主编：《共和国轶事》第二卷《共和国重大事件决策实录》（上、下），经济日报出版社1998年版。

5. 逄先知、金冲及主编：《毛泽东传（1949—1976）》（上），中央文献出版社2003年版。

6. 高宝柱：《和平改造资本家私有制的成功历史创举——社会主义基本制度在中国全面确立的历史方式概论之二》，《党史文汇》2006年第5期。

7. 柳青：《创业史》，中国青年出版社2009年版。

第九章　社会主义建设在探索中曲折发展

知识梳理

◆知识框架◆

- 社会主义建设在探索中曲折发展
  - 良好的开局
    - 全面建设社会主义的开端
    - 早期探索的积极进展
  - 探索中的严重曲折
    - “大跃进”及其纠正
    - “文化大革命”及其结束
    - 严重的曲折，深刻的教训
  - 建设的成就 探索的结果
    - 独立的、比较完整的工业体系和国民经济体系的基本建立
    - 人民生活水平的提高与文化、教育、医疗、科技事业的发展
    - 国际地位的提高与国际环境的改善
    - 探索中形成的建设社会主义的若干重要原则

◆重点剖析◆

1. 中国共产党人在1956年至1957年的早期探索中对社会主义建设有哪些理论建树？

（1）《论十大关系》的发表，是以毛泽东为主要代表的中国共产党人开始探索中国自己的社会主义建设道路的标志，它在新的历史条件下从经济方面（这是主要的）和政治方面提出了新的指导方针，为中共八大的召开做了理论准备。

（2）中共八大路线的制定。中共八大的路线是正确的，它为社会主义事业的发展和党的建设指明了方向。中共八大后，中国共产党在探索中又提出一些重要的新思想，如“可以消灭了资本主义，又搞资本主义”等。

（3）《关于正确处理人民内部矛盾的问题》的发表。它创造性地阐述了社

会主义社会矛盾学说，是对科学社会主义理论的重要发展，对中国社会主义事业具有长远的指导意义。

(4) 进行整风和提出建设"六又"政治局面等思想是中共八大路线的继续和发展，是党探索社会主义建设道路的新成果。

2. 怎样认识建立独立的、比较完整的工业体系和国民经济体系的重大意义?

独立的比较完整的工业体系和国民经济体系的建立，是了不起的巨大成就，是中国人民在中国共产党领导下英勇奋斗的伟大成果，是社会主义制度优越性的生动体现，具有极其重要的战略意义。它为我们继续推进社会主义建设开拓了可以依靠的阵地，为实现现代化的伟大事业奠定了初步的物质基础。

随着独立的比较完整的工业体系的形成，工业在国民经济中的主导地位日益明显，发挥着越来越重要的作用。工业部门不仅为改善人民生活提供了大量的日用消费品，为国民经济其他部门和国防建设提供了大批燃料、动力、原材料和技术装备，而且还为出口提供了相当数量的产品。它使中国在赢得政治上的独立之后赢得了经济上的独立。

集中统一的经济管理体制，在当时物质缺乏、经济基础薄弱的条件下，起到了积极作用。它有利于把有限的资金、物力和技术力量集中起来，保证重点建设项目的完成，为中国以后的发展奠定了牢固的物质技术基础。

◆训练强化◆

一、判断题

1. 1956年，刘少奇在全国知识分子大会上作《关于知识分子问题的报告》，第一次提出了新中国"知识分子中的绝大部分已成为工人阶级的一部分"的论断。(　　)

2. 《论十大关系》报告提出社会主义文化建设的新方针"古为今用，洋为中用"。(　　)

3. 1956年，社会主义基本制度的全面确立，标志着中国进入开始全面建设社会主义的历史阶段。(　　)

4. 毛泽东提出社会主义改造完成后，国家政治生活的主题应是满足人民物质文化需求。(　　)

5. "批林批孔"运动矛头指向的是邓小平。（　　）

6. 为粉碎"四人帮"奠定了群众基础的事件的是1975年邓小平主持工作进行整顿。（　　）

7. 标志"文化大革命"结束的事件是粉碎林彪反革命集团。（　　）

8. 1957年整风运动的形式是开门整风。（　　）

9. 发动"文化大革命"的主要论点，被概括为"无产阶级专政下的继续革命的理论"。（　　）

10.1975年着手对各方面工作进行整顿的是邓小平。（　　）

二、单项选择题

1. 毛泽东提出实现马克思主义与中国实际"第二次结合"是在（　　）

A. 1956年中共中央书记处会议　　B. 1956年中共中央政治局扩大会议

C. 1957年最高国务会议　　D. 1956年中共八大

2. 《论十大关系》报告提出社会主义文化建设的新方针（　　）

A. 古为今用，洋为中用　　B. 推陈出新

C. 百花齐放，百家争鸣　　D. 大鸣大放

3. 中国共产党探索中国自己的社会主义建设道路开始于（　　）

A. "第二次结合"的提出　　B. 《论十大关系》的发表

C. 中共八大的报告　　D. 毛泽东"新经济政策"的提出

4. 中共八大的指导思想是（　　）

A. 调动一切积极因素，进行社会主义现代化建设

B. 正确处理人民内部矛盾

C. 加强人民民主专政和各民族的团结

D. 积极探索适合中国国情的经济体制

5. 中共八大提出当前党和全国人民的主要任务是（　　）

A. 集中力量发展生产力　　B. 重点发展重工业

C. 加强人民民主专政　　D. 健全党外民主法制

6. 陈云在中共八大上提出改善社会主义经济管理体制的思想是（　　）

A. "三个主体，三个补充"

B. "两参一改三结合"

C. "一化三改造"

D. 发挥中央、地方、企业三个方面的积极性

7. 1958年提出的社会主义建设总路线的缺点是（　　）

A. 高指标　　B. 多、快、好、省　　C. 浮夸风　　D. 忽视客观规律

8. 将人民公社化运动推向高潮的会议是（　　）

A. 八届二中全会　　B. 八届三中全会

C. 中央工作会议　　D. 北戴河中央政治局扩大会议

9. 人民公社的特点是（　　）

A. 高度集中制　　B. 一“大”二“公”

C. 三级所有　　D. 统分结合

10. 标志着开始初步纠正“左”的错误的会议是（　　）

A. 中共八届六中全会　　B. 第一次郑州会议

C. 第二次郑州会议　　D. 武昌中共中央政治局扩大会议

11. 党和政府第一次向全国人民提出“实现四个现代化”奋斗目标是在（　　）

A. 中共八大上

B. 第一次全国人民代表大会上

C. 七千人大会上

D. 第三届全国人民代表大会

12. 文化大革命的导火线是（　　）

A. 《海瑞罢官》的发表

B. 《评新编历史剧〈海瑞罢官〉》的发表

C. 《五一六通知》的发表

D. 《炮打司令部——我的一张大字报》的发表

13. 客观上宣告“文化大革命”理论和实践失败的事件是（　　）

A. 刘少奇冤案

B. 林彪反革命集团策动反革命武装政变

C. 江青发动的“批林批孔”运动

D. 天安门事件

14. 毛泽东在1975年底发动了所谓的“批邓、反击右倾翻案风”运动，其根本原因是（　　）

A. “四人帮”反革命集团为抢班夺权力图利用毛泽东排挤邓小平

B. 毛泽东不能容忍邓小平系统地纠正“文化大革命”的错误

C. 邓小平力图团结老干部反击“四人帮”集团

D. 毛泽东认为邓小平的整顿最终会导致为党内走资派刘少奇翻案

15. 中国恢复在联合国的合法席位是在（　　）

A. 1970年　　B. 1971年　　C. 1972年　　D. 1979年

16. 1956年4月，毛泽东在中央书记处会议上提出（　　）

A. 尽快实现国家的社会主义工业化

B. 正确处理人民内部矛盾

C. 多快好省地建设社会主义

D. 实现马克思主义同中国实际的“第二次结合”

17. 毛泽东提出要正确处理人民内部矛盾，主要是为了（　　）

A. 开展整风运动克服官僚主义

B. 维护社会的团结稳定

C. 团结一切力量建设社会主义新国家

D. 巩固发展三大改造的结果

18. 1956年4月毛泽东初步总结外国社会主义的经验，首次提出探索适合我国国情的社会主义建设道路的任务的著作是（　　）

A.《关于正确处理人民内部矛盾的问题》

B.《论十大关系》

C.《论人民民主专政》

D.《关于党在过渡时期的路线》

19.1956年1月，中共中央召开关于知识分子问题会议，动员全党和全国人民（　　）

A. “实现教育的现代化”　　B. “攀登科学技术高峰”

C. “向现代科学进军”　　D. “实现科学技术的现代化”

三、多项选择题

1.《论十大关系》提出共产党和其他民主党派要实行的方针是（　　）

A. 长期共存　　B. 互相监督　　C. 肝胆相照　　D. 荣辱与共

2. 社会主义建设中的“三面红旗”是指（　　）

A. 社会主义建设总路线　　B. 以阶级斗争为纲

C. 大跃进　　D. 人民公社

3. 1961年中共对国民经济实行的方针是（　　）

A. 调整、巩固　　B. 调整、整顿

C. 充实、提高　　　　　　　　　　D. 充实、发展

4. 中国国民经济在1959年到1961年发生严重困难的主要原因有（　　）

A. 发生了“大跃进”和“反右倾”斗争的错误

B. 中国受到西方国家的经济封锁

C. 苏联背信弃义地撕毁合同、撤走全部专家

D. 当时发生了自然灾害

5. 标志着“文化大革命”全面发动的中共中央会议有（　　）

A. 1966年中央政治局扩大会议　　　B. 八届二中全会

C. 八届十一中全会　　　　　　　　D. 九届二中全会

6. 1967年参与“二月逆流”的老一辈无产阶级革命家有（　　）

A. 谭震林　　　B. 陈毅　　　C. 叶剑英　　　D. 李先念

7. 领导党和人民粉碎江青反革命集团，结束“文化大革命”的主要有（　　）

A. 华国锋　　　B. 叶剑英　　　C. 李先念　　　D. 邓小平

8. 中共八大陈云提出“三个主体、三个补充”的思想是（　　）

A. 国家经营和集体经营是主体，一定数量的个体经营为补充

B. 计划生产是主体，一定范围的自由生产为补充

C. 国家市场是主体，一定范围的自由市场为补充

D. 国营经济是主体，非公有制经济为补充

9.《论十大关系》是（　　）

A. 以毛泽东为主要代表的中国共产党人开始探索中国自己的社会主义建设道路的标志

B. 它在新的历史条件下从经济方面和政治方面提出了新的指导思想

C. 为中共八大的召开作了理论上的准备

D. 对社会主义三大改造的全面总结

10. 毛泽东探索中国社会主义建设道路所取得的理论成果集中体现在下列哪些著作中（　　）

A.《论人民民主专政》

B.《论十大关系》

C.《中国人民站起来了》

D.《关于正确处理人民内部矛盾的问题》

四、思考题

1. 中国共产党人在1956年至1957年的早期探索中对社会主义建设有哪些理论建树?

2. 怎样认识建立独立的、比较完整的工业体系和国民经济体系的重大意义?

3. 为什么说毛泽东是探索中国特色社会主义建设道路的开创者?怎样正确认识和评价毛泽东的历史地位?

五、材料分析题

1. 【材料1】“社会主义改造基本完成以后,我们党领导全国各族人民开始转入全面的大规模的社会主义建设,直到‘文化大革命’前的十年中,我们虽然遭到过严重挫折,仍然取得了很多成就。”

——摘自《关于建国以来党的若干历史问题的决议》,见《中共中央文件选编》,中共中央党校出版社1994年版,第144页。

【材料2】“由于我们党领导社会主义事业的经验不多,党的领导对形势的分析和对国情的认识有主观主义的偏差,‘文化大革命’前就有过把阶级斗争扩大化和在经济建设上急躁冒进的错误。后来又发生了‘文化大革命’这样全局性的、长时间的严重错误。”

——摘自《关于建国以来党的若干历史问题的决议》,见《中共中央文件选编》,中共中央党校出版社1994年版,第138—139页。

请回答:

(1)中国共产党在1956—1976年的探索过程中,在指导思想上出现的两个发展趋向是什么?

(2)为什么会出现这样的变化?

(3)结合有关的史实说明,你如何看待这两种趋向?

2. 薄一波指出,探索中国自己的社会主义建设道路“始于毛,成于邓”。

请回答:

(1)毛泽东在领导全党探索中国自己的社会主义建设道路过程中做出了哪些贡献?

(2)其重大理论意义是什么?

参考答案

一、判断题

1. ×　2. ×　3. √　4. ×　5. ×　6. ×　7. ×　8. √　9. √　10. √

二、单项选择题

1. A　2. C　3. B　4. A　5. A　6. A　7. D　8. D　9. B　10. B　11. D　12. B　13. B　14. B　15. B　16. D　17. C　18. B　19. C

三、多项选择题

1. AB　2. ACD　3. AC　4. ACD　5. AC　6. ABCD　7. ABC　8. ABC　9. ABC　10. BD

自测题

一、单项选择（本大题共10小题，每小题1分，共10分）

1. 毛泽东提出“以苏联经验为戒鉴，走自己的路”的重要思想著作是（　　）

A. 《新民主主义论》

B. 《论人民民主专政》

C. 《论十大关系》

D. 《为建设一个伟大的社会主义国家而奋斗》

2. 中共八大上，关于经济体制提出了“三个主体、三个补充”的思想的中共领导人是（　　）

A. 毛泽东　　B. 邓小平　　C. 邓子恢　　D. 陈云

3. 中共八大提出的我国当时经济建设的指导方针是（　　）

A. 调动一切积极因素，建设社会主义强国

B. 既要反保守又反冒进，在综合平衡中稳步前进

C. 在新的生产关系下保护和发展生产力

D. 把我国尽快地由农业国变为先进的工业国

4. 毛泽东提出关于社会主义社会两类社会矛盾学说的著作是（　　）

A. 《论十大关系》

B.《关于正确处理人民内部矛盾的问题》

C.《论人民民主专政》

D.《再论无产阶级专政的历史经验》

5. 毛泽东在《论十大关系》的讲话中提出在共产党和民主党派的关系上实行的方针是（　　）

A. 肝胆相照、荣辱与共　　B. 利用、限制、改造

C. 团结、教育、改造　　D. 长期共存、互相监督

6. 新中国成立后，毛泽东提出，我国工人阶级同民族资产阶级的矛盾属于（　　）

A. 敌我矛盾　　B. 对抗性矛盾

C. 人民内部矛盾　　D. 无法调和的矛盾

7. 共同提出的和平共处五项原则的国家有（　　）

A. 中、印、缅　　B. 中、印、越

C. 中、美、苏　　D. 中、印、朝

8. 新中国在成立初期，一面奉行独立自主基础上的（　　）

A. “一边倒”政策　　B. 亲西方政策

C. 多边外交政策　　D. 同第三世界结盟政策

9. 1956年4月，毛泽东提出我国发展科学、艺术的基本方针是（　　）

A. 百花齐放、百家争鸣　　B. 古为今用、洋为中用

C. 让工农兵占领文化艺术舞台　　D. 打倒帝王将相、才子佳人

10. 中国共产党探索中国自己建设社会主义道路开始的标志是（　　）

A. 1956年中共八大的召开

B. 1956年《论十大关系》的发表

C. 1953年社会主义三大改造的开始

D. 1952年国民经济恢复的完成

二、多项选择（本大题共10小题，每小题2分，共20分）

11. 中共十一届三中全会前，取得探索中国社会主义建设道路的重要成果有（　　）

A.《论十大关系》的发表

B. 中共八大的召开及其重要决策

C.《关于正确处理人民内部矛盾的问题》的发表

D. “大跃进”的发动

E. 人民公社的建立

12. 中共八大上，陈云提出“三个主体、三个补充”的思想，即（　　）

A. 国家经营和集体经营是主体，一定数量的个体经营为补充

B. 计划生产是主体，一定范围的自由生产为补充

C. 国家市场是主体，一定范围的自由市场为补充

D. 市场经济为主体，一定范围的计划经济为补充

E. 国家市场为主体，资本主义市场为补充

13. 下列矛盾中属于人民内部矛盾的是（　　）

A. 工人阶级内部的矛盾

B. 工农两个阶级之间的矛盾

C. 工人、农民同知识分子之间的矛盾

D. 民族资产阶级之间的矛盾

E. 工人阶级和其他劳动人民以及同民族资产阶级之间的矛盾

14. 1953年12月，周恩来在会见印度代表团时提出的处理国际关系的准则是（　　）

A. 互相尊重主权和领土完整　　B. 互不侵犯

C. 互不干涉内政　　D. 平等互利

E. 和平共处

15. 1961年，中共八届九中全会提出的调整国民经济的方针是（　　）

A. 调整　　B. 改革

C. 巩固　　D. 充实

E. 提高

16. 关于社会主义社会两类矛盾的学说，下列说法正确的是（　　）

A. 这两类矛盾是敌我矛盾和人民内部矛盾

B. 敌我矛盾是对抗性矛盾

C. 人民内部矛盾是非对抗性矛盾

D. 两类矛盾的性质不同，但解决的方法相同

E. 两类矛盾的性质不同，解决的方法也不同

17. 1964年12月，周恩来在第三届全国人民代表大会第一次会议上，正式宣布把我国建设成为社会主义强国的现代化目标是（　　）

A. 现代化工业　　B. 现代化农业

C. 现代化商业　　D. 现代化国防

E. 现代科学技术

18. “文化大革命”的发生，对于中国共产党、新中国和中国人民来说，是一场灾难。是因为（　　）

A. 国民经济在动乱时期遭受严重损失

B. 民主和法制遭到践踏，大批干部和群众遭受迫害

C. 科学文化事业在许多方面遭到摧残

D. 科技水平在一些领域同世界先进国家的差距进一步拉大

E. 党风和社会风气遭到破坏

19. 新中国成立以来，党和毛泽东所犯的两个全局性的、长时间的“左”倾严重错误是（　　）

A. “大跃进”　　B. “文化大革命”

C. 人民公社运动　　D. 批林批孔

E. “一大二公三纯”

20. 毛泽东在读苏联《政治经济学教科书》时，把社会主义划分为（　　）

A. 不发达的社会主义　　B. 比较发达的社会主义

C. 完全不发达的社会主义　　D. 社会主义初级阶段

E. 社会主义高级阶段

三、辨析题（本大题共2小题，每小题10分，共20分）

21. 社会主义制度建立后，国家政治生活的主题是正确处理人民内部矛盾和敌我矛盾。

22. 社会主义制度建立后，工人阶级同民族资产阶级仍然存在着对抗性的矛盾，因此，属于敌我矛盾的范畴。

四、论述题（本大题共3小题，每小题10分，共30分）

23. 中国共产党人在1956年至1957年的早期探索中对社会主义建设有哪些理论建树？

24. 为什么说1956年至1976年间中国社会主义建设的成就是主要的，教训也是深刻的？

25. 为什么说毛泽东是探索中国社会主义建设道路的开创者？怎样正确认

识和评价毛泽东的历史地位?

◆案例点评◆

案例一:“艰辛的探索”

在新中国由新民主主义向社会主义过渡的过程中，在当时国内外形势下，中国共产党别无选择地选择了苏联模式，采取了计划经济体制。这种模式在当时发挥了积极的作用，但是，苏联模式毕竟不是至善至美的，更不是为新中国量身定做的。1953年斯大林去世后，苏联国内和党内出现了一些新情况、新问题，苏联模式的一些弊端逐渐暴露出来。在1956年苏共二十大召开后，毛泽东向全党提出以苏为鉴，探索适合中国国情的社会主义建设道路的要求。

1. 良好的开端

1956年春至1957年春，这是我们党最初全面探索中国自己的社会主义建设道路的一年，并取得了丰硕的成果。以提出《论十大关系》、制定“八大”路线、发表《关于正确处理人民内部矛盾的问题》为三大标志，探索有了一个良好的开端。在经济、政治、文化建设等诸多方面提出了许多新的思路、方针和政策，初步形成了一条有别于苏联模式、反映中国特色的社会主义发展路线。

到1957年底，“一五”计划顺利实现，出现了惊人的奇迹。1957年同1952年相比，中国社会总产值的年平均增长率为11.3%，工业总产值的年平均增长率为18%。各项重要工业品的产量也都超计划完成，其发展速度是世界任何国家都无法相比的。这充分显示了社会主义制度的优越性。由于发展速度快，一些重要工矿业产量在世界所占的比重因此有所提高。作为农业大国，1957年粮食总产量已达1950.5亿千克，占世界第一位；粮食亩产量1957年也达到了97.5千克，高于苏联和印度。

2. 曲折中前进

1957—1965年，是战后世界经济在全面恢复的基础上准备向更新、更高境界开拓的关键时期，中国的经济建设由于在急于求成的思想指导下，无限夸大主观意志和主观努力的作用，忽视科学和客观规律，人为发动了“大跃进”、大炼钢铁和人民公社化运动。农业上提出“以粮为纲”“人有多大胆，地有多大产”，各地虚报高产、竞放“高产卫星”。工业上提出“以钢为纲”

“钢铁升帐”。1957年提出要在15年内在钢铁和其他工业方面超过英国，在20—30年内在经济上赶上和超过美国，这本来就没有经过严格的科学论证也没有十分把握，1958年却又进一步要求7年赶上英国，15年赶上美国。于是，1958年发动了全民大炼钢铁运动。“大跃进”运动的直接后果就是国民经济比例严重失调，人民生活水平严重下降。农业、轻工业在1959年、1960年连续大幅度下降，全国居民年平均消费水平下降13.6%。

面对严重的挫折和经济困难，自1961年开始，中国不得不对整个经济发展的指导思想和战略进行全面调整。由于调整后经济发展速度很快，从1957—1965年这整个时期的平均情况看，中国经济社会仍然是向前发展的。工业方面，把1966年同1956年相比，全国工业固定资产按原价计算，增长了3倍。棉纱、原煤、发电量、钢和机械设备等主要工业产品的产量，都有很大增长。石油工业的发展尤其突出，到1965年已经实现原油的全部自给，电子工业、石油化工、原子能、航天等一批新型工业逐步建设起来，初步改善了工业布局，形成了相当规模和一定技术水平的工业体系。铁路、公路、水运、航空、邮电等事业都有较大发展。农业基本建设和技术改造大规模展开，并逐步收到成效，全国农用拖拉机产量和化肥施用量都增长6倍以上，农村用电量增长70倍。十年的教育事业有很大发展，高等院校毕业生近140万人，为前七年的4.9倍。经过整顿，教育质量得到显著提高。科学技术工作取得比较突出的成果，国防科学技术的进展最为显著。1964年10月16日，成功爆炸第一颗原子弹，有力地打破了超级大国的核垄断和核讹诈，提高了我国的国际地位。导弹和人造卫星的研制也取得突破性进展。1965年，在世界上首次人工合成结晶牛胰岛素。

3. “文化大革命”的十年

1966年是中国在进行经济调整后，进入全面工业化的一个关键性年头。国内各方面不正常的关系大都初步理顺，指导思想初步端正，加之中国有巨大的经济潜力，有广大劳动人民的极大热情、积极性和创造性；国际上新技术革命蓬勃发展。正当中国经济在新的起点上要开始腾飞的关键时刻，中国大地却出现了人们预料不到的情况。1966—1976年的“文化大革命”，以它特有的方式，把全国上下的一切全搞乱了，使中国经济的发展再次遭到了极其严重的冲击和破坏，造成了无法弥补的损失和灾难。

“文化大革命”的十年，是极“左”思潮恶性爆发的十年，是个人意志、个人崇拜发展到顶峰的十年，也是扼杀科学技术、摧残科技人才的十年。在

“文化大革命”的十年中，由于各种关系的颠倒，经济发展战略严重扭曲，发展比例严重失调，不仅使整个四化建设目标落空，使在20世纪70年代中期赶上发达资本主义国家的战略变为泡影，而且使整个国民经济受到了严重的创伤和破坏，给中华民族的振兴造成了严重的不良后果，教训是十分深刻的。

资料来源：魏晓文、方玉梅主编：《“毛泽东思想和中国特色社会主义理论体系概论”课案例式专题教学教师用书》，中国人民大学出版社2008年版。

【点评】

从1956年社会主义改造基本完成到1966年“文化大革命”前夕，是中国共产党领导全国人民开始全面建设社会主义的十年。在这十年中，中国的社会主义建设事业取得很大的成就，“现在赖以进行现代化建设的物质技术基础，很大一部分是这个期间建设起来的，全国经济文化建设等方面的骨干力量和他们的工作经验，大部分也是在这个期间培养和积累起来的”。但是，在这十年里，党的工作在指导方针上也有过重大失误，尤其是错误地发动“文化大革命”。“文化大革命”是一场由领导者错误发动，被反革命集团利用，给党、国家和各族人民带来严重灾难的内乱。“文化大革命”的历史教训，应当牢牢引以为鉴。

案例二：一个沉重的历史话题

国际共产主义运动史上一个普遍的现象就是，社会主义从一个历史阶段转变到另一个历史阶段过快过急。因此，对社会主义及其发展阶段长期性问题的认识，是由世界上几乎所有社会主义国家走过的弯路所引发的一个沉重的历史话题。

镜头一：苏联的共产主义梦——“最近的明天”的童话

苏联从1917年十月革命胜利到1936年宣布建成社会主义用了19年时间，但随着工业化和农业集体化的展开并取得巨大成就之后，开始对社会主义的长期性缺乏清醒的估计。斯大林在1936年宣布苏联建成社会主义时，就准备向共产主义前进，并认为这一过程只需要10—15年时间。第二次世界大战结束后不久，苏联再次提出向共产主义过渡。1952年，苏共十九大通过的《苏联共产党章程》指出党的主要任务是：从社会主义逐渐过渡到共产主义，最后建成共产主义社会。赫鲁晓夫对苏联社会主义发展阶段的认识和估计更加超前和冒进，他认为共产主义是“最近的明天”，要用20年时间在苏联建立起共产主义的物质技术基础。1959年，赫鲁晓夫在苏共二十一大上提出10年内要在按人口平均计算产品产量方面赶上并超过美国。

镜头二：中国的“大跃进”运动——“赶英超美”的神话

中国新民主主义革命胜利后，毛泽东曾估计完成社会主义改造大约需要经过“三个五年计划”，即15年左右的时间，但实际上到1956年就宣布基本建成社会主义。中国的社会主义改造是成功的，但在改造中也存在过快过急、工作过粗等问题，对社会主义发展阶段的长期性认识不足已初见端倪。这种过急倾向随后表现得更为突出，在宣布建成社会主义之后的两年，即1958年的“大跃进”运动中，就急于向社会主义更高阶段过渡。当时甚至认为：共产主义在我国的实现，已经不是什么遥远的事了，我们应当积极地运用人民公社的形式，探索一条过渡到共产主义的具体途径。

镜头三：中国共产党新的里程碑——对初级阶段科学认识的重大历程

党的十一届三中全会以后，我党重新恢复和确立了实事求是的思想路线，对目前我国社会主义社会所处的阶段进行了清醒的估计和科学的认识，逐步探索和完善了初级阶段理论。对初级阶段长期性问题的认识也随着初级阶段理论的深化而逐步明确。

资料来源：魏晓文、方玉梅主编：《“毛泽东思想和中国特色社会主义理论体系概论”课案例式专题教学教师用书》，中国人民大学出版社2008年版。

【点评】

在大跃进过程中，出现了很多虚报产量的事，其中最著名的是河北徐水县，号称亩产超万斤，一年收获粮食达12亿斤，人民日报对这种行为进行了宣传，这就造成了危害甚重的“浮夸风”。

◆实践拓展◆

实践项目一：展示传家宝

【实践题目】

展示传家宝

【实践类型】

寻找物件

【实践目标】

通过寻找能反映全面建设社会主义时期艰苦奋斗、积极进取的家庭物件，使学生进一步了解那个时代发生的事情，继承那个时代好的传统、好的作风

【实践方案】

时间：1个半小时

地点：教室

流程：

步骤一：每个学生利用假期回家寻找具有革命传统意义的物件（没有原件，也可以用照片代替）

步骤二：班长明确展示“传家宝”的意义，并主持传家宝的展示活动

步骤三：由班长开始，依次展示“传家宝”，并说明“传家宝”来历、意义等，时间2分钟

步骤四：教师点评

【实践成果】

“传家宝”的物件及文字说明

【实践评价】

教师根据“传家宝”物件和说明给分

得分表

项　目	标　准	满　分	得　分
物　件	真实可靠，意义丰富	50	
说　明	解说细致，颇具启发	50	
总　分	以上各项相加	100	

【参考案例】

小小藤箱价无边

在我的家中，珍藏着一个父亲留给我的小藤箱。我父亲生于清朝末年，祖父无房无田，冒险在长江拉纤谋生。因家境窘迫，父亲十三岁那年，就去学铜匠手艺，购置了此物，屈指算来已有近百年历史了。

当年，父亲一头挑着打铜工具，一头挑着这只小藤箱，里面装着几件打满补丁的换洗旧衣衫，为了全家人的生计，跑遍了鄂西村寨山乡。经过父亲

的不懈努力，好不容易家境渐有起色，买下了三亩薄田。然而，正当他人到中年时，我母亲却撒手人寰，为此，父亲不得不终止打铜生涯，种田理家，承担起又当爹又当妈的角色，这只小藤箱才得以闲置在家若干年。

直到我上中学，小藤箱传到我手中。那是一个初秋的清晨，父亲背着这只小藤箱送我踏上蓝岭溪码头的小木船。又怎能忘乡亲们欢送我北上读大学那一天，父亲执意送我到三斗坪码头，登上东方红江轮。这次，我再也不忍心年迈的父亲给我背小藤箱了。对父亲道一声“您多保重”，已然热泪盈眶。未曾想，这竟成了我和父亲的永别！

大学毕业后，我被分配到条件艰苦的大西南参加国防三线建设，从船舱扛200斤大米走跳板上岸，累得腰肌劳损住进医院，小藤箱亦默默地陪伴在我身边。在“科教兴国”的决策下，我调回天津从事科研工作，途中多件行李被盗，小藤箱却得以幸免。

我到上海定居时，家人看到这个破旧的小藤箱，劝我扔掉。我断然拒绝，默默地捡来压纱窗边的塑料条进行修补、在箱子内壁糊上白报纸、写上我对父亲的评价和怀念。

小藤箱伴随着我们父子两代人走南闯北，渡过了多少艰难困苦？承载了我们多少梦想和希冀！见证了父亲对我怎样的深情！我要继续把它、把我的家史和艰苦奋斗的家风传给子孙。

资料来源：金色年代网。

实践项目二：今天如何评价毛泽东

【实践题目】

今天如何评价毛泽东

【实践类型】

讨论

【实践目标】

通过讨论，使学生进一步认识到毛泽东的功绩是第一位的，错误是第二位的，毛泽东为中国人民解放事业、为我国社会主义建设事业、为世界被压迫民族的解放和人类进步事业做出了重大贡献

【实践方案】

时间：50分钟

地点：教室

流程：

步骤一：分组分工，5人为一组，设组长一名，记录员1名

步骤二：组长明确讨论主题和方向

步骤三：组内讨论，每人必须发言，记录员记录，组长归纳，时间20分钟

步骤四：全班集中讨论，组长代表本组发言，介绍本组讨论的主要观点

步骤五：教师点评总结

【实践成果】

讨论结果，发言记录

【实践评价】

教师根据讨论结果和讨论记录给分，其中讨论结果分数为全组共同分，即每个学生得分

得分表

项　目	标　准	满　分	得　分
讨论结果	观点正确，表述清晰，重点突出	60	
讨论记录	态度积极，有新论据新材料	40	
总　分	以上各项相加	100	

【参考资料】

江泽民《在毛泽东同志诞辰一百周年纪念大会上的讲话》(节选)

同志们，朋友们：

今天，我们在这里隆重集会，纪念中国共产党、中国人民解放军、中华人民共和国的主要缔造者，中国各族人民的伟大领袖毛泽东同志诞辰一百周年。在邓小平同志建设有中国特色社会主义理论和党的十四大精神指引下，全党、全军和全国各族人民，正在坚持不懈地贯彻执行党的基本路线，为把我国建设成为一个富强、民主、文明的社会主义现代化国家而努力奋斗。社会主义中国政治稳定、经济发展、民族团结、社会进步，一派生机蓬勃。在这样的形势下，纪念毛泽东同志，回顾我们党和国家的历

史，我们更加深切地感到，正是以毛泽东同志为核心的党的第一代中央领导集体，为建设一个社会主义现代化的新中国，建立了开创性的、不可磨灭的功勋。

当毛泽东同志等中国共产党的缔造者们登上政治舞台的时候，中华民族正处在帝国主义、封建主义的黑暗统治之下，国家四分五裂，民族备受凌辱，军阀混战不已，人民在苦难中挣扎。鸦片战争以来，救中国，救人民，实现国家的独立、统一、民主、富强，成为中国各族人民不懈追求的共同理想。先进的中国人奋斗牺牲，前赴后继，写下了可歌可泣的篇章。但是在中国共产党成立以前，人们所做的种种探索和努力都失败了。帝国主义的侵略打破了中国人照搬西方的迷梦。中华民族仍然苦难深重，找不到解放的出路。

毛泽东同志最伟大的历史功绩，是把马克思列宁主义基本原理同中国具体实际结合起来，领导我们党和人民，找到了一条新民主主义革命的正确道路，完成反帝反封建的任务，结束了中国半殖民地半封建社会的历史，建立了中华人民共和国，确立了社会主义制度。接着，他又从中国实际出发，开始探索社会主义建设的道路。

资料来源：《人民日报》1993年12月27日。

注：这是缅怀毛泽东同志的丰功伟绩、系统阐述毛泽东思想和邓小平同志建设有中国特色社会主义理论的重要文稿。文中指出：毛泽东同志最伟大的历史功绩，是把马克思列宁主义基本原理同中国具体实际结合起来，领导我们党和人民，找到了一条新民主主义革命的正确道路，完成反帝反封建的任务，结束了中国半殖民地半封建社会的历史，建立了中华人民共和国，确立了社会主义制度；以毛泽东同志为主要代表的中国共产党人，根据马克思列宁主义的基本原理，对中国长期革命和建设实践中的一系列经验进行理论概括，形成了适合中国国情的科学指导思想，这就是毛泽东思想；邓小平同志把马克思主义基本原理同中国实际和时代特征结合起来，继承和发展毛泽东思想，以开辟社会主义建设新道路的巨大政治勇气和开拓马克思主义新境界的巨大理论勇气，集中全党全国人民的智慧，创造性地提出了建设有中国特色社会主义的理论。

胡锦涛《在毛泽东同志诞辰一百一十周年纪念大会上的讲话》(节选)

同志们，朋友们：

今天，我们在这里隆重集会，纪念中国共产党、中国人民解放军、中华人民共和国的主要缔造者，中国各族人民的伟大领袖毛泽东同志诞辰一百一十周年。毛泽东同志是伟大的马克思主义者，伟大的无产阶级革命家、战略家和理论家，是近代以来中国伟大的爱国者和民族英雄，是领导中国人民彻底改变自己命运和国家面貌的一代伟人。他早年投身革命，在长期艰苦的革命斗争中成长为党的第一代中央领导集体的核心。他为中国新民主主义革命的胜利、社会主义革命的成功和社会主义建设的进行，为实现中华民族的独立和振兴、中国人民的解放和幸福，作出了彪炳史册的贡献。毛泽东同志毕生最突出最伟大的贡献，就是领导我们党和人民找到了新民主主义革命的正确道路，完成了反帝反封建的任务，建立了中华人民共和国，确立了社会主义基本制度，并从中国实际出发探索社会主义建设的道路，为古老的中国赶上时代发展潮流、阔步走向繁荣昌盛创造了根本前提，奠定了坚实的理论和实践基础。

新中国成立以后，以毛泽东同志为核心的党中央带领全国人民，在迅速医治战争创伤、恢复国民经济的基础上，不失时机地提出了过渡时期总路线，创造性地完成了由新民主主义革命向社会主义革命的转变，使中国这个占世界人口四分之一的东方大国进入了社会主义社会，实现了中国历史上最深刻、最伟大的社会变革。社会主义改造基本完成以后，我们党带领人民转入全面的大规模的社会主义建设。毛泽东同志和党中央带领全党全国人民对适合中国国情的社会主义道路进行了艰苦探索，并取得了重要的理论成果。我们不仅建立起独立的比较完整的工业体系和国民经济体系，为社会主义现代化建设奠定了重要的物质技术基础，而且积累了在中国这样的社会生产力水平十分落后的东方大国进行社会主义建设的重要经验。由于在中国建设社会主义是一项崭新的实践，人们对如何走出适合中国国情的社会主义道路还缺少规律性认识，加上当时严峻复杂的国际环境的影响，我们党在社会主义建设道路的探索中发生过曲折，毛泽东同志晚年特别是在“文化大革命”中犯了严重错误。但正如邓小平同志所指出的，毛泽东同志晚年的错误是第二位的，是一个伟大的革命家、一个伟大的马克思主义者所犯的错误，他的历史功绩永远是第一位的。

资料来源：《人民日报》2003年12月27日。

注：2003年12月26日，中共中央举行纪念毛泽东同志诞辰110周年座谈会，胡锦涛发表重要讲话，全面科学地评价了毛泽东同志和毛泽东思想的历史功绩和历史地位，高度概括了我们党理论创新的历史进程，深刻揭示了毛泽东思想、邓小平理论和“三个代表”重要思想的内在联系，强调必须始终坚持毛泽东思想、邓小平理论和“三个代表”重要思想，坚持马克思主义的立场、观点和方法，进一步阐明了今后一个时期党和国家的方针政策和主要任务。讲话指导我们党把毛泽东同志等老一辈革命家所开创的事业继续推向前进，具有重大的意义。

【推荐阅读】

1. R.麦克法夸尔、费正清主编：《剑桥中华人民共和国史——革命的中国的兴起》（1949—1965），中国社会科学出版社1990年版。

2. R.麦克法夸尔、费正清主编：《剑桥中华人民共和国史——中国革命内部的革命》（1966—1982），中国社会科学出版社1992年版。

3. 薄一波：《若干重大决策与事件的回顾》（下卷），中共中央党校出版社1993年版。

4. 邱石主编：《共和国轶事》第二卷《共和国重大事件决策实录》（上、下），经济日报出版社1998年版。

5. 逄先知、金冲及主编：《毛泽东传（1949—1976）》（下），中央文献出版社2003年版。

6. 王年一：《大动乱的年代》，河南人民出版社2004年版。

第十章　改革开放与现代化建设新时期

知识梳理

◆知识框架◆

- 改革开放与现代化建设新时期
  - 历史性的伟大转折和改革开放的起步
    - 伟大的历史性转折
    - 改革开放的起步
    - 拨乱反正任务的胜利完成
  - 改革开放和现代化建设新局面的展开
    - 改革开放的全面展开
    - 改革开放和现代化建设的深入推进
    - 中国特色社会主义事业的继续推进
  - 中国特色社会主义事业的跨世纪发展
    - 改革开放的历史性突破
    - 进一步推进改革开放和现代化建设
    - 改革开放和现代化建设的跨世纪发展
  - 在新的历史起点上推进中国特色社会主义
    - 全面建设小康社会战略目标的确定
    - 不断推动我国经济社会的科学发展
    - 奋力把中国特色社会主义推进到新的发展阶段
  - 坚定不移沿着中国特色社会主义道路前进
    - 为全面建设小康社会而奋斗
    - 改革开放以来的巨大成就
    - 取得巨大成就的根本原因和主要经验
    - 开拓中国特色社会主义更为广阔的发展前景

◆重点剖析◆

1. 为什么说中共十一届三中全会是新中国成立以来的伟大历史转折？

1978年12月18日至22日在北京召开的党的十一届三中全会，彻底否定“两个凡是”的错误方针，重新确立了解放思想、实事求是的指导思想，实现了思想路线的拨乱反正；果断地停止使用“以阶级斗争为纲”的口号，作出工作重点转移的决策，实现了政治路线的拨乱反正；形成了以邓小平为核心的党中央领导集体，取得了组织路线拨乱反正的最重要成果；恢复了党的民主集中制的优良传统，提出使民主制度化、法律化的重要任务；审查和解决历史上遗留的一批重大问题和一些重要领导人的功过是非问题，开始了系统清理重大历史是非的拨乱反正。这次全会结束了粉碎“四人帮”后两年在徘徊中前进的局面，揭开了我国改革开放的序幕，开辟了建设中国特色社会主义的新道路，标志着中国从此进入了改革开放和社会主义现代化建设的历史新时期。因此，党的十一届三中全会是新中国成立以来党和国家历史上的伟大转折。

2. 在不断推进改革开放和现代化建设的历史进程中，实践创新和理论创新的关系是怎样的？试举例说明。

马克思主义认识论认为，理论创新，就是理论观点、思想体系不断根据实践要求进行新的、创造性的提升和发展；实践创新，就是由理论创新所推动的，人们改造和变革客观世界的活动要富有创造性和超前性。它们之间的关系是：实践创新是理论创新的基础，实践创新决定理论创新；理论创新是社会发展和变革的先导，每一个理论上的创新都进一步推动了制度的创新、科技的创新、文化的创新等其他方面的创新。

在我国改革开放的实践中，中国共产党人坚持马克思主义的基本立场、观点和方法，在中国特色社会主义建设的实践中，大胆地试，大胆地闯，把实践创新作为基础，同时也不断总结实践经验，进行理论创新，并形成了新的理论用以指导新的伟大实践。比如，社会主义市场经济理论的创立，正是党在总结历史和实践基础上理论创新的成果。我们知道，长期以来，由于种种原因，传统的观念一直把市场经济看成是资本主义特有的经济形式，从根本上否定市场经济在社会主义制度下存在和发展的可能性。十一届三中全会以后，随着经济体制改革的逐步深入，传统的高度集中的计划经济体制存在着忽视甚至排斥商品经济和市场作用的弊端，已越来越不适应现代化生产发展的要求。因此，在现代化建设的实践中，我们首先突破计划与市场对立的传统观念，大胆进行实践创新，开始由单一的计划经济模式向计划与市场并重转变，强调市场对经济发展的基础性作用，尝试着把社会主义与市场经济结合一起。结果激发了市场的活力，搞活了经济，促进了现代化建设的发展。在此基础上，党通过不断在理论上进行总结、创新，先后提出了“计划经济为主，市场调节为辅”“有计划的商品经济”的改革目标，并于1992年党的十四大上，明确作出“我国经济体制改革的目标，就是建立社会主义市场经济体制”的科学决策，创立了社会主义市场经济的新理论。社会主义市场经济体制目标的确立，实现了从传统的计划经济体制向社会主义市场经济体制的转变，这是中国共产党人对马克思主义理论的重大发展。同时，理论创新又成为了实践创新的先导。社会主义市场经济体制目标的确立，完全推倒了“计划经济就是社会主义，市场经济就是资本主义”的传统认识，最终解决了困扰人们多年的重大实践和理论问题，直接推动了我国经济体制改革。党的十四大以来，我国以建立社会主义市场经济体制为目标的改革，进一步发挥了市场对资源配置的基础作用，经济活力大大增强，进一步推动了我国经济的发展和社会的进步。

3. 十一届三中全会以来，中国特色社会主义事业取得了哪些主要成就?为什么会取得这些成就?

十一届三中全会以来，中国共产党领导全国各族人民开创了中国特色社会主义道路，取得了改革开放和社会主义现代化建设的巨大成就。具体体现在以下十个方面：第一，国民经济保持了持续健康快速发展，现代化建设事业稳步推进，我国的综合国力和国际竞争力显著提高，人民生活水平总体达到小康。第二，社会主义市场经济体制已经初步建立并不断完善，各项改革事业也取得了重大进展。第三，对外开放取得新突破，已经形成了全方位、多层次、宽领域的对外开放格局。第四，社会主义民主政治建设取得重要进展，我国的基本政治制度进一步巩固和完善，依法治国基本方略得到深入贯彻。第五，社会主义精神文明建设成效显著。第六，民族政策和宗教政策也得到了全面落实。第七，“一国两制”构想在香港、澳门的成功实践，极大地推进了祖国统一大业。第八，我们坚定不移走中国特色的精兵之路，国防和军队建设迈出了新步伐。第九，坚持独立自主的和平外交政策，积极开展全方位的外交并取得了新的进展，我国已同160多个国家建立了外交关系。第十，全面推进了党的建设的伟大工程。

改革开放30年来的实践证明，十一届三中全会以来中国共产党领导人民开辟的中国特色社会主义道路，确立的基本理论、基本路线、基本纲领、基本经验以及一系列的方针政策，是完全正确的，必须坚定不移地坚持。

◆训练强化◆

一、判断题

1. 十一届三中全会作出了把工作重点转移到经济建设上来的重大决策。(　　)

2. 标志着党的指导思想上的拨乱反正胜利完成的事件是《关于建国以来党的若干历史问题的决议》的通过。(　　)

3. 1979年中央对国民经济工作提出的方针是治理、调整、整顿、提高。(　　)

4. 在十三大上，邓小平明确提出“建设有中国特色社会主义”命题。(　　)

5. 《关于经济体制改革的决定》的作出和实施标志着经济体制改革以城市为重点全面展开。(　　)

6. 中共十二大正式部署了我国社会主义现代化建设“三步走”的战略部署。(　　)

7. 十四大指出，我国经济体制改革的目标是建立社会主义市场经济体制。(　　)

8. 党的十五大的主题是阐明建设中国特色社会主义的经济、政治和文化的基本目标和基本政策。(　　)

9. 促进人民公社体制解体的是乡镇企业的异军突起。(　　)

10. 党的十五大把邓小平理论确立为中国共产党的指导思想。(　　)

二、单项选择题

1. 邓小平强调毛泽东思想的出发点和根本点是(　　)

A. 为人民服务　　B. 实事求是

C. 独立自主　　D. 群众路线

2. “实践是检验真理的唯一标准”的大讨论，具体针对的问题是(　　)

A. “两个凡是”　　B. 以阶级斗争为纲

C. 人民公社运动　　D. “大跃进”运动

3. 为十一届三中全会的召开奠定了思想基础的事件是(　　)

A. “两个凡是”思想的提出　　B. 全国科学大会的召开

C. 关于真理标准问题的讨论　　　　D. 拨乱反正的深入开展

4. 标志着党实事求是思想路线的重新恢复和确立的是（　　）

A. 1976年粉碎“四人帮”

B. 十一届三中全会恢复邓小平党内外一切职务

C. 党的十一届三中全会的召开

D. 《实践是检验真理唯一标准》的发表

5. 以邓小平为核心的党的第二代领导集体形成于（　　）

A. “文化大革命”结束　　　　B. 十一届三中全会

C. 党的十二大　　　　D. 十四届三中全会

6. 邓小平提出实现四个现代化的根本前提是（　　）

A. 坚持共产党的领导　　　　B. 坚持社会主义制度

C. 坚持改革开放　　　　D. 坚持四项基本原则

7. 1978年12月，邓小平在中央工作会议闭幕会上作的讲话是（　　）

A. 《实践是检验真理的唯一标准》

B. 《解放思想，实事求是，团结一致向前看》

C. 《关于加快农业发展若干问题的决定》

D. 《党和国家领导制度的改革》

8. 我国第一批对外开放的经济特区是（　　）

A. 深圳、珠海、广州、厦门　　　　B. 深圳、广州、厦门、汕头

C. 深圳、广州、福州、厦门　　　　D. 深圳、珠海、厦门、汕头

9. 1984年10月，中共十二届三中全会通过《关于经济体制改革的决定》最重大的贡献（　　）

A. 提出以公有制为主体、多种经济成分共同发展

B. 突破把计划经济同商品经济对立起来的观点

C. 允许一部分人先富起来，最终走向共同富裕

D. 提出按劳分配为主体，多种分配方式并存

10. 从1994年起，国有企业改革的总体思路是（　　）

A. 提高企业竞争力　　　　B. 建立现代企业制度

C. 实行公司制、股份制　　　　D. 转换企业经营机制

11. 十六大在党的理论建设方面突出的贡献是（　　）

A. 明确了全面建设小康社会的奋斗目标

B. 提出建立和谐社会的目标

C. 把“三个代表”作为党的指导思想写入党章

D. 提出了科学发展观

12. 全国范围内农业税的最终取消在（　　）

A. 2004年　　B. 2005年　　C. 2006年　　D. 2007年

13. 科学发展观的核心是（　　）

A. 和谐发展　　B. 以人为本　　C. 统筹兼顾　　D. 可持续发展

14. 2001年12月11日，经过长达15年的艰苦谈判，中国正式加入（　　）

A. 世界银行　　B. 世界货币基金组织

C. 世界贸易组织　　D. 联合国人权组织

15. 1981年6月中共十一届六中全会通过的文件是（　　）

A.《关于党的若干历史问题的决议》

B.《关于建国以来党的若干历史问题的决议》

C.《关于社会主义精神文明建设的决议》

D.《关于建立社会主义市场经济体制的决定》

16. 中共十四大最主要的贡献是（　　）

A. 比较系统地阐述了社会主义初级阶段理论

B. 重新确立了马克思主义的思想路线

C. 确立了建立社会主义市场经济体制改革目标

D. 把邓小平理论作为党的指导思想

17. 江泽民在庆祝中国共产党成立80周年大会上系统地阐述了（　　）

A. 邓小平理论的科学体系　　B. 加强执政党建设的思想

C. “三个代表”重要思想　　D. 中国特色社会主义理论体系

18. 1979年3月，邓小平在中共中央召开的理论工作务虚会上讲话的中心内容是（　　）

A. 实践是检验真理的唯一标准

B. 实事求是地评价毛泽东的历史地位

C. 党和国家领导制度的改革

D. 坚持四项基本原则

19. 中国共产党历史上，继延安整风之后又一场马克思主义思想解放运动是（　　）

A. 关于毛泽东思想评价的大讨论

B. 关于毛泽东评价的大讨论

C. 关于建国以来党的若干历史问题的大讨论

D. 关于真理标准问题的大讨论

20. 2005年初至2006年上半年，在全党开展了实践“三个代表”重要思想为主要内容的（　　）

A. 整党运动

B. 整风运动

C. 保持共产党员先进性教育

D. 以讲学习、讲政治、讲正气为主要内容的党性党风教育

三、多项选择题

1. 四项基本原则是指（　　）

A. 坚持社会主义道路

B. 坚持中国共产党的领导

C. 坚持人民民主专政

D. 坚持马克思列宁主义、毛泽东思想

2. 邓小平南方谈话提出的“三个有利于”是指（　　）

A. 是否有利于国家的长治久安

B. 是否有利于发展社会主义社会的生产力

C. 是否有利于提高社会主义国家的综合国力

D. 是否有利于提高人民的生活水平

3. 从党的十三大到党的十四大，是邓小平理论形成科学体系的时期，这一时期提出了（　　）

A. 社会主义市场经济理论　　B. 社会主义初级阶段基本纲领

C. “科学技术是第一生产力”理论　　D. “三个有利于”标准的理论

4. 中国共产党的自身建设面临“两大历史性课题”指的是（　　）

A. 提高党的领导水平和执政能力　　B. 提高拒腐防变和抵御风险的能力

C. 加强和改进党的作风建设　　D. 加强党和人民的血肉联系

5. 下列对科学发展观理解正确的有（　　）

A. 第一要义是发展　　B. 基本要求是全面协调可持续

C. 核心是以人为本　　D. 根本方法是统筹兼顾

6. 我国基层民主自治体系的主要内容有（　　）

A. 农村村民委员会　　　　　　　B. 城市居民委员会

C. 企业职工代表大会　　　　　　D. 行业自治协会

7. 改革开放以来，中国共产党领导中国人民取得一切成绩和进步的根本原因是（　　）

A. 坚持“一个中心、两个基本点”的基本路线

B. 开辟了中国特色社会主义道路

C. 坚持以邓小平理论和“三个代表”重要思想为指导

D. 形成中国特色社会主义理论体系

8. 十一届三中全会的主要功绩是（　　）

A. 彻底否定了“两个凡是”的错误方针

B. 高度评价了关于真理标准问题的讨论

C. 断然否定“以阶级斗争为纲”的指导思想

D. 作出把工作重点转移到社会主义现代化建设上来和实行改革开放的战略决策

9. 1983 年 10 月，中共中央就农村体制改革问题作出的重大决定是（　　）

A. 废除人民公社

B. 建立乡（镇）政府作为基层政权

C. 成立村民委员会作为村民自治组织

D. 开始实行包产到户

10.1981 年6月，中共中央十一届六中全会通过的《关于建国以来党的若干历史问题的决议》的主要内容有（　　）

A. 科学评价毛泽东和毛泽东思想的历史地位

B. 从根本上否定“文化大革命”的理论和实践

C. 新中国成立以来重大历史事件作出基本结论

D. 提出了社会主义初级阶段理论

四、思考题

1. 为什么说中共十一届三中全会是新中国成立以来的伟大历史转折？

2. 试述改革开放和现代化建设的历史进程和基本经验。

3. 中共十一届三中全会以来中国特色社会主义事业取得了哪些主要成就？取得这些成绩和进步的根本原因是什么？

五、材料分析题

1.【材料1】“最近苏联方面暴露了他们在建设社会主义过程中的一些缺点和错误，他们走过的弯路，你还想走？过去我们就是借鉴于他们的经验教训，少走了一些弯路，现在当然更要引以为戒。

……

对于苏联和其他社会主义国家的经验，也应当采取这样的态度。”

——摘自毛泽东：《论十大关系》，见《毛泽东著作选读》（下册），人民出版社1986年版，第741页。

【材料2】“我们的现代化建设，必须从中国的实际出发。无论是革命还是建设，都要注意学习和借鉴外国经验。但是照搬别国经验、别国模式，从来不能得到成功。这方面我们有过不少教训。把马克思主义的普遍真理同我国的具体实践结合起来，走自己的路，建设有中国特色的社会主义，这就是我们总结长期历史经验得出的基本结论。”

——摘自邓小平：《中国共产党第十三次全国代表大会开幕词》，见《邓小平文选》（第三卷），人民出版社1994年版，第2—3页。

【材料3】毛泽东同志毕生最突出最伟大的贡献，就是领导我们党和人民找到了新民主主义革命的正确道路，完成了反帝反封建的任务，建立了中华人民共和国，确立了社会主义基本制度，并从中国的实际出发探索社会主义建设的道路，为古老的中国赶超时代发展潮流、阔步走向繁荣昌盛创造了根本前提，奠定了坚定的理论和实践基础。

——摘自胡锦涛：《在纪念毛泽东同志诞辰110周年座谈会上的讲话》，见《十六大以来重要文献选编》（上册），中央文献出版社2005年版，第639页。

【材料4】党的十一届三中全会，标志着邓小平同志成为党的第二代中央领导集体的核心。邓小平同志同中央领导集体一起，顺应时代要求和人民愿望，指导我们党系统总结建国以来的历史经验教训，解决了科学评价毛泽东同志的历史地位和毛泽东思想的科学体系、根据新的实际和发展要求确立中国社会主义现代化建设的正确道路这样两个相互联系的重大历史课题，根本否定了“文化大革命”的错误实践和理论，为我们党和国家确定了正确的方向。

——摘自胡锦涛：《在邓小平同志诞辰一百周年纪念大会上的讲话》，见《十六大以来重要文献选编》（中册），中央文献出版社2006年版，第150页。

请回答：

（1）根据材料1，分析毛泽东在探索中国社会主义道路的过程中所形成的正确的指导思想。

（2）根据材料2，分析邓小平对建设有中国特色社会主义道路所进行的探索，并指出毛泽东与邓小平在探索社会主义道路之间的内在联系。

（3）根据以上材料，分析我们在探索社会主义建设过程中应得到的启示。

2. 邓小平指出：“没有毛主席，至少我们中国人民还要在黑暗中摸索更长的时间。”

请回答：

（1）毛泽东在马克思主义中国化过程中所作出的重大贡献。

（2）怎样认识科学评价毛泽东和毛泽东思想历史地位的重要性。

（3）如何正确认识毛泽东思想的历史地位和指导意义？

参考答案

一、判断题

1. √　2. √　3. ×　4. ×　5. √　6. ×　7. √　8. ×　9. ×　10. √

二、单项选择题

1. B　2. A　3. C　4. C　5. B　6. D　7. B　8. D　9. B　10. B　11. C　12. C　13. B　14. C　15. B　16. C　17. C　18. D　19. D　20. C

三、多项选择题

1. ABCD　2. BCD　3. ABD　4. AB　5. ABCD　6. ABC　7. ABCD　8. ABCD　9. ABC　10. ABC

自测题

一、单项选择（本大题共10小题，每小题1分，共10分）

1. 揭开了社会主义改革开放的序幕，标志着中国从此进入了改革开放和社会主义现代化建设的历史新时期的中央全会是（　　）

A. 党的十二大　　B. 十一届三中全会

C. 十一届六中全会　　　　　　　　D. 十二届三中全会

2. 标志着指导思想上拨乱反正的胜利完成的党的历史决议是（　　）

A.《关于建国以来党的若干历史问题的决议》

B.《关于加快农业发展若干问题的决定》

C.《关于经济体制改革的决定》

D.《关于社会主义精神文明建设指导方针的决议》

3. 中国走上了一心一意搞建设、聚精会神谋发展的新道路的标志是（　　）

A. 党的十一大　　　　　　　　B. 党的十二大

C. 党的十三大　　　　　　　　D. 党的十六大

4. 标志着改革的重点从农村转向城市，经济体制改革全面展开的决定是（　　）

A.《关于经济体制改革的决定》

B.《关于加快农业发展若干问题的决定》

C.《当前农村经济政策的若干问题》

D.《关于社会主义精神文明建设指导方针的决议》

5. 作出《关于社会主义精神文明建设指导方针的决议》，阐述了社会主义精神文明建设的战略地位和根本任务的中央全会是（　　）

A. 十一届六中全会　　　　　　　　B. 十二届六中全会

C. 十三届六中全会　　　　　　　　D. 十四届六中全会

6. 第三代中央领导集体的核心是（　　）

A. 邓小平　　B. 毛泽东　　C. 江泽民　　D. 胡锦涛

7. 经济体制改革，取得突破性进展的起点是在（　　）

A. 城市　　B. 农村　　C. 经济特区　　D. 深圳特区

8. 正式制定社会主义现代化建设“三步走”的战略部署是（　　）

A. 党的十一届三中全会　　　　　　B. 党的十三大

C. 党的十二大　　　　　　　　D. 党的十四大

9. 我国经济体制改革的方向是（　　）

A. 社会主义市场经济　　　　　　B. 社会主义计划经济

C. 计划经济为主　　　　　　　　D. 市场经济为主

10. 科学发展观的核心是（　　）

A. 以人为本　　　　　　　　B. 统筹兼顾

C. 第一要义是发展　　　　D. 构建和谐社会

二、多项选择（本大题共10小题，每小题2分，共20分）

11. 中共十一届三中全会，是新中国历史上具有深远意义的伟大转折。这次全会是（　　）

A. 开始了中国共产党在思想、政治、组织等领域全面的拨乱反正

B. 揭开了社会主义改革开放的序幕

C. 标志着中国从此进入了改革开放

D. 标志着中国进入社会主义现代化建设的历史新时期

E. 标志着中国社会主义市场经济体制的确立

12. 邓小平多次强调农村经济“两个飞跃”的思想是（　　）

A. 农村家庭联产承包责任制　　　　B. “高水平的农业集体化”

C. “一大二公三纯”　　　　D. 实行私有制

E. 社会主义市场经济

13. 1984年2月，邓小平在视察深圳、珠海、厦门等地回到北京后，提出（　　）

A. 特区是个窗口　　　　B. 特区是技术的窗口

C. 特区是管理的窗口　　　　D. 特区是知识的窗口

E. 特区也是对外政策的窗口

14. 1987年10月25日至11月1日，中国共产党第十三次全国代表大会在北京举行。大会（　　）

A. 比较系统地阐述了关于社会主义初级阶段的理论

B. 完整地概括了中国共产党在社会主义初级阶段的基本路线

C. 制定了下一步经济体制改革和政治体制改革的基本任务和奋斗目标

D. 比较系统地阐述了关于社会主义市场经济的理论

E. 比较系统地阐述了关于社会主义计划经济的理论

15. 中国共产党在社会主义初级阶段的基本路线是（　　）

A. 以经济建设为中心　　　　B. 坚持四项基本原则

C. 坚持改革开放　　　　D. 自力更生，艰苦创业

E. 为把我国建设成为富强、民主、文明的社会主义现代化国家而奋斗

16. 改革开放和现代化建设的两篇解放思想、实事求是的宣言书是（　　）

A. 南方谈话

B.《关于社会主义精神文明建设指导方针的决议》

C.《党和国家领导制度的改革》

D.《关于农村政策问题》

E.《解放思想，实事求是，团结一致向前看》

17. 毛泽东思想的活的灵魂，是贯穿于毛泽东思想科学体系的立场、观点和方法，即（　　）

A. 实事求是　　B. 群众路线

C. 独立自主　　D. 与时俱进

E. 求真务实

18. 1992年10月12日至18日，中国共产党第十四次全国代表大会在北京召开。这次大会以邓小平南方谈话精神为指导，作出三项重要决策（　　）

A. 抓住机遇，加快发展

B. 明确国家经济体制改革的目标是建立社会主义市场经济体制

C. 明确国家经济体制改革的目标是建立社会主义计划经济体制

D. 确定以邓小平建设有中国特色社会主义理论武装全党

E. 大力发展非公有制经济

19. 1996年10月，中共十四届六中全会通过了《关于加强社会主义精神文明建设若干重要问题的决议》，进一步明确了精神文明建设总的指导思想和总要求，提出要（　　）

A. 以科学的理论武装人　　B. 以正确的舆论引导人

C. 以高尚的精神塑造人　　D. 以优秀的作品鼓舞人

E. 以刻苦精神培养人

20. 2002年11月8日至14日在北京召开的中国共产党第十六次全国代表大会，为21世纪中国的和平发展指明了方向。十六大完成了四项具有历史意义的工作。即（　　）

A. 将“三个代表”重要思想确立为中国共产党的指导思想

B. 确立了全面建设小康社会的目标和战略部署

C. 总结了中国共产党领导中国人民建设中国特色社会主义的基本经验

D. 选举产生了以胡锦涛为总书记的中共中央新一届领导集体

E. 将科学发展观写入党章

三、辨析题（本大题共2小题，每小题10分，共20分）

21. 文化在促进对外开放、推动对外交往方面的不可替代的重要作用，已被越来越多的人所认识。

22. 改革开放以来，对外开放一直是推动国民经济快速增长的一个引擎。

四、论述题（本大题共3小题，每小题10分，共30分）

23. 为什么说中共十一届三中全会是新中国成立以来的伟大历史性转折？

24. 为什么说必须坚持中国共产党的“一个中心、两个基本点”的基本路线一百年不动摇？

25. 改革开放以来中国特色社会主义事业取得了哪些主要成就？为什么会取得这些成就？

案例：我国的医疗保障制度体系

中国的医疗保障制度根据享受对象的不同可以分为城市医疗保障制度和农村合作医疗保障制度。农村合作医疗，起源于20世纪40年代陕甘宁边区的“医疗合作社”，到1979年，全国90%以上的生产大队办起了合作医疗。其经费来源由个人和社区集体共同负担。20世纪80年代，农村经济体制发生重大变化，合作医疗由于没有及时地进行改革和完善而跌入低谷。到1991年覆盖面仅占农村人口的10%。在此我们重点谈中国的城市医疗保障制度改革问题。

对于中国城市社会医疗保险制度来说，其发展大体上可划分为两个阶段。第一阶段自中华人民共和国成立到1994年。在长达40年时间里，城市的医疗保险具有极浓的福利色彩，从严格意义上说，是不完全具有社会保障性质的无偿供给的医疗保障制度。在这期间，依据保障对象的身份不同分成两个独立的医疗保险系统。一是国家机关、人民团体和事业单位实行的“公费医疗制度”；另一个是国有企业职工实行的“劳保医疗制度”。其他的城市居民或由于是上述的受保对象的亲属而享受“半劳保或统筹医疗”，或是完全自费医疗。所以在城市实际实行的是二元社会医疗保险制度。

第二阶段是从1994年后的制度创新阶段。1994年12月，国务院在江苏省的镇江市和江西省的九江市率先进行医疗保险制度的改革，俗称“两江医改”，改革的主要内容是在一个城市内按属地原则，将原公费医疗和劳保医疗的享受对象合并，并扩大到三资企业、个体企业一级自营职业者，共同享受统一的医疗保险政策。我们把这一做法称为“属地统一的医疗保险制度”。

到此，医疗保险改革提上日程。尽管这之前，由于干部结构老化等因素影响，公费制度对国家财政的压力日渐增大，不少地区有过积极探索。如辽宁的丹东、吉林的四平、湖北的黄石和湖南的株洲四市在1989年3月进行公费医疗社会保险改革，同时深圳市和海南省也成为社会综合保障改革的试点。但真正有成效的或者说引起推波助澜效应的应是“两江医改”。在此之后，国务院在1998年又召开全国城镇职工医疗改革的会议，广州、上海、北京等大城市也跨入医改行列。全国上下轰轰烈烈的进入医改浪潮之中。

截至1998年底，中国社会医疗保险制度主要由三部分组成：全民保健制度、城市社会医疗保险制度、农村健康保险制度。中国的社会医疗保障是以全民保健为基础，以公费和劳保医疗为主体，以合作医疗和其他形式的医疗保障为补充的多层次的社会医疗保障体系。

其中城市社会医疗保险制度是指对国家具有城市户口的居民实行的医疗保障制度。享受对象包括各级政府、党派、团体工作人员以及科教文卫、经济建设等企事业单位职工和高等院校的学生、残疾军人、现役军人。这部分医疗保险的享受者不到中国居民人口的20%，根据享受者的群体不同又可分为公费医疗制度、劳保医疗制度及军人免费医疗制度。国家机关及事业单位工作人员参加公费医疗，企业职工参加劳保医疗，现役军人享受军人免费医疗制度。

案例来源：法律教育网。

【点评】

人人享有社会医疗保障，是社会文明进步的重要组成部分。我国把基本建立覆盖城乡全体居民的社会医疗保障体系，作为构建社会主义和谐社会的目标和主要任务。政府已在指导思想上树立了保障公民健康权的责任意识，把公平正义的理念作为完善医疗卫生政策和基本医疗卫生保健制度的核心价值，努力实现公共卫生资源和基本医疗保健服务均等化和均衡化，合理发挥市场机制的作用。健全基本医疗保障制度是保障公民健康权的制度措施之一。基本医疗保障制度是政府提供的面向全民的保障制度，我国的医疗保障制度建设取得了显著的成绩，这是改革开放带来的成果。

◆实践拓展◆

实践项目一：知名人士谈中国的改革开放

【实践题目】

中国的改革开放

【实践类型】

报告会

【实践目标】

通过知名人士的报告会，使学生进一步认识到改革开放以来我们所取得一切成绩和进步的根本原因，更加了解改革开放的重要性和必要性

【实践方案】

时间：1小时

地点：多媒体教室或报告厅

流程：

步骤一：教师介绍报告人的事迹，说明报告会的目的

步骤二：听报告

步骤三：提问与报告人互动

步骤四：教师总结

步骤五：学生写心得体会

【实践成果】

心得体会

【实践评价】

教师根据心得体会，结予评价

得分表

项目	标准	满分	得分
心得体会	主题鲜明，理解深刻，观点正确	60	
拓展	中外联系，古今比较，联系自身	40	
总分	以上各项相加	100	

【参考资料】

改革开放30周年风云人物

1978—2008年，改革开放30年整，其间整整两代人经历了和正在经历着这场新中国历史上最大的变革。

这是一个革故鼎新的时代，这是一个人物荟萃的时代，30年历史星汉灿烂。在30周年之际，我们从中选出30年十大风云人物，他们曾经在历史的重要节点，敢为天下先，表达一代人的呼声，成为一个时代的符号……

陈庭元——让小岗村从秘密走向公开

1978年末，中国正处在历史的转折关头。安徽凤阳小岗村，一个因分田单干而载入中国史册的小村庄——当代中国农村改革从这里开始!

1978年12月的一个寒冬之夜，小岗村18家户主一致商定秘密把土地分到户，实行“包产到户”，揭开了全国农村“大包干”的改革序幕。小岗村的“秘密”不久就被时任凤阳县委书记的陈庭元发现，但他没有声张，反而采取措施予以保护，因此1979年整整一年，此事无人知晓。

后来，小岗村也由秘密走向公开，成了享誉全国的中国农村改革的“源头村”。

马胜利——承包国企第一人

八十年代的他在全国家喻户晓；九十年代的他曾一度销声匿迹；2004年的他东山再起，他就是国企承包第一人——马胜利。

1986年年底，马胜利获得“时刻想着国家和人民利益的好厂长马胜利”和“勇于开拓的改革者”称号，在全国掀起了“向马胜利学习”的热潮。由于扩张速度过快，造成企业效益出现大面积滑坡后，马胜利被免职。历经二十年大起大落，他再次出山，出任双星集团副总裁兼双星马胜利造纸集团总裁，拉开了他时隔十年之后二次创业的帷幕。

步鑫生——小厂打破“大锅饭”

1980年，步鑫生出任浙江省海盐县衬衫总厂厂长。在步鑫生带领下，小厂打破“大锅饭”，进行全面改革，企业飞速发展，一年后成为全省行业领头羊。1983年其事迹成为全国典型，“步鑫生神话”轰动全国。此后由于一系列决策失误，1988年海盐衬衫总厂资不抵债，步鑫生被免职；后曾在上海、北京、辽宁、福建等地办厂；1993年起在秦皇岛创立步鑫生制衣有限公司。

步鑫生是十一届三中全会后以改革先行者而名闻全国的新闻人物，他以敢为人先的精神，解放思想，大胆改革，在企业里推行了一套独特的经营管理办法，使这个小厂的产品畅销上海、北京、广州等大城市。

温元凯——直谏恢复高考制度

1982年，温元凯毅然回国，向中央上书，呼吁进行教育体制的改革。他时时不忘1977年8月邓小平复出后对他的召见。在国务院科教工作座谈会上，他坦言当时教育体制存在的诸多弊端，直谏邓小平要恢复高考制度，派遣留学生，提议被邓小平当场采纳。1984年他的专著《中国的大趋势》问世，一石激起千重浪，对当时的中国改革形成了极大的冲击波，温元凯成了知名的社会活动家、演说家，1988年被评为中国改革十大风云人物之一。

袁庚——将蛇口比作一根试管

每当提起改革，人们就会想到深圳；而提到深圳，就会想到蛇口，就会想到这个引领蛇口走在改革风口浪尖的领头人袁庚。做情报员出身的袁庚，最大的长处就是综合分析来自不同方向的信息，得出正确的结论。在改革开放初期，他得出的正确结论就是坚定不移地搞改革，就是“时间就是金钱，效率就是生命”。

蛇口工业区，成为了袁庚改革的“试管”，从中培育出了赤湾港、中集集团、招商银行、平安保险……走到今天，这些企业都在行业中占据了举足轻重的地位，为中国经济的腾飞持续地贡献着力量。蛇口工业区、“时间就是金钱，效率就是生命”是袁庚献给改革最珍重的礼物。他是名副其实的“中国改革之星”。

杨百万——中国第一股民

杨百万，真名杨怀定，人称杨百万，自称“散户工会小组长”。

自1988年投身于国库券交易，1990年进入股票市场，至今风风雨雨已十几年。作为中国证券市场的最早参与者、实践者和见证者，杨百万在证券市场拥有许多“第一”：第一个从事大宗国库券异地交易的个人，第一个到中国人民银行咨询证券的个人，第一个个人从保安公司聘请保镖，第一个主动到税务部门咨询交税政策，第一个聘请私人律师，第一个与证券公司对簿公堂，也是第一个作为个人投资者被大学聘为教授。

厉以宁——中国经济学界的泰斗

厉以宁，北京大学光华管理学院院长，全国政协经济委员会副主任，中国最具影响力的经济学家之一。因其较早提出并一直坚持将股份制作为所有制改革的目标模式而被称为“厉股份”。

中国经济学界的泰斗厉以宁，是举世公认的。

说到厉以宁，人们往往把中国股份制改革和他联系在一起。更多的人说，没有厉以宁的股份制理论，就没有今天的中国股份制改革；还有人说，厉以宁一席话，可以震动中国证券市场，影响“熊”“牛”的大决斗，动摇股市涨跌。

吴仁宝——建成华西“天下第一村”

吴仁宝在50多年的工作实践中，坚持走中国特色社会主义道路，坚持共同富裕、全心全意为人民服务，创造性地开展工作，走出了一条非常成功的、独具特色的“华西之路”，把华西村建成了“天下第一村”。

最近，他又提出了“村帮村，户帮户，核心建好党支部，最终实现全国富”的新目标。他严于律已，廉洁奉公，他的名言是“家有黄金数吨，一天也只能吃三顿；豪华房子独占鳌头，一人也只占一个床位”。近几年来，上级政府批准给他的奖金，累计有5000多万元，但他分文不取，全部留给了集体。如今，老百姓都住上了高楼别墅，他还住在20世纪70年代建造的老房子里。

龙永图——入世首席谈判代表

龙永图先生于1992年1月出任外经贸部国际司司长，开始参加中国的复关谈判。1994年被任命为对外贸易经济合作部部长助理，1997年被任命为副部长。1995年1月至2001年9月期间，他作为首席谈判代表，在第一线领导并最终成功结束了长达15年的中国加入世贸组织的谈判。

何振梁——让中国体育走向世界

何振梁现任国际奥委会执行委员会委员，曾任国际奥委会副主席、中国奥委会主席、国家体委副主任。两次参加北京申办奥运会，两次担任申奥投票中方陈述人，是北京申奥由失败到成功的标志性人物。他在国际奥委会的地位、威望和影响，他的经验和出色的语言能力，他在暮年所付出的巨大身心劳动，为北京成功申办2008年夏季奥运会发挥了极其重要的作用。何振梁是新中国体育走向世界的见证人，曾被外国体育刊物评为全世界最有影响的十大体育领导人之一。

资料来源：南方网。

愿辞去“政委”的职务从事平凡服务工作，“小扁担精神”传为佳话。“我没法表达此时此刻的心情。我是亲身经历了改革开放的30年，我的感触，三天三夜都讲不完！”他同样很激动。

被誉为“最美丽的空姐”吴尔愉告诉记者，在她刚进入上航时，上航一共只有7架飞机，现在已经有60多架飞机了，13年的时间，增加了8倍。“在过去的30年中，我们国家从民航弱国发展成了民航大国，旅客也从贵族化发展到如今的平民化，相信在下一个30年，中国将会成为民航强国！”

据了解，除了劳模专场，主办方还将开设建设者专场、劳模专场、动迁居民专场等一系列专场，让改革开放的参与者共同见证上海30年来取得的辉煌成就。

资料来源：东方网。

【推荐阅读】

1. 胡绳主编：《中国共产党的七十年》，中共党史出版社1991年版。

2. 朵生春：《中国改革开放史》，红旗出版社1998年版。

3. 中共中央党史研究室：《中国共产党简史》，中共党史出版社2001年版。

4. 中共中央党史研究室第三研究部：《中国改革开放史》，辽宁人民出版社2002年版。

5. ［美］罗伯特·劳伦斯·库恩：《他改变了中国：江泽民传》，上海译文出版社2005年版。

后　记

之前对思想政治理论课实践教学的研究要么过于意识形态化，要么又过于侧重具体的环节，所谓“第一课堂、第二课堂、第三课堂”，还有就是过于沉湎于技术层面，停留在方法的选择和过程描述上，即使对思想政治理论课实践教学背后的逻辑关系下结论，也只是猜测性的、表面化的，很少从科学意义上进行严谨的选择推论，做排他性的实证论证。

思想政治理论课实践教学研究中经验的整理、描述性的工作极其重要，但那是整个研究过程中的第一步，不是全部。研究的最终目的还是希望从已经开展的思想政治理论课实践教学中领悟到、学到一般性的道理，掌握更好地开展思想政治理论课实践教学的数据资料，这些资料是我们证明思想政治理论课教育的理论结论的基础数据，关于思想政治理论课实践教学的任何一项“创新”都可以，但是，都应该放到经验数据中去检验，否则就只能是一种“设计”。

我们编的《“中国近现代史纲要”课实践教程》就是新的教学设计，说是一种探究也可以。我们的想法很简单，既然思想政治理论课教学的实践性和实效性有着密不可分的关系，即通过“实践”获得“实效”，“实践”教学这个环节就只能加强、加强、再加强。然而，目前想创立思想政治理论课实践教学统一的模式是困难的，甚至是不可能的（也许也是不必要的），只能因时制宜，因情制宜，因地制宜，因校制定，千姿百态，各放其彩。于是，就有了本书的面世。我们希望本书通过“知识梳理”“训练强化”“实践拓展”的框架结构，体现“知识—训练—实践”的认知规律，使得学生获得概念之外的具象、感触和体悟，只有在教学实践活动中用心感悟过的学生，才会知晓理论的意义，才会明白理论的真谛，才能理解弘扬社会主义核心价值观的必要性。虽然让学生在实践教学中成长仅仅是个预期，最后能否令人满意，也就是能否真正提高思想政治理论实践教学的“实效性”，还得放到经验数据中去检验，实践自身是检验真理唯一标准，实践自身也得通过数据的检验。

本书的编写，参考引用了有关专著、论文和网上资料，除在“资料来源”中注明的之外，需要特地申明的是引用了邱秀华主编的《中国近现代史纲要教育教学疑难问题研究》、刘伟等人主编的《中国近现代史纲要学生辅学读本》、吴丽霞撰写的《走近徽州》等文献资料。在此特致诚挚的谢意！在编写过程中，王先俊老师对本书的编撰进行了全程指导，刘人人老师参与讨论并发表重要意见，欧阳跃峰、唐莉、魏荣、曹明臣、李祥兴、陶庭马、黄英、黄华平等老师皆做出了贡献。在此特致以诚挚的谢意！

本书乃“抛砖”之作，不足甚至谬谈之处在所难免，敬请使用本书的师生们提出意见，以便今后进一步修改完善。

编　者